Beijo de sangue

Universo dos Livros Editora Ltda.
Rua do Bosque, 1589 • 6º andar • Bloco 2 • Conj. 603/606
Barra Funda • CEP 01136-001 • São Paulo • SP
Telefone/Fax: (11) 3392-3336
www.universodoslivros.com.br
e-mail: editor@universodoslivros.com.br
Siga-nos no Twitter: @univdoslivros

J.R. WARD

BEIJO DE SANGUE

São Paulo
2016

UNIVERSO DOS LIVROS

Diretor editorial
Luis Matos
Editora-chefe
Marcia Batista
Assistentes editoriais
Aline Graça e Letícia Nakamura
Tradução
Cristina Tognelli
Preparação
Guilherme Summa

Revisão
Jonathan Busato e Juliana Gregolin
Arte
Francine C. Silva e Valdinei Gomes
Imagem de capa
Claudio Dogar-Marinesco
Design de capa
Rebecca Barboza

Dados Internacionais de Catalogação na Publicação (CIP)
Angélica Ilacqua CRB-8/7057

W259r

Ward, J.R.

Beijo de sangue / J.R. Ward; [tradução de Cristina Tognelli]. – São Paulo: Universo dos Livros, 2016.

416 p. (Legado da Irmandade da Adaga Negra ; 1)

ISBN: 978-85-7930-975-5

Título original: *Blood Kiss*

1. Vampiros 2. Ficção I. Título II. Tognelli, Cristina III. Série

16-0255 CDD 813.6

DEDICADO COM AMOR A PUP

BEIJOS

Agradecimentos

Muito obrigada aos meus leitores e a todos que amam a Irmandade tanto quanto eu. Meus agradecimentos também a Steven Axelrod, Kara Welsh, Leslie Gelbman e todos da NAL!

Obrigada também ao Team Waud, à minha família, tanto a de sangue quanto a escolhida.

E, como sempre, com amor, à minha adorada assistente, Naamah.

Glossário de Termos e Nomes Próprios

Ahstrux nohtrum: Guarda particular com licença para matar, nomeado(a) pelo Rei.

Ahvenge: Cometer um ato de retribuição mortal, geralmente realizado por um macho amado.

As Escolhidas: Vampiras criadas para servirem à Virgem Escriba. São consideradas membros da aristocracia, embora sejam voltadas mais para assuntos espirituais que temporais. Têm pouca ou nenhuma interação com os machos, mas podem se acasalar com os Irmãos a fim de reproduzir sua espécie, segundo a orientação da Virgem Escriba. Algumas têm a capacidade de predizer o futuro. No passado, eram utilizadas para satisfazer a necessidade de sangue de membros solteiros da Irmandade, e tal costume foi recolocado em prática pelos Irmãos.

Chrih: Símbolo de morte honrosa no Antigo Idioma.

Cio: Período fértil das vampiras. Em geral, dura dois dias e é acompanhado por intenso desejo sexual. Ocorre pela primeira vez aproximadamente cinco anos após a transição da fêmea e, a partir daí, uma vez a cada dez anos. Todos os machos respondem em certa medida se estiverem perto de uma fêmea no cio. Pode ser uma época perigosa, com conflitos e lutas entre os machos, especialmente se a fêmea não tiver companheiro.

Conthendha: Conflito entre dois machos que competem pelo direito de ser o companheiro de uma fêmea.

Dhunhd: Inferno.

Doggen: Membro da classe servil no mundo dos vampiros. Os *doggens* seguem as antigas e conservadoras tradições de servir seus superiores, obedecendo a códigos formais no comportamento e no vestir. Podem sair durante o dia, mas envelhecem relativamente rápido. Sua expectativa de vida é de aproximadamente quinhentos anos.

Ehnclausuramento: Status conferido pelo Rei a uma fêmea da aristocracia em resposta a uma petição de seus familiares. Subjuga uma fêmea à autoridade de um responsável único, o *tuhtor*, geralmente o macho mais velho da casa. Seu *tuhtor*, então, tem o direito legal de determinar todos os aspectos de sua vida, restringindo, segundo sua vontade, toda e qualquer interação dela com o mundo.

Ehros: Uma Escolhida treinada em artes sexuais.

Escravo de sangue: Vampiro macho ou fêmea que foi subjugado para satisfazer a necessidade de sangue de outros vampiros. A prática de manter escravos de sangue recentemente foi proscrita.

Exhile dhoble: O gêmeo mau ou maldito, o segundo a nascer.

Fade: Reino atemporal onde os mortos reúnem-se com seus entes queridos e ali passam toda a eternidade.

Ghia: Equivalente a padrinho ou madrinha de um indivíduo.

Glymera: A nata da aristocracia, equivalente à corte no período de Regência na Inglaterra.

Hellren: Vampiro macho que tem uma companheira. Os machos podem ter mais de uma fêmea.

Hyslop: Termo que se refere a um lapso de julgamento, tipicamente resultando no comprometimento das operações mecânicas ou da posse legal de um veículo ou transporte motorizado de qualquer tipo. Por exemplo, deixar as chaves no contato de um carro estacionado do lado de fora da casa da família durante a noite.

Inthocada: Uma virgem.

Irmandade da Adaga Negra: Guerreiros vampiros altamente treinados para proteger sua espécie contra a Sociedade Redutora. Resultado de cruzamentos seletivos dentro da raça, os membros da Irmandade possuem imensa força física e mental, assim como a capacidade de recuperarem-se rapidamente de ferimentos. Não é constituída majoritariamente por irmãos de sangue. São iniciados na Irmandade por indicação de seus membros. Agressivos, autossuficientes e reservados por natureza, vivem apartados dos vampiros civis e têm pouco contato com membros das outras classes, a não ser quando precisam se alimentar. Tema para lendas, são reverenciados no mundo dos vampiros. Só podem ser mortos por ferimentos muito graves, como tiros ou uma punhalada no coração.

Leelan: Termo carinhoso que pode ser traduzido aproximadamente por "muito amada".

Lhenihan: Fera mítica reconhecida por suas proezas sexuais. Atualmente, se refere a um macho de tamanho sobrenatural e vigor sexual.

Lewlhen: Presente.

Lheage: Um termo respeitoso utilizado por uma submissa sexual para referir-se a seu dominante.

Libhertador: Salvador.

Lídher: Pessoa com poder e influência.

Lys: Instrumento de tortura usado para remover os olhos.

Mahmen: Mãe. Usado como um termo identificador e de afeto.

Mhis: O disfarce de um determinado ambiente físico; a criação de um campo de ilusão.

Nalla/nallum: Um termo carinhoso que significa "amada"/"amado".

Ômega: Figura mística e maligna que almeja a extinção dos vampiros devido a um ressentimento contra a Virgem Escriba. Existe em um reino atemporal e possui grandes poderes, dentre os quais, no entanto, não se encontra a capacidade de criar.

Perdição: Refere-se a uma fraqueza crítica em um indivíduo. Pode ser interna, como um vício, ou externa, como uma paixão.

Primeira Família: O Rei e a Rainha dos vampiros e sua descendência.

Princeps: O nível mais elevado da aristocracia dos vampiros, só suplantado pelos membros da Primeira Família ou pelas Escolhidas da Virgem Escriba. O título é hereditário e não pode ser outorgado.

Redutor: Membro da Sociedade Redutora, é um humano sem alma empenhado na exterminação dos vampiros. Os *redutores* só morrem se forem apunhalados no peito; do contrário, vivem eternamente, sem envelhecer. Não comem nem bebem e são impotentes. Com o tempo, seus cabelos, pele e íris perdem toda a pigmentação. Cheiram a talco de bebê. Depois de iniciados na Sociedade por Ômega, conservam uma urna de cerâmica na qual seu coração foi depositado após ter sido removido.

Ríhgido: Termo que se refere à potência do órgão sexual masculino. A tradução literal seria algo aproximado de "digno de penetrar uma fêmea".

Rytho: Forma ritual de lavar a honra, oferecida pelo ofensor ao ofendido. Se aceito, o ofendido escolhe uma arma e ataca o ofensor, que se apresenta desprotegido perante ele.

Shellan: Vampira que tem um companheiro. Em geral, as fêmeas não têm mais de um macho, devido à natureza fortemente territorial deles.

Sociedade Redutora: Ordem de assassinos constituída por Ômega com o propósito de erradicar a espécie dos vampiros.

Symphato: Espécie dentro da raça vampírica, caracterizada pela capacidade e desejo de manipular emoções nos outros (com o propósito de trocar energia), entre outras peculiaridades. Historicamente, foram discriminados e, em certas épocas, caçados pelos vampiros. Estão quase extintos.

Transição: Momento crítico na vida dos vampiros, quando ele ou ela transforma-se em adulto. A partir daí, precisam beber sangue do sexo oposto para sobreviver e não suportam a luz do dia. Geralmente ocorre por volta dos 25 anos. Alguns vampiros não sobrevivem à transição, sobretudo os machos. Antes da mudança, os vampiros são fisicamente frágeis, inaptos ou indiferentes ao sexo, e incapazes de se desmaterializar.

Trahyner: Termo usado entre machos em sinal de respeito e afeição. Pode ser traduzido como "querido amigo".

Tuhtor: Guardião de um indivíduo. Há vários graus de *tuhtors*, sendo o mais poderoso aquele responsável por uma fêmea *ehnclausurada*.

Tumba: Cripta sagrada da Irmandade da Adaga Negra. Usada como local de cerimônias e como depósito das urnas dos *redutores*. Entre as cerimônias ali realizadas estão iniciações, funerais e ações disciplinadoras contra os Irmãos. O acesso a ela é vedado, exceto aos membros da Irmandade, à Virgem Escriba ou aos candidatos à iniciação.

Vampiro: Membro de uma espécie à parte do *Homo sapiens*. Os vampiros precisam beber sangue do sexo oposto para sobreviverem. O sangue humano os mantêm vivos, mas sua força não dura muito tempo. Após sua transição, que geralmente ocorre aos 25 anos, são incapazes de sair à luz do dia e devem alimentar-se na veia regularmente. Os vampiros não podem "converter" os humanos por meio de uma mordida ou transferência de sangue, embora, ainda que raramente, sejam capazes de procriar com a outra espécie. Podem se desmaterializar por meio da vontade, mas precisam estar calmos e concentrados para consegui-lo, e não podem levar consigo nada pesado. São capazes de apagar as lembranças das pessoas, desde que recentes. Alguns vampiros são capazes de ler a mente. Sua expectativa de vida ultrapassa os mil anos, sendo que, em certos casos, vai além disso.

Viajante: Um indivíduo que morreu e voltou vivo do Fade. Inspiram grande respeito e são reverenciados por suas façanhas.

Virgem Escriba: Força mística conselheira do Rei. Também é guardiã dos registros vampíricos e distribui privilégios. Existe em um reino atemporal e possui grandes poderes. Capaz de um único ato de criação, que usou para trazer os vampiros à existência.

Capítulo 1

Casa de Audiências do Rei, Caldwell, NY

Alguns tipos de formatura aconteciam em particular.

Alguns desses marcos importantes para a fase seguinte em nossas vidas não incluíam chapéus e becas, nenhuma orquestra humana tocando "Pompa e Circunstância". Não havia um palco para atravessar, tampouco um diploma para pendurar na parede. Também não existiam testemunhas.

Algumas graduações eram marcadas por coisas simples, corriqueiras, nada especiais, como uma pessoa esticando a mão até o monitor da Dell para apertar o botãozinho azul no canto inferior direito da tela. Uma ação tão comum, feita tantas vezes numa semana, num mês, num ano, mas, ainda assim, naquele momento em especial, um divisor de águas.

Enquanto Paradise, filha de Abalone, Primeiro Conselheiro de Wrath, filho de Wrath, pai de Wrath, Rei de todos os vampiros, estava sentada em sua cadeira de escritório e encarava a tela preta diante dela. Inacreditável. A noite que ela tanto esperava estava quase chegando.

Em grande parte, as últimas oito semanas se arrastaram, mas nessas derradeiras noites tudo mudou, passando para um modo catapulta. De repente, depois de ter passado por sete mil horas de espera para que a lua se erguesse no céu, ela sentia que queria que as coisas desacelerassem de novo.

O seu primeiro emprego agora já era coisa do passado.

Olhando por sobre a escrivaninha, rearranjou o aparelho de telefone em um centímetro. Endireitou o vitral com desenho de libélula da luminária da Tiffany. Certificou-se de que as canetas azuis estivessem num porta-canetas e as vermelhas, num outro. Alisou a palma sobre a superfície limpa do mata-borrão e do topo do monitor.

A sala de espera estava vazia; as cadeiras forradas de seda, desocupadas; as revistas, ordenadas nas mesinhas auxiliares; os copos com as bebidas servidas pelos *doggens* àqueles que ali estiveram, já retirados.

O último civil se retirara meia hora antes. O alvorecer seria dali a duas horas. Considerando-se tudo, era o fim normal de uma noite de trabalho duro, a hora em que ela e o pai voltariam para a propriedade da família para desfrutar de uma refeição completa regada com conversas, planos e respeito mútuo.

Paradise se inclinou para a frente e espiou na curva do arco de entrada para a sala de estar. Do lado oposto ao vestíbulo, as portas duplas que antes davam para uma sala de jantar formal da mansão estavam fechadas.

Sim, apenas mais uma noite normal, a não ser pela reunião informal que estava acontecendo ali. Assim que a última audiência terminara, seu pai fora chamado à sala de audiências e aquelas portas foram fechadas.

Ele estava lá dentro com o Rei e dois membros da Irmandade da Adaga Negra.

– Não façam isso comigo – ela disse. – Não tirem isso de mim.

Paradise se levantou e começou a andar, reorganizando as revistas, reafofando as almofadas, parando diante do retrato a óleo de um monarca francês.

Voltou à arcada, olhou para as portas fechadas da sala de jantar, ficou atenta às batidas fortes do seu coração.

Erguendo as mãos, inspecionou os calos nas palmas. Eles não foram provocados pelo seu trabalho ali junto ao pai e à Irmandade nos últimos meses, organizando a agenda, pesquisando casos, resoluções e acontecimentos subsequentes. Não, pela primeira vez na vida, ela vinha se exercitando. Levantando pesos. Correndo na esteira. Fazendo *step*. Barras suspensas, flexões, abdominais. Remo seco.

Antes, ela sequer sabia o que era remo seco.

E tudo como preparo para a noite seguinte.

Desde que aquele grupo de machos na sala de audiências do Rei não lhe tirasse tal perspectiva.

Na noite seguinte, à meia-noite, ela deveria se juntar a outros machos e fêmeas sabe-se a Virgem Escriba onde, na qual ela tentaria passar pelo teste de aceitação no programa de treinamento de soldados da Irmandade da Adaga Negra.

Era um bom plano. Algo que ela decidira perseguir, uma possibilidade de independência e de descer o cacete nos inimigos para provar que ela era mais do que simplesmente o seu pedigree. O problema? Filhas de puro sangue da *glymera*, ainda mais de uma das Famílias Fundadoras, não treinavam para se tornar soldados. Não lidavam com adagas e pistolas. Não aprendiam a lutar para se defender. Sequer sabiam o que era um *redutor*.

Tampouco *se associavam* com soldados.

Filhas como ela eram ensinadas a fazer ponto cruz, educadas em música clássica e canto, boas maneiras, e a administrar uma mansão repleta de *doggens*. Esperava-se que elas entendessem o complicado calendário social e os ciclos dos festivais, mantivessem-se atualizadas no quesito guarda-roupa e soubessem diferenciar Van Cleef & Arpels, Boucheron e Cartier. Eram *ehnclausuradas*, protegidas e adoradas assim como todas as joias o eram.

A única coisa perigosa que lhes era permitido fazer? Procriar. Com um *hellren* escolhido pela família a fim de garantir a santidade de suas linhagens.

Era um milagre que o pai estivesse permitindo que ela fizesse aquilo.

Definitivamente ele não estivera de acordo assim que ela lhe mostrara o formulário de inscrição. Mas acabara mudando de ideia, permitindo que ela se inscrevesse. Os ataques ocorridos alguns anos antes, quando tantos vampiros foram assassinados pela Sociedade Redutora, provaram que Caldwell, em Nova York, era um lugar perigoso. E ela lhe dissera que não era sua intenção sair para lutar nas ruas, só queria aprender a se defender.

Depois de apresentar a questão sob o ponto de vista de sua segurança? Foi então que seu pai mudou de ideia.

A verdade, no entanto, era que ela queria algo que fosse seu, apenas. Uma identidade originária de outro lugar que não somente aquela que o seu nascimento lhe forçava.

Além disso, Peyton lhe dissera que ela não conseguiria.

Porque era uma fêmea.

Ele que se danasse!

Paradise olhou uma vez mais para as portas.

– Vamos lá...

Andando de um lado para o outro, acabou indo parar no vestíbulo, mas não quis se aproximar muito do lugar onde os machos conversavam... Como se aquilo pudesse dar azar.

Deus, o que estariam conversando ali?

Normalmente, o Rei saía assim que a última audiência se encerrava. Se ele e a Irmandade tinham assuntos particulares ou de guerra para discutir, isso era conduzido na residência da Primeira Família, um lugar tão secreto que nem mesmo o seu pai era convidado a ir até lá.

Portanto, aquilo só podia estar acontecendo por sua causa.

De volta à sala de espera, foi até a escrivaninha e contou as horas em que estivera sentada ali. Fazia apenas uns dois meses que o emprego era seu, mas gostava do trabalho. Até certo ponto. Ao se ausentar, desde que fosse aceita no programa de treinamento da *IAN*, uma prima sua assumiria seu posto, e ela passara as últimas sete noites mostrando toda a rotina, explicando os procedimentos que ela própria estabelecera, a fim de garantir que a transição acontecesse de maneira suave.

Recostando-se na cadeira, abriu a gaveta do meio e pegou a sua inscrição, como se isso pudesse, de algum modo, garantir que aquilo ainda aconteceria.

Ao segurar o documento, ficou imaginando quem mais estaria na orientação da noite seguinte... E pensou no macho que aparecera ali na casa de audiências, em busca de uma versão impressa do formulário de inscrição.

Alto, ombros largos, voz grave. Usando um boné de basebol do Syracuse e jeans puídos pelo que aparentava ter sido causado por trabalho de verdade.

A comunidade dos vampiros era pequena, e ela nunca o vira antes. Mas talvez ele fosse apenas um civil? Essa era outra mudança no programa de treinamento. Antes, somente machos da aristocracia eram convidados a trabalhar com a Irmandade.

Ele lhe dera seu nome, mas recusara-se a apertar a mão dela.

Craeg. Era só o que ela sabia.

Contudo, ele não fora rude. Na verdade, até apoiara a sua decisão de enviar a inscrição.

Também fora... cativante de um modo que a chocara, a ponto de ela ter esperado semanas inteiras para que ele retornasse com o formulário em mãos. Ele não voltara. Talvez o tivesse escaneado e enviado eletronicamente.

Ou, talvez, tivesse resolvido não se inscrever, no fim das contas.

Parecia loucura ficar desapontada com a possibilidade de nunca mais encontrá-lo.

Quando seu celular emitiu um trinado, ela se sobressaltou e pegou o aparelho. Peyton. De novo.

Ela o veria na orientação na noite seguinte, e isso já seria cedo demais. Depois da discussão que tiveram quanto a ela se juntar ao programa, ela teve que se afastar daquela amizade.

Mas, pensando bem, e se a Irmandade se recusasse a admiti-la? A indignação que ela sentia em relação ao rapaz de nada serviria. Mas a questão era que era permitido às fêmeas se inscreverem.

O problema maior era que não se tratava de uma fêmea "normal".

Caramba, não sabia o que faria se o pai recusasse. Mas com certeza a Irmandade não esperaria até o último minuto para rejeitar a sua inscrição.

Certo?

Do outro lado da cidade, Marissa, a *shellan* vinculada do Irmão da Adaga Negra *Dhestroyer*, também conhecido como Butch O'Neal, estava sentada à sua escrivaninha no Lugar Seguro. Quando a poltrona emitiu um rangido, ela bateu a ponta da sua caneta Bic no calendário que cobria a mesa e passou o telefone para a outra orelha.

Interrompendo a torrente de palavras, ela disse:

– Garanto que aprecio o convite, porém, não posso...

A fêmea do outro lado da ligação não perdeu o ritmo. Continuou falando, sua entonação aristocrática preenchendo o espaço, até parecer admirável que o bairro inteiro não sofresse uma sobrecarga.

– ... e consegue entender o motivo de precisarmos da sua ajuda. Será o primeiro Festival Dançante do Décimo Segundo Mês a acontecer após os ataques. Como *shellan* de um Irmão e membro de uma das Famílias Fundadoras, você seria a anfitriã perfeita para tal evento...

Tentando dar mais uma chance à *recusa*, Marissa a interrompeu:

– Não sei se é de seu conhecimento, porém, eu trabalho em tempo integral como diretora do Lugar Seguro e...

– ... e o seu irmão disse que você seria uma boa escolha.

Marissa se calou.

Seu primeiro pensamento foi o de que era quase improvável que Havers, o médico da raça e seu irmão muito, mas muito distanciado, a tivesse recomendado para qualquer coisa que não fosse um túmulo precoce. O segundo envolvia exclusivamente cálculos matemáticos... Há quanto tempo não falava com ele? Dois anos? Três? Não desde que ele a expulsara da casa deles, uns cinco minutos antes do nascer do sol, quando ficara sabendo do seu interesse por um mero humano.

Que acabaram descobrindo se tratar de um primo de Wrath e a encarnação da lenda do *Dhestroyer*.

Tá gostando de mim agora?, ela ouviu em sua cabeça.

– Dito isso, você *tem* que presidir o evento – concluiu a fêmea. Como se o assunto estivesse resolvido.

– Você precisa me desculpar. – Marissa pigarreou. – Mas o meu irmão não está em posição de oferecer o meu nome para nada, considerando que ele e eu não nos vemos já há algum tempo.

Quando apenas um silêncio absoluto se fez na conversa, ela concluiu que devia ter mencionado os podres da família uns dez minutos antes: os membros da *glymera* observavam um código de comportamento muito rígido, e expor a colossal fissura em sua linhagem, mesmo ela sendo amplamente conhecida, era algo que simplesmente não se fazia.

Era muito mais apropriado deixar que os outros cochichassem a respeito às suas costas.

Infelizmente, a fêmea se recobrou e mudou de tática:

– De todo modo, é de importância vital que todos os membros da nossa classe retomem os festivais...

Uma batida à porta do seu escritório fez com que Marissa desviasse o olhar.

– Sim?

No telefone, a fêmea exclamou:

– Maravilha! Você pode vir à minha propriedade...

– Não, não. Alguém está precisando de mim – ela disse mais alto. – Pode entrar.

No instante em que viu a expressão de Mary, imprecou. Não eram boas notícias. A *shellan* de Rhage era sempre absolutamente profissional, e para ela estar daquele jeito? Era algum problema grave…

Aquilo na blusa dela era *sangue*?

Marissa deixou seu tom de voz mais grave e abandonou qualquer sinal de boa educação.

– A minha resposta é não. O meu trabalho consome todo o meu tempo. Além do mais, se está tão interessada nisso, você mesma deveria assumir o posto. Passar bem.

Recolocando o fone no gancho, levantou-se.

– O que aconteceu?

– Acabamos de acolher alguém que precisa de cuidados médicos imediatos. Não estou conseguido encontrar a doutora Jane e nem Ehlena em lugar nenhum. Não sei o que fazer.

Marissa apressou-se para a frente da escrivaninha.

– Onde ela está?

– Lá embaixo.

As duas desceram as escadas correndo, Marissa na frente.

– Como ela chegou?

– Não sei. Uma das câmeras de segurança pegou a imagem dela no jardim, se arrastando.

– *O quê?*

– O meu celular disparou o alarme, e eu corri para fora com Rhym. Nós a carregamos até a sala de estar.

Fazendo a curva no andar de baixo, Marissa derrapou num dos tapetes.

E parou de pronto.

Quando viu a condição da fêmea sobre o sofá, levou a mão à boca.

– Ah, meu Deus… – sussurrou.

Sangue. Havia sangue em todo lugar, pingando no chão, encharcando as toalhas brancas pressionadas sobre os ferimentos, empoçando-se sob um dos pés da fêmea sobre o carpete.

A jovem fora surrada tão violentamente que não havia como identificá-la, suas feições estavam inchadas e, se não fosse pelos cabelos longos e pela saia rasgada, não saberia determinar o seu sexo. Um braço estava evidentemente deslocado, pendurado a partir do ombro... e ela só estava calçando o sapato de salto esquerdo, as meias de seda rasgadas.

A respiração dela era muito, muito superficial. Apenas um ruído no peito, como se estivesse se afogando no próprio sangue.

Rhym, a supervisora, levantou o olhar de sua posição agachada ao lado do sofá. Em meio às lágrimas, sussurrou:

– Não acho que ela vá sobreviver. Como poderia...?

Marissa tinha que se recompor. Era a única opção.

– Não conseguiram localizar nem a doutora Jane nem Ehlena?

– Tentei na mansão – Mary respondeu. – Na clínica. Os celulares delas. Duas vezes em todos os lugares.

Por uma fração de segundo, Marissa se aterrorizou com o que aquilo podia significar para a sua própria vida. Os Irmãos estavam feridos? Butch estaria bem?

Isso durou apenas um segundo.

– Me dê o seu celular... E levem as residentes para o anexo Wellsie. Quero todas lá, para o caso de eu ter que trazer um macho.

Mary lhe passou o telefone e assentiu.

– Já vou cuidar disso.

O Lugar Seguro era exatamente isso: um espaço seguro para as fêmeas vítimas de violência doméstica em busca de abrigo e reabilitação junto a seus filhos. E depois de Marissa ter passado incontáveis séculos inúteis na *glymera*, sendo apenas a noiva não reclamada do Rei, encontrara a sua vocação ali, a serviço daquelas que tinham sido, na melhor das hipóteses, abusadas verbalmente, e na pior, tratadas de maneira horrenda.

Não era permitida a entrada de machos ali.

Mas, para salvar a vida daquela fêmea, ela teria que infringir a regra.

Atenda o telefone, Manny, pensou no primeiro toque. *Atenda o seu maldito telefone...*

Capítulo 2

Não era a Irmandade inteira.

Na verdade, só havia dois Irmãos com o Rei.

Enquanto Abalone, Primeiro Conselheiro de Wrath, filho de Wrath, pai de Wrath, entrava na sala de audiências para se postar diante de seu governante, estava muito ciente da presença dos outros machos. Nunca vira aqueles machos serem outra coisa que não apenas protetores e civilizados, mas, levando-se em consideração que estava para entregar sua única filha para eles, seus outros atributos mais evidentes eram como gritos na noite.

O Irmão Vishous o encarava com seus olhos de diamante que não piscavam. Aquelas tatuagens na têmpora esquerda pareciam particularmente sinistras, o corpo musculoso envolvido em couro preto e coberto por armas. Ao seu lado estava Butch, também conhecido como *Dhestroyer* – um antigo humano com sotaque de Boston que fora infectado por Ômega e deixado para morrer, só para se revelar um dos poucos a sobreviver a uma transição forçada.

Os dois raramente se desgrudavam, e era tentador atribuir-lhes os papéis de policial malvado e policial bonzinho. Naquele instante, contudo, o paradigma estava alterado. Butch, o macho que tendia a sorrir e conversar com as pessoas, parecia ser aquele a quem evitar num beco escuro: seu olhar castanho estava estreitado e decidido.

– Pois não? – Abalone disse ao Rei. – Posso servi-lo de algum modo?

Wrath afagou a cabeçorra aloirada de seu cão guia, George.

– Os meus rapazes precisam falar com você.

Ah, pensou Abalone. Já suspeitava do que aquilo se tratava.

Butch sorriu por um átimo de segundo. Como se desejasse antecipadamente atenuar a patada do que estava para sair de sua boca.

– Queremos ter certeza de que você sabe do que se trata o programa de treinamento.

Abalone limpou a garganta.

– Sei que isso é muito importante para Paradise. E espero que haja aulas de defesa pessoal no programa. Eu gostaria que ela ficasse... mais segura.

Esse benefício em potencial fora o único motivo que o ajudara a aceitar a discrepância entre aquilo que esperava para a vida dela e o que ela própria parecia escolher.

Quando não houve nenhuma resposta, Abalone olhou de um Irmão para outro.

– O que vocês não estão me contando?

Vishous abriu a boca, mas Butch levantou a mão para calá-lo.

– A sua função junto a Wrath vem em primeiro lugar.

Abalone se retraiu.

– Está dizendo que Paradise não poderá participar por causa da minha posição aqui? Santa Virgem Escriba, por que não nos disseram...

– Precisamos que entenda que o que vai acontecer não serão apenas aulas expositivas. Isto é um preparo para a guerra.

– Mas os candidatos não têm necessariamente que lutar nos becos durante o treinamento, correto?

– O que nos preocupa está aqui. – O Irmão indicou a sala. – Não podemos permitir que nada afete o seu relacionamento com Wrath e o que você faz para o Rei. Paradise é bem-vinda no programa assim como qualquer outro, mas não se a perspectiva de ela desistir ou ser cortada puder criar tensão entre nós.

Abalone exalou aliviado.

– Não se preocupem com isso. Ela será bem-sucedida ou fracassará por mérito próprio. Não espero um tratamento especial para ela... E se ela não conseguir acompanhar? Então terá que ser dispensada.

Na verdade, ainda que jamais dissesse isso em voz alta, ele tanto rezava quanto esperava que esse fosse o caso. Não queria que Paradise se desapontasse com seu empenho, mas... a última coisa que queria era que sua filha fosse exposta a qualquer podridão – ou, Deus proibisse, que de fato tentasse combater na guerra.

Sequer conseguia imaginar essa última possibilidade.

– Não se preocupem – reiterou, olhando para os Irmãos e para o Rei. – Tudo ficará bem.

O Irmão Butch olhou para Vishous. Depois voltou a olhar para ele.

– Você leu o formulário de inscrição, certo?

– Ela o preencheu.

– Então não o leu?

– Isso é algo que ela está fazendo por conta própria. Como seu pai e *tuhtor*, eu deveria ter assinado?

Vishous acendeu um cigarro enrolado à mão.

– Talvez queira estar preparado, não?

Abalone assentiu.

– Estou. Juro, estou preparado.

Paradise era uma fêmea educada apropriadamente dentro das tradições da aristocracia. Vinha trabalhando em seu condicionamento físico nos dois últimos meses – de fato, com bastante empenho –, e ele sentia a empolgação emanando dela enquanto concluía seu trabalho ali e se preparava para deixar o seu posto. No entanto, havia boas chances de que depois da orientação na noite seguinte, quando o trabalho de verdade começasse, ela se visse desistindo... ou sendo dispensada.

Testemunhar o seu fracasso o mataria por dentro.

Mas antes isso a vê-la morrendo no campo de batalha só para provar que ela era muito mais do que aquilo ditado pela sua posição aristocrática.

Enquanto o par de Irmãos continuava a olhar para ele, Abalone abaixou a cabeça.

– Sei que não vai terminar bem para ela. Estou mais do que preparado para enfrentar isso. Não sou ingênuo.

Depois de um instante, Butch disse:

– Ok. É justo.

– Mais alguma coisa, meu senhor? – Abalone perguntou ao Rei.

Quando Wrath meneou a cabeça, Abalone fez uma reverência a cada um deles.

– Agradeço a preocupação. Paradise é o que tenho de mais precioso... É tudo o que me restou de minha amada *shellan*. Sei que ela estará em mãos justas e gentis amanhã.

Quando ele se virou para se retirar, os Irmãos continuaram sérios, mas, pensando bem, ele não sabia o que se desenrolava na guerra. E sempre havia algo acontecendo. As lutas e as estratégias não eram coisas com as quais ele se envolvia, o que o deixava extremamente grato.

Assim como ficaria caso Paradise saísse do programa.

Na verdade, o que mais desejava era que a *mahmen* dela ainda estivesse viva. Talvez tudo aquilo fosse desnecessário se sua *shellan* estivesse presente para enfiar um pouco de juízo na cabeça da jovem.

Abrindo as portas, ouviu um barulho na sala de espera.

– Paradise?

Ele caminhou pelo vestíbulo e, ao fazer a curva para entrar na sala de espera, sua filha se endireitava ao apanhar canetas vermelhas que derrubara da mesa.

– Está tudo bem? – ele perguntou.

O olhar dela encontrou o seu.

– Está? O senhor vai permitir que eu vá amanhã à noite?

Abalone sorriu, e tentou esconder a tristeza do olhar e da voz.

– Claro. Você está no programa, isso foi decidido meses atrás.

Ela correu para o pai e o abraçou, segurando-o com firmeza, como se estivesse convencida de que lhe negariam aquilo que ela tanto queria.

Abraçando a filha, Abalone teve leve ciência dos Irmãos e do Rei saindo pela porta da frente. Não prestou atenção neles.

Estava ocupado demais desejando poupar a filha de todo e qualquer desapontamento. No entanto, isso não estava entre as habilidades parentais que lhe foram concedidas no momento de seu nascimento.

Ah, como queria que sua *shellan* estivesse ali e não no Fade.

Ela teria lidado muito melhor com tudo.

De pé junto à tão maltratada fêmea, Marissa fechou os olhos ao ouvir a voz gravada de Manny em sua caixa de mensagens pela terceira vez. *Que diabos* estava acontecendo na clínica?

Bem quando ela estava prestes a ligar novamente, o seu telefone tocou.

– Graças a Deus! Manny? Manny?

Algo no tom da sua voz fez com que a fêmea se mexesse, o rosto ensanguentado se movendo ao encontro das almofadas do sofá.

Deus, o chiado daquela respiração bastava para que seu coração saísse do compasso.

– Não, é Ehlena – disse a voz ao seu ouvido. – Manny e Jane estão fazendo uma cirurgia de emergência em Tohr. Ele está com uma fratura múltipla no fêmur e eu tenho que voltar para a sala de cirurgia. Algum problema?

– Quanto tempo isso vai demorar? – ela perguntou.

– Acabaram de começar.

Marissa fechou os olhos.

– Ok, por favor, peça que me liguem assim que puderem, por favor. Tenho um... – Virou-se de costas e abaixou a voz. – Tenho um trauma que acabou de chegar aqui. Não sei se temos tempo suficiente.

Ehlena praguejou.

– Não podemos dispensar ninguém. Não pode ligar para Vishous? Ele tem treinamento médico, pode conseguir estabilizar o paciente.

Marissa tentou visualizar o Irmão entrando na casa. Não era a sua primeira escolha, e não por não confiar no macho. O melhor amigo do seu *hellren* era um vampiro formidável em todos os sentidos.

A sua aparência é que era aterrorizante.

Mas, pensando bem, se todas estavam no Anexo Wellsie...

– Boa ideia. Obrigada.

– Pedirei que liguem para você assim que terminarem.

– Por favor, faça isso.

Encerrando a ligação, ela ligou para V. e foi atendida pela maldita caixa de mensagens.

– *Merda.*

Rhym perguntou ao pressionar uma toalha em um ferimento aberto no ombro da fêmea:

– Quando eles vêm?

O fim da noite se aproximava. V. poderia estar em trânsito entre os becos do centro de Caldwell e a mansão. Ou... poderia estar ocupado lutando contra o que quer que tenha ferido Tohr daquela maneira.

Quando a fêmea deitada no sofá começou a tossir sangue, sua decisão foi tomada numa fração de segundo. A última coisa que desejava era pedir ajuda de seu irmão, mas não poderia viver com sua consciência se seus problemas pessoais custassem a vida de alguém.

Marissa ligou para o celular de Havers que sabia de cabeça, com a esperança de que ele não tivesse trocado o número. Um toque... Dois toques...

– Alô? – atendeu sua voz.

– Sou eu. – Antes que houvesse espaço para um silêncio constrangedor ou sequer um olá, ela disse: – Temos uma emergência médica no Lugar Seguro. Preciso que venha imediatamente, ou que mande alguém. Os médicos da Irmandade estão na sala de cirurgia e não temos muito tempo.

Houve uma ligeira pausa, como se o principal médico da raça estivesse passando do modo "pessoal" para o "profissional".

– Levarei apenas um instante para chegar. É algum trauma?

– Sim. – Marissa voltou a abaixar a voz. – Ela foi surrada terrivelmente e... violentada. Há muito sangue. Não sei...

– Vou levar uma enfermeira. Já afastou os outros moradores?

– Sim.

– Destranque a porta da frente.

– Encontro você lá.

Foi só isso.

Pelo visto, o universo estava determinado a colocar o irmão no seu radar aquela noite. Primeiro aquele telefonema idiota da *socialite*, agora...

Marissa acenou para Rhym.

– A ajuda está a caminho.

Através do olho que não estava completamente obstruído pelo inchaço, a fêmea ferida tentou focar o olhar.

Marissa se inclinou na direção dela e tomou-lhe a mão ensanguentada.

– O meu irmão está vindo para cuidar muito bem de você.

Por um momento, ela se perguntou se deveria não ter mencionado que seria um macho que a trataria. Mas a fêmea não parecia estar compreendendo.

Santa Virgem Escriba, e se ela morresse antes da chegada dele?

Marissa se agachou, ajeitando o cabelo loiro atrás da orelha.

– Você está segura aqui e vai ficar tudo bem. – Aquele único olho aberto perscrutou o seu rosto. – Você tem algum parente para quem podemos ligar? Há alguém que podemos mandar chamar para você?

A cabeça da fêmea se moveu de um lado para o outro.

– Não? Tem certeza? – O olho se fechou. – Pode me dizer quem fez isso com você?

O rosto se virou.

Merda.

Recuando, Marissa foi para o corredor na frente da casa. Havia janelas estreitas e compridas nas laterais da porta, e ela ficou olhando para o jardim. As árvores que há poucas semanas estavam tão coloridas despejavam suas folhas rubras, douradas e amarelas, revelando os galhos espigados como os ossos de um cão magro demais.

Foi impossível não espiar o reflexo no espelho ao lado da porta e verificar se os cabelos estavam ajeitados e a maquiagem ainda se sustentava após uma jornada de quase dez horas de trabalho.

Na época em que vivia com o irmão, usava vestidos de seda e joias pesadas, e os cabelos ficavam sempre bem penteados no alto da cabeça. Agora? Ela estava com calças Ann Taylor, uma camisa com gola alta e um par de sapatos Cole Haan que usava para dirigir por serem confortáveis. Nenhuma joia a adornava exceto o pequeno crucifixo de ouro que usava porque o deus de Butch era importante para ele e seu *hellren* lhe dera aquele colar em sua última celebração de Natal. Ah, e ela também estava com um par de brincos de pérola nas orelhas.

Apesar de a transição de Butch ter sido induzida e do seu *status* como membro da Irmandade e parente do Rei, seu macho permanecia fundamentalmente humano, desde seu sistema de crenças católicas e seu gosto por cinema e literatura até suas opiniões quanto ao que queria numa "esposa", um resultado de sua criação em meio aos *Homo sapiens*.

Tocando na correntinha de ouro no pescoço, franziu a testa quando lutou contra a necessidade de tirá-la porque seu irmão não a aprovaria.

Mas, convenhamos, quer o símbolo da sua vinculação estivesse ou não em seu pescoço, aquilo não mudaria absolutamente nada. Aos olhos do irmão, ela tomara um rato cotó como *hellren*, e essa desgraça jamais seria perdoada.

Uma fração de segundo depois, duas sombras se materializaram do nada na calçada. Uma mais alta e masculina, vestindo um jaleco branco, a outra menor e feminina num tradicional uniforme de enfermeira.

Quando se aproximaram e foram iluminados pelas luzes de segurança, Marissa esfregou as palmas suadas nas calças. Havers estava exatamente igual ao que sempre fora, desde a gravata borboleta e os óculos de armação de casco de tartaruga até os cabelos escuros repartidos de lado, mantidos no lugar como um personagem de *Mad Men*.

No último instante, Marissa girou o crucifixo para a nuca e abriu a porta. Tentando não parecer nervosa, anunciou:

– Ela está na sala de estar.

Nenhum "olá, como tem passado?", tampouco um "ei, já deixou de ser um cretino preconceituoso?", mas, pensando bem, aquela era uma emergência médica, não uma visita social.

– Marissa – disse o irmão, acenando com a cabeça e parando ao seu lado. – Esta é Cannest, minha chefe de enfermagem.

– É um prazer – disse educadamente a enfermeira.

Marissa assentiu para a fêmea.

– É por aqui.

Suas pernas estavam rijas ao acompanhá-los pela casa modesta com sua mobília comum. Por algum motivo absurdo, ela se visualizou como um flamingo, com os joelhos virados para o lado errado. Nesse meio-tempo, todos os tipos de recordações fervilhavam sob a superfície do seu consciente, apenas o peso psíquico da tragédia que se desenrolava na sala ao lado mantendo a tampa fechada sobre as suas emoções.

Seu irmão parou no arco de entrada da sala e entregou sua maleta de médico à assistente.

– A minha enfermeira fará a triagem, e me informará sobre as condições dela. Será melhor que um macho não faça esse primeiro exame.

Marissa deslizou o olhar para o de Havers pela primeira vez e notou que os olhos dele ainda eram do exato tom de azul dos seus. Como se isso pudesse mudar, não?

– É muita consideração da sua parte – ela comentou antes de olhar para a auxiliar. – Me acompanhe.

Na sala, a enfermeira foi direto para o sofá, e foi gentil com Rhym ao substituí-la ao lado da paciente. A vítima se mexeu como se reconhecesse uma presença nova diante dela e depois gemeu quando teve a pulsação e a pressão examinadas.

Marissa ficou de lado, cruzando os braços sobre o peito, com a boca coberta pela mão. *Os movimentos eram um bom sinal,* disse a si mesma. Significavam que a pobre moça ainda estava viva.

– Tome cuidado – ela disse de repente, quando a enfermeira apalpou o braço e lágrimas se misturaram ao sangue do rosto surrado.

Bom Deus, quem havia feito aquilo? Só podia ser um membro da raça... Não conseguia captar nenhum cheiro humano impregnado nela.

Marissa teve que baixar o olhar quando o exame se tornou mais íntimo, e gesticulou para que Rhym se juntasse a ela na arcada, como se protegesse a privacidade que seu irmão já estava respeitando.

Depois do que lhe pareceu uma eternidade, a enfermeira conversou em voz baixa com a fêmea e aproximou-se deles, acenando para que Marissa a seguisse até onde Havers aguardava com as mãos entrelaçadas atrás das costas. Ele curvou a cabeça enquanto ouvia o que a enfermeira dizia num tom baixo:

– Ela tem extensos danos internos – a fêmea relatou. – Terá que ser operada imediatamente para ter chances de sobreviver. O braço é o menor dos problemas dela.

Havers assentiu e relanceou para Marissa.

– Tomei a liberdade de providenciar um transporte. Ele deve chegar em aproximadamente quinze minutos.

– Irei com ela. – Marisa estava pronta para discutir. – Até encontrarmos um parente, serei sua *thutora*.

– Sim, claro.

– E arcarei com os custos do tratamento.

– Não será necessário.

– Certamente é necessário. Vou pegar as minhas coisas.

Afastando-se, ela falou com Rhym, depois apressou-se até o seu escritório e pegou o celular, a bolsa e o casaco.

Pensou em telefonar para Butch, pois havia a possibilidade de não conseguir voltar para casa, mas ainda não tinha certeza quanto a isso. E, infelizmente, se ela ligasse para seu *hellren* toda vez que surgisse uma emergência no trabalho? Ela acabaria desgastando o toque de chamada do celular dele.

A meio caminho descendo a escada, ela percebeu que havia outro motivo para não falar com ele.

Aquilo era muito semelhante ao que acontecera com sua irmã.

E existia a possibilidade de ser exatamente a mesma coisa, caso a fêmea viesse a morrer em decorrência dos ferimentos.

Não, pensou ao voltar para o térreo. Ele já tinha muitos afazeres sem ter que disparar aquele gatilho em sua massa cinzenta uma vez mais.

– Estou pronta – disse ao irmão, como se o desafiasse a fazê-la mudar de ideia.

– A ambulância chegará em dois minutos. Terei que acompanhá-la também... Ela vai precisar se alimentar de sangue para ter alguma chance de sobrevivência.

Havers curvou-se ligeiramente e refez seus passos até a porta de entrada. Quando dobrou no corredor, Marissa sacudiu a cabeça.

A ideia de que ele daria o próprio sangue para ajudar uma fêmea desconhecida, que não devia passar de uma cidadã comum, era tanto incrível... quanto uma fonte de frustração.

Que o macho pudesse ser tão gentil com seus pacientes e tão cruel com ela pessoalmente parecia-lhe uma contradição insuportável.

Mas assim era a *glymera*. Dois pesos, duas medidas em abundância.

E não raramente estavam acostumados a ferrar as filhas, as irmãs e as mães.

Capítulo 3

Parado no amplo e colorido vestíbulo da mansão da Irmandade da Adaga Negra, Butch franziu a testa ao olhar para o celular. Consultara as horas em seu relógio de pulso Audemars Piguet uns três minutos antes, mas imaginou que, quem sabe, o seu Samsung sei-lá-o-quê lhe desse uma resposta mais satisfatória.

Negativo.

E seu sétimo telefonema para Marissa tampouco fora atendido. Assim como os seis anteriores.

Ao longe, a conversa e os barulhos sutis da Última Refeição sendo consumida borbulhavam na sala de jantar.

Sem nenhum bom motivo, relembrou a primeira vez que ouvira sons como aqueles. Fora no que agora era a casa de audiências. Na época, era um detetive de homicídios descontrolado e à procura de uma fonte de destruição completa a fim de dar cabo de vez à sua vida.

E foi então que um turbilhão de eventos inesperados aconteceu.

Beth foi a primeira a ser levada pelo vento, sua herança genética mista de meio humana, meio vampira tragando-a. Já a sua entrada fora algo completamente diferente.

Se forem sangrar o humano, teriam a gentileza de fazê-lo no pátio dos fundos?

– Conseguiu falar com ela?

Butch fechou os olhos ante a familiar voz masculina. Mesmo não sendo nem mesmo parcialmente verdade, às vezes ele sentia como se os resmungos ásperos de Vishous estivessem em sua mente a vida inteira.

– Não.

Conforme o Irmão se aproximava, o cheiro de tabaco turco o antecedeu, e Butch inspirou fundo. Talvez tivesse ficado chapado por tabela, ou quem sabe fosse a presença desagradável do maldito, mas o volume dos gritos de pânico em seus ouvidos diminuiu um pouco.

– Já ligou pro escritório dela no Lugar Seguro? – V. perguntou, exalando fumaça.

– Caixa postal. E liguei para a Mary também. Nada.

– Cacete...

O toque sutil do monitor de segurança fez com que sua cabeça guinasse. Quando viu a imagem na tela, avançou em direção à porta do vestíbulo, quase arrancando-a das dobradiças.

– Ah, Deus... Por onde você andou...

Apossou-se de sua Marissa com tamanha velocidade e determinação que o resto das besteiras que saíam da sua boca se perdeu enquanto a abraçava.

– Desculpe – ela disse com a voz abafada. – Eu estava cuidando de um caso. Não me dei ao trabalho de te ligar porque quase não tinha tempo hábil para voltar para casa.

Afastando-se um pouco, amparou-lhe o rosto entre as mãos e olhou para ela.

– Você está bem?

– Sim, claro. E eu sinto muito...

Ele a beijou, estremecendo quando sentiu as mãos subirem por suas costas.

– Não, não. Sou eu quem pede desculpas. Só o que importa é que você está bem.

Diabos, o sol era algo aterrorizante. Um vampiro apanhado ao amanhecer não passava de uma fogueira com roupas, e por mais que Marissa estivesse bem protegida no Lugar Seguro, coisas ruins podiam acontecer: os humanos eram idiotas imprevisíveis e os assassinos eram absolutamente letais.

Quando se separaram, ela sorriu.

– Estou bem, estou bem.

Ah, tá, ele pensou quando os olhos dela evitaram os seus.

Ele a puxou pelo braço.

– Vem comigo.

– Mas a Última Refeição já foi servida...

– E quem se importa?

Atraindo-a para a sala de bilhar, ele os teria fechado ali caso houvesse portas para se fechar.

– O que aconteceu? – exigiu saber.

Ela vagueou um pouco, seu corpo incrível transformando as roupas simples em alta-costura.

– Nada que já não tenha ouvido falar, infelizmente.

Butch fechou os olhos. Às vezes, odiava o trabalho dela. Odiava mesmo. Contudo, quanto mais difícil ele se mostrava, mais ela lutava, e por mais que o afetasse vê-la cansada, abatida, até mesmo desencorajada vez ou outra, ele a respeitava pra cacete pelo que fazia pela raça. E nem tudo era ruim. Quando as pessoas que ela ajudava voltavam a ter vidas independentes, sua *shellan* reluzia como o sol.

Os olhos dela passearam pelo cômodo, mas ele permaneceu concentrado nela. E, Jesus, mesmo depois de uma longa e extenuante noite, ela ainda lhe roubava o fôlego. Sua beleza era lendária na raça, algo de que se comentava há gerações e ainda era reverenciado, e o motivo era evidente. O rosto era uma compilação de ângulos perfeitos; a pele, suave e luminosa como uma pérola; os olhos azuis, da cor de uma manhã gloriosa; aqueles lábios, tão rosados e macios. E também havia o cabelo loiro passando dos ombros e, sim, ah sim, a silhueta, do tipo que deixava os machos de joelhos – e os mantinha ali embaixo.

Às vezes ainda não acreditava que ela estava com ele. Ele. Um cara do sul de Boston, de origem irlandesa, com um dente da frente lascado, um passado ruim e uma infinidade de vícios que não fora capaz de subjugar até antes de conhecê-la.

E também havia aquela merda de Ômega.

Todavia, sua *shellan* o amava, por algum motivo inexplicável.

– Você não está falando comigo – ele sussurrou, afastando o cabelo dela para as costas e massageando seu pescoço, seus ombros rígidos, seus braços tensos. – Você sabe que detesto quando não sei o que está acontecendo.

Quando um coro de risadas explodiu do lado oposto ao vestíbulo, Marissa se aninhou nele, o quadril se chocando contra todo tipo de diversão.

E, que surpresa, a ereção foi instantânea, o pau engrossando e se alongando por trás da braguilha da calça de couro.

Envolvendo-o pelo pescoço, ela se apoiou nele e encostou os seios em seu peito.

– Não está com fome?

Rugindo no fundo da garganta, ele passou os braços por trás e a segurou pelas nádegas. Uma palma cheia em cada banda, nada mais, firmes como as de uma ginasta... Ah, Deus, estava começando a suar.

Só que ele sacudiu a cabeça.

– Isso não vai funcionar. Você não vai me distrair...

Em seguida, porém, Marissa abriu a boca e estendeu as presas. Aproximando-se, resvalou os caninos no lábio inferior dele, a sensação da ponta afiada em sua pele arrancando-lhe um gemido.

– Parece que você está precisando de alguma coisa – ela sussurrou ao encontro da boca dele. – Quer me dizer o que é? – A língua dela se esticou e abriu caminho com uma lambida. – O que é, Butch? Pode me contar do que você precisa...

– De você – ele grunhiu. – Eu preciso de você.

Depois da transição, quando o corpo se desenvolveu por completo e se transformou naquela demonstração de poder, ele se acostumara às façanhas da força física, e também àquela fraqueza ressonante no que se referia à sua fêmea e ao sexo. Precisara de mulheres de tempos em tempos na época em que fora estritamente humano, mas nada comparado à luxúria estrondosa que Marissa lhe provocava num piscar de olhos. Num olhar. Num toque. Numa ou duas frases... Às vezes, bastava apenas a pura fragrância de oceano dela...

Bum! Era como se alguém tivesse explodido seus miolos.

– *Marissa...*

Sua pélvis circundou a ereção dele e logo ela se distanciou.

– Vem cá.

Ela poderia ter mandado ele fazer uma série de coisas – fique de ponta-cabeça, raspe as sobrancelhas, arranque seu braço –, que ele teria obedecido em um átimo. Segui-la? Com a possibilidade de fazê-la alcançar um orgasmo? Ou seis?

Sim, senhora, por favor, obrigado, como posso servi-la?

Marissa o conduziu para trás do bar e o empurrou contra as prateleiras de bebidas. Com mãos apressadas, correu os dedos até o zíper e, que Deus o ajudasse, ele se agarrou à bancada de granito enquanto a via soltar cada um dos botões, a extensão da ereção forçando o tecido a se abrir conforme ela descia.

E logo ela o segurou.

– Caraaaaalho... – Sua cabeça pendeu para trás, mas ele queria olhar para ela...

Seu corpo inteiro vacilou quando a mão dela acariciou o mastro.

– Gosta de ver quando faço isso com você? – Ela o manejava com maestria, para cima e para baixo. – Gosta, Butch?

– Sim – ele sussurrou, expelindo a palavra. – Gosto... de te ver... com as mãos em mim...

– E quanto à minha boca?

As bolas dele se contraíram e um orgasmo disparou para a cabeça do pau, pronto para explodir, e isso foi antes de ela se ajoelhar diante dele, desaparecendo por trás da proteção da frente do bar.

Não conseguiria aguentar muito, mas, que se foda, ele queria aquela sensação, aquele calor, a sugada úmida, mesmo que por um segundo só... Mas sem ver. Teve que fechar os olhos. Se a visse assim, com a boca bem aberta, os lindos cabelos espalhados sobre sua calça de couro, o olhar azul encarando-o como se ela apreciasse o seu gosto...

O que, evidentemente, não podia ser verdade. Mas aquela seria uma mentira que ele não contestaria...

Quando o nome dela reverberou em sua garganta, aquela sucção era exatamente o que ele buscava, deslizante, suave, tão sensual que ele teve que abrir os olhos. Com a cabeça para a frente, teve a visão desimpedida dos sofás de couro, das mesas de bilhar, da arcada de entrada. Se alguém por acaso aparecesse ali – algo improvável por causa da Última Refeição –, só o veria com uma expressão pornográfica no rosto. Marissa estava escondida atrás da bancada longa e alta do bar. E outra notícia boa? O cheiro da vinculação estava *muito* espalhado, os aromas picantes tão fortes que serviriam de alerta para o que estava acontecendo ali, e de que o pessoal precisaria lhes dar um tantinho de privacidade.

Marissa trabalhou na cabeça e no tronco com a boca, fustigando-o do jeito que ele gostava, e ele fechou os olhos de novo – pensando nos Patriots jogando contra os Giants... Naquilo que estava sendo servido na sala de jantar... Na possibilidade de Lassiter obrigá-los a assistir *The Bachelor* ou talvez a porra da Rachael Ray e seu maldito azeite de oliva extravirgem no programa de culinária.

A imagem da pequena *chef* tirana foi o filtro que melhor funcionou, bloqueando parte das sensações, ou pelo menos o suficiente para não gozar em cima da sua *shellan*.

Na verdade, seu temor quanto a esse resultado funcionou ainda melhor.

Inferno do cacete, o horror que ele sentiria se gozasse na boca dela ou, Deus do céu, no rosto dela...

Não, não. Nada disso. Isso não aconteceria.

Despregando as garras da bancada atrás de si, desceu as mãos e, com gentileza, puxou-a pelos ombros.

– Para... – grasnou. – Você tem que parar agora.

As sensações abaixo da cintura estavam ficando tão fortes quanto uma detonação, a ponto de, apesar de todas as distrações e da sua vigilância, elas estarem bem próximas de assumir o controle, submergindo-o em grandes ondas de êxtase de alta octanagem.

Cerrando os dentes, seu rosto se retorceu.

– Hora de parar... Hora de parar...

No último momento possível, ele forçou a cabeça dela para trás, girou o quadril para o lado e ejaculou sobre os armários onde grandes caixas com embalagens dos peixinhos dourados da Pepperidge Farm eram guardados. Enquanto ele gozava, ela se debateu contra a pegada dele, como se quisesse voltar para a ereção, mas ele não permitiu até que seu quadril parasse de se sacudir e seu corpo todo relaxasse.

– Você devia ter me deixado terminar – ela disse baixinho. – Você nunca me deixa ir até o fim.

Voltando a se concentrar em sua companheira, suspendeu o corpo dela, o pau ainda rijo topando contra os seios, o abdômen, as coxas...

O som da campainha do vestíbulo fez com que virassem as cabeças, e Butch refreou um xingamento. Jesus, como permitira que acontecesse num local tão público? Pareceu-lhe uma ideia perfeitamente aceitável enquanto estivera cego pelo desejo, mas aquele não era lugar para uma dama como ela pagar um boquete para um sujeito insignificante como ele, mesmo ambos estando vinculados.

Butch rapidamente alisou os cabelos dela e depois começou a fechar os botões da braguilha.

– Precisamos continuar isso em casa.

– Até que foi divertido.

– Não.

Enquanto Fritz abria a porta para Xhex e Trez, Butch voltou para a realidade.

– … está me devendo uma! – Xhex disse ao entrar.

– Devo mesmo – respondeu Butch. – Pode cobrar quando quiser.

Xhex o dispensou com um gesto, depois mirou nele com a ponta do dedo.

– Vou cobrar a sua promessa.

– É melhor mesmo.

Butch teve que sorrir, mas logo voltou a se concentrar em sua *shellan*.

– Deixe-me te alimentar. E depois te levar nua para a cama.

– Que bom. – Ela o beijou e depois se virou para limpar o que ele havia…

– Não. – Butch segurou as mãos dela sobre o papel toalha. – Eu faço isso.

Enquanto ele a afastava do caminho, sentia que era observado, mas a ignorou. De onde ele vinha, existiam dois tipos de mulheres, e a sua companheira pertencia à categoria das que eram idolatradas.

Ele devia saber disso. Tivera mais do que sua cota de vadias.

A última coisa que jamais faria era desrespeitar a sua Marissa. Seria o mesmo que incendiar uma igreja, esquartejar a Mona Lisa, ou jogar um Porsche 918 numa ribanceira sem motivo algum.

Portanto, não. Ela não limparia a sujeira que ele causara.

Marissa tinha mais com que se preocupar.

Visto que Butch insistiu em limpar tudo sozinho, saiu do seu caminho e balançou a cabeça. Nunca entendera suas manias em relação ao sexo, mas as aceitava. O que mais restava fazer? Ele se recusava a discuti-las; toda vez que ela trazia o assunto à baila, o fato de afastar sua boca sempre que ele se aproximava do clímax, não tinha papo.

Além disso, naquele instante, a questão recorrente entre eles estava lá embaixo em sua lista de prioridades.

A fêmea terrivelmente ferida mal saíra viva da mesa de operações, e Marissa só voltara para casa porque não havia nada que pudesse fazer a não ser ficar sentada do lado de fora da UTI, à espera da notícia da falência dos órgãos dela. Ou de que eles voltaram a funcionar sozinhos. Deus, a cirurgia lhe pareceu tão complicada quando a enfermeira lhe explicara o procedimento, mas reparar os órgãos internos e remover o baço não levara mais do que uma hora.

Infelizmente, ela perdera sangue demais, e mesmo depois de Havers ter lhe dado a sua veia, os sinais vitais eram instáveis.

Quando seu irmão saíra da sala de operações, olhara diretamente nos olhos de Marissa e lhe disse que tinha feito o melhor que podia.

Deixando de lado seus assuntos pessoais, acreditou nele.

De fato, havia praticamente tragédia demais para suportar no caso. Era triste que ainda não soubessem o nome da fêmea, e ninguém tinha vindo procurar por ela. Abalone, o Primeiro Conselheiro do Rei, verificara as mensagens de e-mail e a secretária eletrônica da casa de audiências a seu pedido. Também não houve nenhuma procura, tanto na clínica como no Lugar Seguro.

A moça era um fantasma no sentido figurado... a caminho de possivelmente se transformar em um literalmente.

– Vamos? – Butch disse ao oferecer-lhe seu braço.

Marissa saiu de seus pensamentos e sorriu para o companheiro.

– Sim, vamos.

Segurando-o, caminhou ao seu lado pelo vestíbulo e entraram na sala de jantar formal. Depois do momento de privacidade que haviam acabado de ter, todo aquele falatório, riso e movimentação parecia um fuso horário social completamente diverso, e ela se sentiu um tanto oprimida. Isso é que era capacidade máxima. Ainda que o pé-direito fosse imenso, e o piso maior do que uma pista de boliche, com a mesa de doze metros centralizada repleta de Irmãos, suas *shellans*, e outros soldados e residentes da casa, ali estava um alegre congestionamento.

Havia dois lugares vagos na extremidade oposta, e eles avançaram até lá, Butch puxando a cadeira para ela.

Quando se acomodou ao seu lado, ele se inclinou e a beijou na boca.

– Coma rápido.

– Pode apostar – ela disse, mesmo não estando com fome.

E, tinha que admitir, não estava com pressa de retornar ao Buraco. A verdade era que insistira em seduzi-lo porque sabia que era o único modo de evitar que seu macho se preocupasse com ela.

Quando um prato com filé mignon foi depositado na sua frente por um *doggen*, Marissa remexeu nele, cortou pedaços de carne que não experimentou, revolveu o purê de batatas, espalhou as vagens. E depois pegou seu copo de cabernet sauvignon e se recostou, observando a todos, ouvindo as suas histórias.

– … vai me obrigar a fazer?

Concentrando-se em seu macho enquanto ele falava, viu quando ele se inclinou ao redor de John Matthew para fazer essa pergunta a Xhex.

A lutadora gargalhou.

– É melhor mesmo você ficar com medo de mim.

– Qualquer um que não fique é um tolo.

– Ah, você diz coisas tão calorosas… E não tenho pressa alguma em cobrar o meu favor. É muito bom ter um macho como você me devendo.

Sem nenhum motivo, Marissa observou como o corpo de Xhex era potente, os ombros e o tronco entalhados com músculos ressaltados debaixo de sua camiseta colante enfiada dentro das calças de couro pretas. Considerando-se os cabelos muito curtos e os olhos cinza-escuros, ela, definitivamente, era alguém que devia ser levada a sério.

Por outro lado, Marissa trajava suas calças de escritório e uma blusa saída de uma escola inglesa.

Enquanto Butch levantava a palma para um cumprimento, Xhex bateu a dela, produzindo um estalo alto o bastante apesar de todos os barulhos de fundo.

– É disso que estou falando! – Butch disse ao se recostar na cadeira. – Inacreditável.

– O que é? – perguntou Marissa.

– Xhex foi… Bem, antes de tudo, eu estava nesse beco… Hum, me deixe voltar um pouco na história. – Cortou o ar com a palma. – Na verdade, é muita coisa para explicar. Resumindo, eu estava acuado com dois *redutores* na minha frente, e Xhex estava com o celular do JM quando mandei uma mensagem pedindo apoio. Ela apareceu num segundo e… – Butch parou de repente e só balançou a cabeça. – É isso.

Marissa esperou que ele continuasse.

– É isso…? O que aconteceu?

Butch pigarreou e sorveu um gole do Lagavulin em seu copo.

– Não importa. Foi o de sempre, sabe?

– Você estava em apuros, não estava?

Ele bebeu mais um gole.

– No fim deu tudo certo.

– Graças a Xhex.

– Você não comeu nada.

Ela baixou o olhar para seu prato.

– Ah, é. Eu comi antes de sair do Lugar Seguro.

Os dois se calaram.

Enquanto farpas e piadas eram trocadas entre os Irmãos, Marissa se sentiu recuando, indo para trás de uma tela invisível que abafava os sons e os sentidos.

– Pronta para ir? – Butch perguntou pouco depois, quando as pessoas começavam a se levantar da mesa.

– Sim. Sim, claro. Obrigada.

No meio do caminho até o arco de entrada, Butch parou para falar com V., os dois aproximaram as cabeças e murmuraram algo. Nesse ínterim, Xhex saiu da mesa com seu companheiro, a mão de John trafegando pelas nádegas firmes, apertando-as e trazendo-a para junto dele. Ele só tinha olhos para sua companheira, o corpo de guerreiro obviamente necessitando de uma válvula de escape.

A resposta?

Xhex emitiu um grunhido, os olhos da fêmea se fixaram nos de John Matthew enquanto ela revelava suas presas, como uma leoa montando o cenário do que, sem dúvida, seria uma maratona de sexo.

Evidentemente, ela também tinha umas arestas que desejava aparar com seu *hellren*.

– Estamos combinados para amanhã, então, certo? – V. disse ao oferecer a palma para Butch.

– Certo. – Butch segurou a mão do Irmão e suas cabeças se aproximaram uma vez mais, as vozes se abaixaram de modo que ela ouviu apenas trechos da conversa.

– Isso. Certo. Aham. Te vejo lá no Buraco?

– Pode apostar.

Butch deu um apertão no ombro enorme de Vishous antes de se virar para Marissa.

– Vamos?

– Aham.

Quando Marissa foi seguindo com ele, percebeu que ainda segurava seu copo de vinho.

– Espere, deixe-me colocar isto na mesa.

Indo contra a maré, sorriu para Autumn e Tohr, acenou com a cabeça para Payne e Manny e com a mão para Bella e Nalla do lado oposto da mesa. Inclinando-se sobre o prato ainda cheio, mas todo remexido, abaixou seu copo e desejou que Fritz e sua equipe deixassem que todos os ajudassem a retirar a mesa.

Quando se virou, parou.

Butch estava parado sob a arcada, as pernas naquelas calças de couro afastadas, as sobrancelhas unidas. Nada daquilo era estranho. Mas ele pegara a enorme cruz de ouro debaixo da camisa e estava mexendo nela, esfregando o peso entre seus dedos.

E um mau presságio a acometeu.

– Marissa? – uma voz feminina a chamou.

Sobressaltando-se, sorriu para Bella.

– Oi. Vi vocês do outro lado da mesa. Você não é uma gracinha? – Afagou a bochecha de Nalla. – Acho que é sim... Claro que é.

– Está pesada demais para ser carregada. – Bella se inclinou para baixo e deixou a filha de pé nas perninhas agora firmes. – E estou pensando em comprar tênis de corrida.

– Para você ou para ela?

Nalla disparou, mas na metade do caminho seu pai já a seguia de perto. Mesmo que ele parecesse um monstro assustador com o rosto marcado por cicatrizes, o crânio raspado e as tatuagens de escravo, Nalla riu deliciada, relanceando para trás e sorrindo para seu pai enquanto corria, corria e corria ao redor da mesa, desviando dos *doggens* que retiravam os pratos.

– Preciso de Nikes para nós duas – Bella sorriu. – Escuta, eu queria conversar com você. Ouvi rumores de que você organizaria o Festival Dançante do Décimo Segundo Mês...

– *O quê?*

Bella pareceu confusa.

– Espere, pensei que... Será que entendi errado?

– Não, tudo bem. – *Maravilha.* – O que você ia dizer?

– Eu só queria te dizer que gostaria de ajudar da forma que eu puder. Fiquei surpresa em ouvir que você assumiria a tarefa, mas entendo por que o fez. Nós precisamos... Não sei, acho que é hora de a raça reestabelecer as tradições que davam certo. Havia muitas que de nada serviam, mas os festivais são importantes...

Um grito infeliz inundou a sala agora vazia quando Nalla tropeçou e foi amparada pelo pai bem a tempo.

– Droga, tenho que ir – disse Bella. – Ela tem sentido dores de crescimento. Vou te dizer, estes últimos dias não têm sido fáceis. Só se lembre de que estou aqui para ajudar, ok?

Bella seguiu atrás da família, estendendo os braços para Nalla, que, por sua vez, esticou um bracinho para sua *mahmen*. O outro ficou com o pai... de modo que os três ficaram unidos.

Sim, dores de crescimento eram uma fase difícil, Marissa concordou. Por algum motivo, os vampiros jovens passavam por estirões de crescimento intensos, em comparação com o crescimento lento e constante até a altura adulta da qual os humanos se beneficiavam.

Apenas mais um aspecto divertido da espécie.

Assim como os festivais.

Marissa esfregou as têmporas ao voltar para junto de Butch.

– Deus, a minha cabeça está latejando.

– Está? – ele perguntou. – Bem, vamos levá-la para a cama.

– Boa ideia. Acho que preciso dormir um pouco.

– É, você me parece cansada.

– Estou mesmo.

E esse foi basicamente o fim da noite: dez minutos depois, ela já estava na cama, de olhos fechados, com as imagens das últimas horas pipocando em sua cabeça como *flashes* de luzes estroboscópicas.

Enquanto Butch voltava para a sala de estar do Buraco.

Sozinho.

Capítulo 4

Na noite seguinte, Paradise pegou o ônibus escolar.

Por assim dizer.

Na verdade, havia dois "ônibus", cada um com aproximadamente trinta pessoas, e quaisquer semelhanças entre eles e o onipresente transporte amarelo dos mini-humanos terminavam com o nome compartilhado. Os veículos que a Irmandade usou para apanhar os candidatos ao programa de treinamento pareciam saídos do filme *O Ataque*, todos negros por dentro e por fora, com vidros escuros e grossos nas janelas, certamente à prova de balas, pneus como das máquinas limpa-neves e para-choques que a fizeram lembrar dos dinossauros T-Rex.

Como todos os outros, ela se desmaterializara para um trecho de terreno vazio a oeste dos subúrbios de Caldwell. Seu pai quis acompanhá-la, mas lhe pareceu importante começar da mesma forma como pretendia continuar. Aquela era a sua decisão independente; precisava fazer o que todos os outros faziam. E ela tinha bastante certeza de que ninguém ali traria um acompanhante.

Ainda mais um acompanhante que, por acaso, era o Primeiro Conselheiro do Rei.

Ver quase sessenta pessoas que não reconhecia fora uma surpresa. Em retrospecto, o formulário deixara claro que qualquer um poderia se inscrever; portanto, havia muitos civis. Na verdade, parecia que todos eram civis e a proporção machos/fêmea devia ser de dez para um.

Mas pelo menos seu sexo era permitido.

Voltando a se concentrar, Paradise se mexeu no banco para garantir que o cotovelo não importunasse o macho que estava sentado ao seu lado. Fora a troca de nomes – o dele era Axe –, não disseram mais nada, e o jeitão calado e taciturno combinava com o seu visual à perfeição: o macho tinha "assassino" escrito em todo ele, com aquele cabelo negro espetado, todos aqueles *piercings* negros de um lado do rosto e a tatuagem de algo maligno lhe subindo até a metade do pescoço.

Imagine só se seu pai soubesse que ela estava perto assim de um macho como aquele? Teriam que colocar Abalone num aparato de suporte de vida.

E esse era exatamente o motivo pelo qual desejou entrar no programa. Era hora de se desligar das restrições impostas por sua posição, e dar um fim à vida de flor de estufa. Se trabalhar para o Rei lhe ensinara algo, foi que não importava a sua classe social, a tragédia não discriminava, a justiça sempre podia ser feita e ninguém sai desta vida vivo.

– Então você vai mesmo seguir com isso.

Paradise olhou para o vidro escuro da janela ao seu lado. Refletido na superfície espelhada, Princeps Peyton, primogênito de Peythone, estava exatamente como ela se lembrava: belo de uma maneira clássica, com aqueles intensos olhos azuis e os espessos cabelos loiros escovados para trás da testa. Estava usando óculos de sol sem aro com lentes cor safira que eram a sua marca registrada para esconder o fato de que provavelmente estava doidão, e suas roupas caras e descoladas eram feitas sob medida para ressaltar o corpo musculoso. Com uma voz aristocrática e rascante, e um cérebro que, de algum modo, conseguia contrabalancear todo aquele THC, ele era considerado um dos solteiros mais cobiçados da *glymera*, uma mistura de Grande Gatsby com Jack Sparrow.

Ao inspirar fundo, ela sentiu o perfume da colônia dele e um resquício de fumaça.

– Como tem passado, Peyton? – murmurou.

– Você saberia se atendesse a porra do telefone.

Paradise revirou os olhos. Mesmo sendo apenas amigos, o maldito era completamente irresistível às fêmeas. E um dos seus problemas, dentre tantos, era o fato de ele saber disso.

– Ei. Oooi? – ele a chamou.

Paradise se virou de frente para ele.

– Não tenho muita coisa para te dizer. Visto que você me reduziu a um par de ovários para reprodução, não deveria ser uma grande surpresa. Não tenho muito mais a oferecer, não é mesmo?

– Pode nos dar licença? – ele pediu para o macho sentado ao lado dela.

– Pode crer. – Axe, o cara durão, saiu dali como se estivesse fugindo de uma bomba de fedor. Ou de uma fêmea grasnante com um vestido rosa repleto de laços e fitas.

Peyton se sentou.

– Já pedi desculpas. Pelo menos para o seu telefone. O que mais quer de mim?

Ela meneou a cabeça, pensando no primeiro ano após os ataques. Tantos da espécie deles foram mortos pela Sociedade Redutora durante aquele ataque horrendo à raça, e os afortunados o bastante para escapar com vida abandonaram Caldwell, retirando-se para suas casas seguras fora da cidade, fora do Estado, fora da Nova Inglaterra.

Peyton fora para o sul com a família. Ela fora para o oeste com o pai. E os dois passaram dias incontáveis insones conversando pelo telefone só para permanecerem sãos e processarem o medo, a tristeza, o horror, as perdas. Nesse tempo, ele se tornara alguém com quem ela conversava não apenas uma vez à noite, mas durante as infindáveis vinte e quatro horas dos ciclos dos dias, das semanas, dos meses.

Ele se tornara a sua família.

Claro, se a época tivesse sido remotamente normal, eles não teriam se aproximado daquela maneira, ainda mais se o contato tivesse sido pessoal. Como fêmea solteira de uma das Famílias Fundadoras, ela não teria permissão para confraternizar tão livremente com qualquer macho descompromissado sem uma acompanhante.

– Sabe todas aquelas horas que passamos ao telefone? – ela perguntou.

– Sei.

– Senti como se você fosse a minha retaguarda. Que você não me julgava quando eu estava com medo, ou fraca, ou nervosa. Você era... uma voz do outro lado da linha que mantinha a minha sanidade. Às vezes, você era a única razão que me fazia suportar até o cair da noite. – Balançou a cabeça. – E então isto aconteceu, e você veio pra cima de mim com toda essa asneira da *glymera*...

– Não, espere um instante...

– Você fez isso, sim. Riu de mim e me disse que eu não conseguiria. – Cobriu a boca dele com a mão para silenciá-lo. – Pare de falar, ok? Deixa eu desabafar tudo que está entalado. Quem sabe você até tenha razão: pode ser que eu não consiga entrar no programa. Tudo bem, posso me estatelar de bunda no chão, mas tenho permissão de estar aqui neste ônibus, e tenho a mesma oportunidade que todos os outros. E justo você, que sempre zombou das fêmeas idiotas da sociedade que a sua família tentou empurrar para você, que me disse que considera os festivais estúpidos, que rejeitou as expectativas de negócios que o seu pai deposita em você… Você é a *última* pessoa que eu pensei que viria me atacar com essas regras antiquadas.

Ele se recostou e a fitou por trás das lentes azuladas.

– Terminou? Acabou seu sermão?

– Para a sua informação, dar uma de engraçadinho não vai te ajudar *em nada* aqui.

– Só quero saber se você vai deixar essa merda feminista de lado e me ouvir de verdade.

– Tá de *brincadeira*?

– Você não me deu uma chance sequer de explicar. Está ocupada demais preenchendo o meu lado da conversa com todas essas asneiras de queimar sutiãs. Por que se dar ao trabalho de deixar a outra pessoa participar da conversa quando você sozinha está se divertindo tanto sendo preconceituosa e superior? Nunca pensei que você fosse assim.

Bem-vindo a um universo paralelo, Paradise pensou.

Antes que conseguisse se segurar, ela rebateu:

– E eu aqui pensando que você fosse apenas viciado. Não sabia que também era misógino.

Peyton balançou a cabeça e se levantou.

– Sabe de uma coisa, Parry? Você e eu temos mesmo que dar um tempo.

– Concordo plenamente.

Do alto de sua enorme estatura, ele baixou o olhar para ela.

– Que tremendo idiota eu fui em pensar que você iria precisar de um amigo nisto aqui.

– Alguém que deseja o seu fracasso não é um amigo.

– Eu nunca disse isso. Nem uma única vez.

Quando ele se virou, Paradise quase lhe berrou algo, mas o deixou se afastar. Não que uma conversa os fosse levar a algum lugar. Mas o que aconteceu, em vez disso? Praticamente todo mundo estava olhando para eles.

Caramba, as coisas estavam começando *mesmo* com o pé direito.

Uma hora após o pôr do sol, Marissa se desmaterializou numa área de floresta do outro lado do rio Hudson. O vento frio que soprava em meio aos pinheiros a fez estremecer, e ela fechou o casaco de lã Burberry bem junto ao corpo. Respirando fundo, suas narinas zuniram com a falta de umidade e o ar incrivelmente limpo do anticiclone que soprava do norte.

Olhando ao redor, pensou que existia algo fundamentalmente fúnebre no mês de novembro. As coloridas folhas do outono estavam caídas e ressecavam no chão, a grama e a vegetação rasteira estavam murchas e acinzentadas, e os alegres e falsamente convidativos flocos de neve ainda tinham que cair para criar o manto branco.

Era a transição medíocre entre uma versão fabulosa e a seguinte.

Aquilo não era nada além de frio e vazio.

Ao girar em volta, sua visão aguçada se fixou numa estrutura de concreto sem nenhum atrativo, uns cinquenta metros mais adiante. Com um único andar, sem janelas e apenas uma porta azul-escura, parecia algo que a prefeitura de Caldwell construíra com o propósito de tratar a água e posteriormente abandonara.

Ao dar um passo à frente, um galho se partiu sob seu pé com um ruído, e ela se deteve, virando para trás para se certificar de que não havia ninguém atrás dela. Maldição, deveria ter dito a Butch aonde ia. Porém, ele estava tão ocupado se preparando para a orientação dos novos recrutas que ela não quis incomodá-lo.

Tudo bem, disse a si mesma. Sempre haveria a Última Refeição.

Falaria com ele, então.

Cruzando a distância até a porta, suas palmas começaram a suar dentro das luvas, e seu peito ficou tão apertado que parecia que estava usando um corpete.

Deus, quanto tempo fazia que não vestia um desses?

Enquanto tentava calcular, pensou no tempo antes de conhecer Butch. Tivera todo o *status*, mas não uma posição que alguém da *glymera* poderia desejar. Na qualidade de noiva prometida e não reclamada de Wrath, filho de Wrath, não passava de um fruto proibido, uma bela maldição, lastimada e evitada nos eventos e nos festivais da aristocracia.

Contudo, seu irmão sempre cuidara dela, uma fonte de conforto na maior parte do tempo silenciosa, mas mesmo assim leal. Ele odiara o fato de Wrath tê-la sempre ignorado a não ser quando precisava se alimentar e, no fim, esse ódio levara seu irmão a tentar matar o Rei.

Como se constatou mais tarde, aquele seria apenas um dos vários atentados à vida de Wrath.

Ela se arrastava e sofria em sua infeliz existência, sem esperar mais nada, meramente desejando poder viver a própria vida... até que numa noite conheceu Butch na antiga casa de Darius. Seu destino mudara para sempre ao ver o então humano parado na sala de estar, o destino lhe dando o amor que ela sempre buscara, mas que jamais tivera. No entanto, houve repercussões. Talvez como parte do equilíbrio ditado pela Virgem Escriba, todo esse bem viera a um grande custo: seu irmão acabou por expulsá-la de casa e de sua vida momentos antes do alvorecer de certa manhã.

Que era o que acontecia quando a filha de uma das Famílias Fundadoras está namorando o que se acredita ser apenas um simples humano.

No fim, revelou-se que havia muito mais em Butch, claro, mas seu irmão não ficara por perto tempo suficiente para saber disso tudo. E Marissa não se importara. Teria assumido o seu macho de qualquer forma que ele se apresentasse a ela.

A não ser pela vez em que se deparara com Havers numa reunião do Conselho, ela, de fato, nunca mais vira o irmão desde então.

Isto é, até a noite anterior.

O engraçado é que ela não desperdiçara tempo algum pensando no que um dia tivera, onde estivera, como vivera. Distanciara-se de tudo o que acontecera antes de seu companheiro, vivendo apenas no presente e no futuro.

Agora, porém, ao passar pela soleira da nova clínica de ponta do irmão, percebeu que aquela ruptura definitiva não passara de uma ilusão. Só porque seguimos em frente não significa que nos despimos de nossa história pessoal como quem troca de roupa.

O passado de alguém é como a própria pele: permanece com você por toda a vida, tanto as proverbiais marcas de beleza... quanto as cicatrizes.

No caso de Marissa, basicamente as cicatrizes.

Muito bem, onde estava a campainha? A recepção? Na noite anterior, entraram com a ambulância por uma entrada diferente... Mas Havers lhe dissera para vir por ali se viesse se materializando.

– Veio se consultar com algum médico? – uma voz feminina perguntou por um alto-falante.

Sobressaltada, afastou os cabelos e tentou encontrar a câmera de segurança.

– Hum... Na verdade, não tenho hora marcada. Vim ver...

– Não tem problema, meu bem. Entre.

Houve um som metálico e uma barra surgiu na superfície da porta. Empurrando-a, ela emergiu num espaço aberto de uns 6 metros de largura por 6 de comprimento. Com luzes embutidas no teto e paredes de concreto pintadas de branco, parecia a cela de uma prisão.

Olhando ao redor, ficou se perguntando...

O facho vermelho do laser era largo como a palma da mão, mas tinha a espessura de um fio de cabelo, no máximo, e ela o notou apenas pelo calor, e não por sua visão tê-lo percebido. Percorrendo-a dos pés à cabeça com lentidão, ele procedia de um canto à direita, de um meio globo escuro afixado no teto.

– Por favor, siga em frente – a voz feminina disse por outro alto-falante escondido.

Antes que Marissa levantasse a questão de não haver lugar para ir, a parede diante dela se partiu ao meio e deslizou para os lados, desaparecendo para revelar um elevador que se abriu silenciosamente.

– Que chique – disse baixinho ao entrar.

O trajeto durou mais do que o esperado e o elevador parecia se mover para baixo, por isso ela concluiu que não havia exagero em chamar a construção de subterrânea.

Quando o elevador por fim parou, a porta se abriu novamente e...

Trabalho, trabalho, trabalho, ela pensou ao sair.

Parecia haver pessoas por todos os lados, sentadas em cadeiras ao redor de uma TV de tela plana à esquerda, dirigindo-se a uma bancada de recepção à direita, movendo-se apressadas pela imensa sala. Trajavam jalecos brancos e uniformes de enfermagem.

– Olá! Você tem hora marcada?

Levou um instante para ela perceber que uma fêmea uniformizada sentada atrás do primeiro balcão se dirigia a ela.

– Ah! Não, desculpe, não tenho. – Aproximou-se e baixou a voz. – Sou *tuhtora* designada de uma fêmea que foi transferida do Lugar Seguro na noite passada. Vim ver como ela está passando.

No ato, a recepcionista ficou paralisada. Em seguida, os olhos percorreram Marissa de alto a baixo, como o feixe de laser no andar térreo.

Marissa sabia exatamente que narrativa estava se passando pela mente da fêmea: noiva não reclamada de Wrath, hoje vinculada ao *Dhestroyer* e, acima de tudo, a irmã distanciada de Havers.

– Poderia avisar o meu irmão que estou aqui?

– Já estou ciente da sua presença – Havers disse atrás dela. – Eu a vi na câmera de segurança.

Marissa fechou os olhos por um breve segundo. E depois se virou para encará-lo.

– Como está a paciente?

Ele se curvou de leve. O que foi uma surpresa.

– Não muito bem... Por favor, venha por aqui.

Enquanto seguia seu jaleco branco em direção a uma pesada porta dupla fechada, tinha consciência dos muitos pares de olhos sobre eles.

Encontros familiares eram divertidos. Ainda mais em público.

Depois de Havers passar seu cartão por um leitor magnético, as portas metálicas se abriram para revelar um espaço médico tão sofisticado e intenso quanto qualquer um imaginado por Shonda Rhimes:* quartos hospitalares repletos de equipamentos médicos estavam agrupados ao redor de um espaço administrativo central com enfermeiras, computadores e vários tipos de suporte, enquanto três corredores partiam em direções diferentes para o que ela deduziu serem unidades de tratamento especializado.

E seu irmão administrava tudo aquilo sozinho.

Se Marissa não soubesse do que o irmão era capaz, ficaria maravilhada com ele.

– Esta é uma instalação e tanto – observou ao seguirem em frente.

– O projeto levou um ano, a construção mais do que isso. – Ele limpou a garganta. – O Rei tem sido muito generoso.

Marissa lançou-lhe um olhar de surpresa.

– Wrath? – Como se houvesse outro monarca! Dã! – Quero dizer...

* Shonda Rhimes é roteirista, cineasta e produtora norte-americana, criadora, entre outras séries, do drama médico *Grey's Anatomy*. (N.T.)

– Eu presto serviços essenciais à raça.

Foi poupada de sustentar a conversa por mais tempo quando ele parou diante de uma unidade envidraçada que tinha as cortinas fechadas pela parte interna.

– Você precisa se preparar para isto.

Marissa olhou fixamente para o irmão.

– Até parece que eu nunca testemunhei o resultado de violência antes...

A ideia de que ele desejasse protegê-la de qualquer coisa àquela altura era ofensiva.

Havers inclinou a cabeça, desconcertado.

– Sim, claro.

Com um movimento, ele abriu a porta de vidro e depois afastou as cortinas verdes claras.

O coração de Marissa gelou, e ela teve que combater certa hesitação. Tantos tubos e máquinas entravam e saíam da fêmea que aquilo mais parecia um filme de ficção científica, o comando daquele fiapo de vida assumido por funções mecânicas.

– Ela está respirando sem auxílio – Havers informou ao se inclinar e verificar a leitura de alguma coisa. – Retiramos o tubo de traqueotomia umas cinco horas atrás.

Marissa se recompôs e forçou os pés a se moverem até a cama. Havers estivera certo ao alertá-la... Mas o que ela esperava ver? Vira os ferimentos pessoalmente.

– Alguém... – Marissa se concentrou no rosto judiado. Os hematomas haviam descolorido o rosto ainda mais, grandes faixas de roxo e vermelho marcando as faces inchadas, os olhos, a mandíbula. – Alguém da família... veio procurá-la?

– Não. E ela não tem se mantido suficientemente consciente para nos dizer seu nome.

Marissa se aproximou da cabeceira da cama. Os bipes e os sussurros suaves do equipamento pareciam altos demais, e sua visão estava nítida demais ao olhar para a bolsa de soro pingando constantemente, e o modo como os cabelos castanhos da fêmea estavam emaranhados sobre a fronha branca, e a textura da manta azul sobre os lençóis.

Curativos em toda parte, pensou ela. E isso apenas nos braços e ombros expostos.

A mão pálida e delgada estava apoiada ao lado do quadril, e Marissa esticou a sua para segurá-la. *Fria demais,* pensou. A pele estava fria demais e não tinha a coloração correta: estava branca acinzentada, em vez de castanha dourada.

– Está voltando a si?

Marissa ficou confusa com o comentário do irmão, mas logo percebeu que os olhos da fêmea estavam tremelicando, as pálpebras inchadas se abrindo e fechando.

Inclinando-se na direção dela, Marissa disse:

– Você está bem. Está na clínica do meu ir... na clínica da raça. Está segura aqui.

Um gemido sofrido a fez se retrair. E depois houve uma série de murmúrios.

– O que disse? – Marissa perguntou. – O que está tentando me contar?

As sílabas foram repetidas com pausas nos mesmos lugares, e Marissa tentou compreender o padrão, desvendar a série de palavras, apanhar o significado.

– Repita uma vez mais...

De repente, os bipes ao fundo se aceleraram num alarme. E Havers afastou a cortina e escancarou a porta, gritando para o corredor.

– O que foi? – Marissa perguntou, curvando-se mais sobre o leito. – O que está dizendo?

Enfermeiras entraram apressadas, e um carrinho foi trazido. Quando alguém tentou se colocar entre ela e a paciente, Marissa sentiu vontade de lhes dizer que parassem, mas logo a agitação no quarto prevaleceu.

A conexão entre Marissa e a paciente foi rompida, as mãos das duas se afastaram, e mesmo assim os olhos da fêmea permaneceram fixos em Marissa, mesmo quando mais pessoas e equipamentos ficaram entre elas.

– Comece as compressões – Havers disse quando uma enfermeira subiu na cama. – Carregue a máquina.

Marissa recuou um pouco mais, ainda mantendo contato visual.

– Eu vou encontrá-lo – ouviu-se dizendo em meio à confusão. – Eu prometo...

– Todos para trás – Havers ordenou. Quando a equipe se afastou, ele apertou um botão e a caixa torácica da fêmea se arqueou.

O coração de Marissa batia forte, como se tentasse compensar o que fraquejava sobre o leito.

– Vou encontrar quem fez isso com você! – ela exclamou. – Fique conosco! Não desista! Nos ajude!

– Sem pulsação – Havers anunciou. – Vamos repetir. Afastem-se!

– Não! – Marissa gritou quando os olhos da fêmea se reviraram. – *Não*...!

Capítulo 5

Aquilo era... um coquetel?

Enquanto Paradise entrava no ginásio que parecia ser tão grande quanto um campo de futebol profissional, surpreendeu-se em ver *doggens* uniformizados segurando bandejas de prata repletas de canapés com as mãos cobertas por luvas brancas, um bar montado sobre uma mesa com toalha adamascada e música clássica tocando ao fundo.

As sonatas de violino de Mozart.

Das que seu pai ouvia diante da lareira após a Última Refeição.

À esquerda, havia um balcão de inscrição, para onde, após um instante de aglomeração, todos os sessenta candidatos formaram uma fila diante de uma *doggen* com um sorriso contente estampado no rosto e um laptop diante de si. Não querendo parecer alguém que desejava tratamento especial, Paradise entrou na fila e esperou pacientemente até informar seu nome, confirmar seu endereço, ter sua foto tirada e seguir para o lado onde entregou o casaco e a mochila.

– Gostaria de um canapé? – um *doggen* lhe ofereceu.

– Ah, não, obrigada, mas agradeço a gentileza.

O *doggen* se curvou até a cintura e abordou o macho que estivera atrás dela na fila. Relanceando por sobre o ombro, cumprimentou com a cabeça o colega candidato, e o reconheceu dos festivais que a *glymera* organizara antes dos ataques. Como todos os membros da aristocracia, eram primos distantes, apesar de não ter convívio com ele nem com seus familiares.

Seu nome era Anslam, se bem se lembrava.

Depois de retribuir o aceno, ele enfiou um canapé na boca.

Girando sobre os calcanhares, Paradise deu uma olhada nos equipamentos de ginástica espalhados pelo espaço aberto. Barras paralelas, barras simples, colchões para amortecer as quedas, um cavalo de alças, *leg press*... ah, que bom, eles também tinham um aparelho de remo seco.

Pelo menos não fracassaria num dos equipamentos.

Espiando por cima do ombro, descobriu que muitos dos recrutas pareciam se esquivar constrangidos dos *doggens*, como se nunca tivessem visto criados antes. Peyton atacava os aperitivos com fervor... O que não era uma surpresa. E Axe, o assassino serial latente, estava na periferia de tudo aquilo, com os braços cruzados diante do peito, os olhos inspecionando o cenário como se talvez escolhesse suas vítimas.

Ficou se perguntando o que significavam todas aquelas tatuagens... E os *piercings*?

Tanto faz.

E, puxa, veja só, parecia haver apenas uma única outra fêmea até o momento. Considerando-se a expressão forte como aço no rosto magro, e os ombros amplos, ela provavelmente seria mais adequada ao programa do que boa parte dos machos ali.

Esfregando as palmas úmidas nas coxas, Paradise desvencilhou-se de uma sensação de desapontamento: aquele macho, Craeg, que fora à casa de audiências atrás de um formulário de inscrição, não estava no grupo.

Mas, convenhamos, devia ser uma coisa boa. Ele se mostrara uma distração absoluta no instante em que se aproximara da sua escrivaninha; e ela precisaria de toda a sua concentração para passar por aquilo.

Desde que aquela noite revolvesse em torno de algo além de canapés.

Onde estavam os Irmãos?, perguntou-se.

Um movimento chamou a sua atenção pelo canto do olho. Um dos machos saltara no cavalo com alças e lentamente girava a parte inferior do corpo em círculos enquanto os braços impressionantes mantinham seu peso suspenso. O som das palmas batendo no couro formou uma batida que rapidamente acelerou mais e mais conforme sua velocidade aumentava.

– Nada mal... – murmurou enquanto o tronco incrivelmente forte lançava as pernas para fora e ao redor num borrão.

Ele não perdeu o compasso. Nem uma única vez. E quanto mais ele girava, mais convencida ela ficava de que deveria ter passado oito anos na academia, e não apenas oito semanas. E se o restante dos candidatos fosse como ele? Estava ferrada.

Mas, olhando bem, ela não parecia ser a única intimidada. A turma inteira parara de passear para olhar para ele, hipnotizada pela excelência da atuação solitária naquele imenso ginásio.

Tum.

O som da porta se fechando fez com que ela olhasse por sobre o ombro... E arfou antes de se conter.

Lá estava ele, aquele por quem ela esperava, aquele que ela tinha esperanças de reencontrar.

Paradise afofou o rabo de cavalo, algum receptor ligado ao estrogênio enlouquecendo e fazendo-a regredir aos dezesseis anos, enquanto o macho se aproximava do balcão de inscrição.

Mais alto. Ele era muito mais alto do que ela se lembrava. Mais largo também – seus ombros esticavam a costura do moletom do Syracuse. Mais uma vez, vestia calça jeans, diferente da anterior, mas também com rasgos. O calçado era um par puído e sujo de Nikes. Estava sem boné desta vez.

Lindos cabelos negros.

Devia tê-los cortado recentemente, pois as laterais estavam tão batidas que ela via o couro cabeludo por baixo da penugem escura ao redor das orelhas e da nuca, e o topo estava curto o bastante para ficar espetado. O seu rosto... Bem, não devia ser de parar o trânsito para outras pessoas, o nariz era um pouquinho grande demais, o queixo, um pouco pontudo, os olhos, um pouco afundados demais para parecerem receptivos. Mas, para ela, ele era Clark Gable; era Marlon Brando; era o The Rock; era Channing Tatum.

Era como se estivesse embriagada sem ter bebido, imaginou alguma química dentro dela transformando-o em algo muito além do que ele era.

Inspirando fundo, tentou captar seu perfume... E se sentiu uma perseguidora.

Bem, porque talvez *fosse* uma perseguidora.

Depois que tiraram a sua foto, ele se virou para o restante da turma, os olhos varrendo o grupo, sem demonstrar nenhuma reação. Ao longe, ela percebeu que a *doggen* que os recepcionara arrumava seus pertences e partia, juntamente a todos os outros criados, que provavelmente se afastavam para voltar a encher as bandejas.

Mas será que ela se importava com isso?

Olhe para mim, ela pensou olhando na direção do macho. *Olhe para mim...*

E foi o que ele fez.

Seus olhos passaram por ela, mas, em seguida, voltaram e ali se detiveram. Quando um raio de eletricidade atravessou o corpo inteiro de Paradise, ela...

De repente, o ginásio ficou escuro.

Breu. Sinistro. Total.

De volta à clínica subterrânea de Havers, se Marissa não estivesse apoiada no vidro, teria caído.

Ainda mais quando viu o irmão puxar o lençol branco por cima da expressão congelada da fêmea.

Santa Virgem Escriba, não estava preparada para o silêncio da morte... Para como, quando Havers anunciou a hora do óbito, tudo e todos pararam, os alarmes silenciaram, os esforços cessaram, a vida acabara. Também não estava preparada para a retirada do equipamento que tentara manter a fêmea viva: um a um, os tubos no peito, nos braços, no abdômen foram removidos, assim como os eletrodos do monitor cardíaco. A última coisa que tiraram foram as faixas de compressão ao redor das canelas finas.

Marissa acompanhava perplexa a movimentação das mãos gentis das enfermeiras. Foram cuidadosas com a paciente na morte assim como haviam sido em vida.

Quando a equipe se preparava para ir embora, ela sentiu vontade de agradecer às fêmeas de roupas brancas e sapatos levemente rangentes. Dar-lhes a mão. Abraçá-las.

Em vez disso, ficou onde estava, paralisada pela sensação de que a morte ocorrida não deveria ter sido testemunhada por ela. *Era a família que deveria estar ali,* pensou apavorada. Deus, onde encontraria a família dela?

– Sinto muito – Havers disse.

Marissa estava prestes a perguntar por que estava se desculpando com ela quando percebeu que o irmão se dirigia à paciente morta: estava curvado sobre o leito, uma das mãos sobre o ombro inerte debaixo do lençol, as sobrancelhas franzidas por trás dos óculos de aro tipo casco de tartaruga.

Quando ele se endireitou e recuou, levantou os óculos e pareceu enxugar os olhos, ainda que, ao se voltar para ela, parecesse completamente composto.

– Cuidarei para que os restos dela sejam tratados adequadamente.

– E isso significa…

– Que ela será cremada de acordo com um ritual adequado.

Marissa concordou com um aceno de cabeça.

– Quero ficar com as cinzas dela.

Enquanto Havers assentia e ambos combinavam que ela apanharia as cinzas na noite seguinte, Marissa estava bem ciente de que seu tempo estava se acabando. Se não se afastasse do irmão, daquele quarto, daquele corpo, da clínica… acabaria desmoronando diante dele.

E isso simplesmente não era uma opção.

– Se me der licença – ela o interrompeu. – Tenho que cuidar de alguns assuntos no Lugar Seguro.

– Sim, claro.

Marissa olhou para a fêmea, notando sem pensar as manchas vermelhas em alguns pontos do lençol, sem dúvida resultantes da remoção dos tubos.

– Marissa, eu…

– O que foi? – ela disse com voz cansada.

No silêncio tenso que se seguiu, ela pensou em todo o tempo que passara furiosa com ele, odiando-o, embora, naquele instante, não conseguisse reunir nenhuma dessas emoções. Apenas ficou ali parada diante de seu parente, aguardando numa postura que não era nem de força nem de fraqueza.

A porta se abriu e a cortina foi afastada. Uma enfermeira, que não estivera envolvida na tentativa de reanimação da paciente morta, inseriu a cabeça pela abertura.

– Doutor, estaremos prontos em quatro minutos.

Havers assentiu.

– Obrigado. – Quando a enfermeira se afastou, ele disse: – Pode me dar licença? Eu preciso…

– Cuide dos seus pacientes. Pode ir. É o que você faz de melhor, e é muito bom nisso.

Marissa saiu do quarto, e depois de um instante de hesitação quanto a que direção tomar, lembrou-se de ir pela esquerda. Era mais fácil recobrar a compostura do lado de fora e manter a máscara no lugar ao retornar para a recepção, com todos os olhares fixos nela quando ela partiu, como se a notícia tivesse se espalhado pelos funcionários. Estranho não ter reconhecido nenhum rosto. Isso a fez perceber mais uma vez quantos haviam sido mortos nos ataques, e quanto tempo se passara desde que circulara pelo ambiente de trabalho do irmão.

E como os dois, apesar dos laços sanguíneos, eram, essencialmente, estranhos um para o outro.

Pegando o elevador para subir à superfície, desembarcou no recinto parecido com uma cela da construção superior e seguiu caminho em direção à floresta.

Ao contrário da noite anterior, a lua brilhava forte, iluminando as árvores... e a ausência de qualquer estrada. Percebeu que, de fato, existiam entradas múltiplas para o complexo subterrâneo, algumas para entregas, outras para pacientes que conseguiam se desmaterializar, e outra ainda para as ambulâncias.

Tudo isso logicamente projetado, sem dúvida segundo as diretrizes e influência do irmão.

Por que Wrath não lhe contara que estava ajudando Havers com tudo aquilo?

Pensando bem, isso não era da sua conta, era?

Será que Butch sabia?, perguntou-se.

Sinto muito.

Enquanto ouvia a voz do irmão em sua mente, sua raiva voltou multiplicada por dez, a ponto de ter que esfregar a queimação que sentia no esterno.

– Águas passadas não movem moinhos – disse a si mesma. – Hora de voltar ao trabalho.

No entanto, ela não parecia capaz de partir. De fato, a ideia de regressar ao Lugar Seguro fez com que quisesse seguir na direção oposta. Não poderia contar às suas funcionárias o que acabara de acontecer. A morte da fêmea era como uma negação de tudo o que tentavam fazer debaixo daquele teto: interceder, proteger, educar, fortalecer.

Não. Não conseguiria ir direto para lá.

A questão era... Não fazia ideia de onde ir.

Capítulo 6

Na escuridão tão densa quanto a de um túmulo, Paradise só conseguia ouvir o próprio coração batendo forte atrás das costelas. Estreitando os olhos, tentou ajustar a vista, mas não havia nenhuma fonte de luz em parte alguma: nenhum brilho ao redor das portas, nenhum sinal luminoso em vermelho indicando a saída, nenhuma luz de emergência. O vazio era absolutamente aterrorizante e parecia desafiar as leis da gravidade, a sensação de que talvez estivesse flutuando no ar apesar de seu peso permanecer sobre os pés a confundia e a nauseava.

A música clássica também não tocava mais.

Mas o ambiente estava longe de estar silencioso. Ao forçar os ouvidos a não priorizar as castanholas dentro do peito, conseguiu ouvir murmúrios, respirações, imprecações. Alguns deviam estar se movendo um pouco, pois ouvia o farfalhar das roupas, os raspar dos calçados, como barulho de fundo para sons vocais mais proeminentes.

Eles não podem nos machucar, pensou. De modo algum a Irmandade os feriria de verdade. Sim, claro, assinara um termo de consentimento e de exoneração de culpa na parte de trás da inscrição – não que tivesse dado muita atenção às letras miúdas – mas, de toda forma, assassinato era assassinato.

Não se podia assinar um documento abrindo mão do direito de permanecer vivo.

Aquilo só podia ser a Irmandade fazendo a sua grande entrada. A qualquer momento. Isso mesmo, eles surgiriam debaixo de algum holofote, suas silhuetas destacadas como as de super-heróis contra um fundo de fumaça, seu incrível arsenal dependurado nos corpos imensos.

Aham.

A qualquer instante…

Enquanto a escuridão prosseguia, seu medo deu as caras de novo, e era muito difícil não ceder a ele e correr. Mas para onde ir? Tinha vaga noção de onde estavam as portas, o bar e o balcão de recepção. Também se lembrava de onde aquele macho, Craeg, estava – não, espere, ele tinha se mexido. Estava se mexendo.

Por algum motivo, ela o sentia em meio a todos os outros, como se ele fosse algum tipo de farol...

Uma brisa passou pelo seu corpo, sobressaltando-a. Mas era apenas ar fresco. Uma corrente de ar fresco.

Bem, isso excluía a possibilidade de uma queda de energia, se o sistema de ventilação estava funcionando.

Ok, era ridículo.

E, evidentemente, não era a única se frustrando ali. Outros praguejavam mais, se movimentavam mais, batiam os pés no chão, impacientes.

– Prepare-se.

Paradise gritou na escuridão, mas se acalmou ao reconhecer a voz de Craeg, seu cheiro, sua presença.

– O que disse? – sussurrou.

– Prepare-se. É aqui que o teste começa. Abriram uma saída, a pergunta é como nos farão ir até lá.

Ela desejou parecer tão esperta e calma quanto ele.

– Por que simplesmente não voltamos pelas portas que usamos para entrar?

– Não é uma boa ideia.

Bem nessa hora, ocorreu uma movimentação coordenada na direção pela qual entraram, como se um grupo tivesse se formado, concordado com uma estratégia, e colocasse o plano em ação.

E foi nesse instante que ela ouviu os primeiros gritos da noite.

Agudos, e evidentemente de dor, não de surpresa, os sons horríveis vinham acompanhados de um zunido que ela não compreendia.

Às cegas, literalmente, esticou a mão e segurou Craeg... Só que pegou na extensão dura e plana do seu abdômen e não no braço.

– Ah, Deus... desculpe, eu...

– Eletrificaram as portas – ele disse, sem comentar a gafe dela, tampouco seu pedido de desculpas. – Podemos concluir que nada aqui é seguro. Bebeu o que serviram? Comeu alguma coisa daquelas bandejas?

– Hum... Não, eu...

Da esquerda, ouviram o som inconfundível de alguém vomitando em meio ao caos. E dois segundos depois, como um passarinho respondendo a um trinado da sua espécie, outra pessoa começou a vomitar.

– Eles não podem nos fazer passar mal – ela disse de súbito. – Espere, isto é… isto é uma escola! Não podem…

– Isto aqui é sobrevivência – disse o macho com seriedade. – Não se engane. Não confie em ninguém, ainda mais se for algum suposto professor. E não tenha esperanças de passar por isto, não por ser uma fêmea, mas porque os Irmãos vão estabelecer um padrão tão alto que somente dez de nós terão uma chance de ainda permanecer de pé até o fim da noite. Quando muito.

– Não pode estar falando sério.

– Preste atenção – ele disse. – Ouviu isto?

– Os vômitos? – O estômago dela se revolveu em empatia. – Difícil não ouvir.

Difícil suportar o cheiro também.

– Não, o tique-taque.

– O que… – E foi aí que ela também ouviu… ao fundo, o equivalente sonoro a alguém se movendo atrás de cortinas, havia um tique-taque ritmado. – O que é isso?

– Não nos resta muito tempo. O intervalo entre os ruídos está ficando cada vez mais curto. Boa sorte.

– Aonde você vai? – O que ela queria dizer era: não me deixe. – Aonde…

– Vou atrás do ar fresco. É para lá que todos irão. Não toque nos aparelhos de exercício. E, como já disse, boa sorte.

– Espere! – Mas ele já se afastara, um fantasma sumindo na escuridão.

De repente, Paradise se sentiu completamente apavorada, seu corpo tremia incontrolavelmente, as mãos e os pés entorpecendo, suor frio se formando em cada centímetro quadrado de sua pele.

Papai estava certo, pensou. *Não posso fazer isto. No que eu estava pensando…*

E foi nesse momento que tudo começou.

Do alto e de todos os lados, aconteciam explosões como se o ginásio tivesse sido preparado para ser detonado. Os sons eram tão altos que seus ouvidos os registraram como dor, não apenas barulho, e os *flashes* de luz tão brilhantes que ela passou de uma versão da cegueira para outra.

Gritando em meio ao caos, ela levou as mãos aos ouvidos e se abaixou, procurando cobertura.

À frente dela, viu pessoas no chão, algumas num agachado defensivo como o seu, outras vomitavam, e junto àquelas portas, pessoas se retorciam e abraçavam a si mesmas apertado, como se a dor fosse grande demais para permanecerem de pé.

Só havia uma pessoa de pé se movimentando.

Craeg.

Nos *flashes* intermitentes, ela acompanhou seu avanço para o canto oposto. Sim, parecia existir uma abertura, uma porta que ofereceria nada além de mais escuridão... Mas devia ser melhor do que ser explodido.

Deu um punhado de passos à frente, mas logo percebeu que aquilo seria uma cretinice. Correr. Ela precisava correr. E não havia nada detendo-a, e ela não queria ser atingida pelos destroços que caíssem.

Não toque nos equipamentos.

Levando-se em consideração o que acontecera com aqueles que tentaram sair pelas portas metálicas? Só podia ser verdade.

Foi um grande alívio disparar adiante, porém ela teve que diminuir o passo porque sua visão não conseguia acompanhá-lo; ela precisava esperar pelos *flashes* de luz. Era o único modo de avançar com segurança.

Pense numa caminhada desajeitada. Tropeços, arrastos, escorregadas, ela começou a abrir caminho em meio ao barulho e à luz atordoantes, à ameaça à sua vida, ao terror que a acompanhava.

Acabara de entrar no labirinto de equipamentos quando se deparou com a primeira pessoa caída no chão. Era um macho que gemia e apertava a barriga. Seu instinto foi o de tentar ajudá-lo, mas conteve-se.

Isto aqui é sobrevivência.

Algo passou zunindo por sua orelha – uma bala? Estavam *atirando* neles?

Jogando-se no chão, foi deslizando pelo chão escorregadio de barriga, e depois foi avançando agachada em meio ao tremendo caos.

Estava indo bem até chegar ao macho seguinte que estava deitado se contorcendo, os braços agarrados ao abdômen.

Era Peyton.

Continue, disse a si mesma. *Vá para a segurança.*

Enquanto outra explosão acontecia, bem do lado direito da sua cabeça, ela grudou a barriga no chão e gritou em meio à confusão:

– Merda!

Enquanto Craeg, filho de Brahl, o Jovem, avançava pelo ginásio, surpreendeu-se com o fato de que deixar aquela fêmea para trás o incomodasse tanto. Não a conhecia, não lhe devia nada. Ela era Paradise, a recepcionista da casa de audiências do Rei, aquela que lhe entregara o formulário de inscrição impresso havia várias semanas.

De que ele precisava por ser pobre demais para ter acesso à internet, quanto mais a um computador e uma impressora.

Lá naquela sala, ela se mostrara... deslumbrante demais para que ele a fitasse. E quando ficou sabendo que ela queria participar do programa? A única coisa que lhe passou pela mente era o que os humanos poderiam fazer com ela caso a apanhassem. Ou os *redutores*. Ou o tipo errado de vampiro.

Alguém tão linda quanto ela não estava segura neste mundo.

Entretanto, ela parecia ingênua quanto à severidade das provas que todos enfrentariam como *trainees*. Os Irmãos haviam orquestrado cada parte daquele ambiente. Nada fora deixado ao acaso, e nada aconteceria a favor dos candidatos. Dizer a ela o que ela já deveria saber pareceu-lhe o único modo de ajudá-la de alguma maneira, mas não poderia desperdiçar sequer um instante se perguntando o que podia ter acontecido com ela.

Precisava era se concentrar nos *flashes*.

Ainda que a princípio parecessem aleatórios, na verdade existia um padrão sutil neles, e assim como os tique-taques antes que o show de barulhos e luzes começasse, os intervalos estavam ficando cada vez menores; portanto, seu tempo estava acabando.

Não fazia ideia de qual seria a segunda fase, mas sabia muito bem que era bom estar preparado para ela.

Pelo menos nenhum deles morreria.

Apesar da atmosfera de perigo, ele tinha a sensação de que a Irmandade não feriria nenhum deles de verdade. As "explosões" eram apenas muito barulho e luzes: não havia destroços, nenhuma estrutura estava caindo, não havia cheiro de fumaça. Do mesmo modo, o que quer que estivesse fazendo mal às pessoas não devia ser algo fatal. Os camaradas deitados no chão não estavam num momento feliz em suas vidas, claro, mas em meio aos *flashes*, ele notou que os primeiros a caírem já estavam ficando de pé.

Aquele era um teste, um teste elaborado e só Deus sabia quanto duraria e, pelo andar da carruagem, a proporção de sucesso entre os candidatos devia ser ainda mais baixa do que aquela que dissera a Paradise.

Craeg parou e olhou para trás por um segundo. Não conseguiu evitar.

Contudo, não havia como saber onde ela estava no meio daquela confusão. A luz não se sustentava por tempo suficiente e havia muitos corpos ali.

Apenas siga em frente, disse a si mesmo.

Já fez isso antes, vai fazer hoje de novo.

Seguindo em frente, abriu seu caminho ao largo dos equipamentos de exercício. Não era uma boa ideia tentar se proteger atrás deles. De tempos em tempos, ele via pelo canto dos olhos alguma pobre alma tentar isso, só para parecer ser eletrocutada, os corpos se retorcendo em ângulos esquisitos na luz estroboscópica ao serem lançados para trás e caírem.

Desejou muito que ela tivesse lhe dado ouvidos.

Abaixando a cabeça e se movimentando com rapidez, acabou chegando à porta de entrada do lado oposto. O cheiro de ar fresco era inebriante, um respiro que renovou as forças do seu corpo. Mas ele não conseguia enxergar o que havia do outro lado, e recriminou-se por não ter dado razão ao impulso de trazer uma lanterna consigo.

Ok, tudo bem, então nem ele mesmo imaginara que as coisas ali podiam ficar tão intensas.

– É por aí que temos que ir.

Ao som daquela voz grave, ele olhou para trás, e ficou surpreso ao ver uma fêmea parada tão perto dele. Não era a loira adorável, nem perto disso. Na verdade, aquela parecia sugerir que o termo "sexo frágil" era um grande equívoco de nomeação. Era quase tão alta quanto ele, musculosa debaixo das roupas de ginástica e, pelo modo como o encarava direto nos olhos, ele entendeu que ela era tão inteligente quanto forte.

– Craeg – apresentou-se, estendendo a mão.

– Novo.

Como esperado, o aperto de mãos foi breve e forte.

– Agora vem isso. – Ela apontou para o vazio com a cabeça. – Por que diabos eu não trouxe a minha lanterna?

– Acabei de pensar a mesma coisa…

– Por aqui! – alguém exclamou. – É por aqui!

Em meio à luz forte, Craeg viu um grupo de três machos disparando pela passagem, conduzido por um grandalhão que trazia uma expressão de triunfo antecipado no rosto, que Craeg tinha muita certeza que não duraria muito tempo mais.

Craeg sacudiu a cabeça e recuou um passo. Qualquer que fosse a maneira de entrar ali, não seria em disparada. Pelo que sabiam…

Um… Dois… Três… O trio passou por ele e pela fêmea, que havia parado ao seu lado.

De súbito a porta se fechou num baque forte. Em seguida, gritos do lado oposto.

Craeg olhou ao redor. Talvez outra saída fosse aberta? Ou talvez devesse pensar mais amplamente? Seria possível existir outra resposta…

Naquele instante, viu um par de cordas penduradas do teto uns nove metros mais à frente. Podia jurar que elas não estavam ali antes… Quem podia saber?

– Essa é a próxima opção – comentou.

– Vamos lá.

Os dois se afastaram, correndo ao redor dos equipamentos, na direção das cordas antes que mais alguém o fizesse. Não havia como saber onde elas os levariam, não dava para enxergar tão alto, mas as luzes pipocavam com maior intensidade, e não havia opção.

– Pedra , papel, tesoura para ver quem vai escolher antes – ela disse, mostrando o punho.

Ele fez o mesmo.

– Um, dois, três. – Craeg escolheu pedra; ela, papel. – Você escolhe.

– Ok.

Craeg segurou a da esquerda e puxou com tanta força que suas palmas arderam. Parecia ser forte o bastante. Mas e se estivesse errado? A queda seria bem longa, e não havia acolchoados embaixo.

Ele e a fêmea avançaram lado a lado, segurando, puxando, usando os pés para prender a ponta solta que deixavam para trás ao subirem. E ela era quase tão rápida quanto ele, não que gastasse muito tempo para medir o seu progresso. Para cima, para cima, para cima... Até que os alto-falantes dos quais saíam os barulhos de explosão estivessem logo acima da sua cabeça e as caixas de luz que geravam os *flashes* brilhantes os cegassem logo adiante.

– E agora? – exclamou quando estava a menos de dois metros do teto.

– Andaimes – ela gritou de volta, mudando de mão na corda e apontando.

E lá estava algum tipo de passarela suspensa por fios de metal. Olhando para baixo, rezou mais uma vez para que a plataforma fosse forte o bastante para suportar o peso.

– Vou na frente.

– Pedra, papel, tesoura – ela gritou. – Um, dois, três.

Ele escolheu tesoura; ela, papel.

– Eu primeiro – ele anunciou.

Só que a passarela ainda estava um tanto distante, mesmo quando ele chegou à sua altura. Segurando-se à corda grossa, usou a parte inferior do corpo para criar um movimento pendular... que passou a um balanço completo. Seria necessária uma perfeita cronometragem para fazer aquilo do jeito certo, teria que soltar as mãos por, pelo menos, um metro e meio em pleno ar, sem rede de proteção embaixo. E quem é que sabia o que encontraria ali quando aterrissasse?

Mais metal com corrente elétrica correndo por ele?

Craeg avançou com a pelve uma vez mais, ergueu os joelhos e afastou o peso da passarela; em seguida, quando o movimento o levou para a frente uma vez mais, ele arqueou as costas e jogou os pés adiante.

E, bem na hora certa, soltou a corda, desistindo da segurança que ela oferecia.

Pelo menos, ele desejou que fosse na hora certa.

Capítulo 7

– Levanta, Peyton! Levanta… Agora!

Quando Paradise perdeu a luta com seu instinto de sobrevivência e rolou o amigo – ou inimigo, ou que diabos fosse ele agora – de costas, praguejou contra ele, contra si mesma, contra a Irmandade, contra mais ou menos tudo que fosse um substantivo.

A nova posição não demorou muito. Quando ele voltou a vomitar, ela o empurrou de bruços de novo a fim de que não aspirasse o vômito.

Olhando ao redor, viu… tantos caídos no chão. Como se fosse um campo de batalha.

– Vou morrer – Peyton gemeu.

Nos recessos da mente, Paradise notou que, apesar de os sons serem calamitosos, havia mais iluminação, os *flashes* surgiam mais rapidamente e permaneciam por mais tempo.

– Venha. – Paradise o puxou pelo braço. – Não podemos ficar aqui.

– Pode me deixar… só me deixe ficar aqui…

Quando Peyton vomitou de novo e pouca coisa foi expelida, ela olhou para a extremidade oposta do ginásio. Havia algumas pessoas paradas ao redor da abertura escura na direção que Craeg lhe dissera para tomar.

– Peyton…

– Vamos todos morrer…

– Não, não vamos.

E foi um choque perceber que de fato ela acreditava nisso, que não fora apenas uma frase feita para dar falsas esperanças ao senhor Gostosão com problemas estomacais. A questão era que todo aquele barulho e aquelas luzes não provocavam nenhum escombro, nenhuma fumaça, tampouco poeira, nenhuma estrutura estava pensa, nada de fato ameaçava o lugar e nem as pessoas ali dentro. Era um espetáculo de som e luzes, como uma tempestade de trovões ao longe ou uma produção teatral, e só.

Também teve a sensação de que as luzes estavam mudando, e isso devia ter algum significado.

Provavelmente um nada bom.

– Peyton. – Agarrou seu braço e voltou a posicioná-lo de costas. – Levanta o traseiro do chão. Temos que chegar ao canto.

– Não consigo... está muito...

Sim, ela o esbofeteou. Não sentiu orgulho disso nem ficou satisfeita com o contato rude.

– *Levanta.*

Os olhos dele se abriram.

– Parry?

– Com quem diabos você achou que estava falando? Taylor Swift? – Ele suspendeu o torso do chão. – Fica de pé.

– Posso acabar vomitando em você.

– E eu não tenho problemas mais sérios? Já deu uma olhada neste lugar?

Peyton começou a balbuciar coisas sem sentido, e foi então que ela decidiu que já bastava. Passando por cima das pernas dele, segurou-o por debaixo das axilas e usou sua força recém-descoberta para andar para trás arrastando-o até colocá-lo de pé em seu par de Adidas.

– Paradise, eu vou...

Fantástico.

Agora, a parte da frente da roupa dela estava toda vomitada.

E ele estava tão cambaleante que andar em linha reta seria um desafio. Correr? Nem sonhando.

– Que droga... – murmurou, segurando-o ao redor da cintura e suspendendo-o do chão como se fosse uma barra de pesos.

Pesado. Muito pesado para os seus ombros.

Agora era ela quem estava cambaleando. Era como se estivesse tentando equilibrar um piano, situação piorada pelo fato de que o peso estava discutindo com ela e vomitando na parte de trás da sua perna direita.

Paradise começou a se mover, ignorando tudo a não ser o seu objetivo de chegar até a maldita porta do outro lado. A cabeça estava virada para um lado; o pescoço, tão tenso que ardia; o ombro, entorpecido pela falta de circulação; e as coxas já tremiam pelo peso adicional sobre elas.

A tentação de se perder em todas as sensações físicas era forte, ainda mais depois que elas ficaram mais intensas e insistentes. Mas ela queria... Bem, ela queria chegar à porta, ao ar fresco, ao fim daquela situação de completo caos. Então poderia respirar fundo, colocar o peso morto reclamante de Peyton no chão e se sentar numa sala de aula limpa e agradável.

Talvez partilhar algumas risadas com a Irmandade por ela ter passado pela pior parte e agora as aulas teóricas e de autodefesa poderiam começar.

Para conseguir continuar em frente, tentou se lembrar do aspecto das salas de aula que vira quando ela e os demais foram conduzidos a partir do estacionamento. Tinham luzes fluorescentes e cadeiras e mesas posicionados ordenadamente voltadas para a frente.

– Pare... – disse Peyton. – Eu vou morrer...

– Pode calar a boca e ficar parado? – disse ela num resmungo.

– Eu vou...

Ah, pelo amor de Deus, ela pensou quando ele vomitou de novo.

Conforme avançava a duras penas e ofegava devido ao esforço, o labirinto de equipamentos de atletismo era um completo pesadelo, as diversas estações parecendo ter sido espaçadas e anguladas de modo a dificultar a passagem, o contorno, a superação.

Ainda mais com Peyton dobrado sobre ela.

Sem falar nas tantas pessoas espalhadas pelo chão.

Toda vez que passava ao lado de alguém ou tinha que passar o pé por cima de uma cabeça, mão, pé ou perna, queria parar, perguntar se estavam bem, chamar ajuda... enfim, fazer alguma coisa. O fato de não poder salvar ninguém a não ser a si mesma e a Peyton a fazia gritar internamente, os pulmões queimando dentro do peito, uma estranha raiva motivando-a.

Ficou procurando por sangue. Obsessivamente.

Mas não havia sinais dele: nenhuma mancha vermelha nas roupas, nada de fios rubros sobre a pele ou poças sobre as tábuas amarelo douradas do piso. Também não havia nenhum cheiro dele que lhe fosse perceptível, embora houvesse diversos outros, nenhum deles agradável.

Mas nada de sangue. E isso tinha que ser bom... Certo?

– Ahhhh! – ela berrou, ao sentir uma dor lancinante.

Nada é tão ruim que não possa piorar.

A dor no cotovelo esquerdo desestabilizou tudo, seu corpo se comportando como uma mesa dobrável que teve uma perna chutada... e, bem como um cesto de frutas sobre uma superfície previamente nivelada, Peyton despencou no chão, seus membros frouxos quicando como se fossem maçãs.

– Ai, meu Deus – ela cerrou os dentes e agarrou o braço, massageando-o onde a corrente elétrica a atingira.

Aproximara-se demais do aparelho de supino horizontal. E ao avaliar a quantidade de equipamentos que ainda tinha que ultrapassar, pensou: *Não consigo fazer isso... não consigo...*

– Consegue se levantar? – perguntou.

Peyton respondeu de forma não verbal com mais do que um *não*: foi uma afirmativa enfática de que isso ainda não era minimamente possível.

Deus, como ainda podia restar alguma coisa no estômago dele?

– Não consigo fazer isso – ela gemeu ao olhar ao redor e massagear o cotovelo.

Enquanto seus olhos iam de um lado a outro, percebeu que estava procurando por ajuda, algum tipo de boia salva-vidas, um salvador. Devia existir alguém a quem poderia recorrer...

Pela segunda vez em sua vida, rezou à Virgem Escriba, cerrando os olhos com força, tentando encontrar as palavras certas contra a confusão ao fundo, os estrondos, os cheiros, as visões e os espasmos desordenados de adrenalina em seu interior. De algum modo, ela conseguiu suplicar à deidade da raça que enviasse alguém para por um fim àquilo, para cuidar de Peyton, para resgatar todas as outras pessoas abatidas, para que todos saíssem daquele inferno...

Pare de perder tempo, uma voz interior comandou.

Foi um choque tão grande que ela se virou para trás, esperando encontrar alguém atrás dela. Não havia ninguém ali.

Talvez tivesse sido anunciado nos alto-falantes?

Pare de perder tempo! Vá!

– Não consigo levantá-lo de novo!

É melhor encontrar um jeito de fazer isso, porra!

– Não consigo!

É melhor fazer essa porra de uma vez!

– Ok, tudo bem, ok, tudo bem.

Murmurou essas palavras repetidamente ao voltar a erguer Peyton e recolocá-lo na posição anterior. A segunda vez que o suspendeu foi ainda mais descoordenada que a primeira, o corpo frouxo em partes que não ajudavam em nada, nada mesmo, mas Peyton parecia estar recobrando as forças, e suas mãos a seguraram pelo quadril.

Quando ultrapassou a parte dos obstáculos, estava ficando sem forças. Fez um rápido cálculo mental para medir a distância até a porta, acrescentando outros fatores como o quanto o seu ombro estava se deformando debaixo de todo aquele peso, e o fato de que, inconvenientemente, precisava tanto urinar que sentia como se alguém estivesse apunhalando o seu baixo ventre.

Passando a galopar, os pés deslizavam sobre o piso abençoadamente desobstruído; quanto menos chacoalhasse, melhor para o passageiro que carregava e seu próprio corpo.

Espere um instante.

A porta estava fechada.

Ao chegar ao seu destino, franziu o cenho e forçou a visão a se focar nos instantes de iluminação. *Merda*, a porta estava *fechada*. Mas não havia pessoas paradas junto a ela apenas momentos atrás?

Aproximando-se do painel, deixou Peyton escorregar para trás e mal lhe deu uma olhada quando ele caiu esparramado no chão.

O que acontecera com a maldita porta?

Não havia maçaneta de nenhum tipo. Nenhuma dobradiça. Nenhum vidro para quebrar.

Girando para o outro lado, perscrutou o ambiente... Jesus, havia cordas penduradas no teto, e duas pessoas penduradas nelas, subindo com uma velocidade que fez com que ela quisesse se sentar e desistir bem ali onde estava.

– Peyton? – ela o chamou ao inclinar a cabeça mais para trás para acompanhar a subida daquele par. – Não vou conseguir te carregar numa daquelas ali.

Inferno, ela não achava que conseguiria arrastar o próprio peso por aquelas cordas flexíveis.

Aonde aqueles dois estavam indo?, perguntou-se quando eles sumiram de vista.

– Peyton, vamos precisar...

Uma depois da outra, as longas cordas torcidas caíram no chão pesadamente, provocando um baque tão alto que ela pôde ouvir mesmo com todo o barulho ao fundo.

Onde foram parar aqueles dois?

Esfregando os olhos, quis gritar. Em vez disso, cerrou os dentes e disse:

– Que diabos vamos fazer ag...

Uma corrente renovada de ar fresco fez com que voltasse a se girar. A porta voltara a se abrir, revelando um denso vazio negro.

Como se já tivesse consumido os outros recrutas e estivesse pronto para mais uma refeição.

Peyton se esforçou para ficar de pé, limpando o rosto com as mãos trêmulas.

– Consigo andar.

– Graças a Deus.

Ele olhou-a de relance.

– Te devo uma.

– Primeiro, vamos ver se indo por aqui vamos parar em algum lugar.

– Vamos juntos. – Os olhos dele ardiam quando lhe ofereceu o cotovelo, como se eles fossem entrar num salão de baile, ela de vestido de gala, ele de smoking. – Não vou te deixar.

Paradise o encarou por um instante.

– Juntos.

Entrelaçando o braço no dele, não se surpreendeu quando ele a usou para se equilibrar. Ainda assim, aquilo representava uma incrível melhora em relação ao antigo estado quase comatoso... a não ser pela náusea.

Avançaram ao mesmo tempo, pois a soleira era larga o bastante para deixar passar os dois...

A porta bateu atrás deles e apagou qualquer fonte de luz, e ela abriu a boca para gritar, mas conteve a saída do som. A sensação do chão escorregando debaixo dos seus pés voltou a acontecer, uma lição quanto à importância da visão em relação ao equilíbrio e à orientação espacial de braços, pernas e tronco.

Ao seu lado, Peyton ofegava.

Do nada, mãos rudes a seguraram pelos cabelos, puxando-o com força. E ela desatou a gritar conforme o medo a fazia se contorcer e se debater contra quem a segurava.

– Paradise!

Foram separados e algo foi colocado sobre a sua cabeça, prendendo-se em seu pescoço. Forçada ao chão, suas pernas foram amarradas e depois usadas para puxá-la de costas. Debatendo-se, tentando chutar, respirar, permanecer ainda que minimamente calma o bastante para poder pensar, sentiu-se sufocar.

Sentiu como… se fosse morrer.

No alto do andaime, Craeg descobriu do jeito mais difícil que era melhor se equilibrar, pois os choques que levava toda vez que seus braços encostavam em algo metálico faziam seu coração acelerar e bloqueavam sua mente por uma fração de segundo que ele não podia se dar ao luxo de desperdiçar.

E, naturalmente, a maldita plataforma era tão desequilibrada quanto um velhinho caquético, indo de um lado para o outro, balançando como um bastão de basebol.

– Entre no ritmo! – gritou para Novo. – Siga meus passos!

Mãos fortes o seguraram pela cintura.

– Tô contigo.

Passaram a andar a passos largos, rápidos, porém cautelosos, indo de um lado a outro, o calor das luzes e o grupo de pessoas abaixo fazendo-o suar. Esticando os braços, ele equilibrava a si mesmo e a ela, e os dois começaram a avançar num ritmo bom, dirigindo-se só Deus sabe para onde…

De repente, a passarela ficou estável, e isso foi uma notícia bem ruim. O que dava certo numa superfície instável não funcionou muito bem na firme, e os dois se meteram numa série de choques elétricos que os mandou de um lado a outro, os corpos se chocando e depois voltando a acertar os apoios de metal, só para receberem mais choques. Os músculos começaram a se enrijecer com câibras e se recusaram a relaxar, os membros incapazes de seguir os comandos mentais.

– Cacete! – Craeg exclamou ao tentar fazer o corpo parar de reagir ao estímulo.

– Mas que porra...? – Novo berrou.

Ou algo parecido.

Em pleno ar.

Em seguida, ele se viu caindo da beirada da qual não notara se aproximar, uma queda livre que fez com que até ele berrasse a plenos pulmões. Ao seu redor, o ar se movia rápido, passando por suas roupas, agitando-as, correndo por seus cabelos, pele do rosto e das costas, atordoando os seus ouvidos com um som impactante. Acabaria fraturando as pernas se caísse de pé, mas não havia tempo, tampouco distância – sequer um motivo – para tentar amortecer a queda que não seria devastadora...

Splash!

Ele atingiu de lado uma inesperada superfície líquida, seu corpo sendo capturado por aquele volume de água limpa e fria. O alívio por não ter acabado com os dois fêmures saindo pelo topo dos ombros durou pouco. Após tantos choques elétricos, seus músculos torturados e hiperaquecidos imediatamente se retesaram com cãibras, tudo se imobilizou, a ausência de gordura corporal transformando-o numa âncora, não numa boia.

O choque da queda inesperada fez com que ele enchesse os pulmões de ar, porém esse oxigênio não duraria muito. Precisava retornar à superfície.

Com mãos fechadas em garras e mobilidade em apenas uma perna, ele lutou e se debateu na direção que esperava que fosse para cima. Não tinha absolutamente nenhuma orientação visual, nada além do abismo negro que o consumiria caso não se salvasse.

A superfície da piscina, da lagoa, do lago, do que quer que aquilo fosse, surgiu inesperadamente, sem aviso, surpreendendo-o da mesma forma que antes, quando mergulhara nela. Tossir e inspirar eram duas atividades mutuamente excludentes, e ele teve que forçar seu primordial senso de sobrevivência a fim de regular as reações espasmódicas do diafragma.

Cloro. Estavam numa piscina.

Não passou muito tempo pensando nisso. A dor das cãibras era inacreditável: era como se tivesse adagas cravadas nas coxas, nas nádegas, no abdômen, e ele começou a afundar antes de recobrar o fôlego, e isso não seria nada bom. Acabaria morrendo assim.

Lutando contra os impulsos do corpo, usou a mente para sobrepujar o sistema nervoso simpático: inspirando uma enorme quantidade de ar e prendendo depois o fôlego, mexeu os braços para fora e para baixo, criando uma correnteza artificial que correu pelo seu tronco na superfície da água. Depois parou... cacete... *de se mexer*.

E deixou o ar dentro dos pulmões ser o colete salva-vidas que não estava usando.

Não era uma boia perfeita. As pernas continuavam a afundar, e ele tinha que agitá-las de vez em quando para permanecer à tona, mas era infinitamente melhor do que bater no fundo e se afogar.

De tempos em tempos, expelia o ar e voltava a inalar.

Não tinha certeza de quanto tempo aguentaria aquilo. Mas logo descobriria.

Deus... Seus músculos enrijecidos eram uma tortura a suportar e, para se distrair, reviveu os momentos no alto daquela passarela. Os Irmãos eram brilhantes, concluiu. Ir do calor para aquele frio? Depois de todos os choques?

Era um ambiente planejado, garantido para colocá-los exatamente onde ele se encontrava: lutando contra as reações naturais do corpo a certos estímulos e ambientes.

O que estaria acontecendo com todos os outros?, imaginou.

Onde estaria aquela fêmea?

Não a que estivera com ele no alto... mas a outra? Paradise?

Enquanto a água obstruía os seus ouvidos, era como aquele espetáculo de luzes no ginásio, obscurecendo e depois permitindo estímulos sensoriais. Ouvia a agitação da água, tanto perto quanto longe... Muitos gritos e arquejos de outros na piscina... ecos – deviam estar em um lugar amplo com um teto relativamente baixo e muitos azulejos.

Libertando o ar nos pulmões, imediatamente os encheu outra vez...

... e esperou pelo que viria em seguida.

Capítulo 8

– ... UM PAR NA BOCA. Hora estimada, quatro minutos. Entrada desobstruída e extremidade direita da piscina...

Apertando o botão do fio que partia do fone de ouvido e descia pela lateral do pescoço, Butch disse com tranquilidade:

– Entendi.

Ao caminhar ao longo da beira da piscina, acompanhou os movimentos dos candidatos na água com o auxílio dos seus óculos de visão noturna. Mais dois haviam acabado de cair mais à frente; ambos subiram à superfície e estavam boiando, por isso estavam bem e relativamente sossegados. Nem sempre era assim. Ele e Tohr tiveram que resgatar quatro candidatos, o que valia dizer que só restavam três machos com aquele novo casal ali.

Todos estavam longe da entrada B à direita. Muito bom.

Butch consultou o relógio. O tempo de quem ainda estivesse no ginásio acabaria em seis minutos. E tudo era apenas o preâmbulo para o que ele e seus Irmãos se referiam como Destino Final. Essa última parada terminaria ao nascer do sol, portanto, era crítico para a missão que o grupo passasse pelos testes iniciais com bastante tempo de sobra.

A clínica da doutora Jane e de Manny estava enchendo. As ervas eméticas suaves atingiram seu objetivo, e também aconteceram pequenos cortes, esfoladuras, distensões musculares e queimaduras leves. Duas levas de desistentes já estavam saindo da propriedade, e mais se seguiriam.

Assim era a meritocracia: as coisas tinham que acontecer bem rápido porque nem ele nem V. desperdiçariam tempo com alguém que não estivesse talhado para o programa.

– Já chegou a minha hora? – Lassiter falou no aparelho auricular. – Nasci pronto para isso.

– Dentre tanta gente para ser imortal – V. resmungou –, por que você é uma delas?

– Porque sou maravilhoooooso – o anjo caído cantarolou. – E faço parte da equipe…

– Não, não faz, não…

– … vivendo o sonho!

A cabeça de Butch começou a latejar ainda mais.

– Cala a boca, Lass. Não vou te aguentar cantando agora.

– Mas é do *Meu Malvado Favorito* – comentou o anjo. Como se isso fosse adiantar alguma coisa.

– Fecha a matraca – V. o interrompeu.

– Cala a boca. – Butch se controlou para manter a voz baixa. – Temos mais quatro minutos no ginásio. Eu te aviso quando…

– Estou ficando sem ar aqui, sabe – Lassiter reclamou. – A minha boia está desinflando.

V. praguejou.

– É porque não quer ficar ao seu redor, assim como a gente.

– Continue assim e vou começar a pensar que a nossa inimizade é mútua.

– Já não era sem tempo.

Está certo que Butch não estava se divertindo muito arrastando idiotas encharcados para fora daquela piscina, mas, na boa: estava feliz da vida por não estar nos fundos da casa com aqueles dois discutindo.

– Fique aí, Lass – disse. – Manterei contato. E, V., pelo amor de Deus, vê se desliga o maldito microfone del…

– Ai! Ei! Mas que porra, V…

E… foi assim que tudo ficou abençoadamente silencioso.

Quando sua dor de cabeça ameaçou virar uma enxaqueca, Butch desejou arrancar os óculos e esfregar as pálpebras, mas não desgrudaria os olhos daqueles candidatos nem mesmo por um instante. A última coisa que o programa precisava era que alguém acabasse seriamente ferido, ou pior, morto.

Além disso, já estava bastante distraído por si só, mesmo com aquele aparato na cabeça.

Havia alguma coisa errada com Marissa.

Ele próprio passara tempo suficiente como um zumbi ambulante durante seus dias de humano para reconhecer o entorpecimento de preocupação pelo qual ela passava.

A questão era que ela não lhe dizia nada de concreto. Toda vez que lhe perguntava no que ela estava pensando ou se ela estava bem, ela lhe sorria e vinha com alguma desculpa esfarrapada quanto a estar ocupada no Lugar Seguro.

Indubitavelmente isso era verdade, mas era o normal. E nem sempre ela ficava como esteve na noite anterior e durante o dia também.

Talvez simplesmente precisassem de uma noite de descanso – e não só do trabalho. A mansão era um lugar maravilhoso de se viver: a comida, uma delícia; a companhia, ainda melhor. O problema era que não se tinha muita privacidade. A não ser quando se retirava para o próprio quarto, que no caso dele era um espaço do tamanho de uma caixa de sapato com porta e paredes finas lá no Buraco, nunca se estava verdadeiramente sozinho. Intromissões aconteciam sem aviso de qualquer um da equipe de empregados, dos outros Irmãos, das companheiras deles.

O irlandês católico de uma grande família dentro dele adorava isso.

A sua porção de *hellren* preocupado não ficava tão entusiasmada assim.

Precisamos de uma escapada romântica, pensou.

– Para onde vamos? – V. perguntou em sua orelha.

Merda, falara em voz alta.

– Não com você.

– Cara. Isso doeu. De verdade – foi a resposta curta.

– Marissa e eu precisamos...

– Se for educação sexual, eu podia jurar que vocês dois já tinham descoberto tudo a esse respeito. A menos que todos aqueles sons sejam vocês dois fazendo briga de polegares.

– Fala sério.

– Quer dizer que é origami? Tá explicado, os cortes provocados pelo papel devem doer... quem haveria de imaginar, hein?

– Para.

– É o que a Marissa nunca diz.

– Não tem sido o caso ultimamente – Butch replicou.

– Está com problemas?

– Não sei.

Houve uma longa pausa silenciosa.

– Tenho uma ideia.

– Estou aberto para...

– Foi isso mesmo que ela disse! – Lassiter se meteu na conversa.

– V., pensei que você tivesse tirado o... – Os sons dos machos se batendo no microfone fez com que ele arrancasse o fone de ouvido com uma careta.

Lassiter obviamente estava levando a surra pela qual vinha implorando e, em qualquer outra circunstância, Butch teria se juntado aos dois, e não para bancar o juiz. Mas tinha coisas mais importantes com que se preocupar.

Ainda mais quando dois novos convidados acabavam de chegar para a etapa líquida da festa.

Quando V. voltasse a falar, talvez Butch recebesse algum conselho que prestasse. Desde que seu melhor amigo pensasse além do mundo das coleiras de espinhos, da cera de velas pretas e dos prendedores de mamilos.

Merda.

Paradise se debatia contra quem a prendia pelos tornozelos, girando o tronco tal qual um peixe fora d'água no chão pelo qual era arrastada de costas, as mãos como garras tentando se segurar. Dentro do saco ao redor da cabeça, a respiração quente a sufocava, ou talvez ela tivesse simplesmente aspirado todo o oxigênio.

Em resposta, o pânico se espalhou por todo o seu corpo, retesando-lhe os músculos e transformando o seu cérebro numa pista de alta velocidade para uma vertiginosa sucessão de pensamentos que nem de perto a tranquilizavam ou ajudavam. Uma parte sua queria chamar Peyton, mas ele não conseguiria salvá-la. Também o tinham pegado. Sua outra metade antevia todo tipo de resultados ruins.

O que vem depois? O que vem depois? Oquevemdepoisoquevem...

O "depois" chegou sem dar aviso como todo o resto: pararam de arrastá-la, uma segunda pessoa se aproximou, segurou-a pelos ombros e a ergueu do chão.

Paradise berrou de novo dentro do saco e tentou se soltar. Impossível. Seguravam-na com tamanha força que ela bem podia estar com tornos prendendo-lhe a pele e os ossos…

Balanço.

Ela estava sendo balançada para a direita e para a esquerda, o movimento acelerando, como se fosse ser lançada.

– Não!

Bem quando foi solta no alto do arco à esquerda, o saco lhe foi arrancado da cabeça. Duas incríveis inspirações e logo ela foi caindo, caindo, caindo, no meio da escuridão pontuada por sons estranhos.

Splaaash!

Água por todos os lados. Entrando no nariz, na boca, envolvendo seu corpo. O instinto assumiu o comando, seus sentidos automaticamente avaliaram que "para cima" era a direção oposta à da que seguia afundando. Abrindo pernas e braços, descobriu que o que a prendia pelos tornozelos havia sido retirado.

Irrompeu à superfície com tanta força que seu corpo quicou como uma rolha, e ela tossiu com tanta violência que quase perdeu a consciência. Em meio a tudo aquilo, porém, conseguiu respirar… e logo se viu inspirando grandes quantidades de oxigênio, o simples luxo de conseguir respirar enchendo-a com uma gratidão que lhe levou lágrimas aos olhos. Isso não durou muito. Em toda a sua volta, ouvia pessoas se debatendo na água, sons de tossidas, de respiração laboriosa, de mãos e pernas se movimentando para que boiassem.

Quantos seriam?

Aquela era a segunda parte?

Avançando na água, desejou localizar Peyton, mas não tinha certeza de que chamar a atenção para si seria uma boa ideia. Pelo tanto que sabia…

– Paradise!

O som da voz de Peyton estava próximo e à direita.

– Aqui! – disse com voz estrangulada. – Estou aqui. Estou bem…

– Você está bem?

– Estou bem aqui – disse um pouco mais alto. – Estou bem…

Em seguida, sentiu uma mão forte segurando-a pelo braço e puxando-a pela água.

– Aqui dá pé pra mim – disse Peyton. – Deixa eu te segurar.

– Não preciso…

– Você tem que conservar suas forças. Isto é apenas o começo.

Ele pareceu tão sensato, como se o choque com a água o tivesse deixado sóbrio. Em seguida, as mãos deslizaram pela sua cintura de modo a girá-la de costas para ele.

– Te peguei – ele sussurrou.

Os braços dele a prendiam, e a sensação do corpo forte atrás dela a deixou tensa. Quando constatou que tudo o que ele estava fazendo era respirar para se recobrar também, ela começou a relaxar um pouco, mesmo não conseguindo enxergar nada e sentindo suas pernas roçando nas dele.

Nunca antes estivera tão perto de um macho.

Embora, levando-se em consideração a situação em que se encontravam, aquele dificilmente era o momento de pensar em tais besteiras; Peyton não tinha nada além de sobrevivência na cabeça.

Com um tênue alívio, relaxou contra ele, permitindo-se ser amparada. Seus instintos permaneceram em alerta máximo, mas, pelo menos, seu corpo teve uma breve trégua; os batimentos cardíacos estavam se aquietando, aquela ardência horrorosa nos pulmões se extinguindo…

Splash! Splash!

Dois outros candidatos – ou vítimas – bateram na água, porém bem longe dela, dando-lhe exatamente a ideia de como aquela piscina, ou lago, ou lagoa, devia ser grande. Não, não era um lago. A água era clorada.

Uma piscina. Estavam numa piscina subterrânea. Provavelmente não muito distante do ginásio, porque não fora arrastada por quilômetros.

– O que vem depois? – ela perguntou.

– Não sei. Mas sei que vamos ficar juntos.

– Isso. – Ficou surpresa com o tanto que a presença dele a acalmava, apesar de ainda não conseguirem enxergar nada, e ela não fazer a mínima ideia do que os atingiria em seguida…

Splash! Splash! Splash!

– Em quantos estamos aqui? – perguntou.

– Cinco acabaram de chegar. Então, somos pelo menos sete.

– De sessenta? Deve haver mais. – Como ela podia fazer parte de um número tão pequeno que chegara até ali? – Por certo, deve…

Mais quatro chegaram, um caindo perto deles, os outros três do lado oposto.

– Estou pesada demais para você? – perguntou.

– Para com isso.

Quando ele mudou as mãos de posição, o corpo dela se moveu na água, as costas pressionando a pelve dele. Ela não sentiu nada ali... Mas também não saberia com que se preocupar caso ele estivesse excitado.

Outra pessoa mergulhou na piscina.

E depois...

... um longo período sem nenhum acréscimo. Na verdade, devem ter sido apenas uns dois minutos, mas lhe pareceram horas... dias.

O medo continuou presente, mas como nada o alimentava de imediato, a ansiedade começou a canibalizar o seu lado racional, todos os tipos de loucura percorrendo sua mente. E se aquilo não fosse um programa de treinamento? E se fosse algum tipo de... experimento social? Um sequestro para extrair os órgãos... ou uma tentativa de... puxa, ela não sabia.

Uma onda de terror a assolou. Não enxergava nada, o rugido em sua cabeça abafava os sons na piscina, e seu corpo estava cansado demais para processar o tremor que a afligia.

– O que vem agora? – ela gemeu.

– Eu...

Antes que Peyton conseguisse responder, ela ficou ciente de que algo havia mudado ao redor deles. Os outros também notaram, os corpos mergulhados na água se imobilizando como se tentassem avaliar o que estava diferente.

O nível da água estava descendo.

A superfície agitada da água estivera na altura dos seus ombros, mas agora já lhe batia nos braços, depois nos cotovelos.

Seus batimentos voltaram a acelerar, uma tontura fazia sua cabeça rodar.

– O que vão fazer com a gente agora? – ela arfou.

A altura da água descendo... descendo... Até que seus pés bateram no fundo da piscina, como os de Peyton. Contudo, ela permaneceu aninhada nos braços dele; pelo menos, com o corpanzil dele por trás, ela tinha a retaguarda coberta.

Eu só quero enxergar, ela pensou na escuridão completa. *Pelo amor de Deus... por favor, me deixem ver alguma coisa...*

Num dos cantos, uma luz brilhante, quase ofuscante, surgiu.

Era tão forte que ela teve que suspender o braço contra aquele fulgor e, assim, conseguiu ver que sim, estavam numa piscina, uma muito limpa e com uma bela borda azulejada em azul e verde-claro. E lá estava Peyton, com aparência cansada atrás dela. E os outros candidatos na água.

Afastando o cabelo molhado do rosto, fez uma careta tentando focalizar...

Mas que...

– ... porra é essa? – Peyton terminou por ela.

Do lado oposto da piscina que ainda se esvaziava, um macho imenso com cabelos loiros e negros entrou no espaço e, a princípio, ela pensou que ele tivesse levado uma iluminação consigo. Na verdade, o corpo dele *era* a luz. Ele reluzia como se fosse uma lâmpada incandescente viva, que respirava.

Mas a loucura era que aquilo não foi o que mais a chocou.

Ele usava uma máscara de mergulho com *snorkel* acoplado afastada de seu belo rosto... um par de nadadeiras que estalavam sobre o piso molhado e escorregadio conforme ele se aproximava da beirada... um traje de banho em forma de estilingue rosa-choque... e uma boia infantil amarela e azul ao redor da cintura.

Cada um dos quase mortos encharcados na piscina o encarava como se ele fosse o retorno do Messias num universo paralelo em que o Bob Esponja se encontrava com Magic Mike.

Avançando até o trampolim, parou, demorou-se para ajustar a máscara e o *snorkel* e pigarreou.

Depois de um punhado de "mi-mi-mi-mi" como se estivesse se aquecendo para um solo, inspirou fundo e...

– Jerônimooooo! – berrou e correu até a ponta.

Alçando voo na extremidade, manteve a boia firme no lugar e executou uma cambalhota primorosa, acertando a água que baixava como uma perfeita bola de canhão que espalhou água até o teto.

Enquanto Paradise abaixava a cabeça para não ser atingida no rosto pelo tsunami, pensou: *ponto para a Irmandade.*

O que tinha esperado?

Com certeza tudo, menos *aquilo.*

Capítulo 9

Os tênis de Craeg chegaram ao fundo da piscina bem quando o... bem, sim, aquilo era um macho... atingiu a água com um impacto como se um sedã tivesse sido jogado ali. Depois que o dilúvio se acalmou, o ambiente se tornou uniformemente iluminado, pois a luz que emanava daquele corpo imenso ridiculamente vestido criava um fulgor que transformava a piscina olímpica numa lâmpada.

O cara era uma mistura de lutador profissional com brinquedo da Toys "R" Us.

Mas Craeg não perderia nem um minuto analisando aquela combinação.

Enxugando o rosto, primeiro identificou as possíveis rotas de fuga: havia quatro ou cinco portas, incluindo aquela pela qual a figura com corselete inflável entrara, mas estava disposto a apostar que estariam todas trancadas. Nada no teto. Nas paredes. No fundo da piscina.

A segunda verificação era ver se havia "terceiros" participando da encenação. Bingo. Na periferia, havia dois machos imensos vestidos de preto com as cabeças cobertas com capuzes e usando óculos de visão noturna. Estavam bem armados, mas as armas estavam guardadas... E pareciam estar monitorando todos dentro da piscina como se à procura de sinais de fraqueza ou de perigo.

A terceira avaliação foi para ver quem mais havia conseguido chegar àquele estágio. Dez – não, doze... espere, treze estavam na piscina com ele, incluindo a fêmea com quem caíra daquela passarela suspensa.

E a recepcionista loira, Paradise.

Embora não estivesse sozinha.

Nada disso, ela estava recostada em um dos machos, a mão repousando sobre o braço protetor que a cingia pela cintura.

Dificilmente uma surpresa. Fêmeas como ela não ficavam sem alguém do sexo oposto por perto. Mariposas atraídas por uma chama e baboseiras do tipo.

Craeg forçou os olhos a se desviarem do par. E isso funcionou, *talvez*, por um minuto. Em seguida, viu-se avaliando o cara para um possível combate, anotando a altura do macho, a força dos ombros, a determinação em sua mandíbula.

Como se os dois fossem se digladiar.

O que era insano, claro.

Não tinha direito algum sobre aquela fêmea e, mais precisamente, a única coisa com que tinha que se preocupar era cruzar a linha de chegada que o aguardava ao fim de tudo aquilo...

Luzes convencionais foram acesas ao redor do ambiente, pondo um fim a todas as sombras, revelando todos os cantos que não escondiam nenhuma ameaça adicional.

Mas ele ainda não acreditava que tivessem terminado. Ele, por certo, não pararia se fosse um dos Irmãos. Ainda havia muitas pessoas de pé.

A porta na extrema direita se escancarou como se a tivessem chutado.

E foi então que a nova onda apareceu.

Um a um, um grupo de quase doze guerreiros marchou para perto. *A Irmandade*, concluiu ele. Aquilo só podia ser a Irmandade. Seus corpos eram gigantescos, apequenando até mesmo ele e, assim como os dois guardas, tinham máscaras sobre os rostos e couro negro cobrindo-os das cabeças às botas.

Diferentemente dos outros dois, traziam armas nas mãos.

Num *flash*, aquele que fizera a apresentação com os acessórios infantis desapareceu. E o restante da água foi tragada pelos ralos na parte mais baixa da piscina.

Em toda a sua volta, candidatos estavam de pé, encharcados e relativamente exaustos. Ele permaneceu parado, assim como Novo, que parecia pressentir, como ele, que a situação se complicaria.

Aquelas armas eram um mau sinal.

Num clássico pensamento grupal, os outros candidatos se juntaram, as pessoas na parte rasa recuando conforme os guerreiros avançavam ao longo da piscina, contornando a escadinha que estava escorregadia e que conduzia a nada a não ser concreto e poças.

Em seguida, aqueles machos ameaçadores armados desceram para a piscina, os coturnos aterrissando como trovões, o sacolejar de seus coldres produzindo rangidos. Quando pararam, foi impossível determinar em quem se concentravam, visto que suas cabeças estavam todas viradas para o grupo, mas os olhos permaneciam cobertos.

Triangulando sua posição, Craeg concluiu que, naquele momento, fazer parte do grupo seria melhor, por isso...

Um a um, os Irmãos ergueram as pistolas, apontando diretamente para os *trainees*. E, então, o mais alto de todos deu um passo à frente, girando o cano num círculo preguiçoso à procura do seu alvo.

Pense num rebanho em pânico. Os candidatos se assustaram, correndo de um lado para o outro, esforçando-se para ficar atrás de alguém, escorregando, caindo. Uns dois se ajoelharam, debulhando-se em lágrimas e implorando antes mesmo que qualquer disparo fosse dado.

Craeg não faria nada disso. Se os *trainees* fossem alvejados com algum tipo de bala, não seria nada letal. Até então, haviam tomado muitas precauções. E estava pronto para levar uma bala, se fosse necessário para seguir para a fase seguinte.

Que atirassem nele. Não temia a dor.

Aprumando os ombros, encarou-os, e percebeu que provavelmente existia outro motivo pelo qual ele parara. Mas de qualquer modo se recusava a admiti-lo.

Venha, comandou mentalmente. *Aqui.*

Vem pra cá...

Mas não o queriam.

Não... eles foram em direção a outra pessoa.

Ela não, ele pensou. *Merda, Paradise não.*

– Ei – chamou alto. – Ei, idiota!

Assim que aqueles machos de negro entraram no ambiente, Paradise reconheceu os Irmãos. Depois de ter passado tanto tempo trabalhando próxima a eles, conhecia seus cheiros, suas auras, e passara a considerá-los seus protetores, quase pais para ela.

Não era o caso esta noite.

Ainda mais quando desceram para a piscina já seca, ergueram as armas... e um deles a escolheu como alvo.

Rhage. Era Rhage quem mirava sua arma nela e depois começou a avançar. Sabia disso porque o corpo dele era muito maior do que o dos outros.

Não, pensou ela. *Você não pode fazer isso. O meu pai...*

Mas ele não hesitou. Veio direto na direção dela e de Peyton, apontando a arma, dedo no gatilho.

– Ei! Idiota!

Pelo canto do olho, viu que um dos recrutas dava um passo à frente e balançava os braços.

Era o seu macho – isto é, aquele macho. Craeg...

– Atire em mim! Ei! Filho da puta! Atire em mim em vez dela.

E foi o que o Irmão fez.

Sem desviar o olhar dela, o braço de Rhage virou para o lado e ele apertou o gatilho. Uma bala explodiu do cano.

Paradise gritou e tentou se soltar dos braços de Peyton quando o caos se instalou, as vozes ecoando como o alarido de mil pássaros assustados.

– Não! Meu Deus... Não!

– Cale a boca – Peyton sibilou, mantendo-a firme no lugar. – *Só fique quieta!*

Mas nem pensar. Quando Craeg caiu de joelhos, ela se soltou e avançou na direção do Irmão. Era o mesmo que um inseto se chocando no para-brisa de um carro, mas isso não era importante. Simplesmente não toleraria que alguém fosse ferido, ainda mais aquele macho. Estapeando, socando, ela segurou o cano da arma como se disso dependesse sua vida, tentando controlá-la. Fracassou. Antes de entender o que acontecia, estava de cara no concreto úmido, presa na altura do pescoço e da lombar. Virando o rosto, procurou freneticamente o lado oposto da piscina para ver se Craeg ainda vivia.

O macho estava no mesmo nível dela, contorcendo-se e apertando o que parecia ser sua coxa. A única outra fêmea do grupo se agachou ao lado dele, afastou com força suas mãos e inspecionou o ferimento. Em seguida, com um puxão, tirou a camiseta do cós e a despiu, expondo o tronco musculoso e o sutiã esportivo preto. Com um rasgão, arrancou a bainha em toda a volta da base, produzindo uma tira de pano.

Amarrou um torniquete no alto da coxa dele como se tivesse sido treinada para isso.

– Solte-a – Peyton exigiu, referindo-se a Paradise. – Solte-a já, porra.

– Ou o quê? – disse uma voz distorcida nos alto-falantes no teto, como se alguém tivesse falado num microfone com um sintetizador acoplado.

Foi quando Peyton perdeu a cabeça. Esforçando-se para virar o pescoço, ela teve uma visão inacreditável dele completamente agressivo, socando Rhage, chutando, as presas arreganhadas enquanto tentava tirar o Irmão de cima dela. Mas, de repente, ele não estava mais sozinho. O macho que demonstrava muita habilidade atlética no cavalo com alças se juntou a ele.

Tec! Tec!

Ambos foram alvejados por outro Irmão. Assim como outros dois machos que também tentaram se envolver. Nesse meio-tempo, outros tentaram subir pelas paredes, usando as escadas de aço para sair da piscina... Só para serem eletrocutados e caírem para trás.

Uma porta se abriu.

Do alto, aquela voz anunciou:

– Qualquer um que desejar sair agora pode fazê-lo. Nenhum mal lhes será causado. Isto pode terminar... agora. Tudo o que têm a fazer é correr para a porta.

Nesse instante, ela foi solta, pois Rhage saiu de cima dela e se afastou.

Ela engatinhou para junto de Peyton, e rolou-o de costas de novo.

– É muito ruim? Onde foi atingido?

– No braço... Na porra do meu braço.

Paradise arrancou a camiseta e seguiu o exemplo da outra fêmea, rasgando uma porção com as presas e amarrando a tira logo acima do ferimento sangrento no tríceps.

Encarou os Irmãos.

– Vocês enlouqueceram? Isto é uma escola, não uma guerra, caramba!

– Pode ir embora agora – sugeriu a voz no alto-falante. – Apenas prossiga até as escadas na parte rasa da piscina e liberte-se disto.

Uma onda de fúria cega a fez enxergar tudo branco, e antes que se desse conta, estava diante dos Irmãos.

– Atirem em mim! Vamos! Façam isso, seu bando de covardes malditos!

Ela não fazia ideia de que diabos estava dizendo. Que diabos estava fazendo. Nunca antes vira tantas armas, muito menos se colocara deliberadamente como alvo de tamanha artilharia, mas estourara e descobrira uma onda renovada de forças junto à explosão.

Não que os Irmãos parecessem se importar. Apenas continuaram ali, sem se mexer, sem reagir, como se não lhes desagradasse aguardar até que ela ficasse sem combustível.

Com isso, ela se virou para os *trainees* que estavam desistindo.

– O que estão fazendo? Vocês precisam lutar! Isso é errado...

Nisso, a porta se fechou e o som inconfundível de uma barra sendo colocada em seu lugar ricocheteou pelo espaço.

– Agora, será pedido que vocês completem a Primeira Noite – disse a voz do alto. – A última sessão começa em três... dois... um.

Foi quando a luz passou de incandescente para o roxo azulado de uma luz negra.

E também quando a Irmandade abriu fogo sobre eles.

Capítulo 10

Bala de borracha dói pra cacete.

Quando o primeiro dos incontáveis disparos atingiu Craeg no peito, ele rolou e ofereceu as costas em vez da sua parte frontal, mais vulnerável. Abaixo da cintura, o único ferimento verdadeiro era como uma marca de ferro em brasa em sua pele. No entanto, bem como ele previra, o tiro habilidoso não provocara nada mais que uma esfoladura na pele, de modo que o torniquete era desnecessário. Mas não havia tempo de tirá-lo. Segurou a mão de Novo e a puxou de barriga para baixo no fundo da piscina. Mantendo as cabeças abaixadas, afastaram-se, se arrastando para a parte com três metros de profundidade da piscina.

Relanceando a vista para trás, descobriu que os Irmãos, que se realinharam para bloquear as escadas da parte rasa da piscina, começaram a avançar como se estivessem tocando o gado para o corredor da morte de um abatedouro. Inferno, as escadas de metal afixadas na parte mais profunda da piscina, onde estava o trampolim, estavam eletrificadas, e aqueles guerreiros pareciam ter um estoque interminável de balas de borracha. Mesmo que o impacto se equiparasse a picadas exageradas de abelhas por cima das roupas, com muitas delas o limiar da dor seria acionado a um ponto que o incapacitaria.

Virando-se novamente, mediu a velocidade do avanço dos Irmãos.

Bastante rápido, o que lhe deixava com talvez uns sessenta segundos para encontrar uma saída.

– Desmaterialização – disse tanto para si quanto para quem estava perto para ouvir. – É a única chance.

Parando seu avanço, fechou os olhos e começou a respirar fundo. A primeira visão que teve foi a da loira magra atacando o absurdamente imenso Irmão armado.

Para defendê-lo depois de ele ter sido atingido.

– Pare – sibilou.

Controle. Precisava controlar a mente e as emoções, concentrar-se e se desmaterializar para fora e para cima. Foco... *foco*...

Dor em todo o corpo: na coxa e nos outros pontos em que fora atingido, os ombros, a coluna, o quadril. A cabeça latejava. As costelas estavam sensíveis. O cotovelo ainda pulsava no ponto em que levara o choque no andaime.

À sua volta, as pessoas estavam em pânico, choravam, praguejavam. Tropeçavam. Caíam.

E mais daquelas balas, batendo nele. Em todos eles.

Quanto mais ele tentava ignorar o medo e o pânico, maior se tornava o coro de desconforto e de distração.

Precisava encontrar uma imagem alvo, um lugar para mirar a mente.

Do nada, visualizou a recepcionista onde a vira pela primeira vez. Estava sentada atrás de uma bela escrivaninha numa sala de estar majestosa. Tudo ali o intimidara: a seda nas paredes, os tapetes elegantes, o cheiro de limpeza... ela.

Mas ela não o tratara como a escória que ele era. Erguera o olhar para ele, e seu coração parara de bater... e ela lhe dissera seu nome.

Paradise.

A voz dela soara tão bela que ele não a ouvira muito bem. E estragara tudo ao não apertar a mão que ela lhe oferecera. O problema foi que seu cérebro havia se congelado porque ela era tão...

O corpo se desmaterializou sem que ele tivesse percebido. Num momento, estava sofrendo, preso em sua forma corpórea... no seguinte, estava voando para longe da piscina. Sem nenhum destino em mente, vacilou em pleno ar, como nas primeiras vezes em que tentara aquele truque após a transição, mas logo se controlou e projetou sua forma para o canto oposto, contra a parede.

Ao reassumir sua forma, Novo já estava ali, alerta e pronta, mas massageando um dos ombros, como se estivesse esfregando um ponto dolorido ou avaliando se ele estava deslocado.

Um a um, quatro outros *trainees* molhados saíram da piscina: o macho atlético do cavalo de alça, aquele que parecia um assassino com *piercings* e tatuagens de um lado apenas do rosto e pescoço, o cara que estivera com o braço ao redor de Paradise e outro macho alto e forte.

Não fazia ideia do que acontecera com…

A recepcionista foi a última a se materializar, e Craeg teve que desviar o rosto a fim de não exibir uma emoção inaceitável. Para se distrair, tentou ver o que estava acontecendo na piscina com os cinco que haviam sido deixados para trás…

Uma porta se abriu bem ao lado deles e uma rajada de ar frio entrou, carregando o cheiro de ar livre.

O que quer que estivesse do outro lado estava escuro.

– Quem vai na frente? – Paradise perguntou.

– Eu vou – o macho com aparência gótica respondeu. – Não tenho nada a perder.

Craeg franziu o cenho quando o súbito silêncio ao redor passou a parecer um mau presságio. Os tiros haviam cessado. O que poderia significar que aquela parte do teste se encerrava… ou que os Irmãos estavam se preparando para voltar a atirar.

Não, eles não estavam mais lá. Só restavam na piscina uns poucos *trainees* descontrolados, figuras chorosas e encharcadas sentadas no concreto úmido com as cabeças entre as mãos ou com os corpos em posição fetal.

Merda. Onde estavam os Irmãos?

– Vou com você – Craeg disse ao gótico.

Os dois eram os maiores do grupo, os pontas-de-lança, por assim dizer. E, por mais que ele tivesse entrado naquilo pensando em sobrevivência individual, estava começando a reconsiderar essa posição radical. Pelo menos no curto prazo.

Se um ataque surgisse, dois eram melhores do que um.

Novo disse:

– Eu fico na retaguarda.

O atleta se pôs ao lado dela.

– Também posso cobrir.

– Vocês três – Craeg ordenou à fêmea loira, ao… companheiro dela? Melhor amigo? E ao outro macho, um cara bem apessoado do tipo “carinha de bebê”. – No meio.

Pelo menos, desse jeito, não teria que se preocupar com ela.

Não que o estivesse.

– Vamos sair – disse Craeg.

Ele e o macho durão foram para a soleira ao mesmo tempo, seus ombros combinados quase preenchendo o que no fim se mostrou um túnel; depois que estavam nele, uma luz bruxuleante distante passou a ser o rumo para qual seguiram lentamente.

– Qual o seu nome? – o gótico sussurrou.

– Craeg.

– Axe. Porra, cara, prazer em conhecê-lo.

Paradise esperou que qualquer coisa acontecesse quando seguiram como grupo pelo túnel. Comprimida, ansiosa, lenta e exausta, esperou que a desgraça seguinte acontecesse, algo os atacando, caindo sobre eles, derrubando-os.

Quando simplesmente saíram ao ar livre diante de uma fogueira, seus nervos abalados não sabiam como processar a ausência de um ataque.

Mas o que o seu cérebro não conseguia mesmo entender era o fato de haver uma mesa preparada com garrafas de água mineral, barrinhas de cereal e frutas fatiadas.

Tinha acabado?, pensou ao olhar ao redor para os pinheiros, as moitas, as estrelas no céu.

– Estou morrendo de sede – Peyton disse, esticando a mão para uma garrafa de Poland Springs.

O macho do qual Paradise não conseguia desviar a atenção o deteve.

– Pode ser uma armadilha – disse Craeg, aproximando-se.

– Você está paranoico.

– Experimentou a comida antes? Gostou de vomitar?

Peyton abriu a boca. Fechou-a. Praguejou.

Craeg avaliou o cenário. Bateu de leve no chão com a ponta do tênis molhado. Avançou cautelosamente, deslocando-se de lado e meio agachado. Quando se aproximou, inclinou-se e nivelou o olhar com as garrafas bem ordenadas. Levantou a ponta da toalha de mesa e espiou embaixo.

Depois, pegou uma das garrafas devagar.

O coração de Paradise batia forte. Também estava desidratada, mesmo depois de ter engolido o que lhe pareceu ser metade da água da piscina. Mas estava com medo de ser envenenada.

Deus, jamais estivera numa posição como aquela antes: consumida pela sede, diante da bebida, e ainda assim incapaz de pegar o que queria.

– Esta não está lacrada – Craeg anunciou.

Pegou outra. E mais outra. Na terceira, o lacre se rompeu e ele abriu a tampa. Cheirou o conteúdo, deu um golinho.

– Esta está boa. – Passou adiante sem nem olhar e, assim que Peyton a pegou, Craeg voltou a inspecionar as outras, uma a uma, desprezando as já abertas. Era Peyton quem as distribuía entre o grupo até que todos tivessem água.

Craeg guardou uma garrafa para si, mas não bebeu tudo, enfiando-a no cinto da calça. Então, sem dizer nada, foi olhar as barrinhas de cereal, jogando fora as que estavam com a embalagem rasgada, dividindo as íntegras.

Paradise comeu mesmo sem estar com fome porque não sabia quando parariam de novo e quanto esforço ainda exigiriam na fase seguinte… e comida era energia. A barrinha era uma mistura estranha de papelão, guloseima de mentira e uma massa grudenta, mas ela não se importou com isso. Precisaria das calorias.

Nem que fosse apenas para ficar aquecida, pensou, quando sentiu um arrepio. Novembro à noite e roupas molhadas. Nada bom para a temperatura corporal quando se está parado. Ou exposto aos elementos por muito tempo.

– O que fazemos agora? – perguntou para ninguém especificamente e todos ao mesmo tempo.

Atrás deles, a porta da instalação se fechou e travou.

O assassino serial, Axe, disse arrastado:

– Tudo bem. Eu não estava a fim de outra dose de ação naquela piscina mesmo.

– Tem uma cerca lá adiante – a outra fêmea disse, apontando para a esquerda.

– E ali – acrescentou o atleta.

– Aposto que está eletrificada – murmurou Peyton. – Tudo que era metálico estava.

A dúvida foi solucionada quando alguém pegou um galho, jogou-o no arame e a coisa torrou, emitindo uma chuva de centelhas.

Explorando um pouco mais, descobriram que estavam numa espécie de calha com apenas uma saída: direto em frente, embrenhando-se na floresta escura.

– Vamos juntos – ela disse, olhando além da luz alaranjada da fogueira. – De novo.

– Odeio trabalho em equipe – resmungou Axe.

– E eu estou *tão* animado em fazer isso com você – Peyton replicou.

Sem falar mais a respeito, os integrantes do grupo assumiram a mesma formação combinada antes da entrada no túnel. Partiram assim, deslocando-se em bloco, atentos para não se aproximar demais da cerca de arame conforme ela se estreitava de ambos os lados.

Galhos se partiam debaixo dos tênis molhados. Alguém espirrou. Uma brisa soprou de um dos lados e gelou o braço de Paradise.

Mas tudo isso mal foi percebido. Conforme avançava, seu corpo parecia um fio desencapado, a energia fluía por suas veias, os instintos aguçados e prontos para estímulos de qualquer parte. Agora estava alerta para qualquer coisa anormal, um estalo no chão que fosse alto demais, uma mudança do andar de Peyton ao seu lado, um pio em um galho à esquerda... e tudo o que não conseguia encaixar de imediato na categoria de não ameaça fazia seus músculos nervosos e o cérebro vigoroso querer parar e avaliar. Ou sair em disparada.

E mesmo assim seguiram em frente. Em frente... Sempre em frente.

O tempo está passando, ela pensou ao olhar para a posição das estrelas.

E continuaram, o grupo maltrapilho se arrastando, tropeçando, claudicando, cada um deles machucado de alguma maneira, mas ainda assim determinado a ficar de pé.

Muitos quilômetros depois – ou teriam sido cem? – nada os atacara.

Mas ela não se deixava enganar.

Os Irmãos voltariam. Tinham um plano com aquilo.

Ela só precisava ficar firme, se manter com o grupo e...

À frente, Craeg e Axe pararam.

– O que foi? – perguntou ao segurar o braço de Peyton.

Aquele cheiro era... de fumaça?

– Voltamos ao início – Craeg respondeu baixinho. – Foi aqui que começamos.

Quando ele apontou para o chão, ela viu pegadas, as pegadas deles, na terra fofa. Só que a mesa e a comida e a água tinham sido removidos... e a fogueira fora apagada, o que explicava o cheiro. E a cerca fora colocada numa posição diferente.

– Vão nos fazer andar em círculos? – Peyton reclamou. – Mas que porra...?

– Por quê? – Paradise perguntou, olhando para Craeg como o líder de fato deles. – Por que fariam isso?

Graças aos seus olhos terem se acostumado à escuridão, ela conseguia distinguir-lhe as feições fortes quando ele franziu o cenho e olhou ao redor. Quando ele balançou a cabeça, ela sentiu um frio no estômago.

– O que foi? – perguntou.

A outra fêmea respondeu:

– Eles vão nos exaurir. É por isso que...

O som de tiros surgiu da esquerda, outra saraivada de disparos iluminando tudo com as explosões dos canos enquanto eles se chocavam uns com os outros, os corpos colidindo, as balas provocando pontos de dor no ombro e na perna de Paradise.

– Andem! – Craeg exclamou. – Apenas andem que os tiros passarão!

E ele estava certo. No instante em que começaram a se mover na direção de antes, tudo se calou e o silêncio reinou.

Não era preciso ser um gênio para descobrir que, caso parassem, seriam atingidos por outras daquelas balas de borracha.

Paradise inspirou fundo. *Aquilo não era tão ruim,* disse a si mesma. O ritmo era lento e constante, e ela gostava de caminhar.

Claro que era melhor do que levar um tiro.

Tudo terminaria bem.

Era melhor do que a piscina. Melhor do que ser arrastada pelo chão com a cabeça coberta. Melhor do que as explosões no ginásio.

Só o que ela precisava fazer era por um pé diante do outro.

Para passar o tempo, concentrou-se no corpo de Craeg, à frente, acompanhando os movimentos do corpo grande, dos ombros largos, o modo como o quadril virava a cada passo dado. Quando o vento mudava de direção de tempos em tempos, ela captava o cheiro dele e o considerava mais gostoso do que qualquer perfume que já sentira.

Quem era a família dele?, ficou imaginando. *De onde vinham?*

Teria uma companheira?

Interessante como essa última pergunta provocou uma dor em seu peito. Pensando bem, depois de tudo que passara nesta noite, não era de admirar que sua mente e emoções estivessem todas confusas...

Eles deram voltas e voltas, até ela começar a reconhecer árvores, certos galhos, até os pés formarem uma pista na terra, até que a monotonia começasse a afetá-la. Ninguém os atacava, nem atirava neles, ou saltava das árvores para aterrorizá-los.

Não significava que isso não pudesse acontecer, mas quanto mais nada acontecia, mais seu cérebro começava a se canibalizar, passando de pensamentos aleatórios sobre Craeg para um pânico infundado, imagens do pai e... preocupação quanto ao que se seguiria.

Olhando para o céu, desejou saber o significado das posições das estrelas. Não fazia ideia de quanto tempo se passara desde que chegaram ao ginásio, e até mesmo depois de terem saído para ali. Parecia uma vida desde que se registrara e tiraram sua foto. Mais tempo ainda desde que ela e Peyton discutiram no ônibus. Mas isso, por certo, não era verdade.

Três horas? Não, isso era pouco. Cinco ou seis, estimou.

A boa notícia era que isso teria que parar na aurora. O sol era inegociável mesmo para os Irmãos e, evidentemente, ninguém seria morto ali. Sim, aquela situação com as armas tinha sido horrível, mas as pessoas que levaram bala de verdade ainda estavam de pé, os ferimentos, obviamente, superficiais, e o mesmo acontecera com aqueles que tinham comido e bebido substâncias adulteradas.

Tantos haviam sido eliminados. Quando começaram, eram sessenta. Estavam reduzidos a sete.

E ela estava surpresa em se ver ainda ali. Na verdade, caso soubesse que a coisa toda terminaria com uma caminhada pela floresta, tudo teria lhe parecido muito mais fácil.

Considerando-se como poderia ter sido muito pior, aquilo era moleza.

Capítulo 11

Um a um, todos eles foram caindo.

O primeiro a sair foi o macho que ela conhecia dos eventos dos festivais da *glymera*, um primo seu muito distante, Anslam. Depois de um tempo, ele começou a diminuir o ritmo, os passos se tornando um claudicar que gradualmente ficou mais pronunciado, o corpo inteiro sendo afetado por ele. E logo ele simplesmente parou.

O grupo lhe ofereceu certo encorajamento, mas ele apenas sacudiu a cabeça e se sentou para afrouxar os cadarços dos Nikes.

– Chega para mim. Deixe que atirem. Não consigo mais.

Mesmo na escuridão, ela conseguiu ver que havia sangue nas meias brancas.

– Venha, Paradise – disse Peyton, cutucando-a. – Temos que seguir em frente.

Olhando para a floresta densa, ela se perguntou onde estariam os Irmãos. O que aconteceria com ele.

Quando o grupo voltou a andar, ela os seguiu porque não queria desistir, e também – mesmo tendo vergonha de admitir – porque nunca fora muito com a cara dele. Anslam tinha uma má reputação com as fêmeas.

Não demorou para que o próximo desistisse. Em seguida, um depois do outro, todos desmoronaram. O problema eram os pés. Ou as coxas. Ou os ombros. Um a um… todos foram ao chão, para o caminho de terra muito batido que eles formaram com suas incontáveis passadas. E Paradise sentiu a necessidade de ajudar a todos, especialmente quando Peyton começou a cambalear ao seu lado… e depois oscilar como se já não tivesse certeza do que havia diante dele.

No caso dele, o problema foi resultado do vômito. O organismo também rejeitara a água que ele consumira, e a desidratação o fez delirar.

Com ele, ela não tinha como não tentar, e puxou seu braço, procurando colocá-lo de pé quando ele caiu de joelhos.

– ... casa – ele balbuciou. – Vou para casa agora. Para a cama... Comida. Preciso... de comida. Já estou em casa. Olha lá.

Foi assustador vê-lo apontar para a floresta à frente, os olhos absortos como se de fato vissem a mansão em que morava.

E foi então que ela entendeu que não poderia forçá-lo.

– Venha – a outra fêmea lhe disse. – Se ainda está de pé, tem que continuar.

Paradise fitou o par de olhos azul petróleo.

– Odeio isto.

– Nada acontecerá com ele. Lembra, nenhum tiro... em ninguém do grupo que desistiu.

– Vá – ordenou Peyton com um súbito foco. – Vou ficar bem.

No fim, ela não saberia dizer por que colocou um pé diante do outro de novo. Talvez a ausência de introspecção fosse um sintoma da própria exaustão. Talvez também estivesse delirante e seguiu o que restava do grupo porque seu cérebro os confundia com um "lar", de certa forma.

Talvez seu corpo simplesmente estivesse no piloto automático.

E, algum tempo depois, só restavam dois.

A outra fêmea, aquela com olhos azuis esverdeados, logo seguiu o que Paradise reconhecia agora como sendo o padrão: primeiro, diminuiu o passo e começou a tropeçar, para, em seguida, parar de uma vez. Como ela não desabou no chão, Paradise retornou, pensando que ainda haveria uma possibilidade.

– Não – disse a fêmea, cortando qualquer conversa. – Vou ficar aqui. Continue você.

Paradise relanceou o único macho que ainda avançava: Craeg ainda estava na liderança. Como estivera o tempo inteiro.

Não parara para ninguém.

Não oferecera nenhum encorajamento.

Simplesmente mantivera o passo sem desvios nem distrações.

– Não desperdice seu tempo nem suas energias comigo – disse a fêmea. – Tomei minha decisão. Já não sinto mais minhas pernas, e acho que meu ombro está fraturado. Se consegue continuar andando, é o que precisa fazer. Está cansada demais para me carregar, mas mesmo que você pudesse, eu não seria um fardo para ninguém.

Os olhos de Paradise arderam por causa das lágrimas.

– Cara… que merda…

A fêmea teve que sorrir um pouco.

– Você vai ganhar esta.

– O quê?

– Vai. Você consegue, garota.

Ok, mais alguém estava delirando, evidentemente.

A fêmea lhe deu um empurrão e acenou.

– Prove aos rapazes que não somos apenas iguais a eles, somos melhores. Não me desaponte.

Paradise meneou a cabeça. Se alguém devia vencer a guerra dos sexos, a melhor aposta seria a fêmea diante dela.

– Vai. Você consegue.

Paradise estava praguejando ao se virar e retomar a caminhada. Loucura. Simplesmente uma insanidade.

Quando seus pés voltaram a se arrastar sobre o agora caminho de terra batida, ela voltou a olhar para o céu. As estrelas estavam mais brilhantes do que nunca, o que lhe dizia que a aurora ainda devia estar distante.

Por quanto tempo estavam caminhando? E quanto mais ainda caminhariam?

Àquela altura, Craeg estava bem distante. De tempos em tempos ela captava o cheiro dele na brisa, mas apenas de leve. Vencedores? Se fosse para apostar num vencedor, seria ele quem acabaria em primeiro lugar naquilo tudo: ele era mais forte e mais resiliente – e ela tinha que acreditar, mesmo indo contra seus princípios éticos fundamentais, que aquela personalidade determinada, o comprometimento inflexível consigo próprio o faria levar a melhor em relação ao seu interesse compassivo pelo próximo.

O peso carregado, quer fosse ele físico, mental ou emocional, tornava o andar mais lento.

E, enquanto ela continuava a caminhar, através do vento frio que já não percebia, sentia a perda de cada um do pequeno grupo, e por todos os outros que sofreram antes, fosse no ginásio, ou na piscina…

Não, aquele macho que seguia à frente seria o último candidato a permanecer de pé.

Ao fazer a curva num trecho do percurso, avistou uma barreira mais adiante. Estava um pouco distante, mas definitivamente era um obstáculo no meio do caminho.

Não apenas um obstáculo.

Era… Craeg.

Seu cérebro acelerou, ordenando que ela se apressasse; seu corpo, contudo, não conseguia responder à descarga de adrenalina. Mesmo quando seu cérebro apertou todo tipo de botão de alarme, seu passo não se alterou; aquele arrastar dos pés e as guinadas do tronco permaneceram inalterados pelo pânico.

Chegando perto dele, descobriu que ele caíra de cara no chão, com os braços esticados ao longo do corpo, como se houvessem lhe faltado forças ou consciência para amortecer o impacto da queda. As pernas estavam frouxas, as pontas dos tênis voltadas para dentro.

– Craeg?

Quando foi se agachar, acabou caindo porque seus joelhos recusaram-se a dobrar. E quando tentou rolá-lo de lado, as mãos ficaram escorregando nas roupas dele, no ombro, no braço.

Ainda que talvez isso se devesse ao fato de ele pesar o dobro de Peyton.

Só conseguiu virá-lo parcialmente de lado e, Deus, ele estava tão pálido que seu rosto parecia o de um fantasma. Pelo menos estava respirando e, depois de um instante, seus olhos se abriram numa série de piscadas atordoadas.

Foi bizarro, mas seu primeiro pensamento foi o de oferecer-lhe a veia. Algo que não lhe ocorrera até então, mesmo quando Peyton despencou.

O impulso foi tão forte que ela levou o pulso à boca…

Ele a deteve, dando um tapa no braço dela.

– Não – ele conseguiu dizer com dificuldade.

– Você está sangrando. – Ela apontou para a grande mancha vermelha nos jeans dele. – Precisa se fortalecer.

Quando o olhar dele se prendeu no seu, um estranho tipo de visão em túnel reduziu o mundo inteiro a apenas os dois. A floresta ao redor, a construção na qual haviam enfrentado as provas, as dificuldades que ambos suportavam... Tudo desapareceu juntamente com as dores e desconfortos em seu corpo e em sua mente.

O olhar dele a limpou. Refrescou-a. Energizou-a.

– Deixe-me aqui – ele murmurou, a cabeça indo de um lado para o outro no chão. – Vá em frente. Você é a última...

– Você consegue se levantar. Consegue continuar...

– Pare de perder tempo. Vai...

– Você tem que se levantar.

Ele fechou os olhos e virou a cabeça para longe dela, como se estivesse pondo um fim àquela conversa.

– Isso é a sua sobrevivência. Sobrevivência significa que você continua, não importa o custo, não importa o sacrifício. Por isso, pare de gastar saliva, volte a ficar de pé e mexa-se.

– Não quero te deixar aqui. – E também não queria analisar muito de perto os motivos pelos quais se afastara de Peyton, mas parecia não conseguir suportar a ideia de abandonar aquele completo estranho. – Não vou te deixar aqui.

Os olhos dele se voltaram na direção dela e estavam furiosos.

– Que tal assim: não quero ajuda de alguém como você, não quero ser resgatado por uma fêmea burra... Uma fêmea burra, fraca, desajeitada que nem deveria ter tido permissão para entrar neste programa, pra início de conversa.

Paradise caiu para trás no chão da floresta, uma dor ardente atravessando o seu peito. Só que ela balançou a cabeça.

– Não é nisso que você acredita de verdade. Não foi isso o que me disse naquela noite em que nos vimos pela primeira vez. Você me disse para vir para cá mesmo quando meu pai não queria me deixar vir.

– Eu menti.

– Está mentindo agora.

Ele voltou a fechar os olhos.

– Você não me conhece.

Quando ele ficou em silêncio, ela sentiu uma onde enorme de exaustão caindo sobre ela.

– Não, não conheço.

Olhando além dele para a trilha que seguia em frente, tentou se imaginar ficando de pé e voltando a andar... e não conseguiu. Em algum momento entre a última vez que estivera na vertical e aquele atual instante de bunda no chão, sentia-se como se houvesse ganhado uns trezentos quilos – e não só isso. Parecia que alguém batera nos seus dois pés com um martelo. E na cabeça também. E nos ombros.

Paradise voltou a olhar para o caminho de onde vieram. Pensara mesmo que uma caminhada não seria tão ruim assim?

– O seu lugar não é aqui – ela o ouviu dizer.

Paradise revirou os olhos.

– Estou entediada com essa linha de pensamento. Se acredita mesmo nisso, não teria me dado aquele conselho no começo da noite.

– Senti pena de você. Tive dó.

– Então você tem coração.

– Não.

– Então, como pode sentir pena de mim e de qualquer outro? – Quando ele apenas grunhiu, ela ficou bem ciente de que ambos eram indivíduos teimosos e insistentes, e que nenhum deles estava raciocinando direito. – Tudo bem, me acompanhe... Se não tem coração, porque se deu ao trabalho de testar as garrafas de água para todos? As barrinhas de cereais. Não foi só por mim.

– Sim, foi.

Paradise ficou quieta. A cabeça dele estava virada para o outro lado, mas teve a estranha sensação de que acabara de dizer a verdade.

– Mas não passo de uma estranha para você.

– Já disse. Fiquei com pena. Os outros sabiam cuidar de si mesmos e um grupo dá segurança.

– Então espera. Qual dos dois você é: misógino com uma consciência ou companheiro de equipe apesar de eu ser uma garota? Você muda de opinião que nem um político.

Ele grunhiu e levantou um braço.

– Você está fazendo a minha cabeça latejar.

– Acho que isso é culpa do teste de resistência. Não minha.

– Pode ir embora? Um pouco mais desta conversa e vou ficar tão enjoado quanto o seu namorado ficou.

– Meu namor... Peyton? Está falando do Peyton?

Ok, estavam mesmo ali sentados conversando como se nada mais estivesse acontecendo?

Bem... *discutindo* como se nada mais estivesse acontecendo?

– Faça-me um favor – disse o macho. – Está vendo aquela pedra ali?

Ela olhou para a esquerda.

– Aquela? Do tamanho de uma geladeira portátil?

– Essa mesma. Pode pegá-la e jogá-la na minha cabeça? Isso seria ótimo. Obrigado.

Paradise esfregou os olhos, depois abaixou as mãos quando apoiar os braços nos joelhos se tornou um esforço muito grande.

– Qual o seu nome completo? Se vou te matar atendendo a um pedido seu, preciso saber o que escrever na sua lápide.

Aqueles olhos voltaram a se concentrar nela. Azuis da cor do céu. Eram de um incrível tom de azul.

– Que tal fecharmos um acordo? – ele murmurou. – Você simplesmente me deixa em paz aqui morrendo e não vai ter que se preocupar com sangue nos seus sapatos, ou qual é o meu nome.

Paradise desviou o olhar.

– A terceira vez não é a da sorte.

– O quê?

Ela esperou que ele lhe dissesse a sua linhagem. Quando não o fez, ela deixou isso por conta da exaustão... e dos seus antepassados plebeus.

– Pode ir embora agora, por favor? – ele sussurrou. – Por mais que eu tenha "apreciado" esta nossa conversa, estou quase desmaiando... e quero acabar logo com isto. Preciso dormir.

– Você consegue fazer isto... Consegue continuar.

Ele não respondeu nem demonstrou tê-la ouvido e, de modo estúpido, ela sentiu como se ele tivesse rejeitado um presente que ela tentara lhe dar. E isso não era arrogância?

– Então é isso... – disse, basicamente para si mesma.

Mais uma vez nada; contudo, ela não achava que ele tivesse desmaiado de verdade.

E então, assim como fizera antes, ele falou quando ela não esperava:

– Chegou a hora de você resolver quem você é. Isso acontece em momentos como este. Você é alguém que desiste, ou alguém que segue em frente?

Mas eu sempre pararia para te ajudar, ela pensou consigo. *E ajudar ao próximo não é desistir.*

– Não quer descobrir quem mais você é... além de uma recepcionista?

Ela franziu a testa.

– Todo tipo de trabalho é honrado.

– E talvez exista grandeza à sua espera, mas só se você se levantar e seguir em frente.

Deus, ela já não sabia... mais de nada àquela altura.

Com o calor da raiva se dissipando, sentiu um tamanho cansaço que parecia que ia desabar ali mesmo.

Quem sou eu?, perguntou-se.

Era uma boa pergunta.

E não fazia ideia de qual era a resposta. O que de fato *sabia*? Paradise, filha de Abalone, Primeiro Conselheiro de Wrath, o Rei Cego, não era o tipo de pessoa que ficava sentada ao lado de um desconhecido que não a queria por perto e que não pedia para ser salvo enquanto houvesse uma possibilidade de conseguir erguer o pé, andar mais cem metros, mais um quilômetro naquele desafio.

Baixou os olhos para Craeg. Assim como com ela, as roupas dele estavam manchadas de sangue, de suor, de terra, o cabelo estava duro por ter secado sem ter sido escovado, o corpo era um trapo largado de qualquer jeito.

– Cuide-se – disse ela ao se esforçar para se levantar.

Ele não respondeu. Quem sabe tinha realmente desmaiado? Ou talvez só estivesse aliviado por ela finalmente ir embora. De todo modo... não era da sua conta.

Quando foi avançar a perna direita, descobriu que tudo em seu corpo físico – da nuca até a coluna, das panturrilhas a todas as juntas e tudo no meio – era um conjunto ardente de dor. Mas pôs um pé à frente. E repetiu. E fez de novo. E...

Não tinha a menor ideia do que a fazia ir em frente. Não se importava em vencer. Não fazia aquilo para provar a ninguém que estavam errados, ou que as fêmeas tinham valor. Sequer sabia se estava tendo pensamentos conscientes.

Paradise só continuou andando... porque era isso o que fazia.

Queimação.

Algum tempo depois, ela só sentia queimação: nas pernas e nos pés... nas entranhas e nos pulmões... na garganta – Deus, a garganta pegava fogo –, no crânio... no rosto.

Fogo ao redor dela, dentro dela, como se as veias tivessem gasolina dentro delas e os músculos estivessem queimando de dentro para fora.

Luzes brilhantes nos olhos também.

Uma luz tão brilhante.

Brilhante demais.

Só que não estava amanhecendo. O céu ainda estava escuro. Pelo menos ela achava que estava.

Bem de leve, um pensamento surgiu em meio à sua agonia. *Aquilo seria o Fade? Aquela iluminação, aquela dor, o calor?*

Teria morrido de algum modo?

Mas não se lembrava de ter morrido. Sabemos quando morremos? Mas o que mais poderia explicar aquela ardente agonia?

Andando... Ainda estava andando. Ou talvez o mundo estivesse se movendo debaixo dos seus pés e ela só estava parada sem se mexer? Era difícil determinar. Via tudo em dobro, a floresta se adensando de ambos os lados da cerca eletrificada, a trilha que seguia se bifurcando ao longe, de modo que ela sentia que devia escolher tomar a direita ou a esquerda, só que quando ela voltou a olhar havia um só caminho outra vez.

Fogo... o Fade.

Não!, pensou atordoada. Deus, seu pai! Ah, aquilo era horrível. Abalone ficaria sozinho agora, sem ninguém mais naquela imensa mansão Tudor, sem as suas duas fêmeas...

Paradise parou.

O caminho à frente não estava mais livre.

Ao se concentrar na barreira alta e sólida diante dela, a visão dupla se agrupou no que era uma representação mais acurada da realidade... e ela viu que era um grupo de machos.

Devia haver... uma dúzia, talvez mais.

E todos estavam vestidos de preto, com capuzes escondendo os rostos e fortemente armados.

A Irmandade a acolhia no Fade?

Isso não fazia sentido.

Ao vacilar sobre os pés, percebeu que eles se aproximavam, andando numa densa formação de corpos impossivelmente grandes.

Corra!, uma voz interna comandou. *Corra! Isso é outro teste!*

Só que ela não tinha mais forças. Nenhuma energia sequer para sustentar o pânico por mais tempo do que aquele único pensamento orientado para a ação.

Balançando no ar, pegando fogo por dentro e por fora, ela pensou: *que se foda*. Violara algum limite de tempo, falhara naquele módulo, fracassara em qualquer que fosse aquela parte do treinamento e o jogo se encerrava para ela. Não havia como recomeçar, nenhuma motivação estava ao seu dispor, quer interna ou externamente. Mesmo se atirassem nela, se a picassem em pedacinhos, se a derrubassem e passassem por cima... Não tinha nenhum espírito de combate para lhes oferecer.

Então, esse era o seu fim, hein? Cara, seu pai ficaria furioso quando eles a matassem.

Parando num movimento coordenado, como se funcionassem sob o comando de um só cérebro, a Irmandade se deteve diante dela, e todos ergueram as mãos. Preparando-se para algo que fosse doer, ela...

Eles começaram a bater palmas.

Um a um, ergueram as mãos grandes, batendo palmas enquanto a fitavam. E enquanto a rodada de aplausos continuava, tiraram suas máscaras, revelando-se para ela.

– O que foi? – ela murmurou. – Não estou entendendo.

Ou melhor, foi o que ela teve a intenção de dizer. Estava sem voz, não lhe restava nada para manifestar as palavras que sua mente desejava que emitisse.

Butch, aquele com o sotaque de Boston, avançou um passo.

– Parabéns – disse com firmeza. – Você é a *Primus*.

Paradise não fazia ideia do que aquilo significava. E não havia a mínima chance de pedir que ele repetisse.

Como se alguém tirasse um computador da tomada... tudo ficou escuro para ela, entre um batimento do coração e o seguinte.

Capítulo 12

Enquanto esperava do lado de fora da sala de exames da doutora Jane, Butch apoiou a bunda na parede de concreto do corredor do centro de treinamento e deixou a cabeça pender. De tempos em tempos, esfregava os olhos.

O que não ajudava muito.

Na verdade, não ajudava nada. A cada piscada de olhos, ele via Paradise cambaleando no meio da trilha que eles formaram na floresta para os *trainees*, parecendo ter saído de uma guerra, o cabelo todo emaranhado, sujeira no rosto, as roupas em farrapos, sangue nas mãos. E quando ela conseguiu focalizar os Irmãos, o olhar dela estava vazio como um crânio oco; o corpo, uma confusão dissonante de membros desajeitados, frouxos; seu espírito, alquebrado.

Maldição, não conseguia evitar visualizá-la como na noite anterior, enquanto estivera terminando de ajeitar as coisas para seu pai na casa de audiências. Imaculada, então. Desperta, alerta, feliz, ainda que nervosa com a possibilidade de a sua inscrição ser revogada pelo pai, pela Irmandade, pelo Rei.

Inferno, talvez devessem tê-la deixado de fora.

Mas não teria sido justo.

A boa notícia, supunha, era que o programa projetado por ele e por Vishous dera resultado. O objetivo fora reduzir a classe de sessenta candidatos a abaixo de dez alunos.

Tinham sete com quem trabalhar.

Todos os que chegaram ao trajeto na floresta estavam dentro.

Mas ele não podia dizer que se sentia bem com isso. Talvez se o último a resistir tivesse sido um dos machos robustos... Como Craeg, aquele líder nato, o tipo de cara perfeito para a vida de soldado...

Se ele tivesse ficado por último, Butch tinha quase certeza de que não estaria tendo uma crise de consciência agora.

Não que ele não acreditasse que as fêmeas pudessem dar conta do recado. Ele só...

A porta para a clínica se abriu, e V. surgiu. Quando o Irmão imediatamente acendeu um dos seus cigarros, Butch se perguntou se o cara também não estaria se debatendo com tudo o que fizeram. Não que o filho da mãe um dia fosse admiti-lo.

– Ora, isso foi divertido – disse o Irmão com seu imperturbável ar soturno. – Podemos repetir amanhã?

– Ela está bem?

– Está. – V. exalou ao guardar o isqueiro. – Desidratada. Pés machucados. Esfolada em alguns lugares. Está sendo acomodada no quarto dos beliches por Ehlena agora.

– Ainda está inconsciente? – Caralho, aquilo era bem ruim. Muito ruim.

– Indo e vindo. Não queremos que ela nos processe, certo?

– É.

Houve uma pausa.

– O que foi? Olha só, eu disse que ela vai ficar bem.

Butch só balançou a cabeça. Sem dúvida, considerando-se o seu passado "sadomaso", V. estava acostumado a fêmeas – e machos – acabados, e mesmo assim se safando da situação sem problemas. Como antigo detetive de homicídios, no entanto, Butch levava as coisas para uma direção diferente: ele enxergava vítimas.

Revivia cenas de crime com corpos de mulheres destroçados como carros envolvidos em acidentes sérios. E, não, elas não saíam andando, não ficavam "bem".

Pelo amor de Deus, ele se lembrava da imagem da própria irmã ao olhar pela janela de trás do carro de seu assassino, para nunca mais ser vista com vida.

Por isso, sim, as associações não eram as mesmas.

– Quer beber alguma coisa? – V. lhe perguntou.

Entenda-se: você está com a cara péssima.

Butch pegou o celular. Enviara uma mensagem de texto para Marissa assim que levaram Paradise para dentro, mas não houve nenhuma resposta. Pelo visto, era uma noite ocupada para a sua companheira.

– Tudo bem se eu der uma saída? – perguntou ao colega de quarto.

– Vai para a igreja de novo?

Cara, aquele filho da puta o conhecia bem demais.

– Ainda faltam umas duas horas até o nascer do sol. – Deu um tapa no ombro do melhor amigo. – Te vejo na Última Refeição.

Estava na metade do caminho até o escritório, onde ficava a entrada para o túnel, quando V. o chamou.

– Você não fez nada errado hoje à noite.

Butch assentiu. Depois olhou por cima do ombro.

– Isso não significa que eu esteja contente por apresentar a guerra para um punhado de crianças.

– Ou nós fazemos essa apresentação, ou a própria guerra os encontrará em seus termos.

– É, isso é necessário, pode até ser para o bem deles. Mas não me cai bem.

Quando seguiu em frente, sentia aqueles olhos duros e límpidos de diamante observando-o, e ficou contente por estar se afastando do cara e não indo ao seu encontro. Vishous era bom demais em interpretá-lo, e ele desejava tudo o que o estava desequilibrando só para si.

E, sim, era por isso que iria para a igreja. Era o que bons moços católicos e tementes a Deus faziam quando estavam com as mentes fodidas.

Paradise despertou de repente, não apenas retornando à consciência lentamente, mas sendo catapultada à total percepção, as mãos batendo no que quer que estivesse deitada, o tronco se erguendo, os olhos se arregalando...

Estava pronta para qualquer coisa...

Exceto para o ambiente limpo e bem-iluminado repleto de beliches e absolutamente vazio a não ser por ela.

– Mas que...

Ao olhar ao redor, o pescoço estalou, e isso abriu a comporta para todo tipo de sensações desagradáveis represadas: os pés latejavam, o quadril a matava, as coxas estavam pegando fogo, tinha cãibra numa panturrilha, e seu estômago doía como se tivesse levado um soco no abdômen.

Virando as pernas para o lado do chão, descobriu que estava coberta por uma camisola hospitalar e um roupão leve.

– Não se preocupe, você foi examinada por uma médica e por uma enfermeira.

Ela se virou na direção da porta.

– Peyton?

Seu amigo estava meio para dentro, meio para fora da soleira, sem as roupas sujas e com um roupão frouxo preso à cintura em seu lugar. Evidentemente tomara um banho, comera e bebera, e estava bem perto do seu normal: a bela aparência, o sorriso sardônico, os olhos sensuais reavivados.

– Ou pode me chamar de Papai Noel. – O amigo avançou e lhe entregou uma xícara de café. – Afinal, eu lhe trouxe um presente.

– Espera, espera... Onde estamos? O que...

– Toma. Beba isto. – Peyton se sentou no beliche ao lado dela. – E antes que me pergunte, não há nada aí além de duas colheres de açúcar e um pouco de leite. Lembro como você gosta.

– Que horas são? – Aceitou o café, só para ser educada. – Ai, meu Deus, o meu pai...

– Eu mesmo liguei para ele. Estamos no centro de treinamento da Irmandade. Nós sete entramos no programa; você, em especial. Parabéns, Parry. Você conseguiu.

Ela franziu o cenho e deu um golinho. Depois gemeu.

– Ai, meu Deus... Essa é a melhor coisa que já experimentei na vida!

Ele se levantou e se aproximou de uma mesinha lateral.

– Última Refeição, minha senhora.

Quando ele aproximou uma bandeja com pratos cobertos, ela teve que se controlar para não esvaziar a xícara toda num gole só.

– Onde está todo mundo?

– Num refeitório ou sala de descanso bem aqui do lado. A maioria está dormindo. Pedi que a enfermeira te colocasse aqui por motivos óbvios.

– Óbvios... – Ah, certo. – Obrigada.

– Pois é, sem acompanhante... Mas eu tenho te espiado a cada quinze minutos.

Depois de tudo que passara naquela noite, sua virtude parecia a última coisa com que tinha que se preocupar. Mas não era possível se libertar desse tipo de educação de toda uma vida de uma hora para outra.

– Coma – ele disse. – Tudo fica melhor depois que a gente come.

Apoiou a bandeja ao lado dela na cama e começou a tirar as tampas. Uma olhada para as fatias de rosbife e para o purê e ela ficou faminta.

Mas antes de avançar, teve que perguntar:

– Todos nós sete? Desde que a gente… sabe, saiu junto? Todos nós?

– Axe, Boone, Novo, Anslam e Craeg.

Ela baixou o olhar ao escutar o último nome.

– Então essa é a nossa turma?

– Isso mesmo.

Pegando o garfo e a faca, ela gemeu quando se virou na direção do prato, e suas costelas emitiram um protesto do tipo O QUE VOCÊ PENSA QUE ESTÁ FAZENDO?

– Droga, não consigo me mexer sem…

– Advil. Vou te trazer mais. – Peyton foi para a porta e parou. – Eu te devo desculpas.

– Pelo quê?

– Por pensar que você não conseguiria fazer isto. – Olhou para ela. – Teve razão ao brigar comigo no ônibus. Provou que eu estava errado. Lamento muito.

Paradise exalou fundo.

– Obrigada. Isso significa muito para mim.

Ele assentiu.

– Venha para cá quando estiver pronta. Só estamos conversando para passar o tempo.

– Ei, Peyton? – ela o chamou antes que ele pusesse a mão na maçaneta.

– Oi?

– Pode me fazer um favor?

– Manda ver.

– Não conte a ninguém… Você sabe, sobre quem eu sou. Não quero ser tratada de maneira diferente. Só quero ser como todo mundo.

– Anslam sabe. Mas posso falar com ele e mandar ele ficar de bico fechado.

– Obrigada.

Peyton olhou para o chão por um instante.

– Qualquer coisa por você.

Depois que ele saiu, Paradise comeu o quanto pôde, que, no fim, foi tudo o que estava na bandeja, inclusive os pãezinhos frescos e as ervilhas. Terminou o café e tomou as duas garrafas de água que acompanhavam tudo. Depois claudicou até o banheiro num dos cantos.

A chuveirada estava tão quente que ela se surpreendeu em ver que a tinta não escorria pelas paredes, mas, ah, delícia, seu corpo relaxou debaixo do jato penetrante. As bolhas nos pés doíam, assim como outros lugares aleatórios, a exemplo do cotovelo direito e do joelho esquerdo que estavam, assim como os ombros, ralados por algum motivo. Não tinha importância. Era o paraíso.

Pendendo a cabeça, deixou a água escorrer pela nuca.

Estava contente que Peyton tivesse ligado para seu pai. Já estava quase amanhecendo, e não desejava que o macho se preocupasse, mas não estava pronta para falar sobre tudo o que acontecera. Precisava de tempo para pensar, para processar, para avaliar.

Havia xampu ali. Usou-o sem olhar a marca. O mesmo com o condicionador. E com o sabonete.

Quando saiu, sentiu-se mais perto de ser ela mesma, mas isso mudou quando olhou para seu reflexo no espelho sobre a pia.

Aproximando-se, observou suas feições como se pertencessem a outra pessoa – e lhe pareceram desconhecidas. O rosto estava bem mais magro e, mesmo sem maquiagem, seus grandes olhos pareciam sobressair sobre todo o resto, como numa criança.

– Quem sou eu? – sussurrou para seu reflexo.

Capítulo 13

A Catedral de São Patrício em Caldwell era uma velha e imponente senhora, erguendo-se do chão como um testemunho tanto da misericórdia de Deus quanto da habilidade do homem em cimentar blocos de tijolos. Ao estacionar seu novo Lexus, Butch pensou que era muito engraçado que, de todos os seus traços de humanidade a terem sobrevivido após a transição para vampiro, o que mais ficara arraigado fora a fé.

Era um católico melhor agora do que fora quando era *Homo sapiens*.

Abaixando a aba do boné dos Red Sox, passou pela porta dianteira que, sozinha, era maior do que a casa inteira em que crescera, no sul de Boston.

A catedral estava sempre aberta, era uma Starbucks da espiritualidade, pronta para servir o que fosse necessário quando as almas se sentissem perdidas e titubeantes.

Monsenhor, preciso de um "venti" de perdão, muito obrigado. E um bolinho que magicamente possa me dizer que porra está acontecendo de errado na minha vida.*

O segurança sentado numa cadeira no vestíbulo levantou o olhar da sua revista *Sports Illustrated* e acenou para ele. O cara estava acostumado a vê-lo entrar antes do amanhecer.

– Noite… – o guarda o cumprimentou.

– Tudo bom?

– Bem. E você?

– Também.

Sempre a mesma conversa, e a troca de sete palavras já fazia parte do ritual.

---

* O "venti" é um tamanho de bebida nas lojas Starbucks. (N.T.)

Cruzando o tapete vermelho grosso, Butch inspirou profundamente e captou a tranquilidade do cheiro familiar de incenso, de velas feitas com cera de abelha, de lustra-móveis de limão e de flores verdadeiras. Ao empurrar as pesadas portas de madeira entalhada para entrar no santuário majestoso, não gostou de ficar de boné, mas tinha que esconder o rosto.

No entanto, sua mãe teria um acesso – desde que a demência dela se ausentasse por tempo suficiente para que ela conseguisse entender alguma coisa.

O fato de ela ter meio que enlouquecido fez com que abandonar o mundo humano fosse muito mais fácil. E, de tempos em tempos, ele e Marissa iam visitá-la, materializando-se no quarto da casa de repouso em Massachusetts porque sabiam que as lembranças não durariam.

Butch parou e inspirou fundo, o sangue bombeando, a pele pinicando. Girando, franziu o cenho ao ver uma figura solitária sentada num dos bancos de trás.

– Marissa?

Mesmo que sua voz não estivesse alta o bastante para ser ouvida, sua companheira levantou a cabeça, pois sua presença fora percebida.

Apressando-se sobre o piso de pedra, entrou de lado na fileira em que ela estava, tentando não tropeçar nas pontas dos genuflexórios.

– O que está fazendo aqui? – ele perguntou ao perceber o cheiro das lágrimas.

Os olhos dela estavam marejados quando ele se aproximou, e ela se esforçou para sorrir, mas não conseguiu ir muito longe.

– Estou bem, de verdade, eu...

Ele se sentou ao lado dela – despencou seria uma melhor descrição –, e segurou suas mãos frias. Ela ainda estava com seu casaco Burberry, e o cabelo estava emaranhado nas pontas, como se ela tivesse ficado caminhando ao vento.

Butch balançou a cabeça, o coração disparado.

– Marissa, você precisa falar comigo. Está assustando seu maldito marido.

– Desculpe.

Ela não disse mais nada, mas se recostou nele, permitindo que o corpo dele suportasse seu peso, e só isso já era uma explicação: qualquer que fosse o problema, não era culpa dele.

Butch fechou os olhos e a amparou, esfregando-lhe as costas.

– O que está acontecendo?

A história saiu aos poucos: uma fêmea jovem... o gramado do Lugar Seguro... brutalizada... a operação de Havers... a morte inevitável... nenhuma identificação, nenhuma informação, nenhuma família.

Deus, odiou que sua *shellan* preciosa tivesse sido exposta a toda aquela situação horrenda. Ah, e P.S., que aquele irmão dela se fodesse, de verdade.

– E agora não sei o que fazer por ela. – Marissa emitiu um suspiro trêmulo. – Eu só... sinto que não fiz o bastante para salvá-la enquanto ela estava viva e agora ela se foi... e sei que era uma desconhecida, mas não importa.

Butch permaneceu calado porque quis dar todas as oportunidades para a sua companheira continuar falando. E, enquanto esperava, pensou que conhecia muito bem aquele maldito sentimento de autorresponsabilização, ainda que indevida. Na época em que trabalhara para a divisão de homicídios na Polícia de Caldwell, sentia exatamente a mesma coisa por cada uma das vítimas dos casos que investigava. Incrível como completos estranhos podiam se tornar tão próximos.

– É tão injusto para ela. Isso tudo. – Marissa se voltou para a bolsa, tirou um lenço de papel e assoou o nariz. – E eu não queria te contar nada porque sei que estava muito ocupado...

– Errado – ele a interrompeu. – Não existe nada mais importante do que você.

– Ainda assim...

Virou o rosto dela para si.

– Nada.

Quando ela voltou a chorar, ele enxugou seu rosto.

– Como pode duvidar disso?

– Não sei. Não estou pensando direito. – Pressionou o lenço no nariz. – E vim para cá porque é aqui que você sempre vem.

Muito bem, isso aqueceu demais o coração dele.

– Ajudou?

Ela deu um leve sorriso.

– Bem, isso acabou nos reunindo, não foi?

Acomodando-a ao seu lado, passou o braço ao redor dela e ficou olhando para as fileiras de bancos de madeira encerada até aquele magnífico altar com sua cruz dourada e a imagem de Jesus de seis metros no crucifixo. Graças às luzes externas, os vitrais brilhavam nas grandes janelas arqueadas que se estendiam até os contrafortes góticos lá no alto. E as capelas que honravam os santos brilhavam com as velas votivas acesas pelos visitantes da noite, as imagens de mármore representando a Virgem Maria, João Batista e os arcanjos Gabriel e Miguel oferecendo suas graças para quem precisasse.

Não queria que sua companheira sofresse, mas estava tão aliviado por ela tê-lo procurado... Como macho vinculado, seu primeiro instinto era sempre o de proteger a sua *shellan*, e o retraimento dela, mesmo tendo durado apenas um dia, fora uma espécie de amputação.

– Etambémnãoteconteiporcausadasuairmã.

– O quê? – ele murmurou, beijando-a no alto da cabeça.

– A sua irmã...

Butch enrijeceu, mas não pôde evitar. Mas, verdade, qualquer menção àquela porção do seu passado bastava para que ele sentisse como se alguém o tivesse eletrocutado com a bateria de um carro.

– Tudo bem – ele disse.

Marissa se endireitou.

– Não quis aborrecer você. Quero dizer, você nunca fala... hum, do que aconteceu com ela.

Olhou para as mãos da fêmea. Estavam se retorcendo nervosamente no colo, transformando o lenço de papel numa bolinha.

– Você não tem que se preocupar comigo. – Afastou o cabelo dela para trás dos ombros, acariciando os fios finos e macios. – Essa é a última coisa que precisa fazer.

– Posso perguntar uma coisa?

– Qualquer coisa.

Quando ela não disse nada de imediato, ele moveu o rosto para a linha de visão dela.

– O quê?

– Por que nunca fala comigo sobre a sua vida antes de me conhecer? Quero dizer, sei algumas coisas... Mas você nunca fala disso.

– Você é a minha vida agora.

– Humm.

– Onde quer chegar?

Ela olhou para ele e deu de ombros.

– Não sei o que estou dizendo. Só estou falando sem pensar.

A bolsa dela emitiu um *bing*!, e ela a colocou no colo. Enquanto pegava o telefone, ele a observou de muito longe, apesar de estar sentada bem ao seu lado.

– É uma mensagem do Havers – disse ela. – Os restos mortais estão prontos para eu pegar.

Butch se pôs de pé.

– Vou com você.

Marissa o fitou.

– Tem certeza de que tem tempo?

Só o que ele pôde fazer foi sacudir a cabeça, desconsiderando a pergunta.

– Venha. Eu te levo de carro para o outro lado do rio. Ainda temos uma hora inteira de escuridão.

Embora Craeg estivesse relativamente confortável num poltrona com assento e braços estofados, tudo nele doía com tamanha intensidade que ele podia muito bem estar sentado sobre uns atiçadores de lareira. Parte disso era culpa sua. Depois que fora trazido do campo numa maca, recusara os analgésicos que lhe ofereceram após o exame médico. Contudo, aproveitara a comida, o banheiro e as bebidas.

Mas só. Desde que os seis foram levados até aquele cômodo/refeitório/sala de descanso, com sua decoração de concreto e tapetes ao estilo dos dormitórios universitários, com TV e cozinha embutida, ele ficara à parte dos demais. Depois de descobrir seus nomes, mantivera-se na periferia do grupo, ouvindo as histórias deles sem dar nenhum detalhe sobre a sua.

Não que ele tivesse muito para partilhar. Era o único que restava da sua família e não estava disposto a revelar lembranças pessoais sobre os ataques.

No que ele prestou atenção foram as escapadas daquele cara, Peyton. O filho da mãe se levantava do sofá para dar uma espiada no quarto dos beliches a cada dez segundos.

Por que o cara simplesmente não ficava lá?

Daquela vez, quando Peyton enfiou a cabeça pela porta, houve uma troca de palavras. Depois entrou lá e fechou a porta de vez. Quando o macho voltou depois de um tempo, foi até o cara chamado Anslam e sussurrou alguma coisa. O que quer que tivesse sido, Anslam concordou com um encolher de ombros e um aceno de cabeça.

Depois disso, Peyton voltou a se sentar no meio da sala.

Não muito depois, Paradise saiu de lá. E, no instante em que passou pela soleira, todos olharam para ela, a conversa sobre *Tosh.0** parando por completo.

Craeg desviou o olhar dela, mais por se ressentir pra cacete do fato de sua pressão subir e de seus batimentos cardíacos acelerarem só de ver aquela fêmea.

Maldição, nenhuma daquelas pessoas era da sua conta. Principalmente ela.

– Senhora e senhores – disse Peyton. – Eis a nossa *Primus*.

– Não me chame assim – ela disse entre dentes antes que qualquer tipo de aplauso acontecesse. – Nunca.

– Por quê? – Novo a desafiou. – Você nos venceu. Durou mais tempo. Devia estar orgulhosa pra cacete.

Ok, ali estava uma fêmea por quem poderia se interessar – não que quisesse se envolver sexualmente com ninguém naquele momento. Ainda assim, Novo era o seu tipo de "dama": uma que sabia se virar num trajeto com obstáculos e, evidentemente, era do tipo que primeiro batia no agressor e só fazia perguntas depois que a mandíbula que ela quebrara estava consertada.

Novo também ficava bem atraente com aquela camiseta branca folgada da Hanes e aquelas calças de médico pelas quais trocara as roupas sujas.

Também não era o único a notar isso. Anslam, Axe e até o maldito Peyton ficavam secando-a intensamente, não que ela parecesse se importar ou sequer notar.

A recepcionista, por sua vez, sem dúvida devia estar acostumada que todos a fitassem. Loiras como ela nunca deixavam de chamar a atenção.

O que também as transformava em alvos.

E, sim, foi nisso que ele pensou quando estivera diante da escrivaninha dela e sugerira que ela se inscrevesse no programa. Claro, uma

* *Tosh.0* é um programa de TV americano do gênero comédia criado pelo comediante Daniel Tosh que tem como foco vídeos virais da internet. (N.T.)

fêmea como ela era protegida pelos machos da sua família, mas nem sempre isso dava certo, não é mesmo?

Sua própria irmã estaria viva hoje se fosse verdade.

– ... com a gente?

Craeg olhou para Novo.

– O que foi?

– Vamos procurar alguém para nos dar mais alguma coisa para comer. Acabamos com o que havia na geladeira e nas prateleiras. Quer vir?

– Não.

– Então pego um pouco daqueles Oreos com recheio duplo para você. Você comeu todos.

– Você não precisa fazer isso.

– Eu sei – ela disse antes de se virar.

Cruzando os braços sobre o peito, fez uma careta ao enfiar ainda mais a bunda na poltrona e esticar as pernas. Fechar os olhos. Era disso que precisava. E, ao ouvir a porta se fechar, suspirou.

– Não está com fome?

Suas pálpebras se ergueram e ele virou a cabeça. Paradise ainda estava ao lado da porta do quarto com beliches, e parecia relaxada como ele já não se sentia, parada com os braços ao redor do corpo e as lapelas do roupão apertadas junto ao pescoço.

– Não – ele respondeu, ríspido.

Merda, não havia motivo para arrancar a cabeça dela.

– Quero dizer... Não. – Maravilha. Agora estava parecendo um idiota.

– Como estão os seus pés?

– Bem. – Houve uma pausa, como se ela estivesse esperando que ele lhe perguntasse o mesmo. – Olha só, por que você não vai com os outros...

– Não pode me expulsar daqui, sabe?

Craeg saltou da poltrona e diminuiu a distância entre eles. Invadindo seu espaço pessoal, ele se certificou de lhe dar bastante tempo para medir exatamente o seu tamanho.

– O que você estava dizendo? – ele sugeriu em voz baixa. – Ou está de saída?

Os olhos azuis dela se arregalaram.

– Está me ameaçando?

– Apenas sugerindo uma realocação que será melhor para nós dois.

– Por que *você* não sai?

– Cheguei aqui primeiro.

– Porque você perdeu... Certo? Perdeu para uma garota... Não é? – provocou, cantarolando.

Craeg contraiu as mandíbulas.

– Não me provoque, ok? A minha noite foi tão longa quanto a sua.

– Foi você quem veio aqui como um touro enfurecido. E eu sairia, porque, de fato, não gosto de você tanto quanto achei que gostasse. Mas a verdade é que os meus pés estão doendo tanto que não consigo andar e sou orgulhosa demais para pedir uma cadeira de rodas.

Idiota.

Completo.

E absoluto.

Sim, era mais ou menos assim que ele se sentia ao baixar os olhos para os pés dela e vê-los descalços e vulneráveis em sua deplorável condição: profundos vergões vermelhos se destacavam nas laterais e no peito dos pés, e o direito estava tão inchado que não parecia pertencer ao fim daquela canela fina.

Fechou os olhos por um instante. *Afaste-se. Só volte para o seu lugar, camarada, e se sente, deixe que ela vá mancando para o sofá e se estique... ou volte para o quarto... ou crie asas e saia voando para longe do seu pobre traseiro.*

Em vez disso, ele se viu afundando até o chão. Os dois joelhos rangeram tão alto que foi como se dois gravetos tivessem sido partidos na sala silenciosa, e as coxas e as panturrilhas gritaram com a mudança de posição.

– Parecem bem ruins – comentou com suavidade.

Não teve a intenção de esticar a mão e tocar na pele. Não mesmo. Mas, de alguma forma, a mão avançou e roçou de leve o peito do pé esquerdo dela, na única região que não estava vermelha.

Acima dele, ouviu-a inspirar forte e, por algum motivo, não confiou em si mesmo para olhar para ela.

– Eu te machuquei?

Demorou um pouco para ela responder quase sem voz:

– Não.

Ele deslizou as pontas dos dedos médio e indicador com tanta leveza sobre o pé dela que mal conseguiu sentir-lhe o calor da pele.

O corpo de Craeg estremeceu. E sua voz não estava tão firme ao dizer:

– Odeio ver estas marcas em você.

Ela devia ter outras em outros lugares. Contusões, arranhões, esfoladuras. Queria tocar em todas.

Tocar em outras partes do corpo dela também.

Aquilo era ruim, ele pensou. *Bom Deus, era muito ruim...*

Seu desejo sexual estivera dormente por muito tempo e a última coisa que precisava agora era que ele despertasse, ainda mais naquelas circunstâncias. Ainda mais com uma fêmea como Paradise.

Não é preciso ser da aristocracia para ser uma dama. Mesmo as plebeias trabalhadoras poderiam ter padrões e se resguardar decorosamente para uma vinculação adequada.

Que não se daria com o filho órfão de um colocador de pisos.

Ah, e evidentemente ela era virgem.

A maneira como ela se continha lhe dizia isso. O modo como Peyton, que obviamente era um conquistador, respeitava o espaço dela também lhe dizia isso.

Mas ele soube principalmente por aquele ar suspenso, aquele "não" sussurrado.

Aquilo era muuuuuito ruim.

Capítulo 14

O CORAÇÃO DE PARADISE parecia ter saído de um ensaio de bateria, e as ondas de calor açoitando seu corpo eram tão fortes e reluzentes quanto um conjunto de címbalos.

Craeg estava no chão diante dela, seu grande corpo dobrado numa espécie de posição sentada bastante estranha, os músculos dos ombros esticando-se debaixo da camiseta branca e fina, a cabeça escura inclinada enquanto ele deslizava as pontas dos dedos com muita leveza sobre o dorso do seu pé.

Mesmo exausta, ela sentia cada nuance do toque dele – e também estava dolorosamente ciente de estar nua debaixo do roupão e da camisola hospitalar.

Caramba… Deixe de lado as dores e os desconfortos. Agonia?

A única coisa registrada por seu corpo era um grande e indefinido potencial que ela não compreendia por completo, mas sobre o qual tampouco era completamente ignorante.

Aquilo era… atração sexual. Luxúria. Desejo.

Naquele exato lugar, naquele exato instante.

Atração química impenitente, inclemente, intransigente.

– Eu não deveria estar tocando em você assim – disse ele com suavidade.

Não, ela pensou. *Não deveria.*

– Não pare.

A cabeça dele virou num ângulo, e seus olhos se fixaram nos dela.

– Não é uma boa ideia.

Definitivamente não era. Mas não era mesmo, certeza absoluta.

– Sinto-me extasiada.

Craeg fechou os olhos e recuou um pouco.

– Preciso parar.

Mas ele não parou. Continuou deslizando o dedo pelo tornozelo dela, depois subiu pela panturrilha.

– Não estou vestida por baixo disto – ela disse num ímpeto.

Com isso, ele pendeu a cabeça e esfregou o rosto com a mão que não a tocava.

– Por favor, não me diga coisas assim.

– Desculpe. Não sei o que estou dizendo.

– Percebi.

Enquanto o corpo dele estremecia, ela sussurrou:

– É por isso que você não gosta de mim? Por causa desta conexão?

– É.

– Então você também sente.

– Eu teria que estar morto para não sentir – ele murmurou.

– É sobre isso que tanto falam, não é? Essa necessidade.

Ele gemeu e oscilou, apesar de já estar no chão.

– Não...

– Não o quê?

Craeg só sacudiu a cabeça, e afastou-se dela. Erguendo os joelhos, apoiou os antebraços neles e pareceu estar tentando se controlar. Depois de um instante, ajeitou pouco à vontade a pelve algumas vezes, como se algo estivesse emperrado ali, ou preso.

– Não vou fazer isso com você – disse baixinho. – O programa de treinamento é tudo o que tenho. É o único futuro para mim. Por isso, ficar aqui e me sair bem não tem a ver com vaidade para mim. Também não estou tentando provar nada para os meus pais, e tampouco sou um louco que quer sair lutando contra o mundo. Não tenho nada esperando por mim, literalmente. Portanto, não vou deixar que nada nem ninguém fique no meu caminho.

– Não pode fazer os dois? – perguntou ela, mesmo sem ter certeza do que estava sugerindo.

Ah, pro inferno com isso. Ela sabia *exatamente* o que estava sugerindo: após ter sentido a mão dele em seu tornozelo, ela queria saber exatamente qual seria a sensação dela em todo o seu corpo.

– Não – ele repetiu. – Não posso fazer os dois.

Praguejando, ele se esforçou para ficar de pé, as palmas cobrindo o seu quadril para se esconder enquanto ele voltava para o lugar onde estivera sentado antes. No entanto, ele não se sentou. Permaneceu em pé, olhando para as almofadas com o corpo enorme e tenso.

– Você não tem que me proteger – ela disse.

Depois de um momento, ele olhou para ela por sobre o ombro, sua expressão muito séria.

– Que se foda isso tudo. Estou protegendo a mim mesmo.

Enquanto Butch os levava de carro por cima do rio Hudson, Marissa ficou olhando pela janela ao seu lado. Os alicerces da ponte formavam um padrão ao recortar a vista da água abaixo, fazendo-a pensar no movimento dos limpadores de para-brisa em baixa velocidade. Estavam tão no alto que ela não conseguiria dizer se havia ondas na superfície. Provavelmente não. No que determinar respeito às condições climáticas, a noite estava muito tranquila.

Por algum motivo, ficava voltando no tempo, para a época em que se apaixonaram, provavelmente porque seu cérebro não conseguia processar para onde estavam indo e, portanto, fugia para uma parte do seu passado quando reinavam as surpresas, as alegrias e a excitação.

Nada como o primeiro toque. Aquele primeiro beijo. O momento em que se faz sexo pela primeira vez, e você olha para o rosto acima do seu e pensa: *não consigo acreditar que estamos mesmo fazendo isso!*

– No que está pensando? – Butch perguntou, apertando-lhe a mão.

– Você se lembra do nosso primeiro beijo?

Seu companheiro riu de leve.

– Nossa, claro. Foi na varanda do segundo andar da casa de Darius. Quebrei o braço daquela poltrona de vime.

Ela sorriu e olhou para ele.

– Quebrou mesmo, não foi? Não pensei que você fosse tão... forte.

Pela luz fraca do painel do carro, as feições dele estavam tão sensuais como sempre foram para ela. E Marissa as visualizou quando ele estava excitado, os olhos cor de avelã semicerrados, o rosto ficando sério, o corpo imóvel antes de começar a se mexer.

– Quero fazer sexo com você quando chegarmos em casa – ela disse.

A cabeça dele se virou tão rapidamente que o sedã oscilou na pista.

– Ora, veja só. *Posso mesmo* dar um jeito de isso acontecer.

– Sinto-me culpada por isso.

– Não se sinta. – O olhar dele prendeu-se ao seu. – Isso é muito natural. Quer se sentir viva diante da morte; não significa que não esteja triste pela moça, ou que não fará justiça. Não são coisas mutuamente excludentes.

– Você é muito inteligente.

– Só tive muita experiência em noites como esta.

Relaxando no assento luxuoso, ela sentiu as sensações eróticas e familiares estimulando o seu corpo... E se imaginou passando por baixo do braço dele, mexendo na braguilha e sugando-o enquanto ele continuava a dirigir.

Mas ele jamais permitiria que ela fizesse isso.

Além disso, quando chegaram à margem oposta do Hudson, seus pensamentos tomaram outra direção.

– Por favor, não o machuque.

– Quem? O seu irmão?

– É.

– Serei um completo cavalheiro.

Ela relanceou na sua direção.

– Estou falando sério.

– Eu também. – Deu um novo aperto na mão dela. – Você não tem com o que se preocupar. Eu não faria isso com você, e isso faz dele um cara de muita sorte.

Butch seguiu as instruções que foram enviadas a ela pelo celular sobre como chegar lá de carro e, uns quinze minutos mais tarde, estavam sacolejando numa estradinha de terra que serpenteava pela floresta. Desta vez, a entrada para o prédio era uma modesta casa de campo de dois andares, e havia um punhado de sedãs estacionados na passagem de carros pavimentada com pedras. Quando saíram, seguiram até a parte de trás do que parecia uma construção externa para tratores e equipamentos, mas que, na verdade, era o mesmo tipo de quiosque pelo qual ela passara antes naquela mesma noite.

O procedimento era o mesmo: identificação, entrada, escaneamento a laser. Em seguida, uma parede cheia de ferramentas se deslocou, e estavam dentro de um elevador, descendo para dentro da terra.

– A construção disto deve ter custado uma fortuna – ela murmurou quando ambos olharam para a fileira de botões numerados ao lado da porta. – Quatro andares subterrâneos? Uau.

– Precisava ser feito.

Ela o fitou.

– Espere, então você sabia desta clínica? Por que não me contou?

Butch encolheu os ombros.

– Não queria te aborrecer mencionando o seu irmão. – Olhou para ela incisivamente. – Diga que Havers se comportou quando você esteve aqui antes.

– Sim, ele se comportou.

Seu companheiro assentiu e ajeitou as elegantes calças pretas que vestia. Como sempre, quando estava fora de serviço, seu *hellren* policial do sul de Boston estava vestido com algo saído do catálogo da Neiman Marcus, a camisa branca engomada e a jaqueta fina de camurça tão caras quanto pareciam ser. Ele também cheirava bem, apesar de isso ser uma cortesia do aroma da vinculação e não causado por algum tipo de colônia – e o relógio Piaget e a pesada cruz de ouro que sempre usava no pescoço eram sensuais sem exageros.

No entanto, ele tinha razão. Poderia matar o irmão dela apenas com as mãos – e provavelmente era o que queria fazer. Contudo, acreditava nele quando ele dizia que jamais faria isso na frente dela.

– Ele é incrível com seus pacientes – ouviu-se murmurar.

– Esse nunca foi o problema dele.

Não, não era.

O elevador sacudiu ao parar, e eles saíram para uma área de espera menor e mais reservada que aquela em que ela estivera antes.

A recepcionista à mesa olhou primeiro para Butch e demorou-se o quanto quis, avaliando-o. Não que ele tivesse notado.

– Bem-vindos – ela cumprimentou. – O doutor sabe que estão aqui. Posso lhes oferecer café enquanto esperam?

Ou talvez, quem sabe, algo mais pessoal?, seu tom sugeria.

– Estamos bem, obrigado. – Butch segurou o cotovelo de Marissa e a conduziu para uma fila de cadeiras encostada na parede mais distante.

Ao se sentarem lado a lado, ela ficou contente quando ele lhe segurou a mão.

– Então, como foi a primeira noite do programa? – ela perguntou, tanto para manter uma conversa quanto por se importar.

As sobrancelhas dele se uniram.

– Foi boa. Ninguém se machucou seriamente. Sete conseguiram chegar até o fim. Vão passar o dia conosco, principalmente porque não queremos que os pais deles os vejam tão abatidos. E também é uma oportunidade para que o grupo se una. Vou dar a primeira aula ao cair da noite, e depois eles poderão voltar para casa após o treino físico.

– Estou muito feliz que tenha dado tudo certo.

– Veremos. Ei, lembra da filha do Abalone, Paradise? Aquela que nos ajuda na casa de audiências?

– Ah, sim, ela é adorável.

– Foi a que mais aguentou. Aquela garota tem determinação.

– Abalone deve estar muito orgulhoso.

– Ele ficará.

Silenciaram-se. Até ela voltar a falar.

– Eu acho que vou vomitar.

Butch de pronto se levantou, mas ela lhe deu um tapinha em seu braço.

– Não de verdade. É mais um modo de falar do que realmente querer fazer.

– Quer voltar para o carro? Posso levar os restos mortais para você.

Marissa sacudiu a cabeça.

– Não, ela é minha. Até encontrarmos a sua família, ela é minha.

Butch passou o braço ao redor dos ombros dela e a puxou para perto.

– Prepare-se para que isso não mude mesmo quando a devolver à família.

– É assim que você... Quando você trabalhava, era assim que se sentia?

– Com cada uma das minhas vítimas. – Exalou longa e profundamente. – Para mim, isso nunca passava. Mesmo agora, quando não consigo dormir, vejo seus rostos no teto acima da nossa cama. Lembro-me como eram em vida e não consigo me esquecer de como estavam ao morrer. É uma mancha no meu cérebro.

Fitando-lhe o perfil, aquele perfil forte, belo e imperfeito, ela se conectou a todo o amor que sentia por ele.

– Por que não me acorda para conversarmos quando se sente assim?

O sorriso contraído dele tentava diminuir a tensão.

– Você também tem o seu trabalho.

– Sim, mas eu...

– Não é importante. Já faz parte do passado.

Não se isso ainda o mantém acordado, ela pensou.

– Você e eu somos tão parecidos – ela murmurou. – Nós dois guardamos nossos passados numa prateleira.

– Você faz soar como se fosse uma coisa ruim.

Antes que ela conseguisse dizer algo mais, a porta do lado oposto se abriu e uma enfermeira de uniforme branco se aproximou trazendo uma caixa preta que, absurda e inapropriadamente, fez Marissa pensar num par de sapatos de salto alto Stuart Weitzman que lhe foram entregues numa noite dessas. Era do mesmo tamanho.

Esperava que a caixa fosse maior. Menor. Diferente.

Deus, ela já nem sabia.

– Lamentamos a sua perda – disse a enfermeira ao estender a caixa para Butch.

Marissa adiantou-se e a segurou. Pesava menos do que imaginava que pesaria. Pensando bem, só estava cheia de cinzas, não?

– Obrigada.

A fêmea corou ante a quebra de protocolo. Como Marissa era uma fêmea de uma das Famílias Fundadoras, concluía-se que ela nunca entraria em contato com nada pertencente aos mortos. No Antigo País, tal contato era visto como mau agouro, especialmente se a fêmea estivesse grávida ou em idade fértil.

Mas que se dane isso.

– Havia algo mais entre os seus pertences? – Marissa perguntou.

A enfermeira limpou a garganta como se estivesse tentando engolir a desaprovação e se engasgasse.

– Na verdade, havia algo. – Focou os olhos em Butch como se esperasse que ele se prontificasse para que sua companheira fosse sensata e razoável. – Hum...

Em seu benefício, Butch arqueou uma sobrancelha como se não entendesse o que diabos a enfermeira estava pretendendo.

A enfermeira voltou a pigarrear.

– Bem, havia uma coisa. Foi o único objeto pessoal que encontramos... Estava preso no...

– No quê? – Marissa exigiu saber.

– Estava dentro do sutiã. – A enfermeira enfiou a mão dentro do bolso do uniforme e puxou uma fita preta com um laço vermelho. – Tem certeza de que quer...

Marissa arrancou o objeto da mão da enfermeira.

– Obrigada. Vamos embora agora.

Antes que qualquer outra coisa pudesse ser dita, ela foi em frente e apertou o botão com seta para cima ao lado do elevador. Como se ele os estivesse esperando para que saíssem o quanto antes, as portas se abriram e ela entrou. Butch, como sempre, estava logo atrás.

Enquanto subiam rumo ao piso térreo, ela olhou para o objeto que apanhara da mão da fêmea.

– O que é isto? – perguntou, virando a peça de metal preta na mão. Havia uma borla de seda vermelha perdurada num buraco numa ponta e, na outra, uma porção pontuda e chanfrada parecida com algo que pudesse ser inserido numa fechadura. – Isto é uma chave?

Butch o tomou em sua mão e examinou.

– Sabe, pode até ser.

Capítulo 15

Até a chegada do pôr do sol do dia seguinte, Peyton já decidira que não gostava de nenhum deles.

Veja bem, não que ele se considerasse superior aos outros cinco *trainees*. É só que havia algo de estranho em cada um deles.

Axe, um forasteiro com estilo punk/gótico que passava aquela impressão "sim, entendemos que você é um cara durão"? Óbvio. O desgraçado estava a apenas uma faca de cozinha de distância de ser um assassino em série. Boone, o Adônis musculoso? Tá bom, já entendemos que você consegue andar sobre as mãos e virar o quadril como se ele estivesse atado ao pescoço com uma corda – mas quem se importa com isso? Você está aqui para lutar, não para vestir um tutu e tentar a sorte no Cirque du Soleil. Anslam? Nada além de mais um perdedor dentro da *glymera*, que sequer pertencia a uma das Famílias Fundadoras. Irrelevante, e era uma surpresa que tivesse chegado tão longe.

Aquele de quem mais desgostava, porém, era o tal de Craeg, embora isso se devesse mais por todos, inclusive Paradise, o tratarem como se ele fosse o líder ungido do grupo.

Não que ele, Peyton, estivesse atrás dessa posição, mas, ora essa... Ninguém fazia a mínima ideia ainda sobre onde estavam se metendo. Não havia motivo algum para ficarem cantando vitória assim tão cedo. E não era só isso que o incomodava no cara. Havia algo mais naquele macho, algo que ele não conseguia determinar exatamente. Um instinto seu, talvez? Uma sensação de ameaça?

Ele não sabia, mas pode crer que descobriria.

E, por fim, havia aquela fêmea, Novo.

Esticado em sua poltrona na sala de descanso, Peyton maliciosamente relanceava os olhos na direção dela como quem não quer nada. Ela estava deitada no sofá à esquerda, as pernas muito longas cruzadas na altura dos tornozelos, as mãos entrelaçadas sobre a barriga como se estivesse morta. O cabelo era muito escuro, bastante liso e preso numa trança firme como uma corda. A pele era dourada como o mel, e ele nunca, em toda a sua vida, se deparara com uma fêmea tão musculosa.

Passara boa parte do dia tentando evitar ser flagrado medindo-lhe os seios, principalmente porque não tinha muita certeza se ela lhe cortaria as bolas caso notasse.

Esfregando os olhos, desejou tanto ter maconha para fumar que até chegava a tremer.

Talvez Paradise tivesse razão quanto ao abuso de drogas.

Mas, considerando-se tudo, a noite fora longa pra cacete, e o dia, estranho pra caralho. Depois que se certificara de que Paradise havia despertado e comera, o restante deles – exceto Craeg, O Grande Senhor das Presas, que era melhor do que todos os outros – perambularam pelas instalações, encontraram um *doggen* e pediram mais comida. Quando retornaram, depararam-se novamente com Paradise no quarto dos beliches dormindo, e Craeg sentado numa poltrona com os olhos fechados.

Provavelmente contemplando sua superioridade em relação a todos os outros.

Àquela altura, sem trocar muitas conversas entre si, cada um deles escolhera um lugar no cômodo de paredes nuas e recolhera-se sem conseguir dormir muito, nem muito bem. Por mais que detestasse admitir a fraqueza, ainda se sobressaltava ao mínimo barulho estranho, a glândula adrenal hiperalerta, mesmo depois que a enfermeira que o examinou ter lhe dito que o teste terminara e que nada mais de natureza elétrica ou ameaçadora lhes aconteceria...

De repente, Paradise enfiou a cabeça para fora do quarto, como se, talvez, esperasse ter sido deixada para trás.

Quando Peyton abriu a boca para dizer seu nome, captou o olhar de Craeg deslocando-se para ela... dando uma típica secada de cima a baixo que os machos fazem quando são uns tremendos filhos da puta.

Pelo amor de Deus, aquilo era o que ele fazia!

Mas antes que conseguisse latir para que o cara recuasse, a porta que dava para o corredor externo foi escancarada, e dois machos imensos entraram como se fossem donos do lugar.

Irmãos.

Pense em algo entrando em estado de alerta imediato. Todos os seis *trainees* se levantaram de onde quer que estivessem sentados como se alguém os tivesse chutado na bunda. Próxima à porta do quarto, Paradise se endireitou e fechou ainda mais as lapelas do roupão.

O Irmão à esquerda estava vestido com jeans e camiseta preta, e bem possivelmente era o ser vivo mais largo que Peyton já vira, tirando um elefante. Também era tão belo que era necessário se perguntar por que a Virgem Escriba despejara tanta gostosura num só cara, em vez de distribuí-la igualmente entre milhares.

E, ao seu lado, havia um macho um pouco mais baixo com o porte de um buldogue, tomando café e usando um agasalho dos Red Sox.

– A miss aqui ao meu lado é o Rhage – o cara de agasalho disse. – Sou o Butch. E nós já sabemos quem diabos vocês são. São seis horas da tarde agora. Terão uma hora para o banho, vestir o uniforme que lhes será trazido para cá e comer. Depois disso, queremos que estejam perfilados no corredor. Quem chegar atrasado está fora do programa.

Butch?, Peyton ficou se perguntando... *O nome do Irmão era* Butch*?*

Como alguém do mundo dos humanos...?

Espere um instante.

– Você é o *Dhestroyer*. – Peyton ouviu-se dizer. – Puta merda, eu sei quem você é. Está vinculado a Marissa, a irmã de sangue do...

– Alguma pergunta? – Butch falou acima dele. – Bom. Não achei mesmo que houvesse. Uma hora. É só o que vocês têm.

Com esse encerramento, o macho se virou e saiu.

O Irmão Rhage lhes deu um sorriso.

– Experimentem o lombo. É bom pra cacete. E o cordeiro também. Ah, e o purê de batatas. Esqueçam a salada. Desperdício de mastigadas. Até mais.

Pelo menos ele não parecia querer matá-los, Peyton pensou quando a porta se fechou uma vez mais.

– Como será esse uniforme? – Paradise disse.

– Isto aqui não é um desfile de moda – Craeg ralhou.

Peyton arreganhou as presas para o cara.

– Quer arranjar problema, idiota? Porque eu posso te arranjar.

A cabeça de Craeg se virou para ele.

– Eu não estava falando com você.

Peyton não se deu conta de que seus pés se mexeram, mas antes de perceber, estava com o nariz pregado ao do filho da puta.

– Vamos deixar uma coisa bem clara. Você não olha para ela. Você não fala com ela. E de jeito nenhum vai desrespeitá-la. Estamos entendidos?

Os olhos do macho se desviaram para Paradise.

– Acho que o seu garoto é um pouco territorialista. Importa-se de puxar as rédeas dele antes que ele se machuque?

Eeeeeeeeee foi assim que tudo começou.

Peyton não tinha nenhum pensamento consciente de ter partido para cima do filho da puta, mas, assim que se deu conta, estava colado no macho como uma camada de tinta, os punhos socando, os braços agarrando, as pernas chutando.

Nunca antes se envolvera numa luta, mas, por algum motivo, seu corpo parecia saber o que fazer, não que ele próprio também não estivesse tomando uma boa sova. Craeg era mais alto e mais pesado, e seu alcance era como o de Stretch Armstrong,* aqueles socos vindo de todas as direções, atingindo-o no rosto, no abdômen, no peito.

Pessoas gritavam ao redor deles. Mobília foi derrubada. Ele se chocou contra a parede e depois retribuiu girando Craeg e o empurrando contra a porta que dava para o corredor com tanta força que a arrebentou, a madeira se partindo quando os dois acabaram dando prosseguimento à briga no corredor.

E continuaram a brigar.

Para quem estava quase morrendo umas doze horas antes, Peyton se viu cheio de energia.

Era como assistir a algo saído do programa do *Maury*.

Ao seguir a briga até o corredor, Paradise vivia uma experiência extracorpórea. Metade estava envolvida naquele dramalhão, tentando segurar um braço, ou gritar, na esperança de conseguir que um deles a ouvisse. A outra metade era da terra do "ai meu Deus!", porque não conseguia acreditar no estava acontecendo bem diante dela, por causa dela.

Peyton podia ser acusado de muitas coisas, mas violência não fazia parte da lista.

* Brinquedo da Hasbro lançado nos anos 1970, um boneco de figura de ação, loiro e musculoso, famoso por sua capacidade de ter o corpo alongado. (N.T.)

E Craeg, bem, ela não sabia muito a seu respeito, mas lhe parecia muito mais controlado do que aquilo.

– Parem! – ela exclamou. – Parem com isso!

Os corpos masculinos colidiram contra a parede de concreto e um som horrível sugeriu que algo tivesse se quebrado em um deles – não, na verdade, fora um dos blocos de concreto. Nesse meio-tempo, sangue jorrou do nariz de Peyton, maculando a parede branca de vermelho, e a camiseta de Craeg se rasgou na metade, revelando...

Ok, UAU. O cara era magro, mas muito definido, extensões de músculos surgiam nas laterais da coluna, os ombros se agrupavam e se soltavam a cada soco que ele dava, a cintura incrivelmente estreita...

Certo, era inapropriado.

Mas *caramba.*

Voltando a si, avançou numa nova tentativa de segurar um deles e pôr um fim naquilo, e procurar apanhar o braço de Peyton, porque toda aquela pele exposta era coisa demais com que lidar...

Novo a agarrou e a arrastou para longe bem quando ela seria atingida no rosto.

– Deixe-os – disse a fêmea.

– Alguém vai se machucar!

– Antes eles que você. – Novo revirou os olhos. – Machos são idiotas. Só estão lutando para ver quem vai dominar. Pessoalmente, eu prefiro resguardar minhas forças para o trabalho de verdade, em vez de me desgastar numa cretinice dessas.

Paradise arfou e praguejou.

– Eles vão acabar sendo expulsos!

– Se forem, problema deles.

Ao lado dos combatentes, Anslam gargalhava e batia palmas.

– Bate nele como numa vadia, Peyton!

Paradise encarou com fúria o macho.

– Isto aqui não é uma rinha de galos, sabe?

– Uma ova que não é.

Acrescentando o nome dele à sua crescente Lista de Idiotas, Paradise olhou para os dois lados do corredor. Ninguém vinha de parte alguma, mas dada a quantidade de portas, não demoraria muito...

Subitamente, Craeg mudou de posição, segurando Peyton pelos ombros, girando-o e empurrando-o contra a parede como se tivesse a intenção de partir o concreto com o cara.

– Isso é loucura – uma voz masculina comentou de maneira arrastada.

Olhando para trás, ela viu Axe recostado na soleira da porta, os braços cruzados sobre o peito, a expressão como de alguém que via tinta fresca secar na parede.

Paradise estreitou o olhar na direção dele.

– Você tem que parar isto!

Uma das sobrancelhas negras se ergueu.

– Tenho mesmo?

– Sim! Eles vão acabar sendo expulsos!

– E isso me afeta como?

Ela deliberadamente se conteve para não arrancar aquela expressão sardônica a tapas do rosto meio coberto de *piercings*.

– Você gostaria que alguém te ajudasse.

– Eu não teria começado uma briga por sua causa. Sem querer ofender, mas te foder seria o mesmo que transar com um manequim de uma loja de departamentos. Você é bonita, mas seria completamente inútil na cama.

O queixo de Paradise despencou.

– Essa é a coisa mais rude que alguém já me disse.

– Então a sua vida foi tão protegida quanto imaginei. E quer você se ofenda ou não, a verdade é o que é.

Virando-se para Boone, ela abriu a boca, mas ele balançou a cabeça, todo "eu não".

– O que vocês têm de errado, caramba? – ela berrou.

Pelo menos a briga parecia estar diminuindo. Ah, não, ainda estava a todo vapor: Craeg agarrou a cintura de Peyton e o jogou no chão, os machos se agarrando agora, no corpo a corpo, os pés descalços escorregando na pedra polida, as palmas estapeando.

E foi nessa hora que Rhage e Butch vieram correndo na direção do grupo.

Levando as mãos à cabeça, ela esperou que a gritaria começasse. Se aquilo fosse remotamente parecido com o exército humano que ela ouvira mencionar e vira nos filmes, provavelmente todos eles seriam punidos. Talvez ela acabasse expulsa por ser causadora de problemas, mesmo não tendo feito nada além de um comentário nervoso.

Talvez apenas Peyton e Craeg fossem punidos.

Depois que um ou ambos tivessem os gessos removidos do corpo.

Como o combate simplesmente seguiu em frente, ela relanceou os olhos para os Irmãos por entre os dedos. Os dois estavam parados meio de lado, observando a ação, conversando baixo entre si. E depois Rhage assentiu... e os dois apertaram as mãos.

Paradise olhou para os *trainees* e viu que todos tinham desaparecido para o interior da sala de descanso.

Foi um pouco depois disso que Peyton finalmente perdeu.

Uma cabeçada mal calculada fez com sua testa batesse diretamente no piso de concreto. Nesse instante, houve um som horrível, como o de uma bola de boliche caindo numa pedra, e o corpo do cara ficou relaxado como se seus ossos tivessem se liquefeito.

Craeg o afastou e se largou de costas no chão, arfando, tossindo, enxugando sangue dos olhos.

– Quanto foi mesmo? – Rhage perguntou a Butch.

– Cinco.

– Maldição, pensei que o meu rapaz fosse fazer melhor do que isso. – Rhage enfiou a mão no bolso e tirou uma carteira preta. Tirando uma nota, bateu-a na palma de Butch. – Dobro ou nada na próxima vez que um deles começar.

Paradise se retraiu quando eles se viraram e se afastaram andando como se nada tivesse acontecido.

– Vocês só podem estar de brincadeira – disse baixinho.

Queria chamá-los de volta e dizer que Peyton ainda estava desmaiado no chão, mas, não, espere. Ele estava gemendo e virando de costas.

Pelo menos está vivo, pensou ao se aproximar dele.

– Que diabos há de errado com você? – ela exigiu saber. – Quer ser expulso?

Verdade que a ameaça disso seria mais forte se seus dois professores tivessem feito algo além de apostar na maldita briga.

Os dois machos a fitaram com olhos incertos. Deus, estavam em más condições tanto quanto na noite anterior, ou pior até. Inferno, os dois ficariam de olhos roxos, e o lábio de Craeg tinha um corte tão profundo que possivelmente precisaria de pontos.

– Eu... estou bem – Peyton murmurou antes de cuspir sangue.

– É... – Craeg debochou. – Muito bem.

Que, por sua vez, saiu mais como um "buito bem", devido ao machucado na boca.

– Digam-me – ela ralhou –, quantos dedos eu estou mostrando.

Esticando só o médio, ela deu um tempo para que ambos focalizassem antes de mandá-los se foder. Depois se afastou pisando duro para encontrar alguém num uniforme de enfermagem... ou jaleco de médico...

O único uniforme que cruzou seu caminho foi o de alguém da limpeza.

Era bem verdade que o corredor precisaria ser limpo... E qualquer um com uma vassoura poderia começar varrendo aquele dois desperdícios de espaço que criaram tanta confusão.

Capítulo 16

Vinte e cinco minutos, dois pontos no lábio inferior e um lanche apanhado da Primeira Refeição mais tarde, Craeg estava no primeiro lugar da fila no ginásio junto aos outros seis membros da turma. Bem, na verdade, não no primeiro lugar, mas mais ou menos de lado e um pouco para trás.

E também estava meio cambaleante.

A última coisa que seu corpo precisava era outra briga pra valer, sair no braço, mano a mano, mas não recuaria. E quanto ao Peyton, o chamado "não namorado" de Paradise? Aham. Cerrrto.

Que se foda.

Ele, não ela.

A boa notícia era que ele estava num estado tão ruim quanto o seu; na verdade, Peyton nem conseguia ficar de pé. Fora trazido para o ginásio sobre uma maca tal qual um pedaço de carne.

Precisou de rodinhas.

Quem ganhou essa, vagabundo?

Ah, e nenhum deles fora expulso. Aparentemente, a não ser por terem apostado no resultado, os Irmãos não se envolveriam.

Uma das portas do ginásio se abriu e, desta vez, quando os Irmãos Butch e Rhage entraram, estavam usando as mesmas calças largas de algodão e camiseta que todos os outros usavam.

O Irmão Butch não perdeu tempo ao pararem diante do grupo.

– Então, em face ao combate Mayweather x Pacquiao* que acabou de acontecer, vamos começar com combate direto em vez dos livros.

– Por favor, observem – Rhage disse com um sorriso – que seus uniformes são brancos.

---

* Referência à Luta do Século de boxe ocorrida em 2 de maio de 2015 entre os lutadores Floyd Mayweather Junior e Manny Pacquiao. (N.T.)

– Isso porque OxiClean funciona muito bem com manchas de sangue, mas estamos preparados para usar água sanitária se for necessário.

Craeg engoliu uma imprecação. Era só do que ele precisava.

– Vamos colocá-los em pares – Butch prosseguiu – e avaliar o quanto vocês sabem. Visto que um de vocês já está na horizontal, ninguém terá que se preocupar em enfrentar o Hollywood aqui.

– Pessoalmente, estou com vontade de chorar por causa disso – comentou Rhage. – Então, vamos colocar Novo com Boone; Axe, fique com Anslam. Isso faz com que restem Craeg e Paradise.

– Espere um instante – disse Craeg. – Não posso... Não vou fazer isso...

– Bater nela? Por quê? Por que não consegue levantar os braços? Não é problema meu.

Craeg se inclinou na direção dele e baixou o tom de voz.

– Não vou bater nela.

Rhage deu de ombros.

– Tudo bem, pode ter o traseiro surrado de novo.

Butch interveio:

– Na verdade, ele venceu aquela luta, lembra? E tenho os seus cinco paus pra provar isso.

– Só porque o prodígio ali desmaiou por conta própria.

– Uma derrota é uma derrota de todo modo. – Butch voltou a se concentrar em Craeg. – Mas o meu Irmão tem razão. Ou você se defende ou vai voltar para a sutura da doutora Jane. A escolha é sua.

Dito isso, ordenaram que se espalhassem pelos diferentes quadrantes do enorme ginásio, e Peyton foi levado para o lado.

Craeg viu os outros se afastarem, tentando pensar em um modo de sair daquele enrosco. Engraçado, quando lhe dissera, no passado, que ela deveria entrar no programa para aprender a se defender, não levara em consideração o fato de que seria dele que ela teria que se defender.

Mesmo numa situação de "sala de aula".

– E aí? – Paradise disse ao se aproximar dele. – Vamos ou não fazer isso?

– Vou esperar até que um dos machos tenha terminado.

– Está falando sério?

Ele olhou-a de cima, visto que era bem mais alto.

– Não quero te machucar.

– Você não abateu Peyton com facilidade – ela murmurou. – Acho que levou uma meia hora, pelo menos.

– Está mesmo se comparando com um macho adulto? Ao cara que eu coloquei numa maca?

– Ah, você tem razão. Isso não seria justo. Porque, comparada a vocês dois, sou um maldito gênio.

Quando apoiou as mãos no quadril e o encarou, ele se perguntou que diabos mais lhe diria? Não desejava entregar a real razão: que ainda se lembrava do quanto a pele dela era macia... de como ainda conseguia visualizar aquele tornozelo delicado comparado à sua palma... que conseguia imaginar tantas coisas que queria fazer com ela, das quais absolutamente nenhuma envolvia qualquer traço de violência.

E todas essas coisas, absolutamente todas, incluíam contatos com seus dedos, com seus lábios... com sua língua.

Craeg cruzou os braços diante do peito.

– Não vou lutar contra você.

– Então, se eu te der um soco, você não vai fazer nada.

Ele ergueu uma sobrancelha.

– Não estou preocupado em ser nocauteado.

– Ah, verdade?

– Não. Sem falar na sua menor resistência, você não vai...

O que saiu da boca de Craeg em seguida foi um grito agudo que fez com que todos no ginásio se virassem para ver que diabos havia acontecido.

E ele bem que poderia ter-lhes contado, mas estava ocupado demais cobrindo as bolas com as duas mãos e se dobrando ao meio.

Ela o acertara com o joelho na virilha.

Na virilha. Com o joelho.

– Mas que porra! – ele ralhou. – Por que fez isso?

Ela pareceu tão surpresa quanto todos os demais. Mas logo se recuperou, segurando-o pelas laterais da cabeça, erguendo novamente o joelho, e acertando-lhe o rosto com tanta força que ele viu mais estrelas do que luzinhas piscando em uma árvore de Natal dos humanos.

Quando ele emitiu mais um urro e caiu desequilibrado, ela uniu as mãos, estendeu os braços e fez um semicírculo amplo como se fosse lançar um disco, apanhando-o direto na têmpora com força suficiente para fazer com que as pernas dele lhe faltassem e seu corpo caísse.

Bum! E lá foi ele ao encontro do tatame azul.

Todos vieram correndo enquanto ela continuava parada de pé ao lado dele, pronta para o que viesse em sua direção, enquanto ele tentava se levantar do chão.

Empurrando as palmas no tatame, ele ergueu a parte superior do corpo e olhou para ela.

– Você quer mesmo que eu faça isso.

– Você ainda não fez nada – alguém zombou dele.

– Me diz uma coisa – outro interveio –, você mija sentado?

– Agora mija – respondeu outro.

Paradise apenas observava cada movimento dele, cada mudança de posição, respiração e desvio de olhar. Mas não fazia a mínima ideia do que estava fazendo. Ele sabia disso pelo modo como as mãos dela tremiam, e o fato de que as costelas dela estavam se mexendo rápido demais para a atividade física que acabara de executar.

E ela também estava um pouco excitada.

Ok, isso era um problema. O aroma do sexo dela atiçou uma parte muito masculina dele, e fez com que ele desejasse que ela corresse, só para poder persegui-la e apanhá-la e colocá-la debaixo de si para poder possuí-la. Queria as unhas dela arranhando suas costas enquanto gozasse... e as presas reveladas pouco antes que ela sugasse da veia do seu pescoço.

A luxúria era tão forte que ele poderia transar com ela mesmo com pessoas assistindo e, como se ela reconhecesse essa mudança nele, recuou um passo.

E logo ninguém mais estava rindo e caçoando dele.

Butch se pôs no meio dos dois.

– Devagar aí, grandão. Que tal se você me atacar?

O Irmão agachou-se numa posição de luta, os punhos erguidos diante do peito, os olhos estreitados.

Mas Craeg não estava interessado no macho. Olhou por cima daqueles ombros de mamute para Paradise, que o fitava com uma expressão inescrutável no rosto.

Desta vez, quando um soco veio em sua direção, Craeg entrou no modo de combate completo, algo que não acontecera com Peyton. Com o outro *trainee*, dera cerca de sessenta por cento do que tinha a oferecer, refreando um pouco da sua força porque tivera medo de matar o merdinha, ou provocar algum dano permanente e, com isso, ser expulso do programa. Agora? A impaciência da sua excitação cortou todas as amarras quando ele entrou no combate corpo a corpo, abaixando-se, socando, desviando de novo, batendo. O Irmão Butch era perversamente ágil, impiedosamente poderoso, sublimemente treinado.

Nada parecido com Peyton.

E conforme a briga se estendia, com troca de chutes, desvios e pegadas, mais pessoas se aproximaram para observar, até que houvesse uma multidão de dez, quinze, vinte pessoas no ginásio.

Uns quinze minutos depois, adagas foram jogadas para eles.

As facas de cabo negro e lâminas prateadas afiadas voaram vindas sabe lá Deus de onde. Butch apanhou a sua no ar. Craeg pegou a outra. Enquanto, davam a volta num círculo, procurando brechas nas respectivas defesas, balançando as armas de um lado para o outro, avançando, recuando, o risco aumentava.

Butch não estava com a respiração minimamente alterada. Craeg, por sua vez, ofegava como um filho da puta, e também suava.

O primeiro jorro de sangue aconteceu quando Craeg calculou mal um arco em apenas um milímetro e levou um corte na face. Quando errou de novo, começou a pingar no ombro. Na terceira vez, foi cortado na coxa.

Foi então que percebeu que o Irmão avançava com apenas sessenta por certo da sua capacidade. A precisão nos cortes disse a Craeg que seu oponente sabia mais do que ele, era mais forte do que ele, e estava preparado para avançar de pouquinho em pouquinho até a vitória baseada no volume de sangue acumulado.

Mas Craeg não desistiria. Não ainda, de todo modo. Não até que não conseguisse mais ficar de pé, não conseguisse enxergar nem se mexer.

A sua força de vontade não aceitaria nada menos do que isso.

Paradise reconheceu de imediato que aquela luta era algo completamente diferente do que aquele rolamento desajeitado e enlouquecido de pouco antes no corredor. De fato, quando com Peyton, Craeg estivera se refreando por algum motivo; não mais. Sua coordenação ao enfrentar Butch com os punhos e depois, ah, Deus, com aquelas adagas, lhe disse, e a todos os outros no ginásio, que ele era um lutador incrível, capaz de muita força, equilíbrio, flexibilidade e poder.

Foi o bastante para que o corpo inteiro dela se acendesse como um painel de comando.

E, não, por mais que respeitasse o lema de Novo no qual "as fêmeas podem fazer tudo o que os machos fazem", ficou claro para ela que não poderia lidar com o que Craeg demonstrava agora. Ele a teria nocauteado com apenas um daqueles socos potentes. Ou arrancado sua cabeça da coluna. Ou fraturado uma das suas pernas com uma simples torção.

Não que ela não pudesse aprender as técnicas de defesa e contra-ataque, ela só não as conhecia agora. E ele, de fato, estivera preparado para atacá-la: quando ele se agachara e arreganhara as presas, ela recuara – mesmo assim, por algum motivo muito estranho, não sentira medo dele. O que era uma loucura completa. Ele tinha uns cinquenta quilos a mais do que ela, e estava atrás de sangue.

Portanto, sim, o que era totalmente insano? Subitamente desejara correr, mas não muito rápido. Queria que ele tivesse ido atrás dela, apanhado-a no ato... e...

Bem, foi como voltar para aquele momento que partilharam na sala de descanso.

Mas, Jesus, não sei como lidar com ele, pensou ao observá-lo se mover. E não só em combate: qualquer fêmea que fizesse um macho como aquele persegui-la não acabaria com apenas um beijo no fim da corrida. Não seria só deixar pegar na mão, receber uma promessa solene de vinculação e depois uma conversa com seu pai onde o tal pretendente timidamente pediria a sua permissão.

Aquele não era o tipo de macho refinado para o qual se esperava que entregasse sua virgindade na noite de vinculação diante da Virgem Escriba e da família.

Não, ele era um animal com apenas uma quantidade módica de sensatez.

E o modo como ele a encarara naquele instante sugerira que qualquer racionalidade que pudesse ter cedera ao puro instinto.

Deveria ter medo dele, voltou a dizer a si mesma.

Em vez disso, desejou que ele a apanhasse...

Em toda a volta, a multidão emitiu um chiado quando Craeg levou mais um corte, desta vez no meio do peito. Ele já estava sangrando em diversos lugares, o uniforme todo manchado de vermelho com o sangue que pingava do queixo, por causa do corte na face, da coxa, do peitoral.

Outro golpe da adaga do Irmão o pegou no ombro oposto. Depois, na lateral do pescoço. Na outra coxa, no abdômen, nas costas.

– Pare – Paradise disse baixinho. – Pare de atacá-lo.

Mas cada vez que a adaga maligna de Butch o cortava, Craeg voltava em busca de mais, voltando ao ataque uma vez após a outra, até estar escorregando nas poças que provocava no tatame azul, com seu uniforme já todo vermelho, grudado ao corpo.

Ele não cedia.

E Butch não lhe deu mole a não ser por não matá-lo.

– Craeg! Pare! – ela gritou porque não conseguiu se conter.

Cobrindo a boca com a mão, sentiu o coração voltar ao modo pânico quando ficou imaginando se ele continuaria até perder sangue em demasia para que não houvesse mais retorno.

– Craeg! Isso é loucura!

Mas ele seguiu em frente, até começar a vergar sobre os joelhos, a se jogar em vez de avançar, a cambalear quando recuava. Agora começava a ficar descuidado.

Deus, ele estava pálido demais.

– Pare!

Do seu lugar, na maca, Peyton se soergueu e gritou:

– Craeg! Qual é, cara... Ele vai acabar te matando.

Sussurros de desconforto foram trocados entre os *trainees*, mas não entre os Irmãos que foram lá assistir ao espetáculo. A equipe médica, em comparação, não parecia muito extasiada; contudo, quando a médica loira deu um passo à frente para intervir, o Irmão Vishous meneou a cabeça e reteve-a ao seu lado.

Craeg caiu pela última vez quarenta e dois minutos, e muitos litros de plasma, mais tarde.

Ele simplesmente desabou de joelhos, oscilou por um instante... e caiu de cara numa poça de seu próprio sangue. Exatamente como fizera na trilha, na noite anterior.

Paradise correu na direção dele, mas Rhage a segurou pelo braço e a conteve.

– Não. Permita-lhe sua honra.

– Do que está falando? – ela sibilou.

Rhage apontou com a cabeça para os dois combatentes.

– Observe.

Butch parou de pé ante o macho caído por um momento, dando a oportunidade para que Craeg voltasse a se levantar. Quando não o fez, o Irmão esperou que ele erguesse o olhar.

Na palidez de morte daquele rosto, olhos desfocados se esforçaram na direção do Irmão. Mas quando, por fim ele conseguiu enxergar bem, Butch passou a adaga para a outra mão... e abriu um corte fundo na mão preferencial.

Enquanto Paradise arquejava, o Irmão estendeu a palma para Craeg, que, sabe-se lá onde, subitamente encontrou forças para esticar o braço e aceitar o que lhe era oferecido.

O Irmão ergueu Craeg do chão... e o abraçou.

– Bom trabalho, filho. Estou orgulhoso de você.

Craeg piscou os olhos rapidamente, como se eles estivessem se enchendo de lágrimas. Depois pareceu perder a luta contra as emoções ao fechar as pálpebras, baixando a cabeça e afundando no abraço do Irmão.

– E é assim – disse Rhage em voz alta, num tom de aprovação – que se faz.

Capítulo 17

Sentada à sua escrivaninha no Lugar Seguro, Marissa tinha todo tipo de tarefa a fazer: arquivos de pacientes para ler, documentos de entrada para aprovar, contas a processar. Em vez de cuidar de qualquer uma dessas tarefas, simplesmente estava sentada em sua poltrona, olhando para aquele pedaço de metal escuro com a borla vermelha.

Depois que ela e Butch retornaram para casa, ela mostrara a espécie de chave estranha para alguns dos Irmãos, e nenhum deles reconhecera o objeto ou conseguira nomeá-lo com precisão. Depois Vishous acessou a internet em busca de uma imagem que se assemelhasse ao objeto, e não encontrou nada.

Quando por fim se recolheram, ela se sentira tão exausta que adormecera no instante em que a cabeça encostara no travesseiro.

Mas não ficara assim por muito tempo.

Seus olhos se abriram por volta das três da tarde, e ela ficou deitada de costas, olhando para a escuridão enquanto Butch ressonava baixinho ao seu lado.

Foi bem como seu *hellren* lhe descrevera. Imagens daquela fêmea passaram pelo teto, uma montagem de fotos que lhe levou lágrimas aos olhos. E o mais triste era que a vontade de chorar só piorara ao pensar nela e em Butch.

O que era loucura.

Não havia nada de errado entre eles. Ele não poderia tê-la apoiado mais, levando-a à clínica de Havers, ficando ao seu lado enquanto ela tentava entender que espécie de chave era aquela, sendo compreensivo com tudo o que ela sentia.

– Estou perdendo a cabeça – disse.

– É para isso que estou aqui.

Marissa levantou rapidamente a cabeça.

– Mary… Oi… Desculpe, eu estava falando sozinha. Estou um pouco confusa agora.

A *shellan* de Rhage entrou e fechou a porta do escritório.

– É, fiquei com essa impressão. Repeti seu nome umas três ou quatro vezes e você não me ouviu.

Marissa se recostou, afastou o cabelo para trás dos ombros e forçou um sorriso.

– O que posso fazer por você?

– Pode conversar comigo. – A fêmea se sentou na cadeira diante da escrivaninha. – Estou preocupada com você.

– Ah, Deus, não perca sequer um segundo com isso. Temos pessoas aqui seriamente necessitadas da sua ajuda…

– Boas samaritanas como você e eu têm problemas em executar os nossos trabalhos se não conversamos sobre os casos complicados. Isso é um fato. Eu também gostaria de enfatizar que sou sua amiga.

No silêncio que se seguiu, Marissa não mencionou todo o trabalho burocrático que foi incapaz de fazer porque sua cabeça estava muito confusa. E depois manteve silêncio sobre o dia que passara insone. E, por fim, não disse nada a respeito do estranho distanciamento entre ela e Butch…

– Não consigo tirá-la da minha cabeça – ela disse num rompante.

De imediato, lágrimas surgiram e ela praguejou ao puxar um lenço de papel da caixinha.

– Não quero falar sobre isso.

– Eu sei – Mary disse com suavidade. – Confie em mim, tenho muita experiência pessoal sobre não falar. Não é uma boa estratégia.

– Ah, pare com isso, você é a pessoa mais centrada e realizada que conheço. Você merece dez numa escala de zero a dez no quesito satisfação.

– Você só conhece uma parte da minha vida, Marissa. Não me conheceu antes. E eu ainda me esforço, como todo mundo.

Marissa enxugou os olhos e teve que combater a vontade de chorar abertamente.

– Como consegue lidar com isso?

– Com o esforço? Converso com as pessoas. Converso com Rhage. Escrevo.

– Não… com o desligamento.

– Como assim?

Marissa gesticulou com o lenço de papel na mão.

– Estou falando coisas sem sentido. Esqueça...

– Está se referindo ao fato de que uma vida terminou para mim e outra começou quando conheci Rhage?

Deus, seu coração estava acelerado sem motivo algum.

– Sim. É exatamente disso que estou falando.

Mary cruzou as pernas e mordiscou o lábio inferior e, enquanto demorava um tempo para compor seus pensamentos, Marissa estudou seu rosto harmonioso, o cabelo castanho recém-cortado num estilo chanel, a sua aura de tranquila confiança.

Sim, Marissa pensou, *Rhage estava certo.* A fêmea era linda, não de maneira ostentosa como uma miss, nada parecida com as modelos angulosas e anoréxicas, e tampouco fazia a linha da garota banal e apagada. Mary era como o brilho de um fogo controlado no mais intenso dos invernos, caloroso, reconfortante, cativante e iluminador.

Não era de admirar que o Irmão a adorasse.

Com um suspiro, Mary disse:

– Acho que para mim foi diferente porque eu estava morrendo, por eu saber que estava partindo... Mesmo eu não sabendo que o câncer havia voltado, eu me preparara para o dia em que me diriam que ele voltara. Por isso, me distanciei. Peguei minha bagagem mental e emocional, peguei minha passagem e estava pronta para partir. Quero dizer, minha mãe havia morrido, eu não estava ligada a ninguém mais no planeta... Não havia nada para mim ali; portanto, não havia nada para deixar para trás... Isso faz algum sentido?

Marissa pensou na noite em que seu irmão a expulsara de casa por estar com Butch.

– Se bem entendo a questão – disse Mary –, esse não foi o seu caso. Foi?

Marissa teve que desviar o olhar.

– Não, não foi. Voltei para a casa que eu e Havers compartilhávamos certa noite, pouco antes do amanhecer, e ele... – Agora, suas lágrimas se empoçavam e caíam apressadas, uma depois da outra, sobre a blusa, seu casaquinho. Enxugou-as antes de continuar. – Todas as minhas coisas tinham sido embaladas. Ele me disse que pouco se importava para onde eu iria, só me queria fora de casa. Colocou dinheiro... – Ela teve que limpar a garganta. – Ele colocou dinheiro sobre uma das cômodas. Era como se não quisesse sequer me tocar.

Fungando, puxou da caixinha outro lenço de papel e assoou o nariz.

– Guardei o dinheiro. Ainda tenho aquelas notas de cem dólares. Às vezes, quando me deparo com elas na gaveta, penso: por que mantê-las? Por que eu, ah... pelo amor de Deus. – Puxou um terceiro lenço. – O que há de errado comigo? Essa garota está morta, e não consigo encontrar a família dela ou quem a matou... E cá estou eu sentada reclamando do idiota do meu irmão, o que não é nenhuma novidade. Isto é ridículo.

– Isso é um trauma passado – Mary observou sensatamente.

– Estou irritando a mim mesma.

– Bem, já parou para pensar no que de fato aconteceu na noite passada?

– Está brincando? Não há espaço para outra coisa na porcaria da minha cabeça.

– Não, o que quero saber é se *pensou* a respeito.

– Se o que quer dizer é que tive que ver uma fêmea morrer diante de mim, e que a morte dela é um desperdício trágico de vida que eu, pelo visto, sou impotente para corrigir, sim, claro que pensei.

Mary meneou a cabeça.

– Com todo o respeito, não está entendendo onde quero chegar. Ontem à noite, pela primeira vez desde que Havers rompeu o seu relacionamento com o único parente de sangue que você tem, você foi forçada a depender da ajuda dele. Não conseguiria salvar aquela garota, então teve que procurar seu irmão e ter esperanças e rezar para que ele fizesse o certo com ela.

– Entretanto, foi o que ele fez – Marissa soltou um forte palavrão. – Quero dizer, ele foi incrível com ela.

– E fez com que você se sentisse como, considerando-se como ele a tratou mal?

Eeeee, uma deixa para mais lágrimas.

– De fato, pensei nisso. Quando fui vê-la pouco antes de ela morrer.

– Eis o que sei que é verdade: podemos enterrar o passado o quanto quisermos, podemos usar milhares de distrações, algumas saudáveis, outras nem tanto, mantendo tudo soterrado, mas quando algo não é processado, isso volta, absoluta e completamente, para nos morder nos calcanhares. Você teve uma vida difícil antes de se apaixonar, e foi sem dúvida um imenso alívio deixar tudo para trás e recomeçar do zero. Mas não há como fugir do que veio antes. Lembre-se, Marissa, carregamos conosco todas as idades que tivemos em cada momento de nossa vida. Carregamos tudo conosco como uma bagagem. Cedo ou tarde, esse assunto com o seu irmão acabaria vindo à tona. A vida é assim.

Marissa voltou a enxugar os olhos.

– Estou tendo problemas para me conectar com Butch agora.

– Claro que está. Foi ele o motivo do rompimento.

Marissa recuou.

– Não, espere um instante. Ele tem sido mais do que bom para mim…

– Não é questão de culpa, Marissa. Você estava num caminho, ele entrou na sua vida, agora você está em outro. Não o estou julgando, nem dizendo que ele fez alguma coisa errada… Estou simplesmente declarando um fato.

Por algum motivo, ela se lembrou de ter ficado acordada enquanto deixava Butch dormindo. Isso jamais teria acontecido um ano atrás.

– O que faço?

– Você não vai gostar do que vou dizer.

– Sinto que nada pode piorar as coisas.

– Você vai ter que fazer as pazes com o seu irmão.

Marissa fechou os olhos.

– Jamais conseguirei perdoá-lo.

– Fazer as pazes não significa absolvê-lo das coisas ruins que ele fez. E, com toda a honestidade, ele não é o único com quem você tem assuntos pendentes. A *glymera* a tratou de maneira horrível, a sua posição na aristocracia era insustentável, e Wrath foi um merda real – e digo isso com todo o meu amor. Você sofreu uma quantidade imensa de dor e rejeição que, a princípio, a sufocou, porque era a única maneira de sobreviver, e depois deixou de lado porque finalmente se libertou ao ter a chance de se sentir bem com a sua própria vida. – Mary acenou para toda a papelada sobre a mesa. – Se quer voltar a ser produtiva, vai ter que remexer no passado, entrar em contato com os seus sentimentos, e sair renovada dessa empreitada.

O lenço de papel número quatro saiu da caixa com um estalo, mas ela acabou por não usá-lo. Apenas o revirou nas mãos.

– Não quero esquecer aquela garota. Não quero que isso seja somente a meu respeito.

– Ninguém disse que você teria que parar de tentar descobrir quem ela é e fazer-lhe justiça. Apenas não use a situação como uma desculpa para varrer tudo para baixo do tapete novamente. Essa estratégia é de curto prazo e não resolve nada, pois, da próxima vez que o assunto surgir, e irá, vai ser ainda mais difícil, porque você também reviverá tudo a respeito dessa garota. Veja, é assim que as pessoas ficam paralisadas. Elas acumulam, acumulam e acumulam, os gatilhos continuam aparecendo e as camadas ficam se sobrepondo, até que o fardo fica pesado demais e elas cedem sob esse peso.

Marissa ficou virando e revirando o lenço.

– Você está certa.

– Eu sei.

Depois de respirar fundo, Marissa olhou por cima da mesa.

– Posso te dar um abraço?

– Fala sério! Claro!

As duas se levantaram, e Marissa deu a volta na mesa para abraçar a fêmea mais baixa. O abraço que recebeu foi firme e forte, e ela voltou a chorar.

– Você sempre está perto quando preciso de você – Marissa se emocionou. – Te amo demais para expressar o que sinto.

– É para isso que servem os amigos. – Mary se afastou. – E você vai fazer o mesmo por mim algum dia.

Marissa bufou e revirou os olhos.

– Duvido muito disso.

– Confie em mim.

– Estou tão confusa.

– Não, você é humana. – Mary se corrigiu. – Desculpe, força do hábito. Você está viva e está se esforçando, e é linda por dentro e por fora. E eu também te amo.

– Ainda não sei bem o que fazer agora.

– Reflita. A solução vai surgir. Lembre-se: perdoar não é esquecer, esconder-se não é uma estratégia de longo prazo e as distrações não são suas amigas. Enfrente isso, e saiba que estou aqui para te ajudar, ok?

Depois que a fêmea se foi, Marissa voltou para a cadeira do escritório e se sentou novamente. Por algum motivo, seus olhos estavam fixos no telefone... Naquele da mesa, não no seu celular.

O passado. Seu irmão. Butch. A garota. A *glymera*.

Mary estava certa. Havia muitas coisas que ela evitava.

Para começar, ela podia atacar o que lhe parecia menos assustador. Ou, talvez, o mais factível, que tal?

Pegando o aparelho do gancho, mexeu em seus papéis e apanhou o recado em papel cor-de-rosa que lhe fora entregue duas noites antes. Discando para o número local, tirou os brincos de pérola e se recostou no espaldar da poltrona.

Uma criada atendeu, deixou-a esperando e logo uma voz festiva e feminina disse:

– Ah! Olá! Estou tão contente que tenha ligado.

Marissa cerrou os dentes.

– Vou fazer. Cuidarei dos preparativos para o festival.

– Ah! Mas que maravilha! Isso é absolutamente...

Enquanto os lugares-comuns se arrastavam, Marissa fechou os olhos e ouviu a voz de Mary em sua cabeça: *você vai ter que fazer as pazes com o seu irmão.*

Ah, Deus, ela pensou. Não fazia ideia do que aconteceria, mas, maldição, de festas ela entendia.

Comece pequeno. Depois ataque as coisas grandes.

Capítulo 18

Paradise destroncou o dedo quando foi bloquear um golpe da parte carnuda da palma executado por Rhage. Tivera a intenção de desviar e se defender usando o antebraço como ele lhe ensinara, e o resultado foi que acabou recebendo o golpe com os dedos abertos.

– Cacete! – exclamou ao se afastar amparando o machucado.

– Deixa eu dar uma olhada – disse o Irmão.

– Aiaiaiaiai. – Ok, estava parecendo uma garotinha, como é que podia doer tanto? – Deus!

– Parry, deixa eu ver.

Ela esticou o braço, e as mãos grandes, agora muito gentis, examinaram o que lhe pareceu uma versão absurda do seu dedo médio.

– O que aconteceu com ele? – ela perguntou, mesmo sabendo a resposta.

– Venha, vamos para a clínica.

Enquanto era conduzida pelo ginásio, ela olhou de relance por cima do ombro. Anslam estava dando um tremendo trabalho para Boone, o que a surpreendeu. Peyton estava sentado, aplicando gelo no ombro, e olhou de lá para ela como se quisesse saber que diabos estava acontecendo. Novo e Axe rodeavam-se mutuamente, enquanto o Irmão Tohr lhes passava instruções.

– Você vai ficar bem – Rhage a encorajou ao abrir a porta pesada para ela. – Vai voltar daqui a pouco.

Ela respondeu com um "aham" ao chegarem ao corredor, pois sabia que ele tinha razão. Contanto que não olhasse para o dedo, a dor não seria tão ruim assim.

– Vocês só vão ter mais uma hora hoje, depois vamos liberá-los – o Irmão disse ao chegarem a uma das portas vaivém da clínica. – E amanhã terão aulas teóricas boa parte do tempo.

Outro "aham" por parte dela e:

– Craeg já foi embora?

– Ainda está sendo tratado.

A sala de exames era azulejada do teto ao chão, repleta de armários de aço inoxidável, equipamentos médicos que pareciam ter custado uma fortuna e todo tipo de tela de computador. No centro, havia uma imensa mesa debaixo de um lustre com lâmpadas suficientes para transformar a meia-noite em meio-dia num terreno de muitos hectares.

Um macho humano alto, de cabelos escuros, se voltou do que lhe pareceu ser a imagem de um joelho numa chapa de raio-X. Com a típica roupa azul dos médicos e um jaleco branco por cima, ele parecia muito grande, muito largo... mas nada vampiresco.

– Ei, o que temos aqui?

Paradise recuou um passo. Não pôde evitar.

– Sim, sou um daqueles caras – disse o homem, revelando dentes brancos sem presas proeminentes. – Mas sou legal, prometo.

Rhage se aproximou e deu um apertão no ombro dele.

– Grande cirurgião. Cara fantástico. Tragicamente, um eficiente jogador de pôquer, mas, pelo menos, uma droga na sinuca. Apresento-lhe o doutor Manny Manello.

– Então, o que temos aqui?

– Dedo destroncado – informou o Irmão.

Ambos os machos – bem, o macho e o homem – olharam para ela.

Paradise pigarreou e teve a intenção de dizer algo a respeito do dedo, mas, em vez disso, soltou:

– Nunca vi um humano antes assim tão de perto.

O doutor Manello sorriu, estendeu os braços e deu um rodopio lento.

– Não muito diferente de você. E já fui à casa de audiências algumas vezes enquanto você estava trabalhando.

Ela não o notara, provavelmente porque estivera tão concentrada no trabalho, e cercada por muitos outros vampiros.

– Não tive a intenção de desrespeitá-lo – ela sussurrou.

– Não me ofendi. Minha reação foi muito pior quando fiquei sabendo da existência do seu povo, confie em mim. – Quando ela o fitou com surpresa, ele deu de ombros. – Lembre-se de que, na minha cultura, os vampiros são os malvados. Você sabe, presas, sugadores de sangue, todas essas coisas do Halloween.

Ela avaliou suas feições e se surpreendeu em constatar que ele era belo; e também parecia inteligente. Nem um pouco parecido com um rato sem cauda.

– Ele me operou doze vezes – Rhage interveio.

– Treze. Cuidamos do seu ombro na semana passada.

– Esqueci. – Quando Paradise fitou o Irmão, ele encolheu os ombros. – Perdi a conta. A parada é dura.

Inspirando fundo, Paradise esticou a mão machucada.

– Isso vai doer? Isto é, o que precisa fazer com ele, vai doer?

O doutor Manello sorriu novamente e pegou o que lhe era oferecido com o mais suave dos toques.

– É um prazer te conhecer, Paradise. Não se preocupe, vou cuidar muito bem de você.

E foi o que fez, de fato.

Depois que Rhage voltou para a aula, o doutor Manello tirou um raio-X, mostrou a ela que não havia nada fraturado, anestesiou a área e puxou o dedo de volta ao seu lugar.

– Não vai precisar usar a tala por muito tempo – ele informou, ao encapsular o dedo numa placa metálica acolchoada que ele firmou com tiras adesivas de uma espécie de gaze. – Vocês se curam tão bem... Isso ainda me surpreende.

Quando ele recuou, ela deu uma espiada no trabalho dele.

– Muito obrigada.

– Você está dispensada pelo resto da noite. Você e Peyton podem esperar juntos na área das macas.

Houve uma batida na porta à esquerda.

– Entre – ele disse e se aproximou de um contêiner vermelho onde deixou as luvas cirúrgicas azuis. – Sei que já conheceu nossa enfermeira, Ehlena. – O homem fechou a cara ao ver a expressão séria da fêmea. – Ele ainda está recusando?

A enfermeira fechou a porta atrás de si antes de responder.

– Ele mandou a Escolhida embora.

O doutor Manello praguejou baixinho.

– Não darei alta a ele se não se alimentar.

– Estão falando de Craeg? – Paradise perguntou. – Ele...

O homem sorriu e falou com ela:

– Terminamos por hoje. Por que não volta ao ginásio? Falta pouco para serem liberados.

– Posso alimentá-lo – disse ela num rompante. – Se ele precisar, posso alimentá-lo.

Mas. Que. Diabos. Estava. Fazendo.

Como filha de uma das Famílias Fundadoras, não podia dar a sua veia a *ninguém*. Jamais. Isso estava reservado somente ao seu companheiro. Caso ela mesma precisasse ser alimentada, teria que ser feito na companhia de um macho da família e muitas testemunhas.

Caso fizesse isso por ele, seria semelhante a perder a virgindade antes da noite do acasalamento.

– Tudo bem – disse o doutor Manello. – Nós cuidamos disso.

Paradise foi levada até o corredor, e quando a porta se fechou atrás de si, ela os ouviu falando com vozes sussurradas.

Volte para o ginásio, disse a si mesma. *Vamos. Simplesmente volte para a aula...*

Olhando ao redor, descobriu que estava só no corredor, ninguém nem ia nem vinha, não havia nenhuma passada, nenhuma voz.

Deveria mesmo se juntar aos outros.

Só que, assim que formulou tal pensamento, seus pés se viraram para a esquerda e a afastaram do local em que o combate estava sendo ensinado. Indo até a porta seguinte, pressionou o ouvido na porta fechada e aguçou a audição.

Respirando fundo, captou o cheiro de Craeg.

Ele estava ali dentro.

Certo, precisava mesmo voltar para...

A mão empurrou a porta um tantinho e ela espiou ali dentro. E lá estava ele, deitado, entre lençóis brancos no imenso leito hospitalar que, diante de seu tamanho, parecia pequeno para ele. Seus olhos estavam fechados, e a respiração, superficial. A pele estava... não muito diferente daqueles lençóis, a não ser pelos incríveis hematomas no rosto, na garganta... em todo ele. E também havia os curativos que cobriam os cortes de adaga.

Entrando no quarto, forçou a porta a se fechar mais rápido, e esperou que ele olhasse na sua direção.

– O que foi? – ele disse sem abrir os olhos.

Aproximou-se da cama, e se questionou se um dia ficaria perto daquele macho sem que seu coração disparasse.

– Por que não está se alimentando? – ela inquiriu.

– Por que está me incomodando?

– Recusou uma Escolhida?

– Por que não está na aula?

– Eu me machuquei. Não posso ficar lá.

Isso fez com que a cabeça dele se virasse e ele abrisse os olhos.

– Você está bem?

– Eu até poderia te deixar ver, mas seria indelicado te mostrar o dedo médio.

– Você me chutou no saco, lembra? Acha que estou preocupado com o seu dedo?

– E também não seria a primeira vez. Acho que o mostrei para você e para Peyton no corredor.

– Depois do golpe nas bolas, a minha memória ficou um pouco enevoada.

Ela queria se sentar na beirada da cama, mas estava assustada com o que proporia.

– Você pode sugar da minha veia, de verdade.

Craeg a encarou por um momento.

– Posso fazer uma pergunta?

– Claro.

– Você nasceu numa família de salvadores? Isso está no seu sangue ou algo assim? Porque nunca conheci uma chata insistente como você antes, e esse lance de Madre Teresa não pode ser comportamento aprendido. O mundo é ruim demais para isso.

– Não vão te liberar para voltar para casa.

– Não podem me manter aqui.

Ela gargalhou.

– É da Irmandade que estamos falando. Tenho quase certeza de que ninguém sai daqui sem a permissão deles.

Ele grunhiu e se calou.

– Vamos, vai fazer com que se sinta melhor. – Ela esticou o pulso esquerdo. – E fará com que eu me sinta menos culpada por... bem.

– Eu recusei uma Escolhida, sabe.

Paradise revirou os olhos.

– Você tem o jeito mais estranho de ser um cretino quando se sente ameaçado. Você veio de uma família de cretinos ou o mundo malvado o ensinou a se proteger dessa maneira?

– O mundo malvado matou a minha família. Dois morreram na minha frente. Portanto, sim, acredito que seja comportamento aprendido.

Paradise baixou o braço e o olhou.

– Sinto muito. Eu não...

– Além do mais, não tem medo de que eu faça alguma coisa que não deveria?

– Como é que é?

– Você viu o que aconteceu quando me forçou no ginásio. Sabe exatamente do que estou falando.

Paradise sentiu o corpo começar a esquentar, e foi nesse instante que ela deveria, pelo menos para si mesma, confessar que viera até ali para oferecer a veia porque queria mais daquilo... o que quer que fosse aquilo... com ele. Aquela conexão. Aquela... descarga elétrica.

Aquele ardor sexual.

E se existia um modo garantido de obtê-lo, era oferecendo a veia a um macho faminto. Ela podia ser virgem, mas não era tão ingênua assim.

– Gosta de brincar com fogo, garota? – ele grunhiu. – Porque se continuar a olhar para mim assim, vou te reduzir a cinzas.

Ela sabia, sem ter que abrir os lábios, que estava sem voz. Portanto, em resposta, simplesmente ofereceu o pulso sem nada dizer.

Quando ele não o tomou, ela aumentou as apostas levando-o à boca e rasgando a pele com as próprias presas.

Funcionou.

Quando o cheiro do sangue se espalhou pelo ar, os olhos dele reviraram, o corpo arqueou debaixo do lençol fino que o cobria, o quadril se projetando, as pernas alisando a cama.

– Tome o meu pulso – ela disse baixinho. – Isso vai te ajudar.

A mão dele disparou e a agarrou pelo antebraço, atraindo a veia para si. Mas antes de atacar, ele a fitou com olhos selvagens.

– Você vai precisar gritar pedindo socorro.

– Por quê? – ela sussurrou.

– Faça isso agora. Chame alguém.

Só que ele não esperou que ela respondesse. Puxou-a para si, e depois, com um rosnado feroz, cravou as presas na pele dela, ainda que Paradise já tivesse aberto um acesso para ele. Quando ele começou a sorver em grandes goladas, ela sentiu uma descarga erótica percorrer todo o seu corpo. Abrindo a boca a fim de respirar, apoiou a outra mão na cama e se sustentou, tentando se segurar para não se jogar sobre ele. Sua mente não estava mais presente, ela já não passava de puro instinto, e seu corpo sabia exatamente o que queria: pele nua contra pele nua, a parte mais masculina dele em seu centro... bombeando... gozando.

Foda-se a sua virgindade.

Literalmente.

E ele pensava da mesma forma. Enquanto se alimentava, os olhos percorriam o rosto dela, o pescoço, os seios – e alguma coisa estava acontecendo debaixo do lençol, o quadril se mexendo, o tronco se arqueando, a expressão sofrida dele como se o desejo fosse tanto que chegava a doer.

Não, ela não pediria ajuda.

O que, claro, era absolutamente insano, mas não parecia importar. E bem de leve, no fundo de sua mente, ela percebeu que era por isso que o ato da alimentação era tão monitorado para as fêmeas da sua classe: ela definitivamente não pediria ajuda. Não queria porque não tinha interesse algum em deter coisa alguma do que aconteceria em seguida: aquele momento sensual e selvagem não tinha nada a ver com o fato de ela ser de uma Família Fundadora. Não tinha nada a ver com a mansão na qual morava com o pai, tampouco com o dinheiro em todas aquelas contas bancárias. Não tinha nada a ver com posição social e *status*.

Era franco, era sincero, algo apenas entre eles dois.

E isso tornava tudo... belo.

Porque era verdadeiro.

Capítulo 19

Não era de se admirar que o nome dela fosse Paradise.

Enquanto Craeg sorvia grandes goladas da fonte mais incrível que tivera em toda a sua vida, ele só conseguia pensar em como o nome dela era apropriado.

Bem… não foi *só* nisso que ele pensou.

Seu corpo despertou à velocidade da luz graças à força que ela lhe fornecia, aquele vinho encorpado descendo pela sua garganta e se empoçando no estômago antes de ser lançado em todas as direções como um fogo restaurador: por debaixo da sua pele castigada, dentro dos ossos doloridos, ele começou a se encher de forças.

E com tal força surgiu uma necessidade corrosiva e opressiva.

Debaixo do lençol fino, despertou uma ereção tão dura quanto aço e tão comprida quanto sua perna – prova de que o golpe firme dela não o castrara. E, entre suas orelhas, o cérebro se aferrou à ideia de penetrá-la com a mesma tenacidade com que suas presas estavam grudadas na veia dela.

Contudo, ele era ligeiramente mais decente do que poderia imaginar.

Em vez de rasgar as calças dela ao meio e forçá-la a montá-lo, ele se obrigou a ficar exatamente onde estava – porque isso a mantinha exatamente onde estava.

No entanto, sua pelve parecia não ter recebido esse memorando.

Com investidas poderosas, ele se esfregou ao encontro do lençol e da manta, cada movimento oferecendo um resvalar tentador que era suave demais, deixando-o apenas completamente louco, cada recuo mais desesperado do que o anterior.

E foi nesse momento que a mão começou a coçar para se envolver.

Sem chance. Mesmo que Paradise não admitisse, a não ser que tivesse uma arma apontada para sua cabeça, ele sabia que ela já havia cruzado muitos limites. Se começasse a se masturbar? Ela acabaria tendo um belo espetáculo para contar para quem quer que fosse o pai dela – mesmo que tocar umazinha fosse muito melhor do que penetrar fundo em seu sexo até que ela visse estrelas.

Que era o que ele de fato desejava fazer.

Maldição, por que tinha que se sentir atraído por uma menina comportada?

– Você pode – ela começou a dizer. Houve uma pausa e os olhos dela se desviaram por sobre o ombro como se ela estivesse se certificando de que a porta ainda estava fechada. – Você pode fazer o que quiser.

Ele franziu a testa em meio à sede de sangue, tentando entender o que ela queria dizer.

– Estou vendo onde está a sua mão. Não sou idiota.

Craeg tentou menear a cabeça, mas não conseguiu porque sua boca não estava interessada em romper o contato.

Paradise assentiu.

– Tudo bem... vá em frente. Cuide de você.

E foi então que a luz se fez em sua mente. Ela queria que ele...

Por uma fração de segundo, sua consciência se negou veementemente, mas os olhos dela estavam tão firmes nos dele, junto ao aroma da excitação que emanava dela, e o efeito não durou mais do que a formação das palavras.

Sim, senhorita, como quiser.

Embriagado pelo sabor dela, distendido pelo rastro da luxúria, com o corpo abatido e a mente implodida, ainda lhe sobrou um pouco de juízo para trancar cada uma das portas do quarto, inclusive do armário. Não manteria as pessoas afastadas por muito tempo, mas certamente por tempo suficiente para que a virtude dela não se perdesse por completo...

Peyton.

Quando o nome do outro macho surgiu em sua mente, ela franziu o cenho como se tivesse lido sua mente.

– O que você disse?

Então devia ter falado em voz alta, mais ou menos.

Craeg afrouxou sua pegada o bastante para dizer com clareza:

– Peyton.

– Já lhe disse, não há nada... Deus, não, nunca. Ele é como um irmão para mim.

Olhando-a, concluiu que ou ela estava sendo completamente sincera e dizia a verdade que conhecia, pois, de fato, não tinha ideia de que o cara a desejava, ou era a melhor atriz fora de Hollywood e estava fazendo joguinhos com ele.

Inspirando, não captou nenhum cheiro de subterfúgio, e logo pensou nas maneiras de Peyton, no seu sotaque perfeito e no seu relógio caro. Ele podia ser um verdadeiro aristocrata e, nesse caso, de modo nenhum se prenderia a longo prazo com uma recepcionista.

E, aparentemente, o filho da mãe era honrado o bastante para não lhe dar falsas esperanças. E fora bem-sucedido porque ela acreditava na farsa, mesmo quando ele agiu de modo possessivo na sala de descanso.

Talvez Craeg não tivesse que odiá-lo tão intensamente.

– Não existe nada entre mim e Peyton – ela repetiu. – E nunca existirá.

Era o bastante para a sua palma.

Em seguida, sua mão livre desapareceu debaixo do...

Gemeu e se arqueou ao se segurar. Diminuindo o ritmo da fricção, descobriu-se querendo prolongar aquele momento entre eles. Queria dela sexo *e* sangue.

E, ao que parecia, naquele breve instante, teria um pouco dos dois.

Contudo, seria a primeira e única vez que isso aconteceria.

Havia algo de inevitável naquilo.

Foi o pensamento que se repetiu na mente de Paradise quando ela baixou o olhar para observar a mão de Craeg se mover debaixo do lençol. Ele tocava a si mesmo, o tremendo corpo se retorcendo em ângulos estranhos conforme galgava as ondas de prazer.

Entretanto, por mais inevitável que parecesse, também havia muito de inesperado.

Não imaginara que se sentiria tão... poderosa. Estava com a distinta impressão de que, por maior que ele fosse, por mais forte que fosse, ela estava no comando ali. Tudo o que quisesse dele, que necessitasse dele, ele lhe daria, faria por ela, encontraria para ela.

Depois que terminasse o sexo.

Os olhos de Craeg estavam pesados e cheios de desejo enquanto ele a fitava com aquele rosto surrado. Os músculos rijos do pescoço e do peito pareciam a ponto de estourar a pele. E o cheiro dele se espalhava num bramido de algo picante e delicioso.

E então ele começou a gemer.

Deus, desejou que fosse a sua mão ali embaixo. Nunca fizera nada parecido antes, mas, puxa, não parecia ser tão difícil subir e descer daquele jeito... A questão era que a sua mão boa estava grudada no rosto dele, e a machucada com o dedo na tala não conseguiria segurar nada naquele momento...

Subitamente, Craeg soltou o pulso dela e emitiu um som completamente animalesco, nem um pouco civilizado. Em seguida, a mão livre agarrou os lençóis ao lado do quadril dela e os retorceu. O peito se estufou uma vez, duas... Ele voltou a se arquear, desta vez com um gemido... e depois o quadril dele se levantou, e mais uma vez, grunhidos selvagens escaparam da boca dele enquanto os olhos se concentravam no seu rosto.

A imobilidade que se seguiu foi tão surpreendente quando o restante da cena. Depois do que pareceu uma eternidade, o corpo dele relaxou e ele se largou no colchão, fechando os olhos, a respiração entrecortada, o suor reluzindo no peito.

– Lamba... – ele murmurou.

– O quê? – Deus, a voz dele estava rouca. – O que você disse?

– Você está... sangrando...

Paradise olhou para o pulso. Ele estava certo. As feridas múltiplas estavam apenas parcialmente fechadas. Erguendo o braço, ela sugou...

O gemido suave que se manifestou nele a fez parar.

O olhar sensual estava concentrado nos seus lábios.

Só que ele se desviou.

– Você precisa ir embora.

– O quê?

– Você ouviu. Vá embora.

Paradise exalou quando uma onda de raiva expulsou toda a luxúria que vinha sentindo com a eficiência de uma escavadeira.

– Por que você está sempre me dispensando?

– Porque não creio que você vá gostar de alguém entrando no quarto como ele está agora.

Ela olhou ao redor. Ok, tudo bem, havia uma pequena quantidade de sangue sobre o lençol perto da boca dele, mas, fora isso, não havia nada fora do lugar.

– Não há nada...

– Está cheirando a sexo aqui – ele murmurou. – Acabei de gozar em tudo aqui e, se alguém passar por aquelas portas, esse alguém vai saber que foi por sua causa. Parta com um pouco da sua virtude, sim?

Paradise uniu as sobrancelhas quando ficou de boca aberta.

– *Como é que é?*

– Acabamos por aqui. – Ele deu de ombros. – Você me pediu para bater punheta. Atendi ao seu pedido e você conseguiu ver como um macho fica quando goza. Por isso, nós dois conseguimos uma coisa com esta sessão. O que esperava agora, um pedido de comprometimento?

A dor a perpassou pelo peito e ela ficou momentaneamente sem ter o que dizer. E depois as únicas coisas que surgiram em sua mente envolviam as palavras "vai" e "à" e "merda".

Afastando-se do leito, aprumou os ombros. Quando se aproximou da porta que dava para o corredor, surpreendeu-se em ver que estava trancada. Não a trancara.

Talvez ele tivesse.

Quem se importava, porra?

Quando Paradise a destrancou, relanceou os olhos por sobre o ombro.

– Não posso fingir ser sofisticada, ou mundana em relação ao sexo, mas sei muito bem que a necessidade de diminuir os outros quando nos sentimos ameaçados é a marca de um covarde, não de um herói. Descanse bem. Nos veremos amanhã... se você resolver aparecer.

Saindo, deixou que a porta se fechasse sozinha e avançou alguns passos, alguns metros... metade do caminho até o ginásio.

Tinha a intenção de seguir em frente.

Seus pés se recusaram a cobrir o resto da distância até a aula.

Praguejando, recostou-se na parede de concreto, cruzou os braços diante do peito e ficou olhando para as pedras polidas que formavam o piso... depois para as luzes embutidas no teto... e as portas, as muitas, muitas portas. Ao longe, ouviu os gritos advindos de onde o treino de combate continuava. Também havia o zunido ambiente do sistema de ventilação. Depois de um instante, seu estômago roncou, lembrando-a de que as calorias que consumira na rápida Primeira Refeição há muito haviam sido absorvidas.

Aquela fora a sua primeira experiência sexual.

E, enquanto estivera acontecendo, fora maravilhoso, excitante, mais que provocante.

Contudo, Craeg arruinara tudo. Com apenas um punhado de frases, acabara com tudo e fez com que sentisse vergonha de si mesma...

– Desculpe.

Virando a cabeça, ela se retraiu.

– O que está fazendo fora da cama?

Craeg se arrastara para fora do quarto, parecendo depender mais do sustento do apoio para o acesso intravenoso do que das suas pernas para se locomover. No entanto, esteve determinado a ir atrás dela, e Deus bem sabia que ele já provara que iria em frente até cair.

Andando na direção dele, ela levantou as palmas para detê-lo.

– Você precisa voltar para...

– Olha só, eu... – Limpou a garganta. Coçou debaixo do nariz mesmo não havendo nada ali. Esfregou uma sobrancelha e depois remexeu na camisola hospitalar. – Não posso ser ninguém mais do que sou agora. Talvez, em outra época, se algumas coisas não tivessem acontecido... Talvez eu tivesse forças para aparar algumas das minhas arestas. O problema é que não tenho essa força sobrando dentro de mim agora. E não existe nada de muito caloroso e acolhedor aqui dentro. – Apontou para o centro do peito, o acesso de soro dependurando-se diante dele. – Não estou dizendo que estou certo ou que tenho orgulho de mim mesmo. Só estou dizendo como as coisas são. E é tudo o que posso lhe dar: hoje, amanhã... na semana que vem. É só o que tenho a oferecer para qualquer um.

Ao fitá-la, seus olhos estavam firmes e graves.

E não havia dúvida na voz melancólica e nas palavras cuidadosamente escolhidas.

No silêncio que se seguiu, ela pensou no que disse sobre as pessoas a grande escritora e oradora humana Maya Angelou: quando uma pessoa lhe mostra quem ela é, acredite nela na primeira vez.

Ou algo semelhante.

– Se quer um macho, fique com aquele seu garoto, o Peyton – ele continuou. – Você é tão espetacular que existe uma possibilidade de ele acabar deixando de lado essa cretinice da *glymera*. E, olha só, você não seria recepcionista a vida inteira. Eu não poderia, jamais, lhe oferecer o que ele pode, mesmo que a minha personalidade dê uma guinada de 180 graus.

Enquanto ele continuava a falar, suas palavras não foram totalmente compreendidas. Só no que ela pensava era no quanto era injusto que ela finalmente tivesse encontrado um macho pelo qual se sentia atraída precisamente na hora errada e precisamente no contexto errado para qualquer desenlace significativo. E havia aquela coisa dele de "eu sou uma ilha", que ela queria chamar de idiotice, mas que, de fato e infelizmente, podia ser verdade.

– Ok – disse ela, por fim. – Obrigada por ser franco.

Houve uma pausa constrangedora, como se ele esperasse algum protesto da parte dela, alguma demonstração de indignação, talvez algumas palavras ásperas.

Mas logo ele abaixou as pálpebras, como se não quisesse que ela enxergasse o que havia por trás dos seus olhos.

A mão que não estava no suporte do soro se levantou para o rosto dela, mas ele logo a abaixou e sacudiu a cabeça.

– Tenho muitos arrependimentos na vida. Da próxima vez que se perguntar se alguém se importa com você... saiba que está na minha lista.

Craeg se virou e mancou de volta para o seu quarto hospitalar.

Ela o observou até quase chegar à porta e desaparecer.

O orgulho tornou importante que ela se afastasse primeiro.

Procurando se fortalecer, Paradise seguiu para o ginásio, para a aula, para o aprendizado e o autoconhecimento. Afinal, assim como ele, seu futuro residia no centro de treinamento. Não em algum sonho com um macho desconhecido que nunca se concretizaria por tantos motivos.

Capítulo 20

Duas horas mais tarde, Paradise entrou no ônibus para saírem do centro de treinamento. Só havia um, visto que só restavam seis deles, uma vez que Craeg não recebera alta médica para voltar para casa.

Olhando para o outro lado do corredor, deparou-se com os olhos de Peyton. Ele estava esticado num dos bancos, as costas apoiadas na lateral de vidros escurecidos, as pernas estendidas, cruzadas na altura dos tornozelos.

Parecia-lhe que uma eternidade tinha se passado desde que discutiram no trajeto de ida na noite anterior.

Você está bem?, ele articulou com os lábios.

Ela assentiu e o imitou: *E você?*

Ele deu de ombros, fez uma careta ao se ajeitar no banco e fechou os olhos.

Ninguém estava conversando.

Diversas fileiras à sua frente, Boone estava sentado com a cabeça pensa, um par de fones de ouvido amparando suas orelhas, afastando-o do mundo. Ele não parecia encontrar uma música de que gostasse, porque apertava a tela do iPhone a cada poucos segundos, deslizando pela lista de artistas antes de serem rejeitados. Anslam estava adormecido do lado oposto a ele. Novo estava mais perto do motorista, olhando pelas janelas através das quais nada se via.

Axe estava bem no fundo, resguardando-se.

De tempos em tempos, Paradise mudava de posição, e se descobriu imitando Peyton ao fazer caretas de dor. Estava exausta, dolorida em todo lugar, preocupada com o que a noite seguinte lhes traria em forma de testes.

Também ficava pensando no que acontecera no quarto hospitalar de Craeg. E no que fora dito entre eles no corredor.

– Pare com isso – disse para si mesma.

Reviver tudo não mudaria o resultado e, se fosse honesta consigo era o que queria. Teria sido maravilhoso ser livre para explorar aquele tipo de conexão.

Mas não havia chance de isso acontecer.

Na esperança de se distrair, olhou para a mochila de couro Bally que entregara à *doggen* quando se inscrevera no programa. Lembrava-se exatamente o que havia ali dentro: barras de proteína, meias extras, uma muda de roupas, além de calcinhas e sutiãs, sua carteira, seu celular, uma foto dos pais num porta-retrato dourado. Também se lembrava vividamente de ter guardado todas aquelas coisas, as gavetas que abrira em seu closet, as escolhas que levara tanto tempo para decidir, os itens que queria ter levado, mas que decidira deixar em casa.

O mais perturbador... era que nada daquilo mais parecia lhe pertencer.

Parecia pertencer a uma espécie de irmã mais nova sua ou algo assim, uma parente mais jovem que se parecia com ela de longe, mas que, de perto, era totalmente diferente.

Peyton pousou os pés no chão e avançou com o tronco por meio do corredor. Desta vez, quando se sentou ao seu lado, ela ficou grata.

– Você não me parece bem – observou ele com suavidade.

A preocupação ameaçou a represa que refreava as suas emoções, mas ela sustentou o muro no lugar por temer se descontrolar diante dos seus colegas de sala.

Primus *o cacete*, pensou ela.

– Não sei... – Balançou a cabeça quando as palavras saíram. Não era o que ela teve a intenção de responder. – Na verdade, estou bem.

– A noite passada foi bem intensa. Difícil de atravessar.

– Conseguimos – ela murmurou. – Viva nós!

– É...

Quando seu amigo voltou a ficar circunspecto, olhando para o apoio de cabeça do assento à sua frente, ela só conseguia imaginar no que ele estava pensando: o acesso de vômito, o saco ao redor da cabeça, a piscina... a caminhada mais longa de suas vidas.

A briga com Craeg.

– Como está se sentindo? – ela perguntou. – Me parece melhor.

– Vou precisar me alimentar.

Ao esfregar o rosto como se tentasse impedir mais lembranças da escola, ela sentiu uma pontada de culpa, porque, ao contrário de Craeg, a quem sentira uma imensa pressa de oferecer a veia, ajudar seu amigo não era a primeira coisa que lhe vinha à cabeça.

Além disso, não sabia se conseguiria fazer aquilo com Peyton... se ele tivesse o mesmo tipo de reação que Craeg tivera.

Não que ela fosse irresistível para os machos, mas porque, talvez, aquele tipo de luxúria fosse apenas um subproduto da alimentação, e ela não desejava cruzar esse limite com a amizade em questão.

– Mandei uma mensagem para o meu pai. – Peyton deu um tapinha no bolso do casaco. – Ele vai mandar alguém para mim. Vai ser a primeira vez que não faço sexo ao tomar uma veia. – Franziu o cenho e relanceou os olhos para ela. – Desculpe. Informações demais.

Sobre o que ele estava falando? Ah, certo.

– Tudo bem. Não estou ofendida.

"Informação demais", isso?, ela pensou. O que era informação demais de verdade era aquilo que ela e Craeg fizeram na clínica. Ou melhor... o que ele fizera a si próprio.

Desviou o olhar só para garantir que o rubor que sentia nas faces não seria notado.

– Você está diferente – ele observou.

A declaração fez com que a cabeça dela se virasse de repente.

– Como assim?

– Não sei. Talvez seja porque eu me lembre como se saiu bem.

Quando ele a fitou, ela entendeu que ele iria se desculpar de novo e, sem pensar, inclinou-se e o abraçou.

– Obrigada por isso...

Uma sequência de solavancos e uma notável diminuição na velocidade fez com que ela se afastasse.

– Já chegamos?

Peyton sacou o celular e olhou as horas.

– Já faz quarenta e cinco minutos que partimos. Acho que chegamos, sim.

O *doggen* que dirigia anunciou no alto-falante que tinham chegado, de fato, ao destino. Um a um, levantaram-se, formando uma fila, e desceram do ônibus.

A noite estava fria, bem fria e, por algum motivo, ela pensou que se a cor azul tivesse um cheiro, seria o que estava em seu nariz enquanto inspirava o ar revigorante e seco.

Virando-se para os outros quando o ônibus partiu, viu que todos estavam parados no descampado, como se ninguém soubesse bem como proceder.

Anslam foi o primeiro a se despedir, ainda que apenas de Peyton, e depois se foi. Axe não falou com ninguém antes de se desmaterializar.

– Até amanhã, então – Peyton murmurou ao olhar para Novo e Boone.

Antes de desaparecer, aproximou-se dela.

– Vou ligar para você daqui a umas duas horas. Espero que atenda esse telefone.

– Pode deixar.

– Que bom.

Com um breve sorriso, assim, do nada, ele sumiu.

Paradise disse alguma coisa para os outros, não sabia bem o quê, e eles responderam algo que ela também não ouviu direito.

E depois colocou a mochila no ombro e desapareceu, desvanecendo numa confusão de moléculas que, de certa forma, combinavam com seu estado mental e emocional muito melhor do que sua forma corpórea.

Ao regressar para seu corpo no jardim diante da mansão do pai, permaneceu onde chegou e observou a magnífica fachada da imensa propriedade ao estilo Tudor. Luzes internas brilhavam, a iluminação amanteigada atravessando as janelas com treliça em forma de diamantes, criando a ilusão do brilho de uma lareira. De tempos em tempos, na abertura entre as cortinas de seda, ela via um *doggen* passar, carregando uma bandeja de prata, um espanador de plumas, um arranjo de flores.

O vento soprava forte, e quanto mais ela ficava sobre a grama amarronzada e congelada, mais o vento penetrava em sua jaqueta, nas roupas, em sua pele.

Ela e o pai moravam na propriedade há muito tempo, e não havia um cômodo sequer que ela não conhecesse de cor, mesmo os escondidos.

No entanto, naquela noite a mansão se parecia com os objetos que trazia na mochila: pertencente a outra pessoa.

Era surpreendente… como uma jornada que começava e terminava em sua cidade natal, e não necessariamente demandou que ela mudasse de endereço, a distanciasse tão completamente de sua vida.

Quando começou a estremecer, forçou-se a andar para a frente. Eram quase duas da manhã, e por mais que isso a fizesse sentir culpa, estava muito contente por seu pai ainda estar trabalhando na casa de audiências. Simplesmente não tinha forças para lhe contar tudo sobre os seus "estudos".

Mais especificamente, ela ainda não processara nada daquilo, por isso era cedo demais para explicar a experiência para qualquer um.

Chegando à porta de entrada, esticou a mão na direção da campainha. E se deteve.

Sério?, pensou. *Vai apertar a campainha da sua própria casa?*

Contudo, sentiu-se uma estranha ao pressionar o indicador no leitor de digitais que destrancava a porta.

Adentrando no calor, fechou a pesada porta atrás de si e inspirou fundo algumas vezes. Não havia nenhuma sensação de calma ao olhar ao redor, para as conhecidas pinturas a óleo e os tapetes orientais. Em vez disso, sentiu um desconforto esquisito…

– Senhorita! Retornou! – Quando o mordomo, Fedricah, apressou-se na sua direção, era só sorrisos, e ele se curvou tanto que a testa quase limpou o chão como um esfregão. – O que posso lhe providenciar? Gostaria de uma refeição – não, um banho. Pedirei a Vuchie que…

– Por favor, não. – Ela estendeu as palmas quando a decepção o acometeu de tal forma, seu rosto desabando, que parecia que ele ia falar na altura da gravata borboleta. – A Irmandade nos alimentou muito bem e, sinceramente, só preciso me recolher. – Palavras, ela precisava da combinação correta de palavras ali. – Por favor, poderia dizer ao meu pai que tudo foi uma maravilhosa experiência de aprendizagem… Diga-lhe que estou muito bem e que, na verdade, fui aceita no programa. Estamos fazendo tarefas na sala de aula. É tudo muito seguro.

E as duas últimas coisas, tecnicamente, não eram mentira. Rhage lhe disse que na noite seguinte estariam em sala de aula, e ninguém se ferira seriamente.

– Ah, sim, claro, senhorita! Ele ficará tão feliz! Não acredito que ele tenha dormido durante o dia, mas, por favor, toque a campainha se precisar de algo. Estamos sempre à sua disposição.

– Farei isso, prometo. Obrigada.

Escapou rapidamente pelas escadas, um medo irracional de que o pai chegasse mais cedo fazendo com que se apressasse para o quarto. Quando se fechou lá, olhou para a cama de dossel, para os tapetes bordados com ponto cruz e para as antiguidades...

... e desejou muito ter ido repousar num quarto limpo e anônimo de um hotel.

Aproximando-se da cama, sentou-se sobre o colchão hipermacio e deixou a mochila aos pés. Depois apoiou as mãos nos joelhos e encarou a parede.

Craeg não era a única coisa em que pensava. Mas havia muito dele em sua mente.

Cara. Agora que estava ali escondida, sentia-se presa...

Quando o celular começou a tocar, ela fez uma careta. Indubitavelmente, Fedricah ligara para o pai no instante em que ela subira, e a dúvida era se seria pior deixá-lo cair na secretária eletrônica... ou tentar forçar qualquer coisa próxima do normal pelo telefone.

Mais tarde não seria muito melhor, então ela decidiu: se não falasse com ele agora, era capaz de ele bater à sua porta assim que entrasse em casa. E, assim, teria que enfrentá-lo cara a cara.

Pescando o iPhone na mochila, franziu o cenho ao ver o desenho de uma folha de cinco pontas de maconha na tela.

– Peyton?

– Oi. Não consegui esperar duas horas. Estou sofrendo de um sério caso de nervosismo.

Mesmo que ele não conseguisse vê-la, ela assentiu com a cabeça.

– Eu sei. Eu também.

Quando houve uma pausa, esperou até que o barulho costumeiro da maconha sendo acesa surgisse. No entanto, somente mais silêncio.

Depois de um instante, ele disse:

– Sinto como se tivesse ficado afastado uma década.

– Também me sinto assim.

– Nem estou a fim de fumar. Dá pra imaginar uma coisa dessas?

Ela se curvou para trás até encostar a cabeça no travesseiro.

– Talvez seja bom.

– Só mais uma coisa no meio de toda essa estranheza, sabe? – Ouviu um barulho, como se ele também estivesse se deitando. – Ok, qual é a daquele tal de Axe? Quero dizer, você viu ele quando ele estava lutando contra...

E enquanto seu amigo se lançava em todo tipo de comentários, Paradise fechou os olhos e inspirou profunda e lentamente.

Engraçado, foi assim logo após os ataques. Os dois conversando noite adentro, unidos pelo telefone, uma conexão invisível aberta entre eles que, apesar de tudo, era muito tangível.

Ele era seu único amigo, ela se deu conta.

E se sentiu muito grata por terem superado a briga entre eles – e também a primeira noite do treinamento.

De repente, as coisas já não pareciam mais tão estranhas.

– Caramba, sou boa nisso – Marissa disse ao se recostar e olhar para a pilha de cartões de 13 por 18 centímetros diante dela.

Levara horas, mas conseguira gerar, pelo computador, uma centena de convites coloridos para o Festival Dançante do Décimo Segundo Mês. Sim, teria sido muito melhor se os malditos tivessem sido impressos em relevo, mas estavam sem tempo: só restavam catorze dias para o evento em sua obrigatória primeira lua cheia de dezembro, por isso ninguém estaria em posição de reclamar de algumas medidas apressadas.

O próximo passo era endereçar os envelopes, e Mary e Bella já tinham se oferecido para ajudá-la com isso na mansão. Depois, Marissa conversaria com Fritz a respeito dos preparativos das comidas e perguntaria por aí a respeito de alguns músicos tradicionais do Antigo País para lidar com a questão.

Ah, que a Santa Virgem Escriba abençoasse Abalone. O macho concordara em deixá-los usar o salão de baile de sua propriedade. Era uma opção muito melhor do que a alternativa de usar a casa do velhote e da cavadora de ouro. O casal abrigara uma reunião secreta do Conselho para conspirar contra Wrath, por isso de modo algum a Irmandade voltaria para lá a menos que estivesse munida de um arsenal de lança-chamas. E, de qualquer forma, não acreditava que Butch ficaria muito feliz por ela passar algum tempo debaixo daquele teto em particular.

Portanto, convites. Local. Comida. Entretenimento.

Estava cuidando de tudo, mas não se enganava. Sabia muito bem o porquê de ser ela a organizadora do evento, e não era pela sua competência: as pessoas que se empenhavam naquilo vinham tendo dificuldade para atrair a *glymera* desde todo o drama em torno da eleição democrática de Wrath. E como não havia nada que os aristocratas gostassem mais do que um escândalo, o que poderia ser mais divertido do que vê-la em ação na festa?

A sua presença faria com que o percentual de aceitação ao convite subisse até o teto.

E isso era engraçado. De uma maneira perversa, ela estava ansiosa para desfilar com a cabeça erguida diante do bando de tubarões, e pelo menos Butch não teria que lidar com aquela asneira toda. Estaria ocupado trabalhando e ensinando. Além do mais, ele não tinha paciência para aquele tipo de festa.

Ela reviveria sozinha aquele momento de sua vida.

Consultando o relógio, percebeu que eram três horas. Normalmente, esperava até as quatro para voltar para casa, mas se ela e as fêmeas pudessem finalizar todos os convites antes que todos se recolhessem, então Fritz poderia levá-los ao correio humano e eles seriam recebidos no dia seguinte.

Com rápida eficiência, guardou os convites e os envelopes na bolsa LV Neverfull que Butch lhe dera um tempo atrás e desligou o computador.

Sua sensação de satisfação não durou muito.

Depois de se despedir das suas funcionárias e desculpar-se por se ausentar antes da hora, saiu da ala Wellsie e se desmaterializou para a mansão. Enquanto esperava que a porta interna do vestíbulo fosse aberta, voltou a se preocupar com aquela fêmea.

Ainda nenhuma novidade quanto à "chave". E nenhum e-mail fora enviado aos endereços eletrônicos do Lugar Seguro ou à casa de audiências a respeito de alguma fêmea desaparecida. Nada nos grupos sociais fechados da mídia. Nenhum telefonema ou mensagem de texto.

Mas a família dela deveria ter dado pela sua falta, não?

Fritz, o amado mordomo, abriu a porta com um amplo sorriso.

– Senhora, como tem passado?

Fodida, obrigada.

– Estou muito bem e você? – Sacudiu a cabeça quando ele se adiantou para pegar sua bolsa. – Pode deixar, cuido disso. Você viu…

– Estamos prontas! E Mary está a caminho!

Marissa olhou para a arcada da sala de bilhar. Bella, Beth e Autumn estavam juntas, com taças de vinho branco e canetas bico de pena nas mãos.

– Estamos prontas para escrever – anunciou Bella. – E depois solicitamos um serviço especial para a Última Refeição, porque vamos subir à sala de projeções para uma sessão de cinema.

– *Magic Mike* XXL acabou de ser lançado em DVD – Beth cantarolou. – Temos a obrigação moral de apoiar as belas artes, mesmo que apenas as humanas.

– Não assisti ao primeiro – murmurou Autumn. – Ouvi dizer que a pelve dele é destroncada. É verdade?

Beth se adiantou e pegou a bolsa de Marissa.

– Venha, você parece estar necessitada de uma noite só de mulheres. Payne e Xhex vão se juntar a nós. Assim como Cormia, Layla, a doutora Jane e Ehlena. Vamos todas ficar juntas... Já era hora.

Por uma fração de segundo, Marissa se sentiu culpada por se deixar apoiar pela amizade que lhe era oferecida. Parecia... tão frívolo quando pensava em tudo o que não conseguia fazer pela fêmea desconhecida.

Bella se inclinou na sua direção.

– Dissemos aos machos que eles não podem entrar. Basicamente porque se virem Channing Tatum no telão...

Beth terminou por ela:

– ... vamos ter que redecorar a sala de projeções depois que tiverem destroçado o lugar.

– Voltemos à pelve desconjuntada – Autumn se juntou a elas. – Quero dizer, como ele anda?

– Muito bem, amiga. – Quando Bella respondia à companheira de Tohr, passou o braço pelos ombros de Marissa. – Mas muito, muito bem mesmo.

Enquanto Marissa se deixava arrastar para a sala de bilhar – onde os frascos de tinta tinham sido dispostos nas mesinhas auxiliares e já havia uma taça de vinho separada para ela – começou a piscar rápido. Parte da sua emoção era porque aquela fêmea que morreu jamais teria nada daquilo de novo, isso se tivesse tido a sorte de ter boas pessoas cercando-a enquanto estivesse viva.

A outra parte era uma gratidão tão grande que seu peito mal conseguia conter a emoção.

– Senhoras – disse ela, passando o braço pela cintura de Bella. – Vamos acabar logo com esse endereçamento, para podermos passar para a parte do desnudamento.

Capítulo 21

– Desculpe... Você disse que elas estão fazendo *o quê*?

Enquanto falava, Butch olhava para o grupo apenas de machos ao redor da mesa da sala de jantar da mansão. Nenhum dos seus irmãos ou quaisquer dos soldados estava gargalhando ou conversando em voz alta. O grupo de tristes perdedores só estava sentado diante de pratos degustados até a metade e de intocados copos de vodca, bourbon e uísque como uma matilha de *basset hound* que perdeu seus antidepressivos.

Não era o que esperava encontrar ao chegar tarde para a Última Refeição.

Quando Marissa lhe mandara uma mensagem de texto avisando que trabalharia com as fêmeas numa coisa, pareceu-lhe uma boa ideia cuidar de uns assuntos dos *trainees*.

Não contara com aquele funeral só porque as senhoras estavam entretidas num projeto.

– Oi? – chamou-os. – Perderam a audição junto com as bolas ou algo assim?

Wrath inalou fundo como se fosse anunciar a notícia de uma morte na família.

– Estão tendo uma noite de filmes.

Butch revirou os olhos e se sentou na sua cadeira. Sim, era um pouco estranho não se sentar com Marissa ao seu lado, mas, pelo amor de Cristo, não era motivo para se entupir de Prozac. Além disso, estava contente que a sua mulher tivesse amigas na casa...

– Estão assistindo a *Magic Mike* – alguém informou.

– É algum filme infantil? – Recostou-se quando Fritz depositou um prato repleto de cordeiro diante dele. – Obrigado, cara... Obrigado e, ah, eu adoraria uma bebida. Pode me trazer Lagavulin com gelo...

Butch parou de falar quando percebeu que a mesa inteira o encarava.

– O que foi?

– Nunca ouviu falar do filme *Magic Mike*? – Rhage perguntou, intrigado.

– Não. – Recostou-se quando seu drinque lhe foi servido. – Obrigado. É um tipo de Barney?

– É uma história de *strippers* – Hollywood rebateu.

Butch franziu o cenho e abaixou o copo dos lábios.

– Como é que é?

V. veio da despensa com um saquinho cheio de tabaco, um pacote de papel de seda e uma carranca como se alguém tivesse lhe arrancado as pilhas do seu brinquedo sexual predileto.

– Nus – Vishous murmurou ao se sentar onde Marissa deveria estar. – De bunda de fora. E são humanos. Cristo, é como ser humilhado por uma matilha de cães.

– De tanga – outro deles ralhou. – Cães de tanga.

Butch, dessa vez, seguiu tomando seu drinque, sorvendo o ardor, acolhendo o calor em seu íntimo. Ok, era um pouco surpreendente descobrir que ainda estava bebendo mesmo com o copo vazio, mas, ora, tinha muito no que pensar. De certa forma, o fato de sua *shellan* estar assistindo a um filme com suas amigas, mesmo que ele envolvesse um pouco de nudez, não era grande coisa.

Por outro lado, desejou encontrar a caixa de força e interromper o fornecimento de luz daquela parte da mansão.

Depois botar fogo no DVD. E no telão.

E levar sua companheira para casa só para lhe mostrar todos os truques que sabia a mais do que um atorzinho qualquer de... Deus, de *tanga*?

– Está tudo bem – ouviu-se dizer ao gesticular para que o *doggen* voltasse a encher o copo. – Isto é, em primeiro lugar, elas nos amam. Segundo, não deve ser um filme censurado nem nada as...

– Aparece uma bomba peniana – Lassiter disse com um sorriso largo, como se estivesse ajudando. – E em ação. Vocês sabem, o pau enfiado lá dentro, sendo bombeado e tal...

Vishous desembainhou uma adaga de algum lugar e apontou a coisa para a cabeça do anjo caído.

– Continue a falar assim e eu corto o seu cabelo. De olhos fechados.

Lassiter gargalhou.

– Aham, que seja, grandão. Pensei que tivesse mais confiança para não dar tanta importância a uma coisa à toa como essa. Você é tão inseguro assim?

– Quer ver alguém inseguro? – V. perguntou. – Vou te mostrar...

– Ok, já basta – Butch interferiu. – Deixa pra lá, V. Está tudo bem, uma maravilha... Elas só estão se divertindo. O que há de errado com isso? Não é como se elas fossem ir pra cama com o cara.

– Tem certeza? – Lassiter sorriu. – Você não acha que elas vão fantasiar sobre...

O grunhido coletivo que ribombou da Irmandade foi tão alto que conseguiu agitar os cristais do enorme candelabro penso sobre a mesa. E o anjo caído era um idiota, mas não era burro.

Movendo-se devagar, como se múltiplas pistolas estivessem apontadas para ele, levantou as mãos num ato de submissão.

– Desculpem. Tanto faz. Vou parar antes que esse inconformismo constrangedor de vocês me mate.

– Sábia decisão – Butch comentou secamente. – Não que eu não pudesse te dar um soco agora mesmo. Ainda que não por causa deste assunto especificamente.

Lassiter voltou a comer, enfiando a comida na boca.

Os outros Irmãos não foram tão rápidos em deixar o assunto de lado, os olhos estreitados e as presas expostas ainda mirados no anjo boquirroto.

– Vamos, rapazes, está *tudo bem*. – Butch cortou uma fatia de cordeiro e enfiou na boca. – Hummm. Delícia.

Na verdade, estava com gosto de papelão, mas ele fingiu que estava gostando. Mas não por muito tempo.

Dois minutos depois, empurrou o prato quase cheio e aninhou o segundo copo de uísque na mão.

– Mas é verdade. Elas deveriam ter um pouco de independência. Não precisam ficar grudadas na gente, como se tudo girasse ao nosso redor. Já era hora que fizessem alguma coisa por elas. Mesmo. Isso é ótimo.

Ao seu lado, V. acendeu um gordo cigarro enrolado à mão.

– É mesmo? Gosta da ideia da Marissa olhando para as partes de outro macho pelado?

– O filme não é censurado. – Quando sua voz grasnou, ele limpou a garganta. – Quero dizer, não deve ser... Não, não pode...

– Dei uma olhada – Rhage murmurou. – Elas estão com os DVDs, provavelmente estão assistindo à versão completa, sem cortes.

– Então os *strippers* não são circuncidados? – Lassiter levantou as mãos antes que os grunhidos se elevassem. – Jesus, caras, vocês são *tão* sensíveis.

Butch sacudiu a cabeça e decidiu que o anjo estava por conta própria.

– Tá, tudo bem, então tem uns rodopios... Um sacolejo ou dois de peitorais. Não é motivo pra tanta preocupação. Fritz, pode me servir mais uma dose aqui?

O mordomo se apressou em pegar o copo vazio.

– Alguém de vocês gostaria de sobremesa? Temos sorvete e *petit gâteau* caseiros.

Butch relanceou os olhos para Hollywood.

– O que me diz, cara?

Quando Rhage apenas girou o seu refrigerante de gengibre no copo, Butch praguejou e disse a Fritz:

– Este aqui vai querer um pouco, mesmo que ninguém mais queira.

– Traga a sobremesa – Rhage disse em voz alta.

Fritz curvou-se com o copo de Butch na mão.

– Claro, senhor. Servirei um prato e trarei...

– Não. Quero a sobremesa inteira. Todo o bolo e todo o sorvete.

Eeeeeeeeeee foi assim que Hollywood acabou com uma plateia melancólica de sabe-se lá quantas testemunhas enquanto consumia quinze bolinhos de chocolate e dois litros de sorvete de creme.

Foi como assistir a tinta secando, só que sem aquele cheiro químico e a sala ficou com a mesma cor de antes.

A boa notícia foi que a bebida estava funcionando, entorpecendo a mente de Butch, tornando seu corpo tanto dormente quanto excitado.

– Pode me trazer mais um? – pediu ao *doggen* de passagem que retirava o último prato sujo de chocolate. – Muito obrigado.

Quando seu copo lhe foi devolvido, afastou a cadeira da mesa.

– Vou indo. Tenho trabalho a fazer.

E, sem querer ofender, mas ficar ali às voltas com aquele tipo de vibração só o estava deixando mais deprimido. Um pouco mais e ele começaria a entrelaçar a corda da forca.

Saindo da sala, parou no enorme vestíbulo. Olhou escada acima. Tentou visualizar a sua Marissa cobiçando um ator de roupa íntima.

– Não. Tudo bem. Que bom pra ela.

Pegou o telefone e acessou as mensagens. Hesitando, pensou em lhe mandar alguma coisa, sabe, só para ela se lembrar de que…

Uau.

Na sua época de humano, jamais teria se importado com essa bobagem toda. Marissa não era apenas o amor da sua vida; era uma fêmea de valor que jamais o trairia. E, *qualé*, ela não tinha se registrado num hotelzinho barato com o cara, pelo amor de Deus… Estava se divertindo com as amigas assim como ele fazia com seus amigos.

Aquilo era ridículo.

Ele *não* era do tipo ciumento…

O som de coturnos se aproximando fez com que ele olhasse por sobre o ombro. Era Rhage, e o Irmão estava segurando um copo de sal de frutas na mão.

Hollywood ergueu o olhar para as escadas. E podia apostar que ele estava pensando exatamente a mesma coisa que Butch.

– Vou subir – o cara anunciou.

– Não, não, não, espera aí. – Butch o segurou pelo braço imenso e o apertou. – Você não pode ir entrando lá.

– Por que não?

– É a noite só das garotas.

– Então ponho um vestido.

– Porra, Rhage. *Tá falando sério*?

Os próximos a sair foram V., John Matthew e Tohr. E todos, inclusive Wrath – e até mesmo Manny, que, apesar de todo o seu sangue humano, estava bem ali ao lado de todos os outros com caras de cachorro abandonado.

– Não vamos subir lá – anunciou Butch. – Vamos jogar um pouco de sinuca, ficar bebaços, falar de todas as mortes que causamos no ataque a Brownswick. Vamos ter uma noite divertida pra cacete… Ou dia, sei lá em que porra estamos agora. Agora recolham suas bolas do chão e vamos começar a nos comportar como homens.

– Ele tem as manhas. Só estou dizendo.

Quando a doutora Jane falou, a plateia cativa que estava tão concentrada no telão murmurou em completa aquiescência.

Payne deu mais um dos seus assobios lupinos, que eram a sua marca registrada.

Xhex praguejou e jogou mais Milk Duds* para a imagem, gritando:

– Vamos lá, meu filho, vai com tudo!

Marissa riu de novo. Não sabia dizer o que era mais divertido: o filme ou a companhia. Provavelmente a companhia. Apesar de ter que admitir que não era nada mau olhar para aqueles humanos.

E logo outra onda de gritos e incentivos se ergueu.

Deus, não conseguia se lembrar da última vez em que rira com tanta vontade. Havia algo em ficar apenas na companhia das meninas que tornava as piadas piores e melhores ao mesmo tempo, e as risadas ficavam mais altas, as tolices mais estúpidas.

No fim, tudo isso era uma coisa muito bonita.

Também a fazia se lembrar de que era maravilhoso ser aceita por ser exatamente quem era, sem expectativas externas depositadas sobre ela, nenhuma cobrança para a qual ela não tivesse se voluntariado para botá-la para baixo. Nenhum julgamento, apenas amor.

Além disso, aquela quantidade de homens que eram quase tão sensuais quanto o seu macho? Não era nenhum problema.

Quando a cena final terminou e os créditos começaram a rolar pela tela, elas bateram palmas como se os atores pudessem ouvi-las lá da Califórnia.

– Pode me ensinar a assobiar desse jeito? – alguma delas pediu a Payne.

– É só colocar os lábios ao redor dos dedos e assoprar – a fêmea explicou.

– Isso não é uma fala de um filme? – alguém perguntou.

– Será que vão fazer o terceiro filme...?

– Magic Mike Grandão...

– Mas antes teremos que assistir ao primeiro e ao segundo como preparação... Temos uma tradição a manter.

– Alguém assistiu recentemente ao *Nove Semanas e Meia de Amor*...?

---

* Milk Duds são doces de caramelo cobertos com chocolate. (N.T.)

– O que é isso…

Uma a uma, levantaram-se das cadeiras acolchoadas e se espreguiçaram na luz fraca da sala sem janelas, as costas estalando, os ombros relaxando a tensão. E engraçado, Marissa sentiu uma necessidade de interromper os comentários e dizer algo profundo e significativo só para agradecer o momento partilhado. Mas as palavras certas não surgiram.

Em vez disso, disse simplesmente:

– Ei, podemos fazer isso de novo?

Pensando bem, talvez fosse exatamente o que ela queria dizer.

E, vejam só, o pessoal da frente estava em total acordo: os gritos de alegria foram tão altos quanto nas cenas de dança, e a ideia de que aquele momento especial não seria algo único a fez sentir uma pontada de alívio.

– Acho que vamos precisar de uma maratona do Chris Pratt. *Guardiões da Galáxia* – sugeriu Beth.

– Ele é o cara que tem um irmão? – Bella perguntou.

– Não, esse é o Hemsworth – outra respondeu.

Encabeçando a fila de partida no corredor central, Marissa amassou a embalagem vazia de Milk Duds e a atirou na lata do lixo. De repente, percebeu que mal podia esperar para ver Butch, e não por causa de todas aquelas cenas dos corpos seminus. Sentia saudades dele, o que era ridículo, considerando-se que nenhum dos dois fora a parte alguma.

Seguindo para a porta ao lado do expositor de vidro de doces, estava sorrindo ao empurrar a porta e…

– Bom… Deus… – deixou escapar ao se retrair.

O corredor de fora estava apinhado com os machos da casa, os Irmãos e os lutadores, e Manny, sentados no chão com as costas encostadas nas paredes, as pernas esticadas, erguidas, cruzadas nos joelhos ou nos tornozelos.

Ao que tudo levava a crer, bastante bebida estivera envolvida, pois garrafas de vodca e de uísque estavam espalhadas no chão, copos nas mãos ou sobre as coxas.

– Isso *não é* tão patético quanto parece – seu Butch enfatizou.

– Mentiroso – V. murmurou. – Claro que é, porra. Acho que vou começar a tricotar.

Conforme as fêmeas foram saindo atrás dela, cada uma demonstrou surpresa, descrença, e depois deleite pervertido.

– Sou só eu que acho – um dos machos se queixou – ou acabamos de executar uma castração em massa aqui?

– Acho que isso basicamente resume a uma situação de merda – um dos outros concordou. – Vou usar calcinha debaixo das calças de couro daqui por diante. Alguém me acompanha?

– Lassiter já usa – V. disse ao se pôr de pé e se aproximar de Jane. – Oi.

Seguiu-se um momento de reunião.

Enquanto os outros casais se reencontraram, Butch sorriu para Marissa enquanto ela se aproximava dele, estendendo o braço para levantá-lo do chão. Quando se abraçaram, ele a beijou na lateral do pescoço.

– Deixou de me amar agora? – ele murmurou. – Porque estou preso nas suas rédeas?

Ela se entregou ao abraço dele.

– Por quê? Por ter sofrido enquanto eu assistia a um filme obsceno com as meninas e que, no fim, nem era tão obsceno assim? Na verdade, acho isso... prepare-se... bem bonitinho da sua parte.

– Ainda sou muito homem.

Ao esfregar o corpo no dele, ela emitiu um som de agrado ao sentir a sua ereção.

– Hummm... acho que é mesmo.

Com seu cheiro de vinculação bramindo, Butch segurou sua fêmea pelo cotovelo e a conduziu pela ala dos empregados. A não ser por V. e Jane, todos os outros tinham uma distância mais curta a cobrir do que eles. O Buraco ficava do outro lado do pátio, mas já era dia e isso significava que teriam que descer todas as escadas, passar pelo túnel e pela passagem subterrânea para chegar ao quarto deles.

Ele não aguentaria tanto tempo.

Não mesmo.

O primeiro quarto vago com alguma privacidade que encontraram foi o de um dos criados, que estava desocupado, com as cortinas puxadas, uma cama de solteiro sem lençóis e uma trava de latão muito útil.

Butch não se deu ao trabalho de acender as luzes; simplesmente atraiu sua fêmea para junto de si e a beijou com ardor enquanto batia a porta com um chute e fechava a trava como um profissional.

– Preciso tanto de você – grunhiu.

– Estou aqui – ela disse ao encontro da boca dele.

Perfeito pra cacete, seu pau rugiu dentro das calças. Seguindo suas ordens, Butch a fez retroceder para a cama, sentou-a e se ajoelhou diante dela. Ao inalar profundamente, começou a rir.

– O que foi? – ela murmurou, com as pálpebras pesadas e absolutamente comestível.

– Você está excitada.

– Claro que estou.

– Não estava quando saiu da sessão de cinema.

– Por que estaria? Aquilo foi só uma boa dose de entretenimento com as meninas. Como ir ao museu, sabe? Você aprecia a arte, mas não a levaria para casa.

– Então, ainda sou o seu sabor predileto?

– Você é o meu *único* sabor.

Ora, ora, se isso não inflou seu peito, seu pau e seu ego. Revelando as presas, ele disse:

– Era disso que eu estava falando...

– Ficou mesmo com ciúmes? – ela perguntou. – Por causa de um filme?

– Sim.

A risada que escapou dela foi tão gostosa e relaxada, um som de tanto contentamento, que ele desejou que ela e as meninas se juntassem de novo, até para verem humanos sensuais rodopiando na tela, se era o necessário para sua companheira relaxar dessa maneira. Entenda-se, ele não escreveria nenhuma carta de fã para aquele tal de Channing Tatum, mas estava mais do que agradecido por aquelas fêmeas e aquela amizade.

Qualquer um, qualquer coisa que cuidasse da sua *shellan* tinha seu selo de aprovação.

Voltando ao que interessava, afastou as pernas de Marissa e fez seu tronco cair no colchão. Tinha muitos planos que envolviam ficar com ela por umas belas duas horas, mas seu pau não aguentaria tanto tempo assim.

Precisava estar dentro dela. Agora.

Concentrando-se em abrir suas calças, deixou-a nua da cintura para baixo num movimento de puxar rápido e eficiente ao longo das pernas adoráveis. E logo as palmas estavam percorrendo suas panturrilhas, suas coxas. Com um gemido, ela se abriu ainda mais, como se o desejasse com o mesmo ardor que ele, revelando seu sexo intumescido... e foi nesse momento que ele perdeu a cabeça.

Revelando a ereção, foi direto para o centro dela, sem preâmbulos, sem preliminares... Estavam, os dois, mais do que prontos.

– Marissa – ele grunhiu ao penetrá-la, deslizando para dentro, a sensação ao mesmo tempo familiar e revigorantemente eletrizante.

Praguejando numa expiração, recuou e o quadril assumiu o comando, enterrando, enfiando, bombeando... e ele adorou o modo como ela se segurou ao seu pescoço, aos seus ombros.

– Tome minha veia – ela ordenou.

As presas dele já estavam alongadas, e ele as expôs num sibilo. Atingido seu ponto predileto, do lado esquerdo, ele sugou com profundidade, bebeu com firmeza, embebedou-se com o sabor dela assim como com o sexo.

No entanto, ele não aguentaria por muito mais tempo. A coisa estava ficando muito intensa, rápida demais, e ele a reposicionou para penetrá-la mais fundo... e agarrou o seu quadril, enterrando-se, movendo-se como um pistão em seu corpo, balançando tudo com tanta ferocidade que a armação de metal da cama bateu na parede e as molas do colchão fino formaram uma sinfonia com os rangidos.

Ouviu-a gozar, era esse o seu objetivo, ouvir aquele nome comum e nada sofisticado explodir com ímpeto no ar permeado pelo sexo – e desejou parar só para sentir os espasmos rítmicos do interior dela. Contudo, parar já não era mais possível. Suas bolas estavam contraídas e quentes, a pelve fazendo movimentos automáticos de modo que não poderia deter aquilo, assim como não poderia conter as batidas do seu coração, e seu pau era uma bizarra combinação de torpor com hipersensibilidade...

Butch gozou com tanta força que enxergou uma explosão de fogos de artifício, e mesmo quando ejaculava, sabia que não estava perto do fim.

Continuou cavalgando-a, mudando de posição uma vez mais, arqueando-se sobre o corpo dela até que seu peso apoiou-se nas pontas dos pés e nos braços que o suspendiam para que não a esmagasse.

Mais fundo ainda. O que era impressionante.

Não tão bom para a cama, que começou a deslizar pelo chão.

Mas, pensando bem, não havia como parar. Por isso, simplesmente se moveu com ela, até a moldura se encaixar no canto oposto.

Aquilo sim é que era um ponto de apoio.

Perfeito. Pra. Cacete.

Butch prosseguiu bombeando, o corpo agindo por vontade própria, as semanas – bem, talvez, se fosse sincero, os meses – sentindo-se afastado dela desaparecendo como se ele estivesse apagando aquele distanciamento sutil com seus movimentos.

Muitos orgasmos. Do tipo exagerado e fantástico que deixa o rosto transtornado, e você vai acabar dolorido ao despertar, e as coisas ficam muito, mais muito grudentas mesmo ali embaixo.

Quando, por fim, terminaram, ele despencou em cima dela. Teve a intenção de rolar de lado, para que ela conseguisse respirar com mais facilidade. Teve mesmo. Ah, se teve.

Rolar de lado agora seria algo bom.

Aham.

Em três... dois...

... um.

Só que ele não deu conta do esforço. Sentia como se alguém tivesse estacionado um Hummer em sua coluna.

Marissa deslizou as mãos pelos seus braços, para cima e para baixo.

– Você foi *incrível.*

Ele tentou levantar a cabeça. Descobriu que o mesmo maldito do Hummer deixara um trator sobre sua cabeça.

– Não, você foi. – Ou, pelo menos, foi isso o que ele quis dizer. O que saiu da sua boca foi a fala de uma vítima de derrame.

– Não... você foi. – repetiu.

– O quê?

Só o que ele conseguiu fazer foi rir e, de repente, ela também estava rindo... E foi nesse instante que ele se forçou a seguir o programado e sair de cima da pobre fêmea. Ela o acompanhou, e logo se remexeram a fim de conseguirem se deitar direito na cama. Com os corpos emanando tremendas ondas de calor, estavam quentes, bem quentes, mesmo sem cobertas.

– Eu te amo, Butch – ela declarou.

Na densa escuridão, ele sabia que ela o fitava, e adorou isso. Queria a atenção total dela, ansiava por ela, necessitava dela para confiná-lo num nível patético e de completo castramento. Mas jamais exigiria algo assim dela – e, para um filho da puta impaciente como ele, estava muito, mas muito disposto a aguardar que acontecesse. Deus, que ela lhe tivesse dado isso livremente? Seu amor e sua atenção eram uma dádiva que, como ela, ele jamais se cansava de receber.

Fechando os olhos, sentiu o quanto ela o amava. E engraçado, às vezes, quando se está há tanto tempo com uma pessoa, casado com ela, morando com ela, momentos como aquele eram tão maravilhosos e mágicos como no incrível instante em que o "eu te amo" é dito pela primeira vez.

– Nossa, eu também te amo.

O beijo que lhe deu foi suave e gentil, e não por estar exausto. Porque, na verdade, se ela estivesse apta para mais uma rodada, ele seria mais do que capaz de chegar lá. Não, beijou-a com cuidado porque o vínculo emocional entre eles uma vez mais estava forte como um cabo de aço e delicado como uma folha de grama.

Com um toque suave, ela passou as pontas dos dedos pelo peito dele.

– Já desejou que eu fosse diferente?

– Não é possível. Não se pode melhorar a perfeição. E não, nunca desejei.

– Você é tão gentil.

– Isso é uma coisa que nunca foi dita a meu respeito.

– Bem, você é gentil para mim. – Houve uma pausa. – Posso pedir a sua ajuda?

– Eu ficaria louco se não o fizesse.

Deixa para uma longa pausa, de modo que ele se moveu de lado para apoiar a cabeça sobre a mão. Agora sim ele desejou que houvesse mais luz no quarto do que a nesga debaixo da porta permitia.

– O que foi?

– Bem, sei que está ocupado com o centro de treinamento...

– Pare. Vai mesmo fazer isso? – Ele franziu o cenho mesmo que ela provavelmente não estivesse enxergando. – Vai sugerir que existe alguma coisa mais importante do que você?

A imprecação que ela emitiu foi uma espécie de derrota.

– Pode me ajudar a encontrar quem matou aquela fêmea? Quem ela era, o que aconteceu com ela, quem fez aquilo com ela?

Ele não hesitou.

– Sim, posso. Seria uma honra.

O suspiro de alívio dela foi outro elogio do tipo que ele jamais se cansaria.

– Obrigada – ela murmurou.

– Eu ia me oferecer, mas quis respeitar o seu espaço.

– Não posso deixá-la num túmulo sem nome.

– Isso não vai acontecer. Vou cuidar do assunto. – Mais uma vez, seu rosto franziu na escuridão. – Porém, você precisa saber de uma coisa.

– Do quê?

– Não sou do tipo que deixa pra lá.

– Ah, eu sei. Você e eu vamos fundo até descobrirmos tudo.

Butch sacudiu a cabeça.

– Não é isso que quero dizer. A raça dos vampiros não possui uma força policial. Não existem cadeias...

– Existe uma colônia penal a oeste em algum lugar. Pelo menos costumava haver. Não sei bem o que aconteceu com ela...

– É o que estou falando. Não existe um procedimento real ou consequências para crimes dentro da raça. Não há como punir os culpados ou lidar com as falsas acusações. Wrath voltou a realizar as audiências e ajudou em alguns casos de conflito, mas ele é tanto o júri quanto o juiz. O que dá certo até nos depararmos com homicídios e crimes graves no sistema. E eles virão. É um fato nas sociedades, quer se tenha presas ou não.

– Então, o que você está dizendo?

A voz dele diminuiu para um rugido.

– Se eu descobrir quem fez aquilo com uma garota indefesa? Não vou ser capaz de deixar isso pra lá sem represálias. Entende o que digo?

Capítulo 22

Ereção. Potente.

No anoitecer seguinte, enquanto Craeg ressurgia de um sono tão denso que era praticamente sólido, tinha algo grosso armado entre seus quadris: deitado de lado, tendo rolado para a sua posição predileta em algum momento, a mão estava a poucos centímetros do pau e, por trás das pálpebras cerradas, imagens de Paradise se desenrolavam como uma apresentação de slides calculadas para deixá-lo excitado, mantendo-o assim até que gozasse.

Sim, claro, sua consciência se opunha, mas era uma batalha fadada ao fracasso.

No entanto, não se masturbaria ali na cama. A enfermeira entrava a cada quinze segundos, e conhecendo bem a sua sorte, ela escolheria o melhor momento para entreabrir a porta para ver se ele ainda respirava.

Preparando-se para se levantar, ele...

Não teve absolutamente nenhuma dificuldade para se mexer, virar as pernas na cama e para se por de pé. Na verdade, sentia-se como se tivesse dormido por um mês.

Puxa.

O sangue de Paradise, claro. E isso fez com que a temesse um pouco, por algum motivo.

Fio a fio, ele se desconectou dos diversos equipamentos e das bolsas de fluidos e, quando um alarme disparou, ele apertou os botões do monitor até que a coisa se calasse. Depois foi para o banheiro, ligou o chuveiro e fechou-se ali dentro, imaginando que a enfermeira, que sem dúvida viria correndo como se a casa estivesse pegando fogo, veria por si só que ele tinha se levantado e estava bem.

Como imaginado, ouviu uma batida à porta do banheiro bem quando ele despia o avental hospitalar e entrava debaixo do jato.

– Craeg? – ela o chamou. – Está tudo bem?

– Está. Já vou tomar banho para depois comer.

– Que bom. Mas tome cuidado, está bem? Precisa de ajuda?

Ele baixou os olhos para a enorme ereção protuberante em seu quadril.

– Não. Acho que consigo me cuidar sozinho.

– Ok, mas sabe onde está o botão de emergência, não sabe? Avise se sentir tontura.

– Pode deixar. Obrigado.

Aguardou um instante para ver se realmente havia sido deixado em paz. Quando constatou que tudo estava tranquilo, que não ia haver nenhuma outra pergunta, pegou o sabonete, mas não foi para o pau e as bolas. Passando a barra pelo peito e ombros, pelo pescoço e rosto, pelas pernas e pés, deu uma oportunidade ao corpo de desistir daquela brilhante ideia.

Nada disso. Na verdade, a sensação das bolhas sobre a pele o fez pensar no instante em que esteve ajoelhado diante de Paradise, afagando-lhe a pele delicada.

A parte do xampu também não ajudou em nada. Conforme o ar dentro do banheiro se tornou denso devido à umidade e ele ficou sem ter mais o que lavar, reconheceu a derrota, pôs um fim à negociação, resignou-se ao inevitável.

– Ah, que se foda… – gemeu ao segurar o membro.

Apoiando uma mão na parede de azulejos, inclinou-se até a testa encostar no antebraço. Masturbar-se foi bom demais… Não conseguia se lembrar, na verdade, de que bater punheta fosse assim tão incrível antes… Era… o paraíso.

Ou Paradise, melhor dizendo.

Com mais força, mais rápido, até ele abaixar o outro braço e apertar as bolas com uma ligeira torção…

Numa série de espasmos, seu pau se avolumou em sua mão e ele ejaculou na parede do chuveiro uma vez e depois outra.

Quando, por fim, relaxou, praguejou repetidas vezes.

Depois de tudo pelo que passara, por que isso agora? Por que sua cabeça estava tão fixa naquela fêmea *agora*?

Só podia ser o estresse, disse a si mesmo. A atração era apenas reação ao estresse pelo qual passava, um buraco de minhoca no qual se concentrar só para não implodir.

Saiu do box. Largou a toalha. Havia lâmina de barbear, desodorante também, e um pente para seus cabelos, mesmo curtos como estavam.

Merda, precisava de roupas.

Saindo do banheiro...

Encontrou um par de calças folgadas e uma camiseta sobre a cama, assim como um par de tênis de corrida que, sim, eram do tamanho certo. Distraído, ficou imaginando quantos conjuntos havia para cada candidato. A coisa toda de altura/peso/número de calçado fizera parte do processo de inscrição, mas mesmo assim...

Alguns minutos mais tarde, saía pela porta, descia pelo corredor e entrava no refeitório.

Imagine abundância. A primeira coisa que viu foi uma mesa com comida suficiente para alimentar um exército. Pratos empilhados, prontos para serem cheios, guardanapos adamascados enrolados ao redor de talheres de prata, e o "bar" tinha praticamente todo tipo de bebida não alcoólica que se podia imaginar, inclusive uma máquina de milk-shake.

Evidentemente, os Irmãos estavam refinando as coisas conforme elas avançavam.

– Nada disso foi adulterado – uma voz masculina disse atrás dele.

Craeg girou e ergueu os punhos como se fosse ser atacado. O Irmão Butch estava sentado numa mesa de canto, as pernas apoiadas numa cadeira desocupada, comida no prato ao seu lado. Com movimentos cuidadosos e precisos, ele levou uma garfada de ovos mexidos à boca sem derrubar nada.

– Vá em frente – ele disse enquanto mastigava. – Sirva-se e sente-se comigo. Não vou te ferrar.

Craeg assentiu uma vez e avançou pela mesa. Não se intimidou ao se servir; não fazia ideia do que os aguardava, mas imaginava que estocar energia seria o melhor modo de se preparar para a noite.

Escolhendo uma cadeira a duas da de Butch, tinha uma boa visão da porta, algo que frequentemente se via buscando: descobrir sempre uma rota de fuga. Foi assim que sobreviveu depois que os assassinos passaram pela sua casa.

– Olha só, não vou fazer rodeios – disse o Irmão antes que Craeg aproximasse o garfo dos lábios.

Maravilha. O cara planejara aquilo, sabendo que Craeg estava na casa e provavelmente comeria cedo.

Abaixando as sobrancelhas grossas, Craeg se esqueceu da comida e se concentrou na porta.

– O que foi?

– Acho que você precisa ficar aqui no centro de treinamento.

– Como é que é? – Desviou o olhar para o Irmão. – Eu tenho um canto meu.

O cara abaixou as botas no chão e se moveu para ficarem frente a frente.

– Sei onde você mora.

Algo naquele olhar franco o assustou, por isso fez de conta que comia.

– Bem, não menti quanto ao meu endereço.

– Não é seguro.

– Estou lá desde os ataques.

– Aquele prédio mal tem encanamento. E não há proteção contra o sol.

– Fico no porão.

– Um incêndio daria um fim nisso rapidamente, colocando-o numa posição de escolher entre incineração pelas chamas ou pela luz do dia.

Craeg cortou uma salsicha ao meio e enfiou uma metade na boca.

– Não vou me mudar.

– Aqui você tem comida e água. E uma boa cama para deitar. Também não precisa pagar aluguel.

– Não preciso de caridade. – Ok, agora estava começando a se irritar. – Vim aqui para aprender a lutar, não para que vocês fiquem orgulhosos de si mesmos.

Butch se inclinou.

– Acha que vamos limpar a sua bunda toda vez que for ao banheiro? Mesmo, acha que é isso o que queremos?

– Olha só, não preciso...

– Idiota – Butch se esquentou. – No próximo ano, vamos investir algumas centenas de milhares de dólares em vocês, sem cobrar nada. Acha que queremos que isso vire fumaça só porque o seu orgulho está todo inflado? Não se trata de caridade e não é negociável. Hoje, depois da aula, eu vou levá-lo de carro até a sua casa, esperar você empacotar as suas coisas e depois irei trazer a sua miserável carcaça para cá, ou pode ir se foder. É assim que vai ser, meu chapa.

Craeg praguejou com vontade, mas em pensamento.

Pense em alguém te segurando pelas bolas.

– Tudo bem – concordou num murmúrio.

Butch lhe deu um tapa no ombro.

– E para te mostrar que não guardo ressentimentos por você ter se comportado como um idiota, vou te colocar num quarto com uma boa TV, internet e um calendário com fotos do Rhage só para você ter alguma coisa bonita pra ficar olhando.

Dito isso, o Irmão se levantou da mesa, levando o prato ainda cheio consigo.

Assim, a "refeição" dele só servira para mostrar que era seguro comer.

– Te vejo na aula – Butch disse, parado à porta depois de deixar o prato na pia. – Sala de aula hoje. Bombas, sistemas de detonação, como desarmar. Coisas divertidas.

Sozinho, Craeg pendeu a cabeça entre as mãos.

Planos, ele tivera planos sobre tudo aquilo.

Mas que porra.

– E, em seguida, o que aconteceu?

Enquanto o pai fazia a pergunta servindo-se de mais marmelada em sua torrada, Paradise tentou formular mais uma mentira. O que, levando-se em consideração que só tivera duas horas de sono e ainda estava se recuperando fisicamente de tudo, era o mesmo que tentar abotoar uma camisa no escuro.

– Hum… – Partiu um pedaço do croissant e espalhou geleia de morango. – Bem, depois que nos apresentamos, houve uma espécie de coquetel. – Vômitos. – Ficamos no ginásio para conhecer uns aos outros. – Quase fomos eletrocutados no escuro. – Fomos nadar. – Uma festa de afogamento. – No fim, fomos caminhar. – Marcha mortuária *à la* Dickens. – E depois todos passaram por um exame físico. –

Ressuscitação cardíaca. – A noite foi longa, por isso nos pediram para ficar. – Quase mortos e mal respirando. – E foi só.

Maravilha. Baixara o Pinóquio nela.

Seu pai assentiu.

– A Irmandade foi muito gentil em me telefonar, assim como Peyton. Disseram que você se saiu muito bem, que foi a primeira da turma.

– Eu mesma fiquei surpresa com isso.

E ainda se sentia perdida em sua própria casa. Sentada com o pai nas mesmas cadeiras de sempre, debaixo do mesmo lustre de cristal, com os mesmos pratos, xícaras e pires de porcelana, sendo observada pelos mesmos retratos a óleo dos ancestrais, ela se sentia como se estivesse num hotel agradável, decorado como um castelo, com uma equipe muito bem treinada que conseguia antecipar todas as suas necessidades… e que estava numa terra estrangeira.

E também havia o seu pai… Deus, o seu pai.

Enquanto Abalone estava acomodado à cabeceira da mesa comprida e lustrosa, seu belo rosto reluzia de alívio e orgulho – principalmente alívio – e isso só fazia com que ela se sentisse pior. O fato de que as suas mentiras estavam conseguindo o efeito desejado, distanciavam-na ainda mais dele… Além disso, havia a camada extra de culpa.

Que não era causada pelo treinamento.

Era impossível não lembrar e se obcecar com o que fizera com Craeg, e com o que ele fizera a si mesmo. Uma parte sua ficava repassando cada nuance da experiência, cada contato visual, todos os sons, os cheiros… a expressão no rosto dele quando…

Ok. Ela não pensaria *naquilo* à mesa de jantar.

No que pensaria? Deus, por mais que odiasse admitir, preocupava-se que aquele interlúdio, mesmo que fosse único, a tornasse inadequada aos olhos da *glymera*. Claro, ainda estava sexualmente pura, mas sua veia fora muito bem usada e isso levara… àquela certa… exibição, se é que se podia chamá-la assim, por parte de Craeg.

De fato, odiava o fato de desperdiçar sequer um pensamento com aqueles preconceituosos filhos da mãe, mas, sentada ali junto ao pai, era um fardo inevitável.

Não se podia deixar de lado toda uma educação tão rapidamente.

Ainda mais quando pensava no que seu pai desejava para a sua vida.

– Paradise?

Ela voltou ao presente e sorriu.

– Desculpe, o que disse?

– Acho que já colocou bastante geleia aí, meu bem.

Paradise olhou para baixo e viu que tinha colocado metade do pote num pedaço de croissant do tamanho do seu polegar. A doçura vermelha escorria no seu prato, pela faca, em sua mão.

– Que boba que eu sou. – Começou a limpar tudo. – Então, como foi a sua noite?

Felizmente, ele começou a falar do trabalho e sobre o grande baile que se aproximava, dentre outras coisas, e ela conseguiu prestar atenção o suficiente para assentir nos momentos adequados.

O que os Irmãos farão conosco hoje? E como agiria com normalidade perto de Craeg?

Trinta minutos mais tarde, já vestira o uniforme, arrumara a mochila e estava saindo pela porta da frente, desmaterializando-se até o ponto de encontro. O ônibus já estava estacionado no terreno arborizado, e a porta dobrável dianteira se abriu assim que o motorista a viu.

Subindo os três degraus, afrouxou o casaco e encarou os olhos do grupo. Novo estava relaxada, com fones nos ouvidos e o iPhone diante dela. Boone, a mesma coisa. Axe dormia no fundo de novo, sem dúvida sonhando com coisas que ela esperava que ficassem apenas na cabeça dele. Anslam digitava no celular, provavelmente atualizando seu *status* no Facebook, indicando um relacionamento sério com o Porsche que seu pai acabara de lhe dar por ter entrado no programa. E Peyton esfregava o rosto como se isso fosse despertá-lo.

– Ei – ele disse quando ela se aproximou.

Quando ela se sentou no banco do lado oposto do corredor, ele virou de lado, se encostou nas janelas escuras e esticou as pernas.

– Está pronta? – ele perguntou.

– Acho que poderia responder com mais certeza se soubesse o que nos aguarda.

Ele grunhiu.

– Ok. Mudando de assunto. Adivinha o que fiquei sabendo?

Peyton era a fonte de todo tipo de fofoca, sempre fora. Foi ele quem lhe contou sobre o novo brinquedinho estacionado na garagem da família de Anslam, e sobre o último escândalo envolvendo uma prima de segundo grau que mentira aos pais sobre onde vinha se hospedando na cidade, e a história de uma fêmea casada com um velhote que recebia levas de machos no chalé de hóspedes em sua propriedade.

Mas essa última devia ser um exagero.

– O que foi? – Pelo menos a conversa fiada desviaria seus pensamentos sobre seu reencontro com Craeg. – E capriche nos detalhes, se puder. Esta viagem vai levar no mínimo meia hora.

– Tenho outras histórias. Não se preocupe.

– Ainda bem. – E isso apesar de terem passado horas conversando ao telefone durante o dia. – Eu te disse, ultimamente, que eu te amo?

– Sim, mas se quisesse provar isso de verdade, faria a tatuagem que comentamos.

– Não vou tatuar uma foto sua na minha bunda.

– Mas assim, quando você passasse por mim, eu teria alguma coisa bonita para olhar.

– Não se eu estivesse de calças. Ei, eu não deveria ficar ofendida com esse seu comentário?

– Olha só, sinto muito, Parry, mas loiras com corpos perfeitos e lindos olhos azuis não chegam a parte alguma neste mundo. É bom você ir logo se acostumando com a ideia.

Ela jogou a cabeça para trás e deu uma gargalhada.

– Ok, ok, vamos à sua história.

– Um primo meu de terceiro grau me disse que o Festival Dançante do Décimo Segundo Mês vai ser realizado no salão de bailes do seu pai. Por que não me contou, caramba?

– Fiquei sabendo disso também – Anslam disse, erguendo o olhar do seu iPhone.

Paradise relanceou a vista ao redor. Boone e Novo não conseguiriam ter ouvido nada, e Axe estava fora do ar. Abaixando a voz, ela disse:

– Peyton, você tem que maneirar nesse tipo de assunto, lembra?

Seu amigo estalou as juntas das mãos.

– Desculpa. Mas estamos praticamente sozinhos... E a novidade é quente. Quer ir comigo? Ou melhor, posso gozar com você da festa? – Ele lhe lançou um sorriso radiante. – Isso te pareceu malicioso?

Paradise o encarou, mas não se ofendeu.

– Você é um porco. Mas, sim, por favor, seja meu acompanhante. Vou precisar de você para suportar a noite.

– Serei o melhor acompanhante do mundo. Bem, pelo menos grande parte da noite. Talvez até as duas da manhã. Mas vou beber até cair. Só quero te avisar antes. É o único jeito de eu conseguir aguentar até a madrugada.

Paradise se inclinou na direção do corredor e ergueu a palma.

– Bate aqui.

Quando as mãos se chocaram, ela agradeceu a Deus por pelo menos poder ir com um amigo.

Capítulo 23

MALDITA BRITNEY SPEARS.

Sentado no fundo da sala de aula, Craeg só conseguia pensar no vídeo idiota de "...Baby One More Time" de um milhão de anos atrás. Vira a maldita coisa somente uma vez, quando um primo mais velho, já passado da transição, o assistia com uma fascinação que ele não compreendia. Durante todo o tempo, Craeg ficava se perguntando por que alguma humana sem graça, em idade escolar, com trancinhas, saia plissada e metade da barriga aparecendo, seria interessante para alguém.

Agora? Entendia perfeitamente.

– ... o explosivo primário deste detonador é uma mistura de azida de chumbo, estifanato de chumbo e alumínio, e vocês têm que colocar a mistura aqui, na carga explosiva, que neste caso é de tetril. – Quando Boone levantou a mão, o Irmão Tohrment assentiu. – Sim?

– Existem outros tipos de detonadores primários?

– Boa pergunta. Existe o diazodinitrofenol, e você também pode usar fulminato de mercúrio misturado com clorato de potássio. Mas preferimos a primeira opção aqui na Irmandade.

A aula prosseguiu com Tohr, como ele lhes pedira que o chamassem, ensinando o básico da fabricação de bombas, e Boone, o levantador de mão da sala, interrompendo de tempos em tempos com outra "boa pergunta".

Se o cara não fosse tão bom no corpo a corpo, e bastante "na dele" fora das aulas, nunca criando caso com ninguém, ele seria apontado como o babaca da classe.

Nesse meio-tempo, Craeg executava aquele vai e vem entre o lado esquerdo e o direito do cérebro, e deduziu que a rotulação de partes analítica e criativa devia estar certa: seu lado analítico estava conectado à frente da sala de aula, na bancada comprida de produtos químicos em suas variadas formas, recipientes e frascos, e na lousa repleta de rabiscos e diagramas.

O lado "criativo", ou "o vadio repositório masculino de gatas de parar o trânsito", continuava desviando seus olhos para Paradise. Ela estava sentada à frente dele, numa mesinha mais à direita e, ao contrário dele, não parecia outra coisa além de completamente concentrada: estava inclinada para a frente, atenta a ponto de parecer obcecada pelas informações dadas, anotando coisas no seu bloco de notas.

Metade do cabelo dela estava puxado para trás, preso num nó frouxo por uma espécie de elástico preto grosso, e ela usava o mesmo tipo de uniforme folgado meio Tai Chi Chuan que todos eles usavam. Mas, porra, ela bem que podia estar usando um biquíni fio dental com todas aquelas ondas loiras descendo pelos ombros e seios…

Pare com isso.

Nem fodendo, sua libido retrucou.

Fantástico. Agora estava distraído *e* discutindo consigo mesmo. Se processasse mais algum dado na sua cabeça, era capaz que seu cérebro derretesse nas proporções do acidente nuclear em Three Mile Island.

E lá estava ele voltando a encarar a garota.

A raiz do problema era, tirando os orgasmos que teve no chuveiro, a nuca dela.

Aquela porção de pele devia ser tão suave quanto a do pé.

Só podia.

Mudando de posição na cadeira, disfarçadamente pôs a mão debaixo da mesa e se rearranjou. Maldição. Precisava mesmo se domar.

E, mesmo quando seu olhar se desviou para Tohr e o falatório sobre bombas, teve a fantasia de levantar do seu lugar, se aproximar dela por trás e deslizar os lábios em toda a extensão de pele pálida entre a linha dos cabelos e o colarinho daquela camiseta folgada…

– Craeg?

– O quê? – ele guinchou para Tohr. Pigarreando, tentou mais uma vez com um tom de voz um pouco mais masculino. – Isto é, pois não?

– Venha até aqui e nos dê um passo a passo sobre tudo que foi dito.

Craeg relanceou a vista para baixo, imaginando que tipo de tenda revelaria a todos, caso se levantasse. Topo alto, três picadeiros. Circo padrão Barnum & Bailey. Isso mesmo.

E foi nesse instante que sentiu que Paradise olhava para ele, e seu pau saltou com força suficiente para que seu quadril se projetasse.

Beleza. Tinha quase certeza de que não era esse tipo de detonação que o professor tinha em mente.

– Craeg?

Enquanto uma pausa desconcertante parava tudo na sala de aula, Paradise tomou coragem e olhou por cima do ombro.

Estivera dolorosamente ciente de onde Craeg escolhera se sentar dentre todos os lugares da sala de aula, a ponto de quase pegar um espelhinho na bolsa e colocá-lo num ângulo em que pudesse vê-lo olhando para o professor. O que seria loucura. Tinha bastante certeza, pelo seu discurso "não você, não agora" que ele lhe dera na noite anterior, que não estava perdendo seu tempo pensando nela; por essa razão, pareceu-lhe particularmente ridículo que ela desperdiçasse sequer um nanossegundo com o cara se isso não estivesse relacionado ao treinamento.

Além disso, ele não fizera nada para atrair as atenções para si.

Na contramão dos outros *trainees*. Boone fizera um monte de perguntas, começando com "por que não posso usar o meu laptop para fazer anotações?". O que levou o Irmão Tohrment a responder: "Porque o barulho do teclado me faz querer sacar minha pistola. Está com vontade de experimentar vazamento craniano hoje?". Culminando com a pergunta de dois segundos antes que, francamente, ajudava a turma.

Boone era o inteligente da sala.

Axe ficou basicamente na dele, mãos entrelaçadas, cenho fechado, sem escrever nada, mas a aura sombria do cara significava que mesmo que ele não dissesse muita coisa, não havia como não notar a sua presença. Novo também não falava muito, mas, quando o fazia, todos prestavam atenção. E Peyton, lógico, era quem fazia uma piada ou outra de vez em quando.

Todavia, era o silencioso e carrancudo Craeg que chamava a atenção de Paradise.

E, a propósito, não conseguia entender por que ele não se levantava.

Era mais do que apenas não se colocar na vertical. Estava sentado ali como um cervo hipnotizado pelos faróis de um carro, encarando a lousa como se tivesse se esquecido de como se levantar de uma cadeira.

– Craeg? – Tohr o chamou novamente. – Separou-se da realidade? Tirou umas férias de mim?

Peyton se pôs de pé.

– Deixa eu tentar – disse ele, saindo de trás da mesa e passando por trás da bancada de elementos químicos, em direção à lousa. Quando pegou um pedaço de giz, olhou para o Irmão. – Pensei que essa coisa tivesse sido proibida na virada do século!

– Prefere que eu use o seu rosto para escrever na lousa? – Tohr sugeriu.

– Você tem permissão para se dirigir assim aos alunos?

– Você luta bem o bastante para me impedir?

Peyton sacudiu a cabeça.

– Não. Nem perto disso.

– Resposta inteligente, filho. Você vai se sair bem. – Tohr lhe deu um tapa nas costas. – Por que não salva o seu colega tímido e nos mostra o que sabe?

Paradise olhou para baixo de novo e leu o que havia anotado. No começo da noite, fora difícil entrar na sala de descanso onde todos se juntaram e tentar agir de maneira natural perto de Craeg. Ele, por sua vez, pareceu-lhe meio perturbado por sua presença, ou a de qualquer outro. Não sustentou contato visual com ninguém e pronunciou, no máximo, três palavras.

Foi como ela esperava. Todavia, considerando-se a quantidade de energia que precisava empregar só para respirar com normalidade perto dele, aquilo lhe pareceu injusto.

Admoestou-se, tentando voltar ao presente. Precisava se concentrar no treinamento. Não apenas seria mais apropriado, como também mais produtivo, o motivo pelo qual se encontrava naquela sala de aula – e também provavelmente a enlouqueceria menos.

Ela quase foi bem-sucedida em seu objetivo.

Duas horas mais tarde, deixaram que se levantassem para esticar as pernas e ir ao banheiro. Teve a intenção de ir ao banheiro feminino sozinha, mas Novo se aproximou e andou com ela pelo corredor.

– Importa-se se eu perguntar uma coisa? – a fêmea quis saber quando empurrou a porta e a segurou aberta para que Paradise entrasse antes. – É uma pergunta pessoal.

– Hum... Tudo bem. – Escolheu um dos cinco reservados, abaixou as calças e se sentou, e tentou não se concentrar no fato de que uma praticamente desconhecida estava prestes a fazer xixi no mesmo lugar em que estava. – O que é?

Você consegue, incentivou sua bexiga.

Novo, naturalmente, não teve nenhuma dificuldade. A fêmea provavelmente não tinha dificuldade com nada.

– Já transou com fêmeas?

Paradise virou a cabeça para a parede do reservado num ímpeto. Seu primeiro pensamento? Merda, é melhor subir as calças. Não vamos conseguir nada aqui.

– Eu te choquei? – a fêmea perguntou com uma gargalhada antes de dar a descarga.

Houve o som de algo metálico se abrindo e depois o de água corrente.

– E aí? – Novo a instigou.

– Hum... – Paradise olhou ao redor como se as paredes de metal cor de pêssego ou o teto branco, ou quem sabe o piso cinza pudessem ajudá-la.

– Então isso é um não. – Outra gargalhada. – Não estou surpresa.

Por um instante, Paradise pensou em sustentar uma fachada só para manter a frieza que Novo parecia ter em abundância. Mas, assim como a distração na sala de aula, não era o motivo pelo qual estavam ali.

– Na verdade, nunca transei com ninguém.

– É, imaginei isso também.

Paradise franziu o cenho.

– Então por que perguntou?

– Gosto de ter razão.

Encarando os azulejos cinzentos do piso, Paradise pensou: "Ah, que diferença faz?".

– Mas você sim? Com fêmeas, quero dizer.

– No passado. E machos. Amo quem eu amo. As partes não têm importância para mim.

– Uau.

A voz de Novo ficou afiada.

– Não há nada de errado com isso, sabia?

– Não, eu não... Não estou criticando, nem julgando. Só acho...

– Que é sujo e imoral, certo?

Paradise pensou em todas as restrições por ela ser uma aristocrata. E depois imaginou como seria ser simplesmente quem ela era e o que ela era, sem desculpas, nem concessões.

– Não – disse. – Acho de fato incrível.

E, quem poderia imaginar, dito isso, conseguiu fazer o que tinha ido fazer ali. Depois de dar a descarga, abriu a porta e ficou surpresa, ante o silêncio prévio, por a fêmea ainda estar perto das pias.

O rosto dela estava atento, como se quisesse avaliar a expressão de Paradise.

Paradise enfrentou os intensos olhos azuis esverdeados sem hesitação ao se aproximar para lavar as mãos na água morna e sabonete com fragrância de limão.

– Na verdade, invejo você – viu-se murmurando ao conferir o próprio reflexo no espelho.

Nenhuma maquiagem e as luzes fluorescentes não eram uma boa combinação quando não se dorme quase nada em quarenta e oito horas – depois de ter passado por uma tortura organizada.

– Por que você não faz o que tem vontade? – a fêmea perguntou.

– Como é que é?

– Se gosta de garotas.

– Ah, não. – Pensou na sua reação a Craeg. E depois se deliciou com algumas imagens mentais da mão dele se mexendo debaixo do lençol. – Não, não. Gosto de machos.

Novo deu de ombros e se endireitou.

– Dá na mesma. Por que você não faz o que tem vontade?

Paradise encarou o reflexo e pensou em sua linhagem.

– É uma história longa e entediante.

– Histórias longas que as pessoas não querem contar nunca são as entediantes.

Ante a mudança do tom, Paradise desviou seu olhar. Novo estava olhando para a porta do banheiro, o corpo forte enrijecido, as mãos apertando a beirada da bancada da pia com tanta força que as juntas estavam brancas.

– O que aconteceu com você? – Paradise sussurrou.

Novo despertou do "transe" e voltou ao presente.

– Nada que ainda seja importante. Vamos para a sala de pesos agora, correto?

– Foi o que disseram?

– Foi.

Paradise devia estar prestando atenção em Craeg ao sair da sala.

– Estou meio distraída.

– Você está bem. Jogue um pouco de água fria no rosto. Vai te ajudar... Sempre dá certo comigo.

Paradise observou a fêmea sair... e depois abriu a torneira de água fria.

Podia tentar.

Talvez isso também esfriasse a sua libido.

Capítulo 24

Sentado à escrivaninha no escritório de Tohr, Butch levantou a comprida chave de metal pela ponta em que estava a borla vermelha... e deixou-a cair no mata-borrão. A gravidade a fez cair com um sólido *tum*. Com uma imprecação, pegou-a, suspendeu-a pela outra ponta... e deixou que ela caísse. E mais uma vez. De novo.

– Você está pronto?

Levantou o olhar para Tohr, que se inclinara para dentro pela porta de vidro.

– Estou, sim. Quem vai mandar primeiro?

– Axwelle. Imaginei que seria bom começar a avaliação com quem tem maior probabilidade de ser considerado um sociopata.

– Perfeito. – Virou-se para o computador, apertou alguns comandos e acionou a câmera escondida. – Tire-o da academia.

– Entendido.

Quando a porta de vidro se fechou, Butch viu seus dedos mexendo na chave com borla uma vez mais. Não quis contar a Marissa, mas para ele e para V. estava bem claro o que era aquela coisa. O problema? Quando nada apareceu na internet, V. foi atrás das suas conexões no submundo vampírico... mas nada veio à tona nos clubes e grupos de sexo.

Uma chave para fazer você entrar e mandar ver. Por assim dizer.

Costumeiramente, Butch se perguntaria se as pessoas não estariam escondendo alguma coisa ou mentindo, mas V. era um membro legítimo do maravilhoso mundo das perversões; além do mais, o Irmão não se furtaria em usar um pouco de força para extrair informações, caso fosse necessário.

Mais um motivo para os dois serem próximos.

Por isso, o que mais aquilo podia ser? Onde mais ele poderia...

O som de uma batida no vidro fez com que ele levantasse a cabeça e gesticulasse.

– Oi, cara. Venha, sente-se.

Quando Axwelle entrou, o cara fez um movimento como se estivesse acostumado a enfiar as mãos nos bolsos dianteiros dos jeans, mas não pôde seguir o impulso com aquele uniforme folgado.

– Posso ficar de pé?

– Não. – Butch apontou a cadeira do lado oposto da mesa. – Sente-se. E isso não é uma sugestão, é uma exigência.

Tinham que garantir que o rosto do *trainee* ficasse de frente para a câmera no canto superior atrás dele.

Axwelle – ou Axe, como se apresentava – cruzou os braços sobre o peito e sentou-se na cadeira.

– O que foi?

– Só quero conversar um pouco com você. Para te conhecer melhor. – Butch franziu o cenho e curvou-se para a frente em sua poltrona. Depois suspendeu a chave pela borla vermelha. – Reconhece isto?

– Não.

– Então por que seus olhos se fixaram nela?

– Porque está na sua mão, e você não está segurando mais nada. E também porque não tem nada sobre a mesa.

Butch segurou a borla entre o polegar e o indicador e deixou que o objeto balançasse como um pêndulo, de um lado a outro.

– É o único motivo, certo?

– Pareço alguém que se ocupa com chaves?

– Como sabe que é uma chave?

Os olhos quase tão amarelos quanto os de Phury se fixaram nele sem vacilar.

– O que mais pode ser?

– Diga-me você.

– Pensei que isto aqui seria para me conhecer melhor. Que porra essa coisa que pode ser uma chave tem a ver com o meu traseiro?

Butch estudou o rosto do garoto, procurando por indicadores. Hum. Sabe, sem as tatuagens e os *piercings*, ele até poderia ser bonito. E também podia ser um bom jogador de pôquer, considerando-se a máscara impassível que apresentava.

Axe aproximou o rosto da chave.

– Ainda estou olhando para esse troço. Está adiantando alguma coisa pra você?

Butch demorou-se o quanto quis antes de mudar de assunto. Uma coisa a respeito de mentirosos... O silêncio e a imobilidade eram as melhores armas para enfrentar suas mentiras, e ele ficou procurando por tiques nervosos, piscadas, repuxadas.

No fim, sorriu.

– Já viu alguém morrer?

Aquilo não estava na lista de perguntas feita por Mary para que ele avaliasse o estado psicológico de um *trainee*. Mas ele era bom nessa coisa de improviso.

– O que está sugerindo?

Pensar em sua Marissa chorando por causa daquela fêmea o deixou mais agressivo que um touro, mas ele afrouxou um pouco.

– Só estou perguntando. – Desviou o olhar para a chave para dar ao macho um pouco de "espaço pessoal". – É uma maneira de te conhecer melhor, não? Para quebrar o gelo, que é como chamam quando duas pessoas vão a um encontro às cegas e têm que sustentar uma conversa.

– Quer saber se já matei alguém.

– Essa não foi a pergunta, foi? Perguntei se já presenciou uma morte.

Quando não houve nenhuma resposta por um tempo, Butch levantou o olhar. Axe não estava mais olhando para a chave. O cara estava com o olhar vidrado e perdido no espaço vazio entre os dois.

Te peguei, Butch pensou.

Suavizando a voz de propósito, murmurou:

– Quem era, Axwelle?

– Não me chame assim.

– Por quê? É o seu nome, não?

– Não atendo por ele.

– Por quê?

Um olhar raivoso fuzilou Butch.

– Porque não, tá bom?

– Tudo bem, voltando à Dona Morte. Conte-me a história.

– Vá se foder.

Em qualquer outra circunstância, Butch teria avançado sobre a mesa e agarrado o filho da mãe pelo colarinho por esse tipo de comportamento, mas seu objetivo era muito maior ali.

– Hummm – foi só o que ele disse.

Axe se largou com tudo no assento da poltrona, e voltou a cruzar os braços. Quando os ombros se avolumaram, foi difícil não aprovar a montanha formada por todos aqueles músculos. Força bruta sem cérebro e total ausência de traços psicóticos, contudo, não lhes faria bem algum.

– Posso ir agora? – Axe perguntou.

– Não, filho, não acredito que possa. E antes que fique todo nervosinho, vou deixar claro que este maravilhoso tempo juntos que estamos compartilhando é o primeiro de pelo menos três sessões.

– Você é terapeuta?

– Porra, não, está brincando? – Gargalhou. – Orgulho-me da minha pequena porção de loucura, pra ser sincero.

Afinal, ele era verdadeiramente religioso, depositando sua fé e o curso de sua vida de livre e espontânea vontade nas mãos de um sistema de crenças que não era concretamente verificável. E isso era loucura, certo?

Pensando bem, o fato de a religiosidade enriquecer sua essência mortal, centrá-lo e dar-lhe significado mesmo depois de ter sido "transformado" numa espécie diferente era prova suficiente para ele.

Encolhendo os ombros, disse:

– A única forma de você sair deste escritório é me contar o que aconteceu. Assim que o fizer, estará livre para voltar para a academia e levantar quantos quilos quiser até seus joelhos não aguentarem mais ou você começar a vomitar. Você mal pode esperar, concorda?

Craeg achou que ficar sentado atrás de Paradise na sala de aula era tortura? Aquilo não se comparava a vê-la fazendo barra suspensa.

Do outro lado do tatame, e acompanhando o ritmo dos pesos dos equipamentos, Paradise suspendia o corpo de maneira perfeita até que o queixo chegasse à barra e depois soltava... Subia... e descia. Os joelhos estavam dobrados em paralelo ao chão, o traseiro estava dolorosamente contraído (para ele, não para ela, evidentemente), e o tronco em total controle, da pelve até os ombros.

Toda vez que ela chegava à parte inferior, os seios se delineavam na camiseta folgada que todos eles usavam...

– Cacete – resmungou ao se encostar no banco e segurar a barra acima da cabeça.

Suspendendo duzentos quilos do suporte de ferro, abaixou o peso até o peitoral e empurrou para cima como se a coisa tivesse insultado sua falecida mãe.

– Quer um apoio? – Novo perguntou.

Quando ele só grunhiu de volta, ela se posicionou atrás da cabeça dele, mantendo as mãos pouco abaixo da barra quase se curvando.

– Três... – Ela contou. – Mais dois. Um... ótimo. Você conseguiu.

Quando o ajudou a guiar a carga de volta ao apoio, ele largou os antebraços sobre o peito e inspirou fundo.

Novo alinhou a vista com a dele.

– Acho que você precisa de uma pausa.

– Porra, nem pensar.

– Não, estou falando sério.

– Consigo pelo menos mais umas quatro séries.

– A sua resistência não é o que me preocupa. – Com isso, seus olhos deslizaram até o quadril dele. – Não que eu não esteja apreciando a vista. Só não sei bem o que o alvo virginal das suas atenções vai achar disso.

Craeg levantou a cabeça. Depois se sentou rapidamente.

Novo riu.

– Pois é, por que não vai cuidar disso e volta mais tarde?

– Cacete – sibilou ao se levantar.

Marchando pela academia, relanceou a vista para o Irmão Vishous.

– Preciso ir ao banheiro.

Vishous sorriu, sombrio.

– É, precisa.

Abrindo caminho até o corredor, imaginou se todos tinham notado sua ereção. A única boa notícia? Paradise parecia alheia. O que significava que ou ela era incrivelmente boa em esconder emoções, o que ele duvidava, ou ela não fazia a mínima ideia desse seu pequeno problema, que era o que ele esperava.

E, nesse caso, ele era ainda mais sem noção.

Empurrou a porta do vestiário masculino com tanta força que teve que segurá-la para que não ricocheteasse em sua cara.

– Não, não, *não*.

Andando com as mãos no quadril, percebeu que nunca deveria ter tomado da veia dela. A troca de sangue criara uma espécie de conexão entre eles de forma que ele estava ciente de cada movimento que ela fazia em todos os momentos... E sabe como isso era registrado?

O Cara Alegrinho ficava todo animado com a possibilidade de ela lhe estender a mão.

Isso. Jamais. Aconteceria.

Mais passos. Mais xingamentos.

Ainda duro.

– Porra do caralho! – exclamou.

Sim, por favor, seu pau respondeu de pronto.

Por um instante, todo tipo de fantasia passou pela cabeça dele: bater na coisa com um livro pesado, deixar cair um bloco de cimento em cima dele. Portas de carro, martelos, toras...

Aquilo não podia estar acontecendo. A parte mais difícil no treinamento para se tornar um soldado sob a tutela da Irmandade e vingar a sua família... não podia ser uma fêmea loira. Recusava-se a acreditar nisso.

Não era possível...

Com outro espasmo debaixo do uniforme, a ereção parecia estar rindo dele.

Encarando o quadril com raiva, berrou:

– Fique quieto, idiota.

Capítulo 25

Butch observou cada um dos movimentos do garoto. Desde a série de contrações musculares sob o olho esquerdo de Axe até a coceira no queixo e o estalar do pescoço no fim.

– Conte-me, e eu te deixo ir – repetiu.

Cara, aquilo era muito mais fácil de fazer do que quando trabalhava para a Polícia de Caldwell. Direitos de Miranda?* Ah, até parece. Encarceramento involuntário? Blá-blá-blá. Coerção?

Bem, na verdade, ele praticava coerção já naquela época.

De fato, relembrou o dia em que aquele garoto, Billy Riddle, atacara Beth antes de ela despencar no mundo dos vampiros, levando Butch com ela. Cara, gostara de verdade de quebrar o nariz do merdinha no piso de linóleo da sala de emergência. Hum… Tecnicamente não fora coerção, porque não estivera atrás de respostas. Fora simplesmente revide pelo bastardo ter atacado uma mulher absolutamente inocente num beco para tentar estuprá-la com um amigo.

Sim, claro, porque era realmente possível lidar com um animal do tipo sem lhe encostar um dedo…

Maldito.

Voltando a se concentrar em Axe, Butch murmurou:

– Estou esperando.

Axe deu de ombros.

– Bote-me pra fora do treinamento, faça o que quiser… mas eu não lhe devo satisfações. Você não vai conseguir um pedaço da minha alma… Não fez por merecer.

Parecia lógico, Butch pensou. E era exatamente o que diria se estivesse sentado naquela cadeira.

* Nos Estados Unidos, aquilo que é dito a um suspeito no momento em que ele é detido pela polícia ("Você tem o direito de ficar calado…"). (N. T.)

Inclinou-se para a frente.

– Cedo ou tarde, antes da sua aprovação final, você vai ter que me contar.

– Por que se importa com essa merda?

– Não me importo.

Ora se isso não fez com que o cara arregalasse os olhos.

– Então por que você tá me perguntando, porra?

Butch plantou os cotovelos na mesa, abriu as mãos em leque no ar e agitou-as como quem diz: está na cara.

– Preciso saber como você vai lidar com isso quando se deparar com a morte outra vez. É por isso. E uma forma de avaliar um comportamento futuro é conhecer o comportamento passado. O que vocês vão vivenciar aqui no treinamento não é nada comparado ao mundo lá fora. Precisa estar preparado para situações em que não haverá tempo para pensar, quando tudo o que você vai ter para salvar a sua vida e as vidas das pessoas com quem está lutando são os seus instintos e a sua vontade de viver. Garanto que, quando chegar a esses momentos, a última coisa que vai querer é travar. Quanto mais exposto ao trauma, mais endurecido vai ficar e mais seguro vai estar. É uma equação de merda, mas é a maldita verdade.

Os olhos de Axe baixaram para as mãos.

– Volte para a academia – Butch ordenou. – Pense nisso. Saiba apenas que você não tem todo o tempo do mundo. Não vamos desperdiçar…

– Eu menti.

– O que disse?

O macho durão, gótico e degenerado inspirou lentamente.

– Não vi ninguém morrer. Não sei… como é. Não sei qual a sensação de assistir a isso.

A mudança de postura, da máscara de hostilidade para uma profunda tristeza, foi surpreendente, mas era assim que sempre acontecia. Quando alguém cedia, decidia revelar tudo, tornava-se uma versão diferente de si mesmo, provando que autopreservação e revelação eram proposições mutuamente excludentes.

– Então por que você está aqui? – Butch sussurrou. – Conte-me… Por que nos procurou?

– Não sei.

– Sim, sabe, sim.

Butch discretamente verificou se o celular estava no mudo e se o telefone do escritório estava desligado. E quando Tohr reapareceu do outro lado da porta de vidro, mostrou-lhe a palma, e o Irmão recuou.

– Por que está aqui, Axe?

Os minutos se arrastaram e os pequenos ruídos do escritório pareceram baixar de volume ainda mais em sinal de respeito pelo que se passava ali.

– O meu pai era um zé-ninguém – disse o rapaz com voz rouca. – Não fez nada da vida dele. Era só um carpinteiro para a nossa raça, sabe? Trabalhava com as mãos, era um artesão. Minha mãe não quis mais nada nem com ele, nem comigo... Foi embora antes da minha transição. Pouco se fodeu com a gente. Mas o meu pai, ele ficou. E sem ele, eu teria acabado nas ruas ainda pré-trans, e nós dois sabemos quanto tempo eu teria durado. – A cabeça metade tatuada e de cabelos escuros sacudiu de um lado para o outro devagar. – Não fui... bom, sabe? Nunca fui. Mas acho que ele não foi embora porque não havia mais ninguém.

Butch não se mexia, não produzia um som. Caso interrompesse, era capaz que o macho se lembrasse de que estava falando, em vez de revivendo sua vida pregressa interiormente.

Ficou bem claro que rumo a conversa estava tomando.

– Gosto de ecstasy. Gosto de coca. Gosto... de coisas barra-pesada. Há dois anos, me meti numa farra. Fiquei sumido por uma semana. Uma noite, o meu pai tentou falar comigo pelo celular. Me deixou três mensagens. Eu estava tão drogado que fiquei irritado com ele. – A voz grave falhou. – Fiquei... irritado.

Quando Axe parou de falar, a tristeza em seu rosto era arrasadora.

– O que você fez, filho? – Butch perguntou com suavidade, porque não conseguiu se conter.

Axe pigarreou algumas vezes. Esfregou debaixo do nariz como se as lágrimas que refreava estivessem incomodando aquele ponto.

– Apaguei as mensagens. – Algumas tossidelas. – Apaguei... todas as mensagens sem ouvir.

– E depois?

– Eles o mataram. Os *redutores*. Ele estava trabalhando em uma das casas atacadas de um aristocrata. Ele estava... morrendo quando me deixou as mensagens de voz. – Axe balançou a cabeça. – Olhei a lista de chamadas quando descobri o que tinha acontecido e cheguei a essa conclusão.

Butch fechou os olhos por um segundo.

– Sinto muito, filho.

– Não fiquei sabendo assim que aconteceu... Acho que o filho de um dos outros trabalhadores foi lá e encontrou todos... O cara, quem quer que tenha sido, cuidou... de tudo. Quando finalmente voltei pra casa – uns três dias depois, sabe? – havia um bilhete afixado na porta. Alguém ligara lá pra casa e deixara recados, e como ninguém retornou as ligações, eles colocaram... colocaram o bilhete.

– Brutal. Pra cacete.

– Guardei o bilhete. – Axe fungou e balançou a cabeça. – Ainda tenho o papel que deixaram. Os restos ainda estão na propriedade... Acho que a casa está nas mãos dos humanos agora...

– Você os quer de volta?

– Não sei. Não. Acho que não. Só mais uma maneira de ser um mau filho, não?

– Onde está a sua mãe?

– Fiquei sabendo que ela se mudou, se casou com um ricaço e está aproveitando a vida. Não sei... Não estou nem aí. – Quando ele levantou a cabeça de repente, seu rosto voltara à expressão anterior, abafando todas as emoções da mesma forma que expulsamos um invasor. – Então, não. Nunca vi a morte de perto. Essa é uma virgindade que não perdi. Posso ir agora?

Butch sentia que deveria dizer algo profundo. Mas o que Axe queria mesmo, mais do que qualquer palavra de apoio, era sair.

– Sim. Pode.

A cadeira rangeu desagradavelmente quando raspou no piso de concreto ao ser empurrada com força para trás, e Axe logo disparou para a porta. Antes de abri-la, porém, parou. Olhou por cima do ombro.

– Como ela é?

– A morte? – Quando o outro assentiu, foi a vez de Butch inspirar fundo. – Tem certeza de que quer saber esse tipo de merda?

– Você disse que eu precisava da exposição.

Touché, ele quis dizer. Em vez disso, Butch visualizou o macho voltando para a casa modesta em que morava sozinho e bebendo até cair, ou cortando os pulsos. Ou morrendo de overdose. Ou pulando de uma janela.

Não seria uma conclusão precipitada, considerando-se o tamanho da dor que havia por baixo de todas aquelas tatuagens e metais.

– Quero que se mude para cá. – Butch esfregou o grande crucifixo de ouro através da camisa. – Craeg vai ficar conosco, você também precisa.

– Epa, preocupado que eu me enforque no chuveiro?

– Exato. – Quando Butch o fitou por cima da escrivaninha, as sobrancelhas castanhas do cara se ergueram de novo. – Você vai ficar aqui, Axe. É mais seguro, você estará protegido e poderá se concentrar no que precisa fazer.

Claro que haveria discussão. Caras como ele sempre...

– Ok. Mas vou precisar de uma ou outra noite livre de vez em quando para... Você sabe.

Interessante, Butch pensou. Então o pobre FDP tinha consciência, em algum nível, das merdas que passavam pela sua cabeça... e estava com medo.

– Precisa afogar o ganso, é? – Butch comentou.

– É.

– Não te culpo. E pode combinar com algum dos *doggen* pra te levar de carro e depois te trazer. Não será um problema.

– Então... Como ela é?

Butch se calou e viu algumas cenas – imagens horríveis e repulsivas – repassando em sua mente. Por um instante, perguntou-se se deveria seguir essa linha com o garoto, mas reconheceu que a verdade era algo que precisava ser dito, mesmo se fosse terrível. *Especialmente* se fosse terrível.

E precisava ser revelada para qualquer um que quisesse se envolver naquela guerra.

Se Axe não conseguisse dominar seus demônios, a pior coisa que podia ser feita para o bem de todos era lhe entregar uma adaga e uma arma e o mandar para os becos de Caldwell.

Butch deu de ombros.

– Eu era um detetive de homicídios na polícia dos humanos – não pergunte –, por isso vi muitas mortes. Respondendo à sua pergunta, depende de quanto tempo antes aconteceu e como aconteceu. As mais recentes... ainda mais as violentas... podem ser uma sangreira só. Partes do corpo não gostam de ser cortadas, apunhaladas ou cerradas em seções, e expressam sua raiva vazando sangue por todo o lugar. Santo Deus, somos constituídos por uns setenta por cento de líquido ou algo em torno disso? Você aprende que isso é uma maldita verdade quando chega a uma cena fresca. Poças de sangue. Pingos. Esguichos. E também as roupas manchadas, tapetes, lençóis, paredes, pisos... ou, se é algo externo, a terra, o concreto, o asfalto. E também tem o cheiro. Sangue, suor, urina, outras merdas. Essa mistura de fedores impregna o nariz por horas e horas. – Balançou a cabeça de novo. – Nos casos mais antigos... o cheiro nauseabundo é pior do que a sujeira. Mortes por afogamento, por causa do inchaço, são simplesmente horrendas. E se o gás ali preso se solta? O mau cheiro te faz desmaiar. E sabe, não sou muito fã dos queimados também. Quero dizer, você até poderia pensar que não somos diferentes dos outros mamíferos. Carne assada é carne assada e ponto. Mas nunca vi um homem adulto vomitar seu café da manhã diante de um filé mal passado. – Butch voltou a se concentrar no macho. – Quer saber o que eu mais detestava?

– Quero.

Apontou para a cabeça.

– O cabelo. O cabelo... Deus, o maldito cabelo, ainda mais se fosse de uma mulher. Emaranhado com sangue, terra, pedriscos... todo desgrenhado e torcido, esparramado sobre a pele acinzentada. Quando não consigo dormir à noite, é o que eu vejo. Eu vejo os cabelos. – As mãos automaticamente começaram a se esfregar. – É preciso usar luvas, sabe... para que suas digitais não fiquem em nada, não deixem nenhum vestígio seu para trás. No começo elas eram de látex, mais tarde passaram a ser de borracha nitrílica. E, às vezes, ao manusear um corpo, o cabelo grudava nas luvas... e era como se ele quisesse me pegar, sabe? Como se... se pudéssemos nos contaminar com a morte de alguma maneira. – Balançou a cabeça. – Aquelas luvas eram finas pra cacete. Não funcionavam.

Axe franziu o cenho.

– Por que tinha que usá-las, então?

– Não, não, elas funcionavam com as digitais, entende? Mas eu sempre deixava uma parte minha para trás com todos aqueles cadáveres. Cada um deles... tem um pedaço meu.

A começar com a minha irmã, ele pensou. E, para ser bem preciso, ela pegara a maior parte dele.

Houve um silêncio demorado.

– Você esteve no mundo humano? – Axe perguntou. – Quero dizer... você faz parecer que era...

– Sim, um tempo atrás. Agora... sou outra coisa. – Butch pigarreou. – Vá em frente. Pode sair. Precisa se exercitar. Você, eu e o Craeg vamos pegar as suas coisas, e talvez ajude se você estiver no carro com aquele cabeça-dura. Acho que vou ter que lutar para impedi-lo de pular do carro e sair correndo.

– Tranquilo. Tudo bem.

– Lamento muito pelo seu pai. E ele não era um zé-ninguém. Cuidar de você fez com que ele contasse.

Axe se virou e parou de novo, como se estivesse tentando se fortalecer. Em seguida, empurrou a porta e saiu para o corredor, logo desaparecendo.

Quando a porta de vidro voltou a se fechar silenciosamente, Butch ficou olhando para a frente. Não tivera a intenção de revelar tanto para o macho. Nunca falava disso com ninguém.

Apoiando a cabeça nas mãos, inspirou fundo algumas vezes... e rezou a Deus para que nenhuma das outras entrevistas fosse como aquela.

Capítulo 26

Paradise finalmente deixou os pés caírem no tatame, mas continuou com as mãos na barra. Seus pulmões ardiam, os ombros e os bíceps gritavam, e havia um fio de suor descendo pelas suas costas por baixo do sutiã esportivo. O mais legal, porém, era que tinha descoberto que a sensação de tontura passaria rápido, e logo poderia começar outra série.

Relanceando os olhos na direção de Peyton, viu que ele estava na esteira e ficou impressionada. Corria como um morcego saído do inferno, o corpo estava em perfeita forma, a cabeça erguida, os olhos desfocados, porém alertas. Nunca o rotulara como um atleta, mas, pensando bem, ele só se dedicara a levantamento de tragadas.

A pergunta era, onde estava…

– Ei.

Quando Novo se aproximou, Paradise sorriu.

– Bom trabalho com aquelas abdominais. Fez quantas, umas quinhentas?

– Na verdade, foram 582. Escuta só, o Craeg acabou de sair. Parecia meio perturbado. Pensei que talvez você pudesse ajudá-lo com o problema dele.

Paradise foi para a porta, mas parou.

– Não sei… Quero dizer, eu mal o conheço.

– Alguém de nós conhece? E tenho quase certeza de que é com você que ele quer falar.

– Por quê?

– Ah, é só um palpite.

– Hum… Ok, obrigada.

Seguindo para a saída, voltou o olhar para o Irmão Tohrment.

– Posso ir ao toalete um instante, por favor?

– Pode ir, Paradise.

Saindo para o corredor, olhou para a direita e para a esquerda, esperando encontrar Craeg andando de um lado para o outro ou sentado no chão. Nem sinal dele. O corredor estava deserto.

Seu corpo arejou-se com eficiência à medida que ela seguia até o vestiário masculino. Inspirando, captou o cheiro do macho… E, sentindo uma salpicada de algo mais, bateu à porta de metal.

– Craeg?

Quando não obteve resposta, empurrou um pouco a porta e não viu nada a não ser uma parede de concreto. Prosseguindo, ela caminhou até chegar a um espaço amplo onde se situavam todos os armários. Uau. Tinha dez vezes o tamanho do vestiário feminino, mas sem os sofás e os lugarzinhos confortáveis para se sentar e arrumar o cabelo e a maquiagem. Presumindo-se que fosse necessário.

Cara, estava tão nervosa que ficava dizendo tolices para si mesma.

Aquele era outro nível.

– Craeg? – chamou um pouco mais alto.

Ouviu o som de água corrente. Numa pia, não no chuveiro, e pigarreou.

– Craeg!

– Mas que porra!

E depois mais imprecações até ele vir marchando de outra seção dentro do vestiário. Água escorria do rosto dele e das mãos, a camiseta estava molhada no colarinho.

– O que está fazendo aqui? – ele exigiu saber, passando a palma pelo cabelo molhado, alisando-o para trás.

Deus, os olhos dele eram incríveis, tão fundos e de um azul muito claro. E os ombros dele eram tão amplos. E o peito…

– Novo disse que você precisava de ajuda.

– Novo disse o quê?

– Ela me disse que você…

– Não, não. – Cortou o ar com a mão como se estivesse apagando a pergunta. – Por que ela… – Craeg parou. Depois resmungou alguma coisa parecida com "vou chutar o traseiro dela".

– Por quê? – Paradise franziu o cenho. – Você está bem? Precisa se alimentar um pouco mais ou…

– Não. – Ele apontou um dedo para ela. – E nunca mais com você. Nunca.

Paradise se retraiu.

– Como é que é?

– Você me ouviu. – Sacudindo a cabeça e andando de um lado para o outro num círculo fechado, ele se concentrou no piso de azulejos. – Agora, pode me dar licença e sair daqui…

– Tenho tanto direito de estar aqui quanto vo…

Ele a encarou.

– Você está no vestiário masculino. Portanto, a menos que tenha crescido uma vassoura em você da noite para o dia, na verdade você *não* tem tanto direito quanto eu.

Ela abriu a boca. Fechou.

Estava para sair quando ele se virou na direção dela.

E foi nesse instante que ela viu qual exatamente era o "problema" dele.

Na mesma hora, seu corpo reagiu. Ele parou de pronto e olhou para ela, e ficou muito, mas muito claro que percebera a sua excitação.

Uma derrota curiosa, uma que parecia absolutamente contrária à personalidade dele, formou-se em seu rosto e pendeu seus ombros.

Fitaram-se por muito tempo.

– Você não precisa dizer nada – ela sussurrou. – Sei que não quer nada disso. Sei que a hora é péssima. Sei… que a última coisa que qualquer um de nós precisa é de um fator complicador. Mas passei o dia inteiro pensando em você. E o que de pior pode acontecer? Os nossos corpos querem… o que querem.

Dessa vez, quando a mão dele afastou os cabelos, estava tremendo.

Da parte dela, eram as pernas que tremiam, os braços, o tronco. O conjunto todo, como diriam.

Craeg aproximou-se dela devagar, como se lhe desse tempo para que mudasse de ideia, que recuasse, que saísse. Isso não aconteceria. Ficou exatamente onde estava, inclinando a cabeça para trás para poder encontrar os olhos dele.

– Se eu te beijar – ele rosnou –, não vai ter volta. Posso não te foder aqui, agora mesmo. Mas eu vou te comer por trás na primeira oportunidade que surgir.

Ela ficou com a sensação de que ele falava com tamanha vulgaridade para que ela reconsiderasse e, por uma fração de segundo, foi o que ela fez, mas não por ele ter usado a palavra começada com "f". Isso só a excitou ainda mais. Não, a sua consciência bem treinada pela *glymera* se apresentou e berrou, toda aquela moralidade e expectativa e as regras se apressando em sua cabeça, amenizando a luxúria. Se perdesse sua virgindade para qualquer um, seria um problema, mas oferecê-la a um plebeu? Estaria maculada pelo resto da vida. Não poderia se vincular a ninguém. Uma fonte de vergonha para seu pai, sua linhagem, sua classe.

Por outro lado, tirando alguém como Peyton, ela tinha quase certeza que, de qualquer forma, nenhum macho "apropriado" a iria querer depois de ela ter passado por aquele programa do centro de treinamento. Mesmo que nunca lutasse na guerra, aquele tipo de aprendizagem não era condizente com a educação de salão de baile que as fêmeas deveriam receber.

A solução, supôs, era jamais se vincular.

Quando esse pensamento a acometeu, um alívio intoxicante atravessou-lhe o corpo todo, uma sensação de estado de espírito renovado tão poderosa que ela sentia uma necessidade de pular – e foi nessa hora que ouviu a voz de Novo dizendo:

Por que você não faz o que tem vontade?

Enfrentando o olhar sensual de Craeg, maravilhou-se em ver que a solução mais fácil era, de algumas maneiras, a mais difícil. Mas, se nunca se vinculasse a um companheiro, então estaria livre para tomar suas decisões de um modo antes inimaginável.

E foi com base nessa força que ela tomou sua decisão.

Paradise recuaria.

Pairando acima da fêmea, Craeg sentiu isso em seus ossos. Apesar de sua excitação, ela recobraria a sensatez e os pouparia de muitas dores de cabeça. Ela o medira da cabeça aos pés, aquele seu corpo imenso e a ereção violenta, e entenderia que não desejava complicações nem o estresse...

Com uma elegância de movimentos que o aterrorizou, ela levantou as mãos e as colocou sobre seus ombros... – não, sobre os peitorais, porque não era tão alta assim. Quando ela inclinou a cabeça ainda mais para trás, ele ficou momentaneamente atordoado com a perfeição com que as horríveis luzes fluorescentes embutidas no teto atingiam as feições delicadas e os fios loiros que escapavam do cabelo preso e as linhas da clavícula.

– Beije-me, então – ela disse.

Nos recessos de sua mente, Craeg ouviu o som de dois caminhões se chocando de frente.

Cacete. Não havia volta.

Praguejando, fechou os olhos. Cambaleou. Percebeu que aquilo estava mesmo para acontecer.

Voltou a abrir os olhos e esticou a mão para tocar nela. De repente, teve um momento desconcertante, como se não soubesse muito bem onde colocar as mãos. Nos ombros dela? Na lateral do pescoço? No rosto?

O sexo em sua vida sempre fora rude e rápido, o tipo de merda que se faz com uma humana ou fêmeas vampiras que não se importam para quem abrem as pernas. Paradise era o oposto de tudo isso, e esse era o problema. Por mais que a desejasse, queria agir corretamente com ela.

Ora, ora, veja só quem, de repente, tornou-se um cavalheiro?

Com as mãos trêmulas, acabou amparando o maxilar dela com as pontas dos dedos e, quando seus lábios se abriram, ele inclinou a cabeça de lado e diminuiu a distância entre as bocas.

Quase.

Com um mero milímetro de antecipação separando-os, ele sussurrou:

– Última chance.

– Estou esperando.

Então, beijou-a.

O gemido que ele emitiu foi uma combinação de apetite extremo e submissão e, lá no fundo de sua mente, tornou-se vagamente ciente de que havia um novo cheiro permeando o ar, uma parte intrínseca ao calor entre eles, mas também uma revelação.

Tanto faz, ela era suave e doce, hesitante e forte. Tudo o que ele imaginara que seria.

Esfregando a boca sobre a dela, estendeu a língua e abriu caminho para dentro. E foi nesse momento que toda aquela baboseira de se refrear voou pela janela – com um ímpeto, envolveu-a nos braços e a puxou com força para junto do seu corpo, deixando que ela o sentisse…

Inclusive no quadril, onde, apesar dos dois orgasmos que provocara a si mesmo numa das baias antes que ela entrasse, ele estava em ponto de bala.

Ah, Deus, ela era tão menor do que ele, mas seus seios se pressionaram contra seu peitoral, e ela mudou o peso do corpo, apoiando-se nele...

Ele sabia que era ela quem estava no comando.

Beijaram-se longamente, e não chegava nem perto de bastar, mas algum alarme interno disparou bem alto para interromper aquele rugido do seu desejo pelo sexo dela.

Recuando, sentiu uma onda de orgulho masculino atravessá-lo ao vê-la corada, a boca aberta, a respiração entrecortada.

Tentou pensar em quando a encontraria sozinha, como poderiam ter alguma privacidade, onde poderia ser.

– Qual o número do seu telefone? – perguntou com voz gutural.

Depois que ela lhe disse, olhou ao redor.

– Você precisa anotar?

Até parece. Os sete números estavam tatuados no seu cérebro.

– Eu te ligo. – Outro motivo, além do maldito sol incinerador, pelo qual estava grato por se mudar para ali: ele não tinha telefone. – Às sete da manhã.

– Para marcarmos de nos encontrar? Não posso sair durante o dia. O meu pai me mataria... E não tenho como sair às escondidas. Ele saberia na mesma hora.

É, ele se lembrava como era viver com uma família numa casa pequena.

Craeg a beijou na boca uma vez. Duas.

– Apenas atenda ao telefone.

– Estou contente que queira conversar.

– Não estou atrás de conversa. – Deixou seu olhar cair do pescoço para os seios. – Vou te ensinar algumas coisas.

– Como o quê?

Dobrando-se na cintura, ele esfregou o nariz na garganta dela.

– Sabe a dor que está sentindo agora? Essa no meio das suas pernas?

– Sei... – ela sussurrou.

– Vou te mostrar como cuidar dela sozinha. E você vai me fazer gozar quando eu ouvir o som disso. – Endireitou-se e recuou um passo, apontando para a saída com a cabeça. – Vá. Antes que alguém te encontre aqui dentro.

Não havia motivos para pôr a vaga dela em risco. Não existia nenhuma regra quanto a não se confraternizarem que ele tivesse lido no formulário de inscrição, mas fala sério… Era melhor manter *aquilo* em segredo.

– Vai lá – ele repetiu quando ela não se mexeu.

Ela simplesmente ficou ali com os olhos arregalados e repletos de excitação.

Merda, ele só conseguia pensar em tomá-la ali mesmo, naquele instante, de pé, com as pernas dela segurando-o pela cintura, seu pau enterrado tão fundo nela que ele teria que lutar para não desmaiar.

– *Vá, Paradise.*

Por fim, ela se virou. Pouco antes de ela fazer a curva na partição de concreto antes da porta, ele grunhiu:

– Atenda ao maldito telefone.

– Pode deixar – ela disse. – Assim que ele tocar.

Agora sozinho, Craeg fechou os olhos. E ficou se perguntando como é que conseguiria aguentar até lá.

Capítulo 27

Três horas mais tarde, Craeg estava sentado no banco do carona de um Hummer. Quase caindo para fora da janela seria uma melhor descrição. Enquanto Butch o levava junto com Axe para fora da garagem subterrânea do centro de treinamento, Craeg estava dobrado na direção do para-brisa, tentando compreender o borrão do cenário.

– O tempo está ruim? – Axe perguntou do banco de trás.

– Não – o Irmão respondeu quando chegaram a um enorme e elaborado sistema de portões, algo saído do *Jurassic Park*, com uma altura de seis metros de concreto e imensas barras de metal e barricadas com eletricidade percorrendo-as.

Sim, porque a Irmandade já provara como adorava coisas chocantes.

Craeg sacudiu a cabeça.

– Cara, vocês não vacilam com a segurança, não é mesmo?

– Não.

Conforme progrediam em meio ao terreno densamente arborizado, aproximaram-se de uma série de pontos de controle que foram ficando cada vez menos dificultosos e tecnológicos. O último não passava de algo que se encontraria numa fazenda abandonada, uma coisa instável e "velha" montada ali justamente com o propósito de parecer isso mesmo.

Tão inteligente.

Quando Butch por fim saiu em uma clareira e virou à esquerda numa estrada pavimentada, o estranho borrão na paisagem magicamente sumiu. Mas o estranho era que a visão de Craeg se focalizara, mas seu senso de orientação, não. Estariam indo para o oeste? O leste?

– Sabe onde moro, claro – Axe murmurou.

Butch lançou um olhar seco pelo espelho retrovisor.

– Não, claro que não.

O trajeto para sabe-se lá onde durou 45 minutos, e só o que Craeg percebeu da viagem era o pouco que conhecia de Caldwell. Tendo passado sua vida pré-trans em casa com a mãe, não tivera muitas oportunidades de sair depois da transição, porque os ataques aconteceram apenas seis meses depois. Após a carnificina, depois que testemunhara a mãe e a irmã morrerem e seguira em frente para descobrir em primeira mão como fora a morte do pai, passara por um período de intensa loucura... para, em seguida, sossegar num esquema entorpecido de trabalho que pagava suas contas e possibilitava que ele encontrasse um abrigo longe da casa dos pais.

Não retornara lá desde que acertara tudo, enterrando as fêmeas da sua linhagem junto com os restos de seu pai, que ele trouxera da casa dos aristocratas.

Deus, seu pai. Amara o cara. E descobrir que o macho de tanto valor morrera porque um punhado de tipos da *glymera* o trancaram para fora do quarto seguro, junto com todos os criados e trabalhadores de lá?

E as pessoas se perguntavam o motivo de ele odiar aqueles desgraçados cheios da grana.

– Quer que a gente espere aqui, Axe? – Butch perguntou.

Craeg voltou ao presente e viu que tinham parado diante da casa de João e Maria. Foi a única comparação que conseguiu arranjar. Sob a iluminação dos faróis do Hummer, o chalé era singular como um cartão postal, todo branco com um teto pontudo e arabescos de madeira sob o beiral tão intrincado quanto uma renda.

– Você... – Craeg disse sem esconder a surpresa – cresceu *nisso* aí?

– Foi. – Axe abriu a porta. – Algum problema?

– Deixa pra lá, a gente vai entrar com você – Butch anunciou ao desligar o motor. – Só porque quero dar uma olhada nos figurinos Hummel.

Craeg ia ficar no SUV, mas depois desistiu; afinal, caramba, o que mais tinha para fazer para passar o tempo?

Axe os levou até a porta lateral, que destrancou com uma chave de cobre. Quando entrou, um alarme disparou, mas não durou muito porque ele o silenciou inserindo uma sequência numérica num teclado afixado na parede.

Quando o cara acendeu as luzes, só o que Craeg conseguiu fazer foi piscar como uma vaca.

– Santa Maria, mãe de... – Butch murmurou.

– Ele achava que ela ia voltar, tá bom? – Axe ralhou ao jogar as chaves sobre uma mesa enorme e espetacular. – Ele fez isso para a minha mãe.

Craeg nunca antes vira tantas rosas vermelhas e cor-de-rosa em sua vida: as paredes da cozinha acolhedora estavam cobertas do teto ao chão com um papel no qual flores e galhos verdes, de onde aparentemente cresciam, predominavam. E, veja só, o acortinado sobre a alcova e ao redor das janelas da pia da cozinha seguiam exatamente o mesmo padrão.

– Fiquem aqui – Axe murmurou. – Já desço com a minha maldita mala.

As passadas firmes do cara ressoaram pela casa, as trovoadas subindo para o segundo andar e depois ressoando pelas vigas acima.

– Olha só esse trabalho na madeira – observou Butch, ao passar a mão na moldura entalhada ao redor da porta. – Incrível.

Craeg foi até a mesa entalhada e se sentou numa cadeira delicada que o fez desejar não ter comido tanto na Primeira Refeição. Olhando para todo aquele trabalho artesanal, nas molduras e portas, nos armários e até no peitoril das janelas, pelo amor de Deus, descobriu que tudo formava um desenho orgânico que ecoava as trepadeiras do papel de parede, retorcendo e se virando com elegância e beleza ao redor das instalações e entradas e saídas. Com uma camada de verniz clara, o bordo, pinho, ou sabe-se lá que madeira seria aquela, tudo reluzia como apenas a madeira mais nobre poderia.

– O restante dos cômodos só pode ser assim também – Butch disse ao se inclinar para fora da cozinha. – Pois é. Isto é uma obra de arte...

Axe reapareceu com uma mala de lona preta e uma mochila.

– Próxima parada...

– O seu pai fez tudo isso? – Butch perguntou.

– Fez.

– Caralho, ele era muito mais do que um mero nada.

– Podemos ir agora?

– Espere – Craeg interrompeu. – O seu pai era carpinteiro? O meu era instalador de pisos.

– É?

Houve uma pausa onde os dois cravaram o olhar um no outro.

– Ele morreu em Endelview? – Craeg perguntou, dizendo o nome da propriedade que fora atacada naquela noite horrenda.

A expressão sombria de Axe ficou ainda mais sinistra, de modo que suas tatuagens pareceram ainda mais ameaçadoras.

– Foi.

– O meu também. – Craeg perscrutou o rosto do macho, perguntando-se quanto ele sabia do que se passara lá. Merda… Foi terrível perceber que manuseara o corpo do pai do cara. No entanto, outra pessoa se encarregara de notificar os parentes sobreviventes. Seu trabalho terminara ali. – Noite ruim.

– Foi. – Axe pigarreou e desviou o olhar. – Então, podemos ir?

– Não – interveio Craeg. – Fiquem aqui enquanto vou até a minha casa. Já volto com as minhas coisas.

– Então não vai levar muita coisa – Axe comentou.

Craeg se levantou e seguiu para a porta.

– Não possuo muita coisa.

O Irmão o chamou bem quando ele colocou o pé no degrau dos fundos.

– Se não voltar em vinte minutos, estará fora do programa.

– Eu sei – murmurou. – Eu sei.

Quando o ônibus freou para parar, Paradise pegou sua mochila e se preparou para sair do banco.

– Então, você vem para a minha casa? – Peyton perguntou quando se levantou. – Ainda temos umas duas horas, pelo menos, e Anslam vai lá para matar o tempo comigo.

Abaixando a cabeça só para que ele não notasse o rubor em seu rosto, fingiu procurar o celular, mesmo sabendo exatamente onde ele estava, no bolso da sua parca.

– Quero ir para casa para quando o meu pai chegar.

– Eeeeeeee isso só vai acontecer quando amanhecer – ele observou ao colocar os óculos de lentes coloridas. – Daqui a umas duas horas.

Tá, tudo bem, mas não importava que horas eram, ela não admitiria que só o que queria fazer era ficar observando os ponteiros do relógio até que o grande estivesse no doze e o menorzinho no sete.

– Desculpa, tenho umas coisas para fazer. Você me liga? – Merda, na verdade, ela não queria que ele ligasse, não naquele dia. – Quero dizer…

– Tudo bem. – Peyton virou-se para Anslam. – Pronto para umas tragadas?

O outro macho sorriu de forma irritante.

– Hoje e sempre.

Quando os dois prosseguiram pelo corredor, ela balançou a cabeça e se levantou. Algumas coisas deviam estar voltando ao normal. E, engraçado, com todo o estresse do treinamento, não podia culpar Peyton por querer fugir para se sentir bem. Talvez fosse isso o que estava fazendo com Craeg?

Compulsões… O modo como se sentia perto daquele macho, quando ele olhava para ela, tocava nela, beijava-a, era tão incrível que ela bem podia ficar viciada naquela sensação, sem falar na contagem regressiva das horas. O problema era que aquilo não era algo que podia ser comprado, como maconha, ou sorvete, ou vinho. Era uma entidade separada e independente e, interessante, o fato de ele ter escolhido ficar com ela, mesmo que só pelo telefone, fazia parte do barato.

Ele a estava escolhendo. Dentre todos no planeta…

Paradise parou no meio do corredor. Algo tinha caído no chão e ela apanhou com o rosto franzido. Era uma foto, uma foto antiga tirada com uma Polaroid, daquele tipo que tem um quadrado brilhante no meio e borda branca nas laterais, uma delas maior para poder segurá-la e escrever nela.

A imagem estava tão borrada que era indecifrável, uma coisa vermelha com riscas ou faixas rosadas.

– Fala sério, Peyton… – murmurou.

Só Deus sabia o que ele fazia quando estava loucão. Sabia que tentara umas coisas loucas e psicodélicas e outras muito esquisitas. Coisas, é claro, com as quais ele se deliciava contando-lhe tudo depois.

Com a imagem na mão, foi para a saída, agradeceu ao motorista *doggen*, e depois abriu a boca para chamar o amigo. Mas ele já devia ter se desmaterializado com Anslam, por isso guardou a foto da colcha dele, ou do tapete, ou do roupão, ou do maldito Martini dele no bolso.

– Ajudou Craeg com o probleminha dele? – Novo perguntou das sombras.

Paradise se virou quando o ônibus foi embora, os pedriscos reclamando sob o pneus.

– Você mentiu.

– Será mesmo? – A fêmea sorriu sob o frio luar. – Não acho, não. Eu estava certa, não estava? Ele precisava de você e só de você.

Corando, Paradise se lembrou do corpo de Craeg junto ao seu, a excitação dele pressionando seu ventre.

"Probleminha" é que não era mesmo, pensou. Nada disso. Era grande, grosso e...

– E então? – Novo insistiu.

– Isso não é da sua conta.

– Tão pudica, tão reservada. Mas tudo bem. Fico feliz que vocês tenham se divertido. É assim que a vida tem que ser. Deduzi que vocês nunca iriam ficar juntos sem ajuda.

Paradise teve que rir.

– Você não me parece do tipo casamenteira, Novo.

– Estou ampliando minhas habilidades. – A fêmea levantou os ombros fortes debaixo da jaqueta de couro. – É por isso que estamos todos aqui, não?

Por uma fração de segundo, Paradise se viu tentada a convidar a fêmea para a sua casa. Nunca tivera uma amiga de verdade. Na aristocracia, a sua posição social determina com quem você pode ser vista. E Deus bem sabia que nenhuma das primas com quem podia jogar conversa fora lhe era muito interessante. Além disso, não se podia confiar nelas. Fêmeas como aquelas competiam por um grupo reduzido de machos altamente desejáveis, o que as tornava tão letais quanto um cardume de piranhas.

Era o programa *The Bachelor* multiplicado por mil.

Além disso, Novo meio que sabia de Craeg, e isso fazia com que Paradise sentisse que tinha menos a esconder... E a fêmea parecia ser sensual o bastante para ter alguma experiência no departamento da sedução. Talvez muita. Abrindo a boca, Paradise...

Lembrou-se de onde morava.

– Te vejo amanhã – murmurou.

– Não está irritada comigo, está?

– Não, nem um pouco. – Quando corou de novo, ficou contente por estar tão escuro e pela copa da árvore que obstruía boa parte do luar. – Na verdade, estou até agradecida.

Novo deu de ombros mais uma vez.

– Descanse bem. Te vejo amanhã.

Paradise levantou a mão.

– Tchau.

Quando ficou sozinha, deixou a cabeça pender para trás e fitou as estrelas. Depois aproximou a mochila do peito e a abraçou, desmaterializando-se.

Voltando à sua forma no gramado, no exato ponto da noite anterior, desejou se sentir menos forasteira em território familiar.

Eeeeeee a resposta ainda era um grande e contundente não.

Avançando até a porta da frente, sentiu-se tão distanciada como na noite anterior. Desta vez, porém, a separação estava ligada a Craeg.

Sabe essa dor que está sentindo agora? Essa no meio das suas pernas? Vou te mostrar como cuidar dela sozinha. E você vai me fazer gozar quando eu ouvir o som disso.

Só a lembrança da voz grave e rouca dizendo aquelas palavras transformou seu corpo numa fornalha, a ponto de ela querer tirar a parca apesar da baixa temperatura. Ao mesmo tempo, porém, ela olhou para todas aquelas janelas reluzentes e quis vomitar. A ideia de que estaria ao telefone, provavelmente nua, enquanto um macho que o seu pai não aprovaria lhe passava instruções passo a passo? No quarto em que ela crescera? Enquanto o pai estava na casa? Fêmeas como ela não deviam...

– Que se foda – resmungou ao começar a andar até a porta.

A vida era curta demais, e Craeg era gostoso demais para ela perder tempo se sentindo culpada quando, levando tudo em consideração, não estava fazendo nada de errado.

Lembre-se, disse a si mesma. *Você nunca vai se vincular. Você é livre.*

Capítulo 28

– Eu menti.

Quando Axe falou, Butch olhou da ponta oposta da cozinha de flores e trepadeiras. O macho estava apoiado na bancada do fogão, os braços cruzados diante do peito, a cabeça pensa de modo que havia grandes sombras onde deviam estar os olhos.

– Sobre o quê?

Demorou um pouco para Axe responder; enquanto isso, ficava passando o dedo na fileira de aros negros do lado externo da orelha.

– Sobre a chave. No escritório.

Com isso, Butch ficou totalmente alerta, mas sem demonstrar.

– É mesmo? Por quê?

Axe esfregou debaixo do nariz, e Butch guardou esse sinal para futura referência.

– Onde você a conseguiu? – o cara perguntou.

– Um amigo me deu. – Até parece que ele ia contar o lance todo da fêmea morta antes de usar isso a seu favor. – Um bom amigo.

– Elas não podem ser partilhadas, supostamente. Vai contra as regras.

– Então, se eu for lá, vou me meter numa encrenca? – Butch perguntou seguindo um palpite.

– Não sei. Depende da noite. Se estiver usando uma máscara, pode se safar. Nunca levei ninguém, mas a política é que se pode levar um convidado quando se adere às regras. E você também tem que assumir a responsabilidade pelo convidado se ele não o fizer. É assim que se é expulso.

– Há quanto tempo faz parte disso?

– Desde antes dos ataques. Foi lá que estive quando... você sabe, quando tudo aquilo aconteceu com o meu pai. Os humanos, eles nunca souberam, e ainda não sabem, quem eu sou. Existe todo tipo de gente esquisita lá. Acham que eu poso de vampiro.

– Quando foi a última vez em que esteve lá?

– Há três ou quatro noites. Eu não sabia como seriam as coisas no programa de treinamento. Imaginei que seria minha última vez por um bom tempo.

Isso foi mais ou menos na mesma época em que a garota fora encontrada no gramado do Lugar Seguro.

– O que você curte? – Butch revirou os olhos. – E antes que imagine que estou cantando um aluno, saiba que sou um macho vinculado perfeitamente feliz com uma fêmea que eu sei que é muita areia para o meu caminhãozinho... Isto aqui é só pra passar o tempo até que, sei lá qual o nome dele, volte.

O rosto de Axe relaxou um pouco, a postura também.

– Gosto de submetê-los.

– Homens ou mulheres?

– Ambos.

– Você e o V. se dariam muito bem. Apesar de o cara agora também estar só com uma fêmea agora. – Butch esticou os braços acima da cabeça até a espinha estalar. – Quando vai de novo?

– Quando será a nossa próxima noite de folga?

– Você pode me levar e me mostrar o lugar? Só para eu não envergonhar o camarada que me emprestou a chave?

– Você não disse que é feliz com a sua companheira?

Butch lançou um olhar do tipo "não seja burro".

– Gosto de olhar, idiota. Não é traição se você não envolver suas mãos, sua língua ou o seu pau.

Axe assentiu como se respeitasse essa lógica.

– Posso te levar. Mas só numa noite mascarada. Se você meter os pés pelas mãos ou se acovardar, não quero que te rastreiem até mim.

Butch rememorou certa noite com Vishous, a noite quando certas revelações foram feitas depois que Butch fizera... certas coisas que precisavam ser feitas para o seu melhor amigo.

– Sei cuidar de mim mesmo – disse secamente. – Não se preocupe.

O som de passos pesados nos degraus da porta lateral anunciou a chegada de Craeg.

– Que rapidez – Butch murmurou quando o macho entrou só com uma sacola de lona puída.

– Eu disse que não tinha muita coisa – Craeg respondeu.

Marissa chegou cedo em casa porque estava com dor de cabeça. Não, não era do tipo de enxaqueca que Trez tinha, apenas uma dor insistente atrás dos olhos que dificultava a sua concentração, a leitura de qualquer documento e impossibilitava que ela focalizasse a tela do computador.

Subindo os degraus da entrada principal da mansão, descobriu o que havia de errado: pulara a Primeira Refeição e trabalhara enquanto o lanche da meia-noite fora servido no Lugar Seguro.

– Que burra – disse ao entrar no vestíbulo e olhar para a câmera de segurança.

Quando a trava foi liberada, entrou no enorme átrio e sorriu para Fritz.

– Lamento muito perturbá-lo, mas poderia me arranjar alguma coisa para comer?

O *doggen* ancião juntou as mãos e só faltou desmaiar, como se ela lhe tivesse dado um bilhete premiado da loteria ou o melhor presente de aniversário que se poderia ganhar.

– Ah, senhora, sim! Posso lhe providenciar ovos e torradas? Um sanduíche? Sopa? Algo mais substancial…

Ela deu uma risada.

– Surpreenda-me!

– Imediatamente! Sim, sim, agora mesmo!

A velocidade com que ele partiu e saltitou sugeriu que ele ainda tinha muitos séculos pela frente, o que era muito bom…

– Olá, belezura…

Ela se virou para a sala de bilhar. Lassiter estava recostado na arcada, com um balde de pipoca na mão, uma daquelas imensas cobertas com mangas com estampa de leopardo cobrindo cerca de setenta por cento do seu tronco, os braços longos e as pernas nuas aparecendo debaixo da barra.

– Olá… – Franziu o cenho quando foi acometida por um pensamento. – Está vestindo alguma coisa debaixo disso?

– Claro que estou. – Jogou uma mão cheia de pipoca na boca. – Quer ver TV comigo? Agora estou vendo um monte de reprises do *MacGyver*, mas estou disposto a ser flexível.

Marissa abriu a boca para dizer não, mas logo mudou de ideia. Faria seu lanchinho e esperaria Butch terminar seus assuntos no centro de treinamento. Mandara uma mensagem para dizer que estava saindo mais cedo do trabalho, e ele respondera dizendo que chegaria em 20, 30 minutos no máximo.

– Claro.

– Legaaaaaal. – O anjo se endireitou. – Você é chegada em que quando o assunto é TV?

Quando ele se virou, ela soltou um grito.

Porque estava olhando para a bunda desnuda dele.

– O que foi? – ele perguntou, todo preocupado.

Cobrindo os olhos, ela disse:

– Você disse que estava vestido!

– Com um suporte atlético, oras.

Nesse instante, Fritz apareceu ao lado dela com uma bandeja carregada com tantos pratos que ele bem podia estar alimentando Rhage.

– Hum... – Marissa esfregou as sobrancelhas, aquela dor de cabeça voltando com força total.

– Ela vai comer aqui – Lassiter avisou. – E, sim, Marissa, vou vestir meus malditos jeans.

– Obrigada, menino Jesus... – murmurou ao entrar na sala de jogos.

Enquanto Fritz acomodava a bandeja no bar à esquerda, Lassiter vestiu as Levi's e se largou num dos enormes sofás de frente para a gigantesca tela plana acima da lareira.

– Para a sua informação, se eu ficar assado, a culpa será sua.

Ela se aproximou e se sentou num dos banquinhos forrados.

– Para a sua informação, o meu companheiro está para chegar a qualquer instante. Portanto, acabei de te salvar de umas chicotadas no traseiro.

Lassiter apontou o controle remoto e sintonizou na grade de programação.

– Pfuuu. Tanto faz. Consigo enfrentá-lo numa boa.

– Duvido.

– Na verdade, não tenho nada de melhor para fazer o resto da noite. Acha que ele vai querer brigar? Eu até estou precisando me exercitar.

Marissa riu ante o som esperançoso ao se recostar e dar espaço para que Fritz retirasse os *cloches* sobre os pratos e descrever, com a precisão e a elegância de um garçom do Nobu, o que estava servindo.

– Muito obrigada – murmurou ao pegar o garfo e provar o arroz pilaf. – Hummm.

Não comeria nem metade de tudo aquilo, mas isso não parecia aborrecer o mordomo. De fato, para ele, a alegria de servir era a maior satisfação em seu trabalho.

– Ai, meu Deus – Lassiter comentou, sentando-se empertigado. – Não consigo acreditar.

– O que foi? E se for uma maratona do *Beaches* de novo, pode esquecer. – Ela esfregou o centro do peito com a mão livre. – *Não vou* assistir ninguém morrendo, mesmo que em duas dimensões.

Já tivera mais do que o suficiente disso. Santa Virgem Escriba, e se não conseguissem descobrir nada a respeito...

– É *Melrose Place*. Amo esse episódio. É quando a Kimberly tem um acesso psicótico.

– Espera um pouco, ela não foi sempre psicótica?

– Sim, bem, mas este é quando ela arranca a peruca e você vê a cicatriz. Uma das cenas mais significativas e de grande influência na história televisiva, com certeza.

– E eu achei que, sei lá, fosse a chegada do homem à Lua ou algo assim.

Lassiter desviou o olhar para ela.

– Espera, os ratos sem cauda chegaram à Lua? Tá de brincadeira, né? Eles nem conseguem decidir as horas, o relógio fica indo pra lá e pra cá a cada estação. Sem falar nas bobagens quanto à saúde, coma isto e você viverá mais, não, esqueça isto, pois vai te matar. Exageros na internet. Pregadores e políticos ignóbeis. E ainda nem comecei a falar dos buracos no asfalto. Por que não consertam as ruas?

Marissa jogou a cabeça para trás e gargalhou.

– Você sequer dirige. Ou se importa com essas coisas.

O anjo caído deu de ombros, os *piercings* dourados e a corrente brilhando como a luz do sol com o movimento.

– Só estou repetindo o que eles ficam dizendo nos telejornais.

Marissa balançou a cabeça e sorriu. E estava para perguntar o que mais ele fazia além de tomar sol ao meio-dia quando não havia nenhuma nuvem, e ocupar espaço no sofá diante da TV, mas, nesse instante, seus olhos viraram para ela, e estavam muito sérios. Quando o olhar retornou para a tela, ela percebeu que ele captara o seu estado de humor e estava se esforçando para animá-la.

– Você é gente boa, Lass – disse com suavidade. – Sabia disso?

– Sou muito mais do que bom. Sou maravilhooooso – ele cantarolou. – Isso quer dizer que posso reservar uma dúzia do meu calendário para você?

Se outra pessoa na casa tivesse dito isso, ela teria achado que se tratava de uma piada. Mas, ele?

– Não, não pode. Nem sei como eles são, mas a resposta é não.

– Tudo bem, meia dúzia – ele rebateu. – Só custam cinco pratas. Tenho que cobrir os custos de impressão. A boa notícia? Não tenho custo com o fotógrafo, eu mesmo tirei as fotos com meu pau de selfie.

Ela abaixou uma garfada de frango de volta no prato.

– Você fez mesmo um calendário com fotos suas.

– Por que achou que eu estava sem calças?

– Lass. Fala sério. Você tirou fotos nuas...

– Suporte atlético. Lembre-se que eu estava com um suporte atlético. Fiz a de dezembro junto à lareira. Sou tão quente que isso foi até estúpido.

Marissa passou os olhos pela sala e estremeceu perante a quantidade de lugares em que ele provavelmente colocara o traseiro nu antes de se sentar diante da lareira com o fogo aceso.

– De onde veio essa ideia?

Ele revirou os olhos.

– Quantas noites mais temos este ano? Preciso pegá-las de volta do Kinko's antes de 31 de dezembro.

Do nada, veio-lhe à mente a imagem de um pobre humano numa das franquias da FedEx tendo uma visão e tanto de um anjo caído praticamente nu.

Sem aviso, ela disparou a gargalhar com tanta intensidade que lágrimas rolaram pelos olhos. Do tipo bom de lágrimas.

E enquanto ela se entregava à ridicularidade do anjo, Lass só ficou sentado no sofá, assistindo *Melrose Place* com um sorriso sorrateiro e tranquilo em seu rosto lindo e enlouquecedor.

Que anjo magnífico ele era, Marissa pensou. Um anjo completo.

Capítulo 29

Enquanto emergia da porta camuflada sob a grande escadaria da mansão, o único pensamento de Butch era encontrar a sua companheira.

E o som da risada dela serviu tanto de localizador instantâneo como fonte de alívio de alta octanagem. Ela estivera tão distraída após despertar depois de um dia de sono inquieto, o peso do que lhe passava na cabeça lhe dando a aparência de alguém que andasse por aí arrastando um piano de cauda. Mas ele lhe prometera que faria de tudo para descobrir algo a respeito da garota e estava louco para lhe contar que tinha uma pista.

Atravessando o mosaico representando uma macieira em flor, entrou na sala de bilhar e…

Lassiter levantou as duas mãos lá de onde estava, reclinado no sofá.

– Já coloquei as calças. Fui um bom garoto.

As presas de Butch ameaçaram descer e seu lábio superior estremeceu.

– Como é que é? E pense bem antes de explicar isso. Você já está ultrapassando os limites.

Marissa sorveu um gole do copo de água.

– Foi tudo muito inocente.

– Estou fazendo um calendário nu – começou o anjo caído.

– Ele estava com um suporte atlético.

– Tudo foi feito com um pau de selfie.

Enquanto os dois falavam ao mesmo tempo, Butch sentiu a necessidade súbita de cobrir os ouvidos, fechar os olhos e começar a cantarolar um lá-lá-lá-lá.

– Sabem do que mais, tudo bem. Estou bem assim sem saber de nada.

Uma das palhaçadas de Lassiter, com certeza. O filho da mãe tinha a habilidade de transformar as coisas comuns e mundanas numa loucura.

Era um dom.

Era só perguntar ao anjo caído. Ele lhe contaria.

– Pode nos dar licença um minuto – Butch disse ao se encaminhar para Marissa e lhe dar um beijo na testa. Deus, o cheiro dela era muito bom em seu nariz e, uau, como é que uma fêmea fazia com que calças e uma blusa causassem o efeito de um vestido de noite? – Tenho que falar com a minha garota.

– De jeito nenhum, estou assistindo a *Melrose*.

– Isso não foi um pedido, anjo.

– Algo errado? – Marissa perguntou ao limpar a boca num guardanapo de linho. – Alguém se machucou no treinamento?

Ele puxou um banquinho e se sentou ao lado dela.

– Lass, você está de saída.

– Porra nenhuma.

Butch fez uma careta e odiou fazer a oferta:

– Você pode usar o sofá do Buraco.

– Vai me fazer trocar de canal quando descerem para lá?

– Você sai agora se eu disser que não?

– Está dizendo não agora?

Pelo amor de Cristo, Lassiter seria perfeitamente capaz de ficar rebatendo perguntas até o nascer do sol, ou até que uma das partes desistisse por desidratação ou exaustão.

– Sim, estou dizendo não.

– Espera, isso quer dizer que posso assistir *Melrose* ou não? A dupla negativa me confundiu...

– Jesus Cristo! Vai de uma vez!

Lassiter estava resmungando quando se pôs de pé.

– Quantas vezes tenho que dizer que esse *não* é o meu nome?

– Preciso de um drinque. – Enquanto o anjo saía, Butch voltou a ficar de pé e foi para trás do bar. Servindo-se de uma dose de Lagavulin, não fez rodeios porque sabia que a sua *shellan* não quereria isso. – Então, acho que tenho uma pista.

– Tem? – Ela abaixou o garfo. – O que é? Como conseguiu?

Ele colocou dois cubos de gelo no copo e lhes deu um banho de cor âmbar.

– Aquele pedaço de metal é uma chave que permite a entrada em um clube privativo somente para humanos.

– Ah, meu Deus, se conseguirmos uma lista dos sócios, talvez possamos encontrar o nome dela.

Bem, não é um clube de campo, meu amor, ele pensou ao tomar um gole.

– Como descobriu isso? – ela perguntou.

– Um dos *trainees* frequenta o clube. Ele vai me levar lá o mais breve possível. Só preciso ver com os outros Irmãos como serão as próximas noites. Acho que, se eu conseguir mudar algumas aulas, posso estar livre na sexta.

– Então nós vamos! Isso é incrível! – Quando ele ficou imóvel com o copo na metade da distância até os lábios, Marissa franziu o cenho. – Por que está olhando para mim assim? Butch. Sério. Eu vou com você.

Ele meneou a cabeça e prosseguiu tomando um gole.

– Não, eu cuido disso. Não se preocupe, eu te conto tudo assim que descobrir…

– Eu vou com você.

Quando deu uma bela olhada no ângulo em que estava o rosto dela, Butch apoiou o copo de uísque escocês no balcão.

– Marissa, esse é o tipo de lugar em que você sequer deveria passar pela frente, quanto mais entrar nele. É um clube de sexo.

– E daí?

Ele piscou.

– Amor, não é…

– Preciso te lembrar do que fizemos depois do filme? Quatro vezes?

– Marissa.

– Butch – ela insistiu.

Para não soltar um palavrão, ele jogou o resto da bebida garganta abaixo e se serviu de outra dose.

– Você não vai conseguir enfrentar algo assim. Haverá pessoas transando em todo canto, fazendo coisas estranhas umas com as outras. Não vai dar certo.

– Ou talvez você não consiga lidar com o fato de eu estar num lugar desses.

Ele revirou os olhos. Não pôde evitar.

– Você não sabe o que está dizendo. Ou como é um lugar desses.

Marissa dobrou o guardanapo com cuidado, em pequenos quadrados precisos, depois o deixou ao lado do prato praticamente intacto.

– Bem, vamos descobrir isso quando eu estiver lá, não é mesmo?

– Não vou te levar lá. Isso não está aberto a discussões.

– Sim, você vai. – Ela deslizou do banquinho e pegou a bandeja. – E se eu descobrir que foi sozinho? Vou considerar isso uma traição da maior ordem para o nosso relacionamento – e *isso* não está aberto a discussões.

Ele tentou visualizá-la ao lado de um casal vestido com látex preto levando no traseiro de gêmeas de seios gigantescos vestindo dildos cor de rosa combinando.

– Marissa. Não vou ter tempo pra ficar segurando a sua mão – disse com rispidez. – O meu foco será me encaixar no lugar para descobrir quem são os funcionários e tentar encontrar as pessoas certas para abordar e interrogar. Distração não vai ajudar aquela pobre garota morta.

– Não *ouse* vir com essa desculpa para cima de mim. Estou bem ciente do motivo de irmos a esse lugar, e eu gostaria de enfatizar que você é o meu *hellren*, não o meu *tuhtor*. Portanto, guarde essa asneira de *paterfamilias* e abra um frasco de valium antes de irmos, se isso for preciso. Não sei como deixar isso mais claro: eu vou com você e vou te ajudar a desvendar isso tudo. – Ela se inclinou para a frente. – Uma novidade para você: só porque eu tenho um par de ovários, não significa que eu não tenha um cérebro, ou o direito de pensar por mim mesma.

No silêncio que se seguiu, só o que ele conseguiu fazer foi mexer a cabeça de um lado para o outro. As palavras que tinha na ponta da língua não ajudariam em nada, e ele não conseguia acreditar que estavam discutindo de novo.

E ele que pensava que tinham apertado o botão de *restart* na noite anterior.

– Ou é isso o que o preocupa? – ela o desafiou.

– O quê?

– Que eu possa gostar.

Com essa granada caindo aos seus pés, ela saiu pisando firme, de cabeça erguida, ombros para trás, uma montanha de "viva com isso" fortalecendo sua espinha.

Apoiando as palmas na bancada de granito, ele se inclinou sobre os braços e tentou sufocar um grito de frustração.

Pelo menos a garrafa de Lag ainda tinha três quartos do seu conteúdo.

Ele bem que precisaria.

Peyton exalou uma coluna de fumaça e deixou a cabeça cair no travesseiro.

– Toma.

Passando o bagulho para Anslam, fechou os olhos e sentiu-se flutuando meio metro acima do corpo. A conhecida sensação de alívio fez com que se lembrasse de que Parry provavelmente tinha razão: ele provavelmente precisaria não fazer mais isto. Mas, caramba, depois das duas noites que acabara de ter?

Precisava de uma folga.

Foda-se, ele *merecia* uma folga.

– Então, me diz aí o que acha de todos eles – perguntou.

O som de Anslam exalando exatamente como ele foi como alguém rindo no mesmo ponto de um filme, ou apreciando a mesma gostosa refeição. Camaradagem era algo muito bom.

– O Boone é legal – disse o cara. – Axe é esquisito pra cacete. Do tipo "dane-se o mundo", com aquelas roupas pretas e cabelo espetado e aquelas bostas de tatuagens.

Peyton aguardou que o cara continuasse.

– E quanto a Novo?

– Ela é gostosa pra cacete.

Por algum motivo, mesmo concordando, não gostou da ideia de Anslam pensar assim, ou pior, ficar excitado com ela.

– Não sei – murmurou Peyton –, ela é legal.

– Você viu quando ela fez aquelas abdominais? Não consigo acreditar que foi o Boone que ficou segurando os pés para ela. Eu queria ter tido aquela porra de vista.

– Ela vai te quebrar ao meio. – Ainda que, se aquilo continuasse assim, era capaz de ele mesmo cuidar do assunto. – Além disso, não sei se ela gosta de machos.

– Eu mudo a opinião dela – Anslam disse num tom baixo. – Eu consigo endireitá-la, porra se consigo…

– E quanto ao Craeg? – Peyton o interrompeu.

– Ele é o cara que a gente tem que vencer. Sem ofender a Paradise, mesmo ela tendo chegado em primeiro naquela noite, o Craeg provavelmente vai até o fim.

– É… – Pelo menos nisso os dois concordavam, sem suscitar atritos entre eles. – Quem você vai levar para o baile na casa do pai dela?

– Agora, ninguém. Gosto de manter minhas opções em aberto. Ei, antes de a gente dormir, dá pra comer alguma coisa?

Peyton abriu os olhos e olhou para o antigo relógio Cartier em sua mesinha de cabeceira.

– Sim. Claro. Só me deixa ligar pra Paradise primeiro. Só pra garantir que ela chegou em casa em segurança.

– Tem certeza de que vocês dois não tão de rolo?

– Nada disso. Somos só amigos.

– Eu ia gostoso nela.

Peyton se virou com tudo e encarou o cara.

– Segura a tua onda e limpa a boca pra falar dela.

Anslam balançou a cabeça e levantou as palmas.

– Você tem assuntos não resolvidos com ela, amigo. Não se engane.

Que seja.

Pegando o celular, ligou para um número da lista de chamadas recentes e esperou que ela atendesse. Enquanto tocava, olhou seu quarto. A mansão dos pais era nova, com grandes janelas arqueadas na parte dos fundos que davam para um jardim. Com pé-direito alto e belo trabalho de carpintaria, ele sempre pensara naquele quarto como sendo arejado, mesmo com todas aquelas antiguidades com as quais sua mãe forçava todos a conviverem, quer gostassem delas ou não…

– Alô!

Franziu o cenho.

– Parry? Tudo bem?

– Ah. – Houve uma pausa. – É você.

– Quem mais estava esperando ligar?

– Hum, ninguém. Minha tia. A minha… a prima dela. A prima da minha tia. Você não o… quero dizer, a conhece.

– Andou fumando? – Ele sorriu. – Porque, se andou, você precisa largar esse cachimbo e ir dormir.

– Não, não andei não. Mas você andou. Consigo saber pela sua voz.

– Como?

– Está mais rouca do que o normal.

Por uma fração de segundo, ele se perguntou se ela achava isso sexy ou não. Voltando à realidade, disse:

– Só queria saber se você tinha chegado bem em casa. O seu pai já está com você? Ele já deve ter saído do trabalho.

– Sim, sim, fizemos a Última Refeição juntos. Agora já estou no quarto.

– Anslam e eu embaçamos nossas mentes. – O cara levantou o polegar do lado oposto da cama. – Vamos nos encher de carboidratos e dormir. Vai ser fabuloso. De todo modo, estou feliz que esteja bem.

– Não coma muito sorvete. Isso te deixa inchado e depois você reclama no dia seguinte que perdeu a sua cinturinha.

– Nunca fiz isso.

– Mesmo? Tem certeza?

– Tudo bem, tudo bem – murmurou.

– E preciso te lembrar do incidente com a massa de cookies?

Peyton gemeu.

– Eu podia jurar que caguei meus órgãos internos.

– Isso mesmo. Ainda acho que você pode ser intolerante à lactose. É só algo em que pensar. Te amo.

Ele relanceou os olhos para Anslam e não quis repetir as palavras na frente do cara.

– Eu também. Te vejo amanhã…

– Ei, espera, escuta… Encontrei a sua foto.

– A minha o quê?

– Fotografia. No ônibus. Caiu da sua mochila ou bolso ou algo assim.

– Eu não tinha nenhuma fotografia para perder, doçura. Mas obrigado por pensar em mim, e se ela for de alguma fêmea nua, posso tirá-la das suas mãos sem cobrar nada. Porque sou um tremendo bom samaritano.

Ela riu.

– Não. Não sei o que é a imagem, na verdade. Pensei que você a tivesse deixado cair, mas acho que me enganei. É uma foto antiga, de Polaroid.

– Uma Polaroid? Jesus, isso é velho mesmo.

– Tudo bem, fico com ela até alguém dar pela falta. Tenha um bom dia. E você não devia estar fumando esse treco.

– É o que você vive me dizendo. Bom dia pra você também, garota.

Assim que encerrou a ligação, esticou o braço e o colocou o celular ao lado do relógio.

– Essa é uma fêmea e tanto.

– Do que ela estava falando? Uma foto?

– Não sei. Uma Polaroid que ela encontrou no ônibus. – Sentou-se. Levantou-se. Tentou andar. – Uau. Essa bateu forte. Vamos para a cozinha pelos fundos, assim ninguém nos vê tropeçando e cambaleando.

Capítulo 30

Enquanto andava descalça em seu quarto de um lado para o outro, Paradise tomou cuidado para não fazer barulho, avançando na ponta dos pés para só depois apoiar os calcanhares, embora, levando em consideração as batidas fortes do coração, estava surpresa por pessoas da margem oposta do rio não o ouvirem.

Parada rápida. Espiada no relógio.

Seis e cinquenta e oito. Ou talvez cinquenta e nove, era difícil ser precisa com aquele relógio antigo sobre a mesinha de cabeceira, ainda mais dali, do outro lado do quarto.

Esfregando as mãos suadas na calça jeans, adiantou-se e olhou o celular. Deliberadamente o colocara virado para cima, e ficou ali, encarando a tela escura. Colocara a campainha no mudo, mas ele vibraria quando Craeg telefonasse.

A qualquer segundo.

De verdade.

Franzindo o cenho, inclinou-se e "despertou" o celular, só para ter certeza de que não deixara passar nada. Claro que isso equivaleria a alguém não perceber um outdoor de neon em seu quarto. Nada. Nenhuma chamada perdida. Também nenhuma mensagem de texto.

Só para ter cem por cento de certeza, inseriu a senha e foi para a lista de chamadas.

Nada mesmo.

Deus, aquilo era horrível. Sentia-se parada num parapeito, olhando lá em baixo, sem nada em que se segurar. O que era loucura, e sinal de que suas glândulas adrenais estavam demasiado preocupadas com possíveis ameaças à sua segurança pessoal. Pelo amor de Deus, não perderia um braço ou uma perna caso ele não telefonasse como prometera. Ela ficaria perfeitamente bem.

E, caramba, ele sequer estava atrasado ainda.

Deixando o celular de lado, voltou a andar.

O que não durou muito tempo. Dois minutos mais tarde, já estava de volta ao celular.

Nada.

Virando as costas para o aparelho, irritou-se consigo mesma. Ali estava ela, tentando ser independente e autônoma, bancando a revoltadinha ao rejeitar todas as tolices da *glymera*, mas, mesmo assim, estava preocupada se um macho iria ou não telefonar, sendo que aquilo provavelmente seria uma chamada sexual só para ele se aliviar.

Puxa, se isso não era uma declaração de feminismo da sua parte.

Além disso, jamais tivera um orgasmo antes. O que o fazia acreditar que conseguiria...

O som da vibração que reverberou ao lado da cama fez com que ela corresse tanto que acabou derrapando no tapete.

– Alô! – exclamou enquanto ainda recuperava o equilíbrio.

Houve um instante de silêncio. Então aquela voz grave, aquela deliciosa voz masculina, disse em seu ouvido:

– Em que parte da casa você está?

Ela olhou ao redor.

– No meu quarto...?

– As luzes estão acesas.

– Sim...? – Engraçado, evidentemente ele fazia as perguntas e ela respondia, mas, na verdade, era o oposto. Sentia como se ela estivesse fazendo as perguntas.

– Vá para a cama. Apague as luzes.

– Tudo bem. – Aproximou-se da porta e apertou o interruptor, depois atravessou o quarto, subiu no colchão alto e se livrou dos sapatos num chute. – Está escuro.

Pense num breu.

Craeg emitiu um som, algo que ela não conseguiu identificar, e a experiência foi incrível. Com as luzes apagadas, foi como se ele estivesse bem ao seu lado.

– Você acabou comigo na sala – ele disse num tom gutural.

– Por quê?

– Não consegui parar de olhar para você. Fiquei olhando para a sua nuca. – Aquele som de novo, e ela percebeu que era um meio-termo entre um ronronado e um grunhido... evidentemente, ele já estava excitado. – Tenho essas fantasias de me aproximar por trás de você e inclinar a sua cabeça. Depois desço as mãos pelo pescoço... depois dentro do seu uniforme... até seus seios.

Os olhos de Paradise se fecharam por vontade própria.

– Ai, caramba... Tem, é?

– O tempo todo. Por que acha que não consegui me levantar do meu lugar hoje?

Ela teve uma imagem dele congelado no fundo da sala, sem nenhuma expressão no rosto, o corpo imenso todo tenso.

– Do que está falando?

– Eu estava duro. E teria aparecido.

O corpo de Paradise se arqueou quando ela visualizou como estaria a frente daquela calça frouxa, toda esticada sobre a grande extensão rígida.

– Preciso me sentar na frente para não te ver tanto. – Quando ela riu, ele gemeu. – Faz isso de novo.

– O quê?

– Essa risada. É sexy pra cacete. – Quando ela obedeceu, ouviu um farfalhar de roupas. – Você já se tocou, Paradise?

Teve uma breve imagem de Novo, tão segura, tão sensual, tão confiante. E pensou em mentir.

– Não.

– Tenho tocado em você, na minha cabeça, desde que voltei para cá.

Mais imagens dele tremeluziram no fundo escuro do seu quarto: lutando contra o Irmão com honra; levantando pesos; olhando para ela naquele vestiário...

– O que está vestindo? – ele disse num suspiro.

– É como se você estivesse aqui comigo.

– Estou. O que está usando em cima?

Ela abaixou o olhar no escuro e não viu nada.

– Estou com uma camisa com botões na frente.

– Não a tire – ele gemeu. Ou talvez aquele fosse outro ronronado. – Enfie a mão por dentro do colarinho.

Pareceu-lhe a coisa mais natural do mundo fazer o que ele dizia, e a sensação das pontas dos dedos sobre a pele emitiu um tremor pelo seu corpo.

– Está usando sutiã?

– Estou.

– Consegue sentir as alças? Estão quentes pelo contato com a sua pele, certo?

– Sim – ela sussurrou.

– Desabotoe o primeiro botão. Faça isso por mim. Agora desça mais… O mamilo está rijo contra o bojo?

Quando obedeceu, teve a intenção de responder, mas já arquejava e a mente estava inoperante. Mas ele não pareceu ligar para o silêncio.

Craeg riu, o som sombrio e grave eletrizando-a.

– Quero a minha boca aí. Quero levantar o olhar e ver você arfando quando eu te lamber, te sugar.

Para um macho de poucas palavras, ele sabia muito bem encadeá-las.

– Fico pensando naquilo na clínica – ela se ouviu dizer. – Na sua mão debaixo do lençol. Lembro-me exatamente de como foi, ela subindo e descendo…

– *Caralho…*

– … Até você…

– Rasgue a sua camisa.

– O quê?

– Rasgue a maldita coisa do seu corpo – ele ordenou. – Abaixe a porra do celular e rasgue a camisa ao meio!

Botões. Por toda parte.

E, caramba, como foi bom, o tronco se arqueando para a frente enquanto ela arreganhava a blusa, os botões não oferecendo nenhuma resistência, diante da força com que executou o movimento.

Voltando a cair no colchão, apanhou apressada o celular, levando-o à orelha outra vez, e logo o ouviu respirando mais profundamente, mas logo ele se conteve.

Num tom controlado, como se tivesse cerrado os dentes, exclamou comandos para que ela colocasse as mãos sob os bojos do sutiã, esfregasse os mamilos para sentir os seios inchados e depois se livrasse de vez da coisa. Ela não hesitou, e ficou atordoada ao sentir os próprios dedos explorando a pele suave, as pontas túmidas, criando faíscas de eletricidade e de calor que ecoavam direto em seu âmago. E, durante o tempo todo, ele falava naquela voz aveludada, instruindo-a de forma determinada, apesar da carga erótica de tudo aquilo, fazendo com que sua expectativa aumentasse lenta e inexoravelmente. Quanto mais alto ela se erguia, mais quente, mais molhada e menos preocupada ficava com o seu recato e toda a baboseira relacionada às damas, e mais desejava aquilo que ele lhe dava.

Mas conseguiu se conter o suficiente para ficar calada. Mesmo querendo gritar o nome dele, a ideia de que um *doggen* ou seu pai tentassem abrir a porta do quarto por terem ouvido algo levaria a um tipo de conversa da qual ela não conseguiria se safar.

– E agora...? – ela gemeu.

Na escuridão do quarto que lhe fora designado, Craeg estava ficando louco. Completamente. O centro de treinamento poderia estar pegando fogo ou ter sido atingido por um terremoto que ele não teria interrompido aquela ligação.

Não fazia ideia de como era o quarto de Paradise, onde ficava a cama, em quantos travesseiros ela estava recostada, ou a cor da colcha. Mas tinha uma imagem mental bem clara de como ela estava, toda esticada e se contorcendo, a camisa rasgada pensa nas laterais do corpo, o sutiã básico e sem frescuras aberto e os seios expostos.

Os mamilos pequenos, rijos, prontos para a sua boca.

– Consegue me sentir em você? – ele perguntou exigente.

– Sim... – ela arquejou.

Bom, pois era hora de descer. Mas não nele mesmo. Ele tivera que parar de manipular o pau, porque quando o fazia, chegava muito perto do orgasmo e isso emperrava seu cérebro. Mais do que tudo, mais do que ele mesmo chegar ao ápice, ele queria que ela se satisfizesse.

Porque eles só teriam aquilo. Não tinha nenhuma intenção de tirar a virgindade dela, e se desejava manter aquela resolução, então tinha que colocar uma distância intransponível entre seus corpos nus: o telefone seria o único modo seguro de garantir isso. Ela continuaria sendo considerada respeitável depois disso, porque se masturbar era muito diferente de um Neandertal como ele penetrar seu sexo até gozar umas duas dúzias de vezes, roubando esse privilégio do macho que um dia a desposaria.

Contanto que não ficasse sozinho com ela por muito tempo, conseguiria honrá-la, e não tinha se enganado, a atração entre eles estava desenfreada, mas e depois que o treinamento terminasse? Depois que tudo acabasse, presumindo que ambos chegassem ao fim?

Caminhos separados. Mesmo que de tempos em tempos acabassem trabalhando juntos.

No fim das contas? Não havia um futuro doméstico para lhe oferecer. Ainda mais depois que ele começasse a trabalhar no seu real propósito com todo aquele treinamento: vingança. Sobre os aristocratas que permitiram que seu pai morresse nas mãos dos inimigos.

Não descansaria até que o sangue deles estivesse em suas mãos.

– Vá descendo os dedos pela barriga – ordenou. – O que você encontrou?

– O cós da minha calça jeans.

– Desabotoe.

– Sim…

Houve um barulho e ela voltou a falar:

– E agora?

– Desça o zíper.

Outro barulho. Durante o qual ele se imaginava abrindo-lhe a calça, afastando as laterais do zíper, descendo a boca para pressionar um beijo sobre a calcinha de renda. Ou, provavelmente, de algodão.

– Tire os jeans. Fique de calcinha.

Mais barulhos, os sons chegando abafados e distantes em seu ouvido.

Debaixo do lençol fino que lhe cobria o corpo, não conseguiu se conter e deu uma ou duas bombeadas no pau. Mas quando a cabeça começou a queimar como se fosse explodir, teve que se segurar.

Cerrando os dentes, disse:

– Ponha a mão entre as coxas, afaste as pernas… Faça isso.

Quis se aliviar, mas desejou mais. E ela também: o gemido que emitiu fez com que ele chegasse ao limite, o pau no ponto, só esperando o contato de sua mão para seguir com a programação.

– Esfregue – ele gemeu quando a ereção se ergueu debaixo do lençol, jatos quentes aterrissando sobre o abdômen enquanto ele gozava. – Ai, caralho, Paradise, esfregue por cima da calcinha… – Quando ela soltou um gritinho, ele soube, mesmo em meio ao próprio orgasmo, que ela também estava chegando perto. – Por baixo… Já por baixo, sinta a umidade, o calor… Sinta… Ai, cacete… É tão suave…

Ela arfava, e depois pronunciou "Craeg" como se o nome dele tivesse saído rasgando sua garganta.

– Imagine a minha boca em você... Aí.

Foi nessa hora que ela gozou. E ele de novo, enquanto a ouvia inspirar fundo e exalar, entremeando gemidinhos deliciosos, sons suplicantes chegando-lhe através da conexão telefônica.

O simples som do orgasmo dela provocou o seu terceiro. E o quarto.

– Continue – ele disse rouco –, sinta a minha língua te lamber, meus lábios te sugando...

Algum tempo depois, quando por fim terminaram, só o que fizeram foi respirar juntos.

Por algum motivo insano, ele se pegou desejando estar ao lado dela para abraçá-la – ou alguma merda assim. Não sabia. Só o que sabia era que sentia essa necessidade ardente de ter certeza de que ela estava bem depois do que se passara.

Agora, os quilômetros que os separavam pareciam algum tipo de castigo.

– Você está bem? – ele perguntou rouco.

– Hum... Sim... Estou.

Quando ouviu o contentamento na voz dela, também começou a sorrir, e ainda bem que estava sozinho no escuro, pois devia estar parecendo um completo idiota.

– Você é linda – ele se ouviu dizer. – É incrível. Simplesmente incrível.

Ela soltou uma gargalhada.

– Você é bobo.

– Dificilmente. Nasci sem senso de humor.

– Mesmo?

– É. Sou o macho mais sem graça que conheço, nunca entendo as piadas.

– Sabe... Pensando nisso, acho que nunca te vi rindo.

– Pode esperar sentada. – Estendeu a mão para o criado-mudo, abriu a gaveta e tirou o maço de cigarros e um isqueiro Bic que comprara na volta para o centro de treinamento. – A propósito, eu fumo.

Só depois do sexo, quase explicou. Mas não queria enfatizar que já estivera com outras, por algum motivo.

Virando a cabeça de lado para segurar o telefone com o ombro, remexeu no maço para abri-lo e puxar um bastão cancerígeno. O isqueiro emitiu um chiado quando se acendeu, e ele teve um close-up do punho quando aproximou a chama do rosto. Aquela primeira tragada bastou para que ele gemesse de novo, e manteve o cigarro entre os lábios enquanto tateava às cegas dentro da gaveta para encontrar o cinzeiro, que colocou sobre o peito nu.

– É um vício – disse como se tentasse se desculpar. – Mas, pelo menos, os vampiros não têm câncer.

Assim que combinara aquilo com ela, começou a planejar como conseguiria os cigarros para fumar depois do sexo. Algo não muito romântico de sua parte.

Não que estivesse procurando romance, lembrou a si mesmo.

– Então por que você não sorri, Craeg...

Na superfície, a pergunta/afirmação, ou o que quer que aquilo fosse, poderia ser levado na boa, na brincadeira, mas o tom sério dela o fez desconsiderar essa interpretação de cara.

E talvez tenha sido o estado de relaxamento pós-orgasmo que o fez responder a verdade, em vez de desligar, que era o que ele deveria ter feito.

– Quantas pessoas você perdeu nos ataques? – ele sussurrou.

– Sete primos – ela respondeu com tristeza. – Somos apenas meu pai e eu, e tivemos muita sorte.

– Perdi a minha família imediata. A minha mãe e a minha irmã estavam em casa comigo. O meu pai estava trabalhando. Encontraram o endereço da nossa casa na habilitação humana falsificada dele depois que o mataram. Foi assim que nos encontraram. – Ele tragou de novo. – Então, é por isso que eu não sorrio.

– Eu sinto muito.

– Eu também. – Mais uma coisa que ele não teria dito em outra circunstância. – Eu não consegui salvá-las. Minha mãe e minha irmã.

– Ai, meu Deus...

Ele deu de ombros.

– Perdi sangue demais. Os *redutores* invadiram nossa casa e eu desci as escadas quando ouvi o barulho. Atacaram-me, pensaram que eu estivesse morto, por isso me deixaram pra lá. Até hoje não sei como sobrevivi. Usaram facões. Permaneci consciente tempo suficiente para ouvir a minha mãe gritar para que a minha irmã fugisse... E depois as duas morreram... mortes horrendas. – Quando ela engoliu em seco de emoção, ele sacudiu a cabeça. – Informações demais. Desculpe.

– Eu realmente... sei que dizer isso não é o bastante, mas é só o que posso dizer: eu sinto *muito*.

– Obrigado.

– Como sobreviveu? Alguém... veio te resgatar?

– Despertei numa poça do meu próprio sangue pouco antes do amanhecer. Eu estava tão fraco... Mal consegui fechar a porta da frente antes que o sol me incinerasse. Rastejei... pela casa, sabe? E encontrei-as... Foi... foi bizarro... Ver as duas caídas sobre o linóleo, sangue por todos os lados, a pele pálida... as duas tentaram se alcançar. A minha mãe estava com a mão... – Teve que parar para limpar a garganta. – A minha mãe estava estendendo a mão na direção da minha irmã, que tentava alcançá-la. Os olhos das duas estavam abertos... Não sei. Depois de ter visto aquilo? Alguma coisa dentro de mim despertou. É só o que sei dizer. E foi quando tudo começou. Foi aí que eu resolvi que algum dia, de alguma maneira, eu encontraria um modo de entrar na guerra contra a Sociedade Redutora. É a única maneira de eu prosseguir neste planeta sem querer estourar os miolos. – Ele riu duro. – Bem, também resolvi que odeio os aristocratas, embora essa resolução só tenha chegado umas duas noites depois disso.

– Por que... – ela titubeou. – Por que odeia a *glymera*?

Capítulo 31

Enquanto Paradise esperava por uma resposta, seu coração voltava a bater forte, e ela teve que acender a luz. Envolvendo as pernas com a colcha cor coral e fechando a blusa, dobrou os joelhos com força e esperou.

Demorou um pouco para que Craeg lhe respondesse.

– A primeira coisa que fiz quando recuperei um mínimo de forças foi tentar encontrar o meu pai na mansão em que ele estava trabalhando. Quando cheguei lá, a situação era mais ou menos parecida com a da minha casa. Sangue e corpos por todos os cantos, mas também pilharam a residência, levando quadros, prataria e esse tipo de coisa. Alguns dos cadáveres foram incinerados por terem ficado expostos a fachos de luz solar. Aqueles que estavam mais no interior da casa ainda estavam intactos. Encontrei meu pai... no quarto em que ele estava instalando o piso de mogno. E sabe o que mais encontrei? A porta aberta do maldito quarto do pânico no qual a família proibiu ele e os demais criados e funcionários contratados de entrarem.

– O que... o que está querendo dizer?

– Que a família que morava ali, os *aristocratas* que viviam ali, procuraram abrigo num quarto reforçado e não deixaram nenhum dos empregados entrar. Ficaram trancados do lado de fora, e por isso foram assassinados – eu vi a porta aberta, e as pegadas no sangue do meu pai e dos seus colegas conforme a família saiu, fugindo pouco antes do amanhecer ou no entardecer seguinte. – Outra pausa. E depois, quase num sussurro, ele disse: – Enterrei todos eles ali, exceto o meu pai. Ele eu levei de volta para a minha casa. Eu... não conseguiria deixar os outros assim. Um *doggen* apareceu pouco depois, enquanto eu cuidava dos corpos, e me disse que estavam tentando encontrar os parentes, mas todos nas casas dos funcionários tinham sido mortos, assim como na minha. Literalmente, não havia sobreviventes para cuidar dos mortos. Ah, e aquela formidável família? Eles fugiram. Tentei localizá-los... e não vou descansar até conseguir. Moravam numa propriedade chamada Endelview.

Ele pigarreou com força.

– O que eu quero dizer é, como se faz algo assim a outra pessoa? Como conseguem viver com suas consciências sabendo que poderiam ter ajudado alguém e não o fizeram? Os empregados da casa, os criados, eles serviram à família por gerações. E também havia plebeus naquela sala. Estavam ali, pelo que o *doggen* me contou, porque os caras da construção sabiam da passagem e se amontoaram indo em direção àquela sala. Socaram a porta para que os deixassem entrar enquanto a casa era atacada. Sei disso porque muitos dos corpos estavam agrupados junto à parede. Mas não. Eles não eram bons o bastante, importantes o bastante, dignos o bastante.

Oh... Deus...

Era só isso o que se passava pela cabeça dela – porque também conhecia essa história. Peyton lhe contara esse acontecimento hediondo numa de suas longas conversas, que duravam o dia todo, um mês depois que ela e o pai partiram para a casa segura. O primogênito, uma filha do meio, a mãe e dois primos alegaram terem voltado para a cidade e encontrado a carnificina... mas talvez tivessem estado ali dentro o tempo inteiro?

E depois desapareceram. Muito provavelmente para uma nova casa segura, bem distante de Caldwell.

– Enfim, tenho planos para eles. Quando descobrir onde estão.

Paradise fechou os olhos.

– Nem todos os aristocratas são maus.

– Quando você teve que ouvir seu pai chegar em casa todas as noites contando histórias de como eles o tratavam como lixo enquanto tentava viver com dignidade? É difícil ter simpatia por eles... e isso foi antes de serem diretamente responsáveis não só pela morte do meu pai, mas também da minha mãe e da minha irmã.

– Eu sinto muito.

– Tudo bem.

Não, não estava tudo bem.

E ela não ficou totalmente surpresa quando ele disse abruptamente:

– É melhor eu desligar. Precisamos dormir.

– Sim. Sim, claro. – Ela segurou o telefone com força, tentando encontrar alguma coisa para dizer. – Eu, hum...

– Te vejo amanhã.

Clique.

Afastando o celular da orelha, ficou olhando para o aparelho. Naturalmente, não havia registro do número, pois, assim como o da casa de audiências, era restrito e privado.

Mas ela não teria ligado para ele mesmo se pudesse.

Deixando de lado o aparelho, olhou para o outro canto do quarto, seu quarto bonito e elegante, em tons de rosa e coral, cortinas de seda com borlas penduradas e tapetes em ponto cruz. Não podia culpar Craeg pelo modo como pensava ou como se sentia. Ela estaria exatamente como ele. Mas a resposta não era perseguir um cara e assassiná-lo para *ahvenge* aquelas mortes. Ou assassinar as fêmeas pelo mesmo motivo.

Bem, pelo menos ela esperava que essa não fosse a resposta.

Já havia tantas mortes na espécie. Por certo devia existir outra forma de reparar esse erro.

Quando o telefone voltou a vibrar, ela se assustou e o apanhou. Nenhum número. Era ele? De novo?

Aceitando a ligação, sussurrou:

– Alô?

Houve um instante de silêncio. Assim como antes.

– Desculpe – Craeg disse, de repente. – Caso não tenha percebido, sou um bosta com emoções. Não é culpa sua tudo o que aconteceu antes.

Ela exalou aliviada.

– Estou feliz que tenha ligado de novo. Não pensei que fosse ligar.

– Nem eu.

– Acha que vai conseguir dormir?

– Agora que ouvi a sua voz de novo? Talvez. Vou tentar.

– Craeg...

– O que foi?

Ela remexeu na bainha rendada da colcha ao escolher suas palavras com cuidado.

– Naquela noite dos ataques... Não estou dizendo que o macho ou quem quer que estivesse trancado ali estivesse certo. Nada disso. Mas olho por olho... é bárbaro.

– Era assim no Antigo País.

– Não vivemos mais lá. Os tempos mudaram. Pense em todo o progresso que fizemos, proibição dos escravos de sangue, igualdade começando a acontecer para as fêmeas e para os plebeus. Você não tem que esquecer o que aconteceu, não tem que perdoar... Mas a sua resposta não precisa ser homicídio.

– Não seria homicídio. Seria uma *ahvenge* para a minha família.

– Mas se você mata alguém a sangue frio, como chamaria isso? – Manteve a voz baixa e suave. – Não quero brigar com você, de verdade, não quero. E eu jamais presumiria saber como foi, ter a sua família... – Quando sua voz falhou, pigarreou. – Não consigo imaginar. Mas se você seguir em frente com isso, isso também será assassinato. Você não vai ser diferente dos *redutores*.

O silêncio que se seguiu foi longo, mas ela sabia, pela ausência do *clique*, que ele não desligara.

– Você é uma das pessoas mais compreensivas que eu conheço – disse ele, por fim.

– Não mesmo.

– É, sim. Você é uma boa pessoa, Paradise.

– Não me coloque num pedestal. Só o que vou conseguir é despencar de um lugar alto.

– Duvido. – Houve uma pausa. – Durma bem, ok? E se acordar no meio do dia e sentir a mão de alguém em seu corpo, sou eu. Pelo menos nos meus sonhos.

– Você está me fazendo corar.

– Que bom. E quando estivermos de novo na sala de aula, tentarei não ficar te encarando o tempo todo.

– Não se esforce muito.

Agora o tom dele estava mais sério:

– Você tem a sua virtude a proteger.

– A virtude é minha, então o problema é meu. Não seu.

Craeg emitiu um som significando "até parece".

– Vou ligar de novo amanhã às sete. Atenda ao maldito telefone.

Paradise teve que rir.

– Alguém já te disse que você é controlador?

– Não, porque nunca ouço o que as pessoas têm a me dizer.

– Quer dizer que se eu disser que você também é incrível, vai desligar na minha cara de novo?

– Provavelmente.

– Ok, muito bem, tenha um bom dia e você é incrível… – De repente, ela se sentou mais ereta e pressionou o aparelho na orelha. – Espere um segundo, acabei de ouvir uma risada desse lado?

– Não. Nada disso.

– Mentiroso. – O sorriso dela era tão amplo que as bochechas doíam. – Você riu. Agorinha mesmo.

– *Não foi* uma risada.

– Ah, porque uma gargalhada é algo muito mais másculo? Tudo bem, você *gargalhou*, Craeg. Te peguei.

– Você tem que parar. – Nessa hora ele emitiu algo muito parecido com…

– Você acabou de dar uma risadinha!

– Não!

– Sim, deu, sim. – Conforme continuou provocando-o, ela deduziu que aquela conversa era o equivalente a coceguinhas nas costelas. – Você acabou de dar uma risadinhaaaaaaaa…

– Preciso ir! Tchau!

– Você é incríííííível…

Clique.

Desta vez, quando ela abaixou o celular na cama, sentia-se leve e borbulhante como as bolhas num *flute* de champanhe.

E um pouco ébria também.

Capítulo 32

Quando a noite caiu, Marissa entreabriu a porta do quarto e espiou o corredor. Não havia sons na sala de estar do Buraco, por isso ela saiu em sua camisola de seda, os pés descalços ressentindo-se do frio das tábuas de madeira. Dobrando a curva, deu uma olhada no sofá, esperando encontrar seu companheiro adormecido com a cabeça virada para a cozinha e os pés próximos a ela. Ele sempre dormia desse jeito, de modo que a mesa de pebolim não obstruísse a visão da TV.

O sofá de couro preto estava vazio. Mais especificamente, a manta dos Red Sox que ela lhe dera pelo Natal humano no ano anterior ainda estava dobrada sobre o espaldar.

Então, ele nem tentara dormir em casa.

A manta era a pista. Ela amava seu *hellren* de todo o coração, mas o macho era incapaz de usar a manta e voltar a dobrá-la quando não mais precisasse dela. Era uma piada entre eles, assim como a inabilidade de guardar o abridor de garrafas em seu lugar costumeiro na cozinha e nunca, jamais, dar partida na máquina de lavar louça.

Suspirando profundamente, fechou os olhos e se recostou na soleira.

– Ele não voltou para cá ontem à noite.

Ao ouvir a voz grave de V., ela olhou na direção da fileira de computadores. O Irmão tinha desviado a atenção das várias telas, os superinteligentes olhos diamantinos encarando-a sem piscar nem julgar. E não havia como Marissa esconder sua tristeza dele. Primeiro porque, para o que desse e viesse, ele era como um irmão para Butch, e depois, V. a conhecia tão bem que enxergaria a verdade em qualquer "eu estou bem" que tentasse usar.

– Tivemos uma briga feia ontem à noite.

V. deu uma tragada profunda em seu cigarro.

– Qual o motivo?

Andando até o sofá, ela se sentou e arrumou a camisola sobre os joelhos, ganhando tempo.

– Um clube de sexo.

Teria sido extremamente divertido apreciar o acesso de tosse do cara, caso estivesse de melhor humor. Havia uma satisfação inenarrável em conseguir chocar o imperturbável Irmão. Infelizmente, era por ela ser tão certinha.

– Como é que é? – As sobrancelhas dele se ergueram tanto que distorceram as tatuagens nas têmporas. – Clube de sexo?

A explicação foi breve e direta, e quando ela terminou, a expressão sardônica normal de V. retornara.

– É. Ele me disse que iria. E pediu para eu ir com ele.

Ela não conseguiu esconder sua reação. Confiava que Butch jamais a trairia – pelo amor de Deus, era um macho completamente vinculado, jamais notava as outras fêmeas, elas podiam ser torradeiras com pernas se dependesse da reação sexual dele. Mas existia algo de intimidador em envolver V. no assunto, talvez porque isso fizesse ela se sentir... excluída, mesmo isso sendo loucura.

E também inadequado, porque seu companheiro precisava de Vishous lá, mas não a queria.

Além disso, era verdade, o estilo de vida de V. sempre a chocara um pouco, não por considerá-lo um degenerado, mas por ser sexualmente extremo... E diferente.

– Você sabe que ele te ama – V. murmurou. – Qual é...

– Eu sei.

– E não vou ficar esquisito pra cima dele, nem nada assim.

– Não tive intenção de te ofender.

– Não ofendeu.

– Ofendi, sim. – Quando o Irmão se calou, soube que tinha razão. – Eu só... Às vezes não quero ser protegida, se é que isso faz sentido. Quero dizer, o assunto dessa fêmea, que morreu na minha frente... É meu. Isso faz sentido? É responsabilidade minha. E estou grata pela ajuda dele, quero a ajuda dele, mas ser deixada de lado porque sou "uma boa moça" e por eu não poder lidar com certas coisas faz com que eu acredite que ele me considera fraca e frívola.

– Olha só, eu não posso me meter na intimidade de vocês.

– Eu sei. Desculpe.

Quando ela foi se levantar, ele interveio:

– Mas ele te idolatra. Você é como... aquela Virgem Maria para quem ele reza. Para ele, você é a fêmea mais perfeita que já andou e vai andar na face da Terra. Levar você a um lugar como aquele seria o mesmo que assistir pornografia na igreja para ele. Ele a considera pura, virtuosa, boa, e quer – prepare-se, estou prestes a usar a palavra que começa com "p" – proteger você num mundo que é cruel, nojento e nauseante.

Ela balançou a cabeça e pensou em Butch com aquela coisa do sexo oral.

– Só não quero que tudo seja tão branco e preto. Não quero ficar numa caixinha, mesmo se ele me coloca lá porque ama certas partes minhas.

A cadeira de V. estalou quando ele se recostou e exalou um firme jato de fumaça. Engraçado, a princípio ela odiara aquele cheiro assim que se mudara para ali. Agora? Era como incenso, e a fazia se sentir em casa, protegida... E quase já nem o notava mais.

Que diabos, a própria presença de V., por mais frio e intelectual que ele pudesse ser às vezes, também era algo reconfortante para ela.

– Não é uma questão fácil de responder. – As sobrancelhas dele se uniram. – Quero dizer, o seu garoto é meio do tipo certo e errado, preto e branco. É complicado. Mas também existe o lado bom disso. Ele jamais te desrespeitaria. Jamais a trataria mal. Nunca deixaria de pensar em você.

– Ah, eu sei tudo isso. Mas, nesta situação, ele está se metendo em algo que não só é muito importante para mim, mas que é meu direito fazer. Quando você ama alguém, isso não é legal, mesmo que as motivações sejam cheias de boas intenções e consideração.

Houve uma longa pausa silenciosa.

– Deixe-me falar com ele.

– Agradeço se fizer isso. – Praguejou baixinho. – Temos tido alguns problemas ultimamente. Estou de coração partido.

– Relacionamentos são assim. Mesmo os melhores.

– Acho que sim.

– Olha só, ele não quer estar com ninguém mais que não seja você. – O Irmão mostrou as palmas. – Sei que você sabe disso, mas eu tenho que repetir. E para o bem ou para o mal, a sua graça e elegância e, sim, esse seu recato é parte do que o atrai. Quer dizer, por exemplo, ele se envolveu com Xhex, mas aquilo foi só sexo, e é o que sempre seria. Você é o tipo dele, não ela.

Marissa levantou-se como se tivesse acabado de levar um balde de água fria na cabeça.

– *Ele fez sexo com ela?*

No escritório do centro de treinamento, Butch estava sentado atrás da escrivaninha de Tohr, fitando as linhas coloridas que giravam pelo descanso de tela do computador.

O que estava ruminando, o que estivera ruminando o dia inteiro, era o que diabos havia de errado com ele. Depois que Marissa o deixara falando sozinho na sala de bilhar, começara a beber, beber como um gambá, mas não se embebedara. Sim, claro, seu corpo ficara todo entorpecido, a ponto de não conseguir sequer voltar para o Buraco para cair duro no sofá.

Que inferno, arrastar-se até um dos sofás ao lado das mesas de sinuca só para desmaiar na vertical já se mostrara um belo desafio.

Contudo, seu cérebro permanecera tragicamente límpido.

E a pior parte? Por algum motivo, a última imagem que tinha da irmã – dela olhando para ele pela janela de trás do carro em que saíra para encontrar seu destino de estupro e morte – continuava surgindo, como se a sua mente fosse uma máquina de caça-níqueis, que nunca mostrasse a combinação de figuras correta, e ele perdesse continuamente.

Ah, "por algum motivo" uma ova. O motivo era a garota morta de Marissa, claro. E deduziu que, caso se sentasse com Mary para uma sessão de terapia, a terapeuta favorita da Irmandade lhe diria que sua presente situação estava desencadeando aquelas memórias do passado e que ele estava passando por uma síndrome de estresse pós-traumático.

A porta do armário de suprimentos foi aberta num rompante. E ele ainda tinha álcool suficiente em seu organismo para não virar-se rápido e berrar como uma menininha com o susto.

– V.? – disse quando seu camarada foi entrando feito um tornado.

Certo, por falar em síndrome de estresse pós-traumático, Butch nunca vira V. tão perturbado: respirava fundo, os olhos estavam arregalados, o cabelo escuro todo bagunçado, arfando como se tivesse corrido pelo corredor subterrâneo, em vez de caminhar por ele.

– O que foi? – Butch exigiu saber. – Jane está bem? É o Buraco? Cristo, o que aconteceu?

V. só marchou ao redor da mesa e se jogou na amada poltrona verde e horrorosa de Tohr. Apoiando a cabeça na mão enluvada, murmurou:

– Um dos meus antigos sonhos acabou de se tornar realidade.

Quando o pânico de Butch começou a arrefecer, ele revirou os olhos.

– E qual foi?

– Acabei de te foder.

Piscada. Piscada. E depois Butch começou a gargalhar.

– Ah, tá, ótima piada. Agora, sem brincadeira: o que foi que o Lass fez agora?

– Não, estou falando sério. Acabei de te foder. Pra valer. E sinto muito, mas muito mesmo.

Apoiando-se nos antebraços, Butch praguejou.

– Sem querer te ofender, não há nada que você pudesse fazer que seja tão ruim assim.

– Acabei de contar pra Marissa que você transou com a Xhex.

O queixo de Butch despencou e ele sentiu a boca se abrir.

– Como… Por que… Mas o quê…

V. levantou as mãos.

– Eu pensei que ela soubesse, verdade! Eu não sabia que você não tinha contado pra ela! Mas que merda, vocês não fizeram aquela porra do "com quem você dormiu antes de mim"? Droga!

Se Butch não tivesse voltado direto para o pânico, teria rido à custa do cara de novo. O verbete "impassível" no dicionário tinha uma foto de V., que era o tipo de filho da mãe tão *blasé* que seria capaz de sentar num latão de gasolina no meio de uma casa em chamas só para dar uma relaxada.

Pelo visto, acabaram de descobrir o que disparava suas glândulas adrenais. Era bom saber.

Mas a notícia era bem ruim para Butch.

Apoiando a cabeça nas mãos, esfregou o rosto.

– O que ela disse?

– Não muito. Foi para o quarto, se vestiu e saiu para trabalhar, o mais calma que poderia estar. E foi isso que quase me fez cagar nas calças, cara.

Butch queria dizer que tudo ficaria bem. Mas do jeito que ele e a sua companheira vinham se desencontrando ultimamente...

– Como o assunto veio à tona? – perguntou.

V. pôs as palmas pra frente.

– Olha só, foi ela que começou a falar de vocês dois.

– A coisa do clube de sexo?

– É. Ela acha que você a rotulou nessa dualidade de santa/prostituta e que a está sufocando. E, presta atenção, não que você tenha algum interesse em aceitar um conselho meu, mas você tem que largar mão disso. Só porque ela vai ver um punhado de humanos mandando ver num lugar público não significa que vai mudar de personalidade. O que acha que vai acontecer? Ela vai, de repente, ficar como eu? Primeiro, ela precisaria mudar de sexo, segundo, teria que transar de um jeito muito mais depravado, e mais idiota também, evidentemente.

No silêncio que se seguiu, metade do cérebro de Butch se sobrecarregou com o lance a respeito de Xhex, e a outra metade chegou a uma súbita conclusão.

Marissa tinha razão. Ele se sentia mais desconfortável em vê-la num lugar como aquele do que ela própria.

Maldição.

– Muito bem – V. murmurou –, vocês dois agora têm que conversar. E eu sinto muito.

– Tudo bem.

– Eu pensei estar ajudando. Só quis enfatizar que ela é o seu tipo. Que ela é sua garota. Que você não precisa que ela seja outra coisa senão ela mesma.

– Isso é verdade. – Tateou procurando o celular. – Ela foi trabalhar, certo?

– Certo. Foi o que ela disse quando saiu.

– Vou ligar para ela. – Quando V. saltou da poltrona, Butch ofereceu sua palma. – Estamos bem, cara. A culpa é minha. Acho que tinha que ter contado antes. É que tudo o que aconteceu antes dela não tem importância, entende?

V. bateu a palma na dele.

– Eu me sinto péssimo por isso. Se quiser um *rytho*, é só dizer.

– Não, pare com isso, mas talvez você possa buscar a minha roupa na lavanderia por um mês.

– Fritz já não faz isso pra você?

– É uma piada humana.

– Ah, é por isso que não teve graça. – V. passou pela porta de vidro. – Quando vai tirar uma noite de folga para poder ir ao clube de sexo?

– Pode ser amanhã. Tanto faz.

– Ok. Vou cuidar da aula de combate. Depois Z. vai dar a aula sobre venenos. Tem certeza de que não vou precisar de um testador para a comida?

– Tá limpo. Mas se o Z. precisar de alguém pra praticar, faça o Lass de cobaia.

– Feito. Completamente de acordo.

Quando V. saiu e a porta se fechou silenciosamente, Butch ligou para sua companheira e rezou para que ela atendesse. Quando a ligação foi parar na caixa de mensagens, ele praguejou e desejou que o motivo fosse por ela estar em reunião e não por estar tão puta da vida que sequer queria falar com ele.

Ela não faria isso. Claro que não.

Mas, pensando bem…

– Merda.

Capítulo 33

Pense numa camada de excitação sendo acrescentada a cada segundo.

Enquanto Paradise passava pela sessão de treino de combate no ginásio e depois tinha a iniciação sobre as formas de matar usando loções e poções, sentiu como se escondesse o segredo mais incrível do planeta. A cada soco e chute, a cada anotação, pergunta feita ou resposta dada, ela tinha que refrear o sorriso que queria se formar em seu rosto.

E parte disso era porque ela sabia que Craeg se sentia exatamente como ela.

De tempos em tempos, ela o flagrava fitando-a com um olhar sensual, meio encoberto, que sugeria que o que quer que estivesse pensando não tinha a ver com a aula do momento.

Em vez disso, ele evidentemente estava de volta ao escuro, ao telefone. Com ela.

E, puxa, não era uma surpresa que seu corpo quisesse mais dele de novo – com tamanha intensidade que, de fato, ela se remexia e estalava as costas e tinha que mudar de posição sentada ou de pé meio que constantemente.

No entanto, ninguém mais parecia notar, embora talvez ela estivesse apenas se iludindo. E se não fosse assim? Que se fodessem. Antes de se desmaterializar de casa para o ônibus, relera o formulário de inscrição e todas as particularidades, ou seja, as coisas que não mostrara ao pai porque não desejara assustá-lo, e não havia nenhuma menção quanto a relacionamentos serem proibidos.

Ou conexões românticas.

Ou… o que quer que estivessem tendo.

Portanto, estavam bem no que se referia aos regulamentos. Ambos eram maiores de idade, e sim, claro que a ideia de que Peyton e

Anslam descobrissem poderia ser uma complicação adicional ante a *glymera*, mas 1) ela sabia tantas coisas podres sobre Peyton que poderia chantageá-lo para que se calasse se assim fosse necessário e 2) Anslam era o típico filhinho de papai voltado para o próprio umbigo que não notaria se um elefante cor-de-rosa entrasse na sala a não ser que isso o beneficiasse de algum modo.

Quando a parte final da noite chegou, ela entrou na sala de ginástica atrás de Craeg e se permitiu apreciá-lo com olhares cobiçosos, medindo a extensão dos ombros, sua imponente altura e o modo como caminhava com força comedida.

E, sim, aquele seu traseiro espetacular.

Uau.

Mas logo voltaram para o assunto sério quando o Irmão Butch lhes passou o treino, designando cada um deles para os diversos equipamentos e pesos livres.

– Paradise, hoje você vai correr – ele disse apontando para a fileira de máquinas. – Uma hora. Pausas aos vinte e quarenta minutos para água. Sem inclinação no aquecimento.

Atravessando os tatames, subiu na esteira mais próxima, inseriu a chave de segurança e programou para sessenta minutos numa velocidade alta. Quando a esteira começou a rolar, ela saltou e iniciou num ritmo que pareceu mais difícil do que estava acostumada, mas, em retrospecto, as coxas estavam cansadas pela posição defensiva, meio agachada, dos treinos no início da noite. Mas isso logo melhorou, a plataforma oscilando e resmungando ao ritmo das suas passadas nos tênis Brook Glycerin 12s, a respiração ficando cada vez mais profunda.

Craeg acabou na estação de agachamentos.

Que espetáculo!

O peso que ele conseguia sustentar era tão grande que Butch e Tohr acabaram um de cada lado dele para acompanhá-lo, para o caso de ele perder controle do que deviam ser uns 270 quilos. Posicionando-se debaixo da barra, apoiou as mãos com os punhos afastados, bufou e grunhiu ao elevar o peso e aceitá-lo em seu corpo. Na mesma hora seu rosto ficou vermelho, e os músculos e veias do pescoço saltaram quando ele recuou duas passadas para assumir a posição de equilíbrio.

Para cima…

… e para baixo.

Para cima…

... e para baixo.

Apesar da maneira como tremia na superfície da pele, os músculos desenvolvidos e fortes do tronco estavam sólidos enquanto ele se levantava e agachava repetidamente. O suor começou a brotar no rosto dele, não que ele parecesse notar, e não havia modo de ela não tentar imaginar como eram os músculos fortes debaixo daquele uniforme supostamente largo: as coxas da calça grudavam como uma segunda pele toda vez que ele agachava de tanto que os músculos cresciam. Na verdade, devia faltar pouco para ele rasgar o tecido...

Aconteceu tão rápido.

Num minuto ela estava correndo rápido, mantendo o ritmo. No seguinte, o pé direito aterrissou meio dentro da faixa, meio na borda lateral.

Ela caiu com tanta velocidade que não conseguiu se segurar, pelo menos não com o braço ou a mão. Em vez disso, bateu com força no console, ricocheteou e quase lixou o rosto na faixa de rolagem porque a chave de segurança estava muito bem colocada na máquina, mas não estava presa à sua roupa.

Por isso a esteira continuou funcionando.

Por um segundo, ela ficou atordoada demais para se mexer, mas quando sentiu uma dor ardente conseguiu se virar de onde tinha aterrissado. Deus, o cheiro nauseante de carne torrada fez seu nariz franzir.

Foi nessa hora que ela viu os coturnos.

Bem ao lado do seu rosto.

De repente, um monte de pessoas disparou a falar acima dela, e ela tentou acompanhar o que diziam, mas havia alguma coisa em seus olhos. E a cabeça doía. Por que a cabeça estava doendo?

– ... a doutora Jane, imediatamente.

– ... uma maca?

– Rápido!

Mexendo a mão meio descoordenadamente, tentou enxugar o suor do rosto para poder enxergar melhor.

Não era suor. Era sangue. Quando olhou para a palma que passara pelo rosto, viu que ela estava manchada com o vermelho vivo de seu sangue.

Ai, droga. Devia ter se machucado bastante.

E só porque bancara a garota deslumbrada.

Maldição.

Quando Paradise se estabacou na parte oposta da sala de ginástica, Craeg quase largou a barra com os pesos para correr para junto dela. Mas não se larga quase trezentos quilos de uma vez, não a menos que não queira se machucar ou machucar alguém perto de você.

Com todo controle que conseguiu reunir, avançou um passo e confiou na ajuda dos Irmãos para recolocar a barra com pesos no suporte. Logo os três dispararam para junto dela. Craeg arrancou a chave de segurança da máquina, porque ela estava perto demais daquela maldita coisa, o corpo dobrado meio dentro, meio fora daquela porcaria.

– Paradise? – ele a chamou.

Quando Butch se ajoelhou ao lado dela, Craeg quase arrancou o cara a tapa, mas isso seria ridículo. Primeiro, o Irmão era um professor. Segundo, não haveria um anúncio mais óbvio daquilo que ele e Paradise vinham tendo do que se mostrar todo territorialista em relação a ela numa maldita situação de emergência.

– Paradise? – repetiu. – Paradise...

Ela se sentou quando o ouviu chamar seu nome e depois se virou para ele. Oh, Deus, havia tanto sangue. Tanto... Puta merda, acabaria desmaiando.

Os Irmãos gritaram ordens um ao outro e logo Tohr saiu atrás de ajuda. O que significou que sobrava um espaço ao lado dela, e o corpo de Craeg tirou vantagem disso mesmo antes de formular um pensamento consciente.

– Estou bem – ela disse, afastando as mãos ao se levantar. – Estou me sentindo uma idiota. Não preciso de ajuda.

Arrancando a camiseta, Craeg formou uma bola com ela e pressionou o tecido sobre o corte no supercílio de Paradise.

– Cala a boca – murmurou quando ela começou a discutir com ele. – Você vai para a clínica. Provavelmente vai precisar de pontos.

– É só um cortezinho de nada.

– O que, exatamente, você acha que é todo esse troço vermelho?

– Não precisa ficar histérico...

– Não vou discutir com...

Ficaram nesse debate tenso, atropelando-se e interrompendo um ao outro. Foi só quando fizeram uma pausa para respirar que perceberam que todos na sala de pesos os encaravam com uma expressão de "olha só que novidade".

Merda.

Tanto faz... primeiro ele precisava se certificar de que ela consentiria em receber auxílio médico. Depois se preocuparia com as conclusões a que todos eles chegaram.

E, sim, foi ele quem a pegou no colo e a colocou na maca.

E, sim, se qualquer outro macho, inclusive o amiguinho Peyton ali na ponta, ou qualquer um dos Irmãos, a tivessem tocado, ele teria arrancado seu braço a dentadas.

No corredor, ela ainda discutia, e ele sabia que parte do motivo era ela estar assustada, querendo, assim, se livrar do medo.

– Ridículo. – Mas pelo menos ela pressionava a camiseta no rosto. – Só preciso lavar o rosto e o sangue vai estancar.

– Claro, porque um pouquinho de água vai dar jeito nesse talho de cinco centímetros.

– Isso é um exagero!

– E quando foi que você fez faculdade de medicina?

Quando chegaram à porta da clínica, ele teve a intenção de entrar com ela, mas Butch o barrou.

– Você tem que voltar para a aula.

Craeg abriu a boca para discutir, e foi então que ele soube que havia perdido o juízo. Quanto tempo fazia que conhecia aquela fêmea pra valer? Umas três, quatro noites? Aquilo era inapropriado.

Mesmo assim, ele sacudiu a cabeça de um lado para o outro.

– Não vou sair daqui.

– Vão ter que examiná-la – Butch argumentou. – Ela inteira, se é que me entende.

Craeg praguejou e deu uma última olhada para a porta que se fechava enquanto Paradise era transferida da maca para a mesa de exames. Como se sentisse que ele já não estava ali, ela ergueu os olhos confusa, procurando por ele.

– Eu... Ah... – Craeg pigarreou. – Gostaria de vê-la depois que tiverem terminado.

– Se ela concordar, tudo bem.

Craeg assentiu e ordenou aos seus pés que se virassem e voltassem na direção da sala de pesos. Demorou pelo menos meio minuto para que eles reagissem, e ainda assim com morosidade. As pernas levaram o tempo que bem quiseram para levá-lo aonde ele precisava estar.

E, vejam só, Peyton estava do lado de fora da sala de pesos, à sua espera.

Resmungando baixinho, Craeg se preparou para lutar de novo com o cara.

– Quando aconteceu? – o cara exigiu saber.

– Quando aconteceu o quê?

– Você e ela.

O outro macho estava olhando para ele com uma estranha tranquilidade, que tanto podia ser aceitação quanto preparação para um ataque. Engraçado, aquela aparência perfeitinha da J. Crew e modos de aristocrata, aliados a uma criação privilegiada, tornavam o cara um candidato da eHarmony muito mais adequado para uma fêmea.

No entanto, Paradise, por algum motivo, escolhera Craeg.

Ela devia estar louca.

– Não há nada entre nós – disse Craeg.

– Sem essa pra cima de mim, ok? Você se vinculou a ela.

– Porra nenhuma.

Peyton revirou os olhos azuis enfaticamente. Depois, franziu a testa.

– Espera aí, você tá falando sério.

– De que porra você tá falando?

– Você, sinceramente, não reconhece isso. Não percebeu que o cheiro da vinculação disparou, ou que você expôs as presas pra cima da gente quando foi ajudá-la. Você, francamente, não percebeu isso.

Craeg piscou perplexo algumas vezes. Depois olhou à esquerda do cara e mediu a distância entre a própria testa e a parede de concreto. Talvez, se batesse o crânio com força suficiente, causaria o dano cerebral necessário para afetar a sua memória recente e fazê-lo esquecer de um dia ter conhecido aquela fêmea.

Peyton começou a rir.

– Sabe, queria te odiar, ah, como queria. Ela é uma das melhores fêmeas que já conheci. Mas, em vez disso, sinto por você.

– Por quê? – Craeg disparou.

– Porque você já foi tão fundo e ainda está lutando contra isso. Vai ser divertido assistir a esse drama.

– Fico contente em poder entretê-lo.

Peyton teve a audácia de lhe dar um tapa no ombro.

– É melhor você cuidar bem dela, ou vou ter que ir atrás de você e acabar com a sua raça. Lentamente.

Craeg recuou um passo.

– Não sei do que você está falando.

– Sim, sim, claro que não sabe.

Peyton ainda estava rindo ao se virar para abrir a porta.

Craeg o segurou pelo braço.

– De onde a conhece?

Houve uma pausa.

– Ela trabalha na casa de audiências.

– Foi assim que a conheci também.

– Só pra ficar bem claro, às vezes eu acho que estou apaixonado por ela também. – Peyton voltou a revirar os olhos. – Deus, dá pra parar com isso?

– Isso o quê?

– Você estava rosnando para mim.

Puxa. Veja só. Suas presas tinham descido e o lábio superior estava retraído.

– Desculpa.

– Sim, lógico, você não está vinculado. Nem um pouco. – Peyton cruzou os braços sobre o peito. – Antes que comece a me atacar, nunca a beijei. Ela nem pensa nisso. Em relação a mim, quero dizer. O que é bom – sou um completo idiota – e ela tem razão, tenho alguns vícios. De todo modo, lembre-se do que eu disse.

– E cá estava eu, pensando que a gente podia esquecer esta conversa.

– Isso nunca vai acontecer, meu chapa. – De repente, os olhos de Peyton se estreitaram e agressão pura reluziu neles. – Qualquer um que magoe aquela fêmea é inimigo meu. E posso ser um aristocrata, mas sou capaz de virar bicho para proteger o que é meu. Entendido?

Craeg mediu o cara.

– Não posso prometer nada.

– O que isso quer dizer?

– Tenho... assuntos... que preciso cuidar depois disto, e eles não incluem eu me assentar e assumir uma companheira. Vinculado ou não, nada vai mudar essa realidade. Nem mesmo ela; e ela sabe disso.

A voz de Peyton desceu para um tom tão grave que mal ficou audível.

– Então você é um tolo. Um puta dum tolo. – Mas foi aí que ele deu de ombros. – Mas, ei, isso é bom. Significa que eu ainda posso ter uma chance com ela. Quer saber? Foda-se. Não sou eu que vou mostrar a você como está sendo otário. Vá, afaste-se, a decisão é sua, idiota... E eu te prometo, eu vou tentar a sorte com ela. Pra valer.

Enquanto a fera interior de Craeg rugia, foi provavelmente muito bom que o macho tivesse entrado na sala de pesos àquela altura.

Foi mesmo.

Já tinham um *trainee* na clínica. A turma não precisava de outro lá. Ainda mais se o segundo fosse levado para lá aos pedaços.

Capítulo 34

Marissa falou com Butch a noite inteira.

Mesmo enquanto conduzia uma reunião com as funcionárias, entrevistava uma assistente social especializada em saúde mental para uma vaga de emprego e conversava rapidamente com Mary, nos recessos da mente ela estava conversando com Butch.

As cenas imaginárias de ela cheia de razão chutando o traseiro omisso dele eram acompanhadas pela trilha sonora de Butch concordando que não passava de um cretino que precisava de uns doze tipos diferentes de terapia. O fato de ele, no decorrer das horas, ter lhe telefonado três vezes e enviado duas mensagens de texto não o ajudaram em nada. Mas, pensando bem, ele poderia ter Perry Mason* defendendo o seu caso e ainda assim acabaria na prisão perpétua sem a possibilidade de um dia voltar a transar com a sua *shellan* de novo.

Não retornara nenhuma das ligações ou mensagens e disse a si mesma que o estava afastando porque desejava escolher cuidadosamente suas palavras antes. A realidade era muito menos louvável: estava magoada, sentia-se rejeitada por ele, deixada de lado, e queria que ele experimentasse na própria pele essa sensação.

O que não era nem um pouco atraente.

A Virgem Escriba era testemunha de que nunca fora uma pessoa rancorosa, e odiava que a coisa que ela mais estimava no mundo, o seu relacionamento com o companheiro, a deixasse amarga.

E foi essa questão desagradável que a fez sair mais cedo do trabalho, enviando-lhe uma mensagem de que o esperava assim que ele

* Perry Mason é um advogado fictício criado por Erle Stanley Gardner, aparecendo em mais de 80 histórias onde tem de defender seus clientes de acusações de assassinato. (N. T.)

tivesse terminado seu trabalho no centro de treinamento, para terem aquela conversa difícil que precisavam ter.

Quando chegou à mansão e deu uma bela olhada no vestíbulo, só pensou na quantidade de pessoas que passavam por aquele lugar costumeiramente. Privacidade era do que necessitavam, e por isso resolveu descer para o centro de treinamento. Primeiro porque, tendo tomado a decisão de conversarem, queria falar com Butch o quanto antes; segundo, o Buraco era claustrofóbico demais e ela não tinha certeza se V. ou Jane teriam a noite de folga.

Uma coisa estava bem clara para ela: não queria que ninguém os ouvisse.

Deixando o casaco e a bolsa ao lado da porta camuflada debaixo da grande escadaria, inseriu a senha: 1914, e se apressou a descer os poucos degraus. Depois de inserir o mesmo código de novo, emergiu no túnel subterrâneo e partiu na direção do centro de treinamento. De tempos em tempos, tinha que enxugar o suor das palmas nas calças pretas, e mexia no cabelo, que, para variar, havia deixado solto.

Quando chegou ao armário de suprimentos e entrou no escritório, seu coração já batia forte, a boca estava seca e o estômago, embrulhado.

Depois de anos sofrendo com ataques de pânico, rezou para que seus nervos não a levassem novamente para aquele caminho infernal.

Consultando o fino relógio Cartier que Butch lhe dera no primeiro aniversário de casamento deles, imaginou que teria que esperar um pouco. Uma hora, pelo menos.

Maravilha, agora se sentia aprisionada no aquário de vidro.

Com uma olhada por cima do ombro, fitou o armário e imaginou se não poderia ficar andando de um lado para o outro pelo corredor com a desculpa de que o exercício desanuvia a mente, mas a ideia não lhe apeteceu. Além disso, cedo ou tarde, mesmo que Butch não recebesse seu recado, ele teria que ir para a mansão para a Última Refeição, e aquele era o melhor lugar para encontrá-lo.

Olhando para a escrivaninha, foi até lá e se sentou na poltrona giratória. Seu *login* foi aceito pelo computador e, depois, entrou na conta do Gmail que criara para receber os RSVP para o Festival Dançante do Décimo Segundo Mês.

– Uau. – Inclinou-se em direção à tela. Havia incontáveis respostas a serem lidas. – Isto é, a menos que sejam todas declinações do convite.

Pelo amor de Deus, devia haver uma centena de mensagens não lidas, e quando ela começou do topo, descobriu que... todos confirmavam.

Aceitamos com prazer o seu gentil convite...

Sim, claro, meu hellren *e eu participaremos...*

É com grande satisfação que humildemente aceitamos...

Antes de ir longe demais, abriu uma gaveta e pegou um bloco de anotações e uma caneta. Criou colunas: nome, resposta, número, no topo da página. Consultando o computador e anotando no bloco, estava mais ou menos na metade quando chegou ao nome do irmão.

Dando dois cliques no nome em negrito, prendeu a respiração. E depois a soltou.

Ele não iria. Com três frases muito educadas, afirmou que seria necessário na clínica, mas que apreciava o fato de ter sido convidado.

Engraçado, aquilo era tanto um alívio como uma decepção. Esperava que ele fosse, especialmente depois que aquela fêmea indicara que fora Havers que a recomendara para a organização do evento.

Recostando-se na poltrona, pensou no seu propósito de confrontar o passado. Wrath há muito se desculpara com ela, e o modo como aceitara com tanta boa vontade e carinho não apenas Butch como também a vinculação de ambos significara muito para ela. Nunca ficara pensando muito no que acontecera entre ela e o Rei, mas ao considerar o noivado fadado ao fracasso e tudo o que acontecera depois disso, descobriu que o perdoara por completo. Já não sentia por ele outra coisa que não afeto, e sabia que ele falaria com ela se ela quisesse ou precisasse. No entanto, sentia-se verdadeiramente em paz em relação a ele.

Já com a *glymera*... Continuava exasperada a ponto de sentir-se enfurecida com eles e com os seus padrões, mas não tinha como colocar o punhado de preconceituosos idiotas em fila para gritar com eles. Viver independente de tudo aquilo era uma estratégia muito mais saudável e bem-sucedida.

E quanto ao Havers? Estivera planejando conversar com ele durante o baile, mas esse, de fato, não teria sido um bom plano. Aquela conversa também requereria privacidade, e talvez algumas fichas de anotação com tópicos a serem abordados. Sequer sabia bem o que gostaria de lhe dizer.

Aquele era o problema das resoluções. Não podemos nos forçar a nada até estarmos prontos. E suas emoções ainda estavam muito incertas.

Sim, pensou. Ele não ir ao baile na verdade facilitaria a sua vida. E haveria um espetáculo a menos para a plateia da *glymera*.

Conseguir conversar com ele provavelmente envolvia um pouco mais de tempo e talvez... puxa, quem sabe se se sentasse com ele junto a Mary...? Será que ele estaria disposto? Quem poderia saber.

Butch era o seu maior problema. E aquela fêmea que fora assassinada, claro.

Voltando a se concentrar, terminou sua lista, fechou sua página de e-mails e estimou a quantidade de convidados participantes. Se aquela proporção de quase cem por cento de confirmação de comparecimento continuasse assim, teriam quase quatrocentas pessoas na casa de Abalone. Que era o dobro do que ela estimara quando calculara as despesas de bebida e comida, algo que, claro, como organizadora do evento, era sua atribuição.

Devia ter subestimado o quanto eles queriam ver e ser vistos.

Recostando-se, voltou a olhar para o relógio. Pelo menos se ocupara por uns bons trinta minutos.

Ansiosa, inquieta, nervosa e mal-humorada, mexeu no mouse, vendo a setinha branca fazer círculos na tela.

Caramba, ainda estava bastante brava com Butch. Mesmo tendo se acalmado bastante, ainda estava magoada e...

Franziu o cenho e parou o movimento da seta.

Embaixo de uma fileira de ícones, havia uma foto minúscula, uma pequena representação do que parecia ser... a parte de trás da cabeça do seu *hellren*?

Mas não podia ser isso.

Dando um clique duplo sobre a imagem, surgiu uma tela para entrar com o usuário e a senha. A parte do usuário já estava preenchida com BUTCH DHES, e a da senha estava em branco.

Não havia nenhum título, nada que lhe desse uma pista do que seria o arquivo. Considerando-se em que ponto estavam, era triste, mas ficou desconfiada de tudo aquilo.

Pensando bem, quando se esconde certas coisas de um companheiro, a outra parte provavelmente começa a questionar basicamente tudo.

Apoiando as pontas dos dedos no teclado, inseriu a senha que ele costumava usar: IMARISSAI!

E, claro, a senha lhe deu acesso a...

Um vídeo, uma imagem congelada e pronta para ser acionada, de Butch sentado à escrivaninha, com a câmera atrás da sua cabeça.

Apertando a tecla "PLAY", acionou o mecanismo e viu seu companheiro olhando para aquela chave preta com a borla vermelha. Não havia som, por isso ela não conseguia ouvir nada, mas imaginou o ruído que ela produzia toda vez que caía no mata-borrão.

Um macho jovem entrou no escritório.

Devia ser um dos *trainees*.

E os dois começaram a conversar. Evidentemente, aquela devia ser uma entrevista sobre o programa, e não devia estar indo muito bem, se a expressão do jovem servisse de indício.

Quando Butch suspendeu a chave, ficou evidente que estavam falando sobre ela.

Hora de ouvir, pensou, apertando diversos botões. Não conseguia encontrar o certo. Depois que nada que tentou funcionou, percebeu que os alto-falantes tinham botão de volume, mas mesmo assim não ouviu nada. Demorou uma eternidade até ela descobrir que alguém desconectara os cabos dos alto-falantes por algum motivo.

– ... Como ela é? – o macho perguntou.

Endireitando-se, ela se concentrou na cabeça de Butch, e ele levou um tempo para responder à pergunta:

– ... depende de quanto tempo antes aconteceu e como aconteceu. As mais recentes... ainda mais as violentas... podem ser uma sangreira só.

– Do que você está falando? – ela perguntou em voz alta.

– Partes do corpo não gostam de ser cortadas, apunhaladas ou cerradas em seções, e expressam sua raiva vazando sangue por todo o lugar. Santo Deus, somos constituídos por uns setenta por cento de líquido ou algo em torno disso? E você aprende que isso é uma maldita verdade quando chega a uma cena fresca. Poças de sangue. Pingos. Esguichos. E também as roupas manchadas, tapetes, lençóis, paredes, pisos... ou, se é algo externo, a terra, o concreto, o asfalto. E também tem o cheiro...

Santo Deus, ela pensou quando sentiu uma onda de tristeza a assolar.

Butch prosseguiu:

– Nos casos mais antigos... o cheiro nauseabundo é pior do que a sujeira. Mortes por afogamento, por causa do inchaço, são simplesmente horrendas. E se o gás ali preso se solta? O mau cheiro te faz desmaiar. E sabe, também não sou muito fã dos queimados. – Houve outra pausa. – Quer saber o que eu mais detestava? – Apontou para a cabeça. – O cabelo. O cabelo... Deus, o maldito cabelo, ainda mais se fosse de uma mulher. Emaranhado com sangue, terra, pedriscos... todo desgrenhado e torcido, esparramado sobre a pele acinzentada. Quando não consigo dormir à noite, é o que vejo. Eu vejo os cabelos. – Ele começou a esfregar as mãos. – É preciso usar luvas, sabe... para que suas digitais não fiquem em nada, não deixem nenhum vestígio seu para trás. No começo elas eram de látex, mais tarde passaram a ser de borracha nitrílica. E, às vezes, ao manusear um corpo, o cabelo grudava nas luvas... e era como se ele quisesse me pegar, sabe? Como se... se pudéssemos nos contaminar com a morte de alguma maneira. – Butch balançou a cabeça. – Aquelas luvas eram finas pra cacete. Não funcionavam.

O *trainee* franziu o cenho.

– Por que tinha que usá-las, então?

– Não, não, elas funcionavam com as digitais, entende? Mas eu sempre deixava uma parte minha para trás com todos aqueles cadáveres. Cada um deles... tem um pedaço meu.

Marissa desligou o som. Parou o vídeo.

E pendeu a cabeça entre as mãos.

– Você estará novinha em folha pela manhã.

Enquanto a doutora Jane lhe entregava um espelhinho, Paradise se preparou para enfrentar seu reflexo, mas, na verdade, não estava tão ruim.

– Foram quantos pontos?

– Doze. Mas o corte vai se fechar sem que você fique com nenhuma cicatriz. – Levantando a mão, ela tocou na linha com pequenos nozinhos pretos próxima à sobrancelha.

– Sangrei tanto, eu podia jurar que precisaria de uns cem.

A doutora cobriu com um curativo branco o trabalho recém-executado e depois arrancou as luvas descartáveis com um barulho que ecoou pelo cômodo azulejado.

– Essa região é muito vascularizada. Talvez você queira se alimentar se já faz um tempo… Não é uma emergência, mas você perdeu sangue e vocês têm gasto muita energia nos treinos.

Ou, no caso dela, perdendo a concentração e fazendo papel de boba.

– Pode esperar pelo ônibus para te levar de volta, ou, se não quiser ficar esperando, posso pedir que um dos *doggens* te leve a um lugar seguro para que possa se desmaterializar para casa.

Abaixando o espelho, Paradise tentou imaginar o que o pai diria se visse seu rosto assim.

– Posso ficar aqui hoje? Não posso… não quero voltar para casa assim.

A companheira de V. sorriu, com uma expressão gentil nos olhos verde-escuros enquanto passava a mão pelos cabelos loiros curtos.

– Na verdade, eu estava pensando a mesma coisa. Mas não costumo prender ninguém aqui a não ser que seja medicamente necessário. E, no seu caso, não é. Seria talvez… apenas mais fácil para o seu pai.

– Tudo bem se eu ligar para ele do meu celular?

– Claro. Mas se não conseguir sinal, e algumas pessoas às vezes não conseguem, tem uma linha no refeitório que você pode usar.

– Muito obrigada – ela agradeceu enquanto virava as pernas para a lateral da maca. – Não senti nada enquanto você me dava os pontos.

– Você está se saindo muito bem, Paradise. Todos estão muito orgulhosos de você.

– Obrigada.

Ela baixou a vista ao apoiar os pés no chão e fez uma careta. Havia uns pingos de sangue em seu par de Brooks, o que não era nada contanto que não os usasse perto do pai.

Sim, definitivamente precisaria não voltar para casa e passar o dia ali, pensou ao sair no corredor.

Foi só quando estava no fim do corredor, já abrindo a porta do refeitório, que percebeu…

Ela e Craeg estariam nas mesmas instalações.

O dia inteiro.

Enquanto seu corpo fazia os cálculos e chegava a um resultado absolutamente franco, ela concluiu, que diabos, se tinham que juntá-la com agulha e fio, ela bem podia se aproveitar de alguns beijinhos para sarar logo.

Hummm…

Indo até onde deixara sua mochila no chão junto com a dos outros, pegou-a e a deixou na mesa mais próxima. Abrindo o zíper no alto, remexeu o interior, procurando o celular. Não o encontrou.

Com a testa crispada, virou a Bally de ponta-cabeça, e despejou todo o seu conteúdo. Ao passar pelos lenços de papel, a carteira, rímel e batom, seu Kindle, moedas soltas, além de protetor labial e outras coisas, sabia que precisava ser mais organizada. Muito bem, onde estava...

O celular *não* estava ali.

Mas que coisa! Será que o tinha deixado em casa? Podia ter jurado que o colocara ali dentro, junto com o restante daquela tranqueira.

Inclinando a abertura da mochila para ela, enfiou a mão lá dentro para vasculhar o buraco vazio e depois abriu o zíper do bolso da frente só para ver que outras coisas inúteis...

Seu telefone estava naquele nicho.

Franzindo o cenho, olhou ao redor do cômodo vazio sem motivo algum. A questão era que ela nunca colocava o celular ali, estava sempre apressada demais para se dar ao trabalho de abrir aquele zíper. Além do mais, tinha essa paranoia de que se esqueceria de fechá-lo de novo e acabaria perdendo o celular.

Não colocara o celular ali nenhuma vez.

Alguém tinha mexido nas suas coisas?

Um a um, olhou todos os seus pertences sobre a mesa. Não notava a ausência de nada, apesar de não manter um registro mental detalhado de tudo que costumava carregar. E quando abriu a carteira, a identidade, o cartão de crédito e as cédulas estavam ainda ali.

Bem, se alguma coisa fora levada, não devia valer mais do que dois centavos.

Ao guardar tudo de novo, engoliu seus temores, mas o que poderia fazer? Procurar os Irmãos e dizer: o meu celular mudou de lugar e...

Aham. Até parece.

Sem nenhuma barra de sinal no celular, foi até o telefone fixo da parede ao lado da geladeira abarrotada de Gatorade, Coca e sucos de vários sabores. Quando tirou o fone do gancho, o som era o mesmo do da casa de audiências, por isso apertou o nove para obter uma linha externa e, em seguida, apertou as teclas do número da casa do pai.

Fedricah atendeu, e com um tom jovial, ela informou ao mordomo que passaria o dia no centro de treinamento porque iria fazer um trabalho para ganhar mais créditos. Também lhe garantiu que estaria acompanhada.

E era verdade. Não estaria sozinha, não se pudesse opinar.

Craeg tomaria conta dela.

– Está doendo?

Quando ela desligou, olhou na direção da porta. Craeg estava na soleira, o peito nu reluzindo, os peitorais e abdômen destacados em seu duro relevo pelas luzes do teto.

Fechando as pálpebras, deliciou-se com o corpo dele sentindo tanto desejo que chegava a doer... Então, sim: de repente, estava sentindo dor.

– Oi? – ele a chamou.

– Vou passar o dia aqui.

Enquanto ele ficava paralisado pela surpresa, ela estendeu o celular na direção dele.

– Nenhuma barra. Sem serviço. Acho que vamos ter que pensar num outro modo de conversarmos às sete, concorda?

Capítulo 35

Do lado de fora, na garagem do centro de treinamento, Butch acompanhava os quatro *trainees* que saíam até a porta do ônibus, certificando-se de que todos entrassem com seus pertences. Quando voltou a entrar e passou pelo longo corredor na direção do escritório, foi com passos lentos. Ele não fazia ideia de onde Marissa estava, mas desejou que, ao voltar à mansão, ela tivesse lhe telefonado, enviado uma mensagem, algo assim.

Deixara seu celular na mesa da sala de jantar da mansão por engano. Mas talvez isso tivesse sido bom. Estivera enlouquecendo olhando o aparelho durante toda a Primeira Refeição.

Ziguezagueando pelo corredor até o escritório, tinha perfeita consciência de que estava sozinho nas instalações: V. e Tohr já haviam voltado para a mansão com a doutora Jane, Manny e Ehlena para se prepararem para a Última Refeição e, da mesma forma, todos os *doggens* estavam ocupados na enorme cozinha de Fritz. E Paradise, Craeg e Axe estavam comendo no refeitório.

Bom Deus, e se Marissa tivesse se mudado do Buraco?

Ai, cacete, o que ele faria se…

Ao abrir a porta de vidro, congelou.

– Oi – disse sua *shellan* por detrás da escrivaninha.

Ela estava tão linda, sentada ali com suas roupas de trabalho e os cabelos loiros soltos. Cara, ele amava aquelas ondulações derramando-se sobre os ombros dela como algo saído do *Game of Thrones*, e a blusa de seda com um toque rosado realçava-lhe a pele como se ela tivesse saído de um glamoroso anúncio publicitário da Estée Lauder.

– Recebi seus telefonemas. E as suas mensagens – ela disse ao fitá-lo.

Entrando de vez no escritório, ele deixou que a porta se fechasse sozinha, e não sabia se devia ou não se sentar. Ou andar. Ou cair de joelhos e começar a pedir perdão.

– Eu sinto muito…

– Eu sinto muito…

Os dois se calaram. E o silêncio que se seguiu foi a pausa em que cada um deles esperou que o outro recomeçasse.

– Olha só, eu devia ter te contado sobre a Xhex – ele disse, enfrentando o problema. – Não contei porque… aconteceu antes de você e eu ficarmos juntos pra valer. Eu fiquei com ela uma noite no clube do Rehv. Foi só uma noite e não representou nada para nenhum de nós. Eu não fazia ideia de que ela iria vir morar aqui, e quando veio, foi só mais uma coisa que eu deixei pra trás, entende?

– Eu sei. Entendo.

Ele esperou que ela dissesse algo mais, mas quando só o que ela fez foi olhar para as próprias mãos, ele franziu o cenho e se sentou na cadeira oposta à dela.

– Tem certeza disso?

– Sim.

Butch sacudiu a cabeça quando o silêncio se estendeu.

– Sei que não sou perfeito, mas se acha, sinceramente, que prefiro ela a você, vou ficar muito puto da vida.

– Não, sei que não.

E ainda assim, ela não disse nada mais. No vácuo, enquanto ele tentava controlar a própria ansiedade, lembrou-se da cena "toca aqui", em que ele e Xhex bateram as palmas das mãos, brincando sobre o quanto Butch devia a ela por ter salvo a pele dele numa luta num beco contra alguns assassinos.

– Ela é um dos caras, pelo amor de Deus.

– Eu sei.

Levantando a mão, ele esfregou o olho esquerdo que estremecia.

– Sabe mesmo?

Jesus, o que havia de errado com eles? Conversar sempre fora algo fácil, como respirar. E agora… aquele silêncio.

– Apenas diga – ele murmurou. – O que quer que seja, não importa quanto me magoe, simplesmente diga… Não me deixe aqui sentado imaginando o que você está pensando. A minha cabeça vai explodir.

– Por que não me contou sobre o cabelo? – ela, por fim, desabafou.

A cabeça de Butch se ergueu de pronto.

– O que disse?

– Vi a entrevista. Com o *trainee*. – Ela apontou para a tela do computador. – Assisti a uma parte dela. A parte em que você contava a um completo desconhecido algo que nunca partilhou comigo.

– A entrevista...? Ah... Aquilo.

– Sim, aquilo.

Butch voltou a esfregar o olho.

– Aquilo não foi nada de importante.

– Bem, quer dizer que de agora em diante vou ter que ficar imaginando quantas outras coisas você não considera importantes? Quero dizer, o que mais não sei a seu respeito? Depois de todo este tempo juntos, pensei que soubesse tudo... pensei... – Sua voz ameaçou ficar embargada, mas ela conseguiu se controlar. – O que mais eu não sei, Butch?

Quando ele a fitou por cima da mesa, uma sensação de desconforto percorreu sua espinha. Ela o fitava como se não o conhecesse nem um pouco.

– Marissa...

– Ver aquela garota surrada no sofá da sala de estar do Lugar Seguro me destroçou. A... feiura de toda aquela violência, o sofrimento, a dor ali tão próxima, o modo como ela olhou para mim, me implorando com aqueles olhos... – Os ombros delicados de Marissa estremeceram. – Não te contei tudo porque temia que isso fosse desencadear lembranças da sua irmã. Não falei com você porque não queria te entristecer. Pronto. Falei. Isso não me deixa contente, e não faz eu me sentir melhor... Mas é isso o que eu estava escondendo de você. Ah, isso e o fato de ter encontrado o meu irmão novamente, o que muito me abalou; isso tudo acabou comigo. Despertou saudades de partes da minha vida antiga, e isso fez com que eu sentisse como se eu estivesse te traindo. – Ergueu as mãos. – É isso o que eu tenho para dizer. Então, o que você vem escondendo?

Quando Butch ia abrir a boca, Marissa o deteve.

– Antes que você comece, fique sabendo que eu te amo. Te amo com tudo o que tenho e com tudo o que sou. Mas se você não for sincero comigo, voltarei para o Buraco, farei as minhas malas e vou me mudar para o Lugar Seguro por um tempo. – Sustentou o olhar dele com ar determinado. – Você e eu não vamos sobreviver no longo prazo, a despeito do nosso amor e da nossa vinculação, se você continuar diminuindo a importância das coisas. Se eu continuar a fazer isso. Essa não é uma boa estratégia para nós, e isso o faz sentir como se estivesse na berlinda? Pouco me importo com isso. Se alguma coisa atrapalhar o nosso relacionamento, qualquer coisa, eu passo por cima como um rolo compressor... mesmo que seja você.

Butch percebeu que havia deixado de respirar só porque os pulmões começaram a arder, e inflá-los com uma inspiração forçada não melhorou a sensação de sufocamento.

Marissa meneou a cabeça com seriedade.

– Isto aqui não se trata de você ter ou não ficado com Xhex. É sobre o fato de você ter pensado que eu não poderia lidar com a sua confissão. Não é? Você não queria ferir meus sentimentos, e isso é algo nobre, mas não rotule o que aconteceu entre vocês como algo "sem importância". Isso é um pretexto. – Sacudiu a cabeça com tristeza. – O mesmo acontece com a história do clube de sexo. E com o sexo oral, que você se recusa a discutir comigo. O resultado é que você tem uma opinião muito lisonjeira, mas muito limitada a meu respeito. Você quer cuidar de mim, mas está me colocando numa prisão. E, sem querer ofender, cresci na *glymera*, e me disseram todas as coisas que eu não podia fazer por causa de quem ou do que eu era. Não vou mais suportar esse tipo de tratamento.

Deus... Ele sentia como se tivesse sido alvejado. E não por estar com algo específico doendo. Era aquela sensação de frio se alastrando quando se está sangrando até não poder mais. Era a mesma tontura e dissociação da realidade também.

– Então, Butch, o que vai ser? – ela perguntou com suavidade. – O que você vai fazer?

Quando se calou, Marissa sinceramente não sabia em que pé estava seu *hellren*, no que ele estava pensando, se ele ouvira qualquer coisa de tudo o que acabara de dizer. E foi esquisito: seu coração não batia descompassado, e as palmas não suavam – o que, considerando-se a encruzilhada em que se encontravam, era uma surpresa.

Pensando bem, dissera o que era necessário com a maior calma e gentileza que podia. Agora, na verdade, só dependia dele; o futuro deles, de tantas formas, estava apenas nas mãos dele.

Quando ele mudou de posição na cadeira, ela se preparou para ele se levantar e partir, mas só o que fez foi cravar os cotovelos nos joelhos e esfregar a sombra de barba por fazer. A outra mão segurou o crucifixo gigante que levava pendurado no pescoço.

Ok, tudo bem, agora suas mãos começavam a suar um pouco.

– Eu… hum… – Ele pigarreou. – É muita coisa para assimilar.

– Sinto muito.

– Não precisa.

– Tudo bem.

Por algum motivo, o zunido suave do computador se tornou muito alto, como se o esforço de seus ouvidos para ouvir algo de seu companheiro acabasse amplificando todo o resto.

Ele voltou a pigarrear.

– Eu não sabia que era tão ruim nisto.

– Ruim no quê?

– Em relacionamentos.

– Eu ainda te amo. E ainda te quero. Você não falhou em nada, também sou parte do problema. Eu também não sou um livro aberto.

– Não tenho tanta certeza disso. Estou falando da parte do fracasso.

Agora ela também se ajeitou na poltrona, avançando um pouco no assento, estendeu os braços sobre a mesa mesmo sem conseguir alcançá-lo – e veja se não existia uma metáfora nisso.

– Butch, por favor… Não fique se culpando. Isso não vai ajudar nenhum de nós dois. Converse comigo. Você tem que conversar comigo… É só o que estou dizendo.

– Você está dizendo muito mais do que isso.

Ela ergueu as mãos.

– Não tenho que ir ao clube de sexo, se isso é tão horrível para você. Não tenho que ir até o fim quando fizer sexo oral em você, se isso não te excita. Só o que estou dizendo é que você precisa me explicar os motivos, e precisamos conversar sobre as coisas. Tem que haver outra via de comunicação que vá além de você ficar calado depois de me dizer que "sou uma boa garota e boas garotas não fazem isso, não lidam com isso".

Butch cruzou os dedos e ficou batendo nos lábios com as pontas.

– Não te conto sobre os pesadelos porque eu os considero tão perturbadores que, quando acontecem, a última coisa que quero é tocar no assunto quando não está na minha cabeça. Fico puto da vida que essa merda toda ainda fique me atormentado, e eu sinto que... que se eu falar sobre o assunto, ele terá ainda mais poder sobre mim.

Ela pensou na conversa que teve com a *shellan* de Rhage duas noites atrás.

– Tenho quase certeza de que Mary diria o exato oposto. Que quanto mais você falar do assunto, menos poder ele terá.

– Talvez. Não tenho como saber.

Marissa se viu querendo pressionar, mas recuou. Tinha a impressão de que a porta havia ficado entreaberta, e a última coisa que queria era assustar a maldita coisa e fechá-la.

– Quanto ao sexo oral... – Um rubor o atingiu nas faces. – Você tem razão. Não quero falar disso porque tenho vergonha de mim mesmo.

– Por quê? – ela sussurrou.

– Por que...

Conte, ela pensou enquanto ele ainda relutava. *Você pode fazer isso... Me conte...*

Os olhos dele se desviaram para os dela por um breve instante.

– Olha só, não quero que você escreva uma carta de posicionamento sobre o que vou te dizer agora, ok? Ou de como eu deveria superar a questão. Estamos de acordo?

As sobrancelhas de Marissa se ergueram bem alto.

– Claro. Prometo.

– Quer que eu converse, beleza. Mas se você vier pra cima de mim com alguma asneira politicamente correta, não vou ser muito receptivo.

Como ela nunca disse nenhuma asneira politicamente correta antes, ela tinha quase certeza de que ele estava estabelecendo alguns limites antes de se mostrar vulnerável.

– Prometo.

Ele assentiu como se tivessem chegado a um acordo.

– Fui criado como católico, ok? Católico *de verdade*, não católico não praticante. E sinto muito, fui ensinado que apenas prostitutas e vagabundas fazem isso. E você... você é tudo o que eu poderia querer numa fêmea.

Abruptamente, baixou o olhar e parecia não ser capaz de continuar.

– Por que você tem vergonha? – ela sussurrou.

Ele se retraiu tanto que o rosto quase pareceu sumir nas sobrancelhas.

– Porque eu…

– Porque você quer que eu termine?

Ele só conseguiu assentir. Depois a fitou num rompante.

– Por que isso é um alívio para você?

– Desculpe, não entendi.

– Você acabou de exalar fundo como se estivesse aliviada.

Ela começou a sorrir.

– Sempre pensei que você nunca fosse me deixar terminar… E eu sempre quis descobrir como é.

O rosto do seu *hellren* ficou da cor de uma beterraba. De uma beterraba!

– Eu só… Não quero te desrespeitar. E é isso o que o meu passado me diz que acontece quando se goza na boca de uma garota: que você não gosta dela, que não a ama, que não a respeita. Sim, claro, eu podia jogar tudo isso pela janela, mas não é fácil assim.

Marissa pensou nos conflitos que a sua educação lhe trouxera.

– Caramba, como eu te entendo. Sinto como se eu devesse deixar de ser amarga e insegura sobre o meu irmão e os meus anos na *glymera*. Mas é como se eu tivesse aprendido bem demais que esse fogo queima, entende?

– Totalmente. – Ele deu um leve sorriso. Depois esfregou o rosto. – Estou tão vermelho quanto acho que estou?

– Sim. E está adorável.

Ele gargalhou, mas logo ficou sério. E assim permaneceu.

– Existe outro motivo. Bem, quanto ao clube de sexo, existe outro motivo… Mas é meio loucura. Quero dizer, é loucura.

– Não tenho medo. Contanto que continue falando, sinceramente, não tenho medo de nada.

Ela já sentia a conexão crescente entre eles – e não era do tipo fugaz quando se tem alguns bons orgasmos, para depois voltar ao estado em que tudo ainda não havia sido consertado.

Aquele era do tipo concreto. Fundamental.

Do tipo "amava meu companheiro antes, mas agora amo muito mais".

E ela soube que ele estava ficando pronto para falar da irmã porque seu corpo inteiro enrijeceu-se, a ponto de parecer que ele não estava respirando. Logo um brilho de lágrimas surgiu em seus lindos olhos castanhos.

Quando ela fez menção de se levantar para se aproximar dele, ele cortou o ar com a mão.

– Não ouse. Não toque em mim, não se aproxime. Se quer que eu fale, vai ter que me dar um pouco de espaço agora.

Marissa lentamente voltou a se abaixar na poltrona. E quando seu coração começou a bater contra as costelas, ela teve que entreabrir os lábios para respirar.

– Sempre fui supersticioso... – ele disse com suavidade, como se estivesse falando consigo. – Você sabe, um pensador supersticioso. Eu chego a todo tipo de conexões que, na verdade, não existem. Foi como o que eu disse a Axe sobre as luvas. Num nível racional, sei que não estou deixando uma parte minha naqueles corpos, mas... não é o que eu sinto.

Quando ele voltou a ficar calado, ela permaneceu bem onde estava.

– A minha irmã... – Mais pigarreios. E quando ele voltou a falar, sua voz naturalmente rouca não parecia outra coisa senão rochas. – A minha irmã era uma boa pessoa. A nossa família era grande, e nem todos eram legais comigo. Mas ela era.

Mentalmente, Marissa se lembrou do que sabia sobre a garota: o desaparecimento, o estupro, o assassinato, o corpo encontrado uma semana mais tarde. Butch fora o último a vê-la com vida.

– Mas havia outro lado nela – ele disse. – Ela andava com muitos... Maldição, é difícil dizer... Mas ela saía com muitos garotos, sabe o que quero dizer?

O rosto dele agora estava pálido, os lábios, contraídos, aqueles olhos castanhos pesarosos como se estivessem revivendo suas lembranças.

Mas logo ele parou. E quando não disse mais nada, ela teve que preencher as lacunas.

– Você acha que ela foi assassinada – Marissa sussurrou – porque não foi uma boa garota. Acha que se talvez ela não tivesse feito sexo com aqueles garotos, ela não teria entrado no carro, eles não teriam feito o que fizeram e ela não teria morrido.

Butch fechou os olhos. Assentiu uma vez.

– E se odeia por pensar assim porque isso coloca a culpa nela e isso é uma traição. Isso seria culpar a vítima, e você nunca, jamais faria isso com ninguém, especialmente com a sua irmã.

Agora ele estava concordando sem parar com a cabeça. Depois, enxugou uma lágrima.

– Posso te abraçar agora? – ela perguntou, com a voz embargada.

– Por favor.

Quando ele só respondeu com um aceno de cabeça, ela se apressou para perto dele e o envolveu em seus braços, trazendo-o para junto de si até acabar sentada na mesa com ele caído em seu colo.

Dobrando-se sobre ele, cheirando o seu cabelo e a sua colônia pós-barba, afagando os ombros largos, sentiu que o amava ainda mais do que antes. Na verdade, o que havia em seu coração naquele momento era tão tremendo que ela não sabia como seu corpo conseguia contê-lo.

– Não foi culpa dela – ele disse num tom áspero. – Eu sei disso. O fato de ter pensado nisso sequer uma vez... é tão ofensivo, porra. É tão ruim quanto eu não tê-la salvo... É como se eu mesmo a tivesse colocado no carro. Meu Deus, acreditar que as ações dela fossem o problema? – Butch se sentou ereto. – A minha cabeça fica toda fodida com isso... Se eu tivesse uma filha, e que Deus não permita isso – ele fez um rápido sinal da cruz sobre o coração –, algo acontecesse com ela, e alguém tentasse culpar a saia curta dela ou o fato de ela ter tomado um drinque – ou setenta e cinco –, ou consentisse em fazer sexo e depois mudasse de ideia no meio? Você tem ideia do que eu faria com esse cretino misógino?

– Você o mataria logo depois de ter matado o assassino.

– Pode acreditar nisso, porra. Não tenha dúvida. – Ele fez um movimento circular ao lado da cabeça. – Mas então, esse filme volta a passar na minha cabeça, de tempos em tempos, e solta essa porra desse maldito pensamento, e eu me sinto tão culpado por pensar nisso que sinto vontade de vomitar. Na verdade, agora mesmo, fico olhando para o cesto de lixo e imaginando se vou chegar a tempo nele.

Quando os olhos dele travaram naquela direção, ela desejou que Mary estivesse ali. Devia ser por isso que as pessoas procuram os terapeutas – quando a represa se rompia daquele jeito, provavelmente era melhor ter um profissional treinado por perto.

– E a propósito – ele prosseguiu –, sinto orgulho da minha religião. A Igreja não é perfeita, mas eu também não sou, e ela trouxe muito bem para a minha vida. Sem a minha fé, mesmo com você, eu seria apenas uma casca do que poderia ser.

– Eu te compreendo completamente, e o meu sistema de crenças não é diferente para mim.

Depois de um período de silêncio, Marissa segurou as mãos dele.

– Se eu for ao clube de sexo amanhã à noite, você vai me menosprezar?

– Deus, não.

Ela assentiu.

– E, presumindo que um dia você se sinta confortável com isso, se eu te chupar até o fim, você vai me desprezar?

Ele emitiu uma risada curta.

– Eu provavelmente te idolatraria ainda mais.

– Ainda vai pensar que sou uma boa garota?

– Sabe... Na verdade, sim. – Ele pareceu aliviado. – Quero dizer, nunca pensei assim antes... Mas eu definitivamente ainda te amaria.

– Então você vai conseguir superar esse modo antigo de pensar em relação a mim, certo?

– Sim, vou.

– Assim, você pensava de um jeito, mas reconsiderou e agora deixou tal pensamento de lado, certo?

– Certo. – Ele exalou fundo. – É, é exatamente isso o que estou fazendo.

– Então... Por que não pode fazer o mesmo com a sua irmã? Você teve um pensamento antigo. Considerou-o contra tudo o que sabe dela e de como ela era, e revestiu isso com a sua crença principal de que a culpa nunca é da vítima, pouco importando o que ela estava vestindo ou coisas assim... E estou disposta a apostar que você rejeitaria a ideia de que a sua irmã tenha contribuído como quer que seja para o crime horrível e indefensável cometido contra alguém que, na verdade, era uma garota inocente. Posso apostar que você vai chegar a essa conclusão sozinho e que provavelmente nunca mais vai ficar obcecado de novo, pelo menos em relação a essa parte do sofrimento.

Ele piscou uma vez. Duas.

– Esqueça o boquete – ele disse.

– Desculpe, o que disse?

Butch a fitava com tamanha devoção que parecia que ela tinha colocado o mundo aos seus pés.

– Acho que te amo ainda mais. E não achei... nunca imaginei que isso poderia ser possível.

Como era de se esperar, o cheiro da vinculação de Butch tornou-se um rugido na sala, e os seus olhos castanhos ficaram tão carregados de emoção e reverência que ela se sentiu meio zonza.

Segurando-lhe o rosto entre as mãos, ela o beijou.

– Isto é tão melhor do que antes.

– Antes do quê?

– Se vou ser tão idolatrada assim – pressionou a boca na dele de novo –, quero que seja por ser a sua companheira perfeita, não porque você acha que sou uma boa e perfeita menina.

Seu *hellren* começou a sorrir.

– Entendido. E sou todo seu.

Quando ele retribuiu o beijo, ela refletiu sobre o significado de "felizes para sempre", e concluiu que o amor verdadeiro não pressupunha uma passividade, e que "para sempre" nada tinha a ver com controle de velocidade. Você começava com uma atração, e depois abria o coração e a alma – mas tudo isso, que já não era pouco, só representava as "preliminares".

Existiam muitas, inúmeras outras jornadas a tomar para níveis mais profundos de aceitação e compreensão.

Era lá que se encontrava a felicidade. E o "para sempre" era o esforço que você estava sempre disposto a empenhar para permanecer próximo, para aprender, e para crescer em uma união.

– Eu te amo – ele disse ao passar os braços ao redor dela. – *Deus, como eu te amo.*

Inclinando-se um pouco para trás, ela sorriu e percorreu o rosto dele com as pontas dos dedos. Queria dizer aquelas palavras sagradas para ele, mas, de alguma forma, elas pareciam não bastar.

Por isso, disse a única outra coisa que poderia significar ainda mais para ele:

– Ah, meu amor... Vai, Sox!

Jogando a cabeça para trás, Butch gargalhou com tanta força que a porta de vidro do escritório sacudiu. Enquanto ela retribuía com um sorriso, pensou que, sim, havia várias formas de dizer "eu te amo"...

Capítulo 36

Incrível como uma televisão podia transformar qualquer lugar num espaço para descanso.

Não que Craeg estivesse assistindo às reprises do *The Big Bang Theory* que estavam passando na tela. Mesmo assim, ficou contente quando um *doggen* chegou e instalou o aparelho num canto. Sem o barulho de fundo? Ficar sentado no mesmo cômodo que Axe e Paradise o teria deixado completamente louco.

Ele precisava de alguma coisa, qualquer coisa para impedir que sua mente se concentrasse apenas nela.

Naturalmente, enquanto olhava para as cartas que tinha na mesa, não fazia a mínima ideia do que estava vendo. Do outro lado da mesa, porém, Axe não vinha tendo o mesmo problema, motivo pelo qual, após algumas rodadas de *gin rummy*, devia uns cinquentinha ao desgraçado.

– Bem, acho que vou pra cama – Paradise anunciou de onde estava no sofá.

Certo. Interessante como quando uma certa fêmea encadeia uma certa combinação de palavras, a ereção é garantida.

Sim, subitamente sentiu a necessidade de se rearranjar por debaixo da mesa, antes que a circulação para a sua artéria femoral fosse completamente comprometida pela sua ereção.

Nesse meio-tempo, Paradise se desenroscou da sua posição, e Craeg fez um ótimo trabalho de não olhar para ela. Pelo menos de não olhar *diretamente* para ela: sua visão periférica rastreou cada passo que ela deu pelo piso azulejado até a porta, e notou, especialmente, o modo como ela se inclinou sobre uma das três mesas redondas para pegar sua mochila.

– Bom dia – Axe murmurou ao mudar as cartas de posição em sua mão.

Craeg grunhiu alguma coisa.

Quando a porta se fechou, ficou se perguntando exatamente quanto tempo teria que esperar antes de poder...

– Você já pode ir – Axe disse com um sorriso malicioso. – Sou bom em paciência, e também posso assistir a uns filmes pornôs. Que é outra versão, mais divertida, de paciência.

– Não estou tão cansado assim.

– Hum, eu sei. – O cara deu uma gargalhada. – Olha só, me faz um favor: não me desrespeite tentando fingir. Depois do que você fez na sala de pesos, acha mesmo que sou tão burro assim?

– Não estou com ela.

– Então você é um idiota.

– Não é por isso que estou aqui. – Enquanto dizia isso, ele descia as cartas na mesa, colocando-as com a face para baixo no monte. – Estou te devendo cinquenta.

– Quarenta e cinco. Mas você ia perder esta rodada.

– Provavelmente. Quer agora?

– Confio em você.

Enquanto ficava de pé, Craeg olhou para todos os *piercings* que o macho tinha no rosto e nas orelhas e, de repente, imaginou quantos outros o cara tinha em lugares que não se podia ver.

– Doeu pra colocar esses *piercings*?

– Sim, é um dos motivos pelos quais eu os coloco. O sexo depois é mais intenso.

– As tatuagens também?

– Isso mesmo.

– Puxa. Quem poderia imaginar... Sabe, você é mais inteligente do que eu pensava. E melhor jogador de cartas também.

– Só porque eu gosto de metal e tinta, você acha que isso faz de mim um idiota?

– Tive uma infância protegida, o que posso dizer?

Ele já estava na porta quando Axe se pronunciou:

– Eu achei que você fosse um bundão.

Craeg franziu o cenho e olhou por sobre o ombro.

– Baseado em quê?

– Você é o equivalente no mundo dos vampiros a um trabalhador braçal. Pensei que não havia nada de notável em você a não ser o seu tamanho… E, francamente, é pra isso que fazem caminhões Mack.

– E agora?

– Ainda acho que é um bundão. – O gótico sorriu de leve. – Mas, no fim das contas, não me incomodo com bundões. Quem poderia imaginar, como você mesmo disse. Além disso, os nossos pais…

Quando o macho deixou a frase pairando no ar, Craeg ficou feliz que o cara não a tivesse completado.

– Pois é. Bem, bom dia.

– Divirtam-se.

– Isso não vai acontecer.

– É o que você diz.

Craeg saiu para o corredor e olhou ao redor. Tudo estava tranquilo, sem ninguém à vista, e ainda assim, permaneceu onde estava. Descendo o corredor à esquerda, havia cinco quartos individuais. O dele era o primeiro. O de Axe era o seguinte. E o de Paradise…

Bem, o três era um número da sorte, não?

Mas não foi direto para o quarto dela. Embora fosse tão romântico quanto uma pedra, de alguma forma acabara indo para o box do seu banheiro, lavando o corpo como se estivesse prestes a se apresentar diante da Virgem Escriba. E também se barbeara. E até fora até a mochila onde a largara na noite anterior e retirou as roupas, espalhando-as pelo chão.

Estavam limpas. Era só o que importava.

Calças jeans. Com furos. Camisetas. Sem furos. O boné de baseball dos Syracuse Orange.

Praguejando, contentou-se com um par de calças folgadas do uniforme e uma camiseta branca limpa. Ficou descalço e rezou, *rezou*, para que quando estivesse andando na ponta dos pés até o quarto dela não fosse flagrado.

Saiu pela porta. Outra olhada para os dois lados só para garantir que não havia ninguém por perto. E deu uma de Linda Hamilton em *Exterminador do Futuro 2* ao saltitar na ponta dos pés pelo piso de concreto, sem produzir som algum. Quando chegou ao quarto de Paradise, bateu suavemente à porta.

– Pode entrar – ela disse num tom alto, ligeiramente nervoso.

Nada de enfiar a cabeça primeiro. Nada disso. O corpo inteiro disparou para dentro e ele empurrou a porta, fechando-a rapidamente atrás dele.

– Estou tão contente – ela disse com uma risada. – Eu estava preocupada... Bem...

A única luz provinha do banheiro, e ela quase lacrara completamente o cômodo: estava sentada na cama numa quase total escuridão, usando um roupão branco curto com o cinto atado à cintura – e nada mais.

Uau. Pernas... Pra dar e vender... panturilhas, coxas...

Enquanto ele oscilava de tanta luxúria, ela disse:

– Você também tomou banho?

Ele assentiu. Porque, pelo visto, abandonara a voz no corredor.

– Quer vir aqui?

Ele assentiu de novo.

Em seguida, viu-se diante dela. E estava se ajoelhando. Pousando as mãos trêmulas sobre as pernas dela, enterrando-as debaixo da bainha do roupão. A pele era tão suave quanto se lembrava.

Abaixando a cabeça, resvalou os lábios de um lado a outro sobre um dos joelhos.

Ah, cacete. O que ele precisava era se levantar, dar uns beijinhos, deitá-la de costas... agradá-la com suas mãos e depois cair fora dali.

Mas isso não ia acontecer *mesmo*.

As palmas viajaram pelas laterais das coxas, subindo e levando o roupão junto. Quando a pele dela ficou exposta, ele a viu estremecer e as mãos dela se apertaram nos lençóis.

– Está com medo? – ele perguntou. Porque ele tinha que ter certeza.

– Não – ela sussurrou.

– Quer saber o que vou fazer com você agora?

– Não...

Ele assentiu de novo, mantendo os lábios no joelho para continuar a acariciá-la com eles.

– Abra as suas pernas para mim.

O tremor se intensificou quando ela obedeceu, expondo a incrivelmente recatada calcinha de algodão branca que quase o fez gozar dentro das calças.

E o cheiro dela o levou à loucura.

– Não vou te machucar – ele disse com uma voz gutural.

– Eu sei. Confio em você.

Craeg se moveu para o interior dos joelhos e demorou-se o quanto quis, esfregando o nariz, arrastando a língua pela coxa, resvalando-a com as presas para cima e para baixo.

– Coloque as mãos nos meus cabelos – ele a instruiu. – Guie-me para dentro. Você sabe onde me quer. Mostre para mim.

O toque dela foi experimental no começo, apenas roçando em seus cabelos curtos.

– É tão suave – ela sussurrou.

– Assim como você.

As mãos dele agora já estavam em seu quadril, e ele apertou os ossos, gostando da sensação em suas palmas. E, por um instante, perdeu a linha dos pensamentos porque foi atacado por uma necessidade premente de montar em cima dela.

Mas isso não poderia acontecer.

Sutilmente, ela começou a puxá-lo em sua direção e ele acompanhou a velocidade dela, trabalhando com os lábios, preparando-a para o que estava por vir. E logo chegou à calcinha. Olhando para cima, ele não conseguia enxergá-la muito bem por causa do roupão amontoado na cintura, por isso, soltou o cinto e afastou as metades. Ela vestia uma camiseta regata branca justa e estava sem sutiã – com isso, os mamilos rijos produziam sombras mesmo na luz fraca.

Gemendo, ele inspirou e aproximou os lábios do centro dela, sugando o algodão, umedecendo-o.

As mãos dela agarraram seus cabelos, o toque tímido desaparecendo, agora exigente, e isso significava que era hora de mudarem de posição. Movendo-se rápido, saltando do chão, ele se certificou, com a mente, de que a porta estava trancada e depois suspendeu as pernas dela do chão, afastou-lhe as coxas e voltou ao que fazia, beijando-a, empurrando-lhe os joelhos mais para cima e mais abertos para que pudesse acariciá-la melhor.

Arfando. Ela estava arfando e se movendo ao encontro do rosto dele, as mãos puxando-o com força, o corpo se entregando a ele com um desembaraço que era ao mesmo tempo chocante e excitante pra cacete. Com um grunhido, ele empurrou a camiseta dela para cima e correu os dedos pelos seios espetaculares, e quando ela arqueou as costas, ele estava mais do que pronto para tirar aquela maldita calcinha do caminho.

Mas, antes, um pouco mais de provocação.

Encarando-a, ele sentia as lembranças sendo gravadas em sua cabeça, os sons e os cheiros, os arquejos e os gemidos, a beleza pura dela.

Paradise.

Era muito mais do que ela havia esperado.

Enquanto suas mãos se enfiavam ainda mais nos cabelos de Craeg, Paradise flutuava numa onda de prazer de alta octanagem que a levava a transcender o próprio corpo e, ao mesmo tempo, firmá-la em sua própria carne. A sensação da esfregação, da fricção, do calor em seu centro era diferente de qualquer coisa que ela conhecesse – e ela ainda, tecnicamente, era...

Não.

Com um puxão violento, ele rasgou primeiro uma alça e então a outra – pronto, sua calcinha já era.

Depois disso, as sensações se tornaram mais ardentes e escorregadias: nada mais separava os lábios e a língua dele de seu sexo.

Graças ao que fizeram na noite anterior, ela sabia o que estava por vir; por isso, quando o orgasmo chegou, ela se entregou a ele, acolhendo o prazer latejante, revolvendo-se ao encontro dos lençóis, derrubando os travesseiros no chão.

Quando voltou das alturas tremulantes do seu clímax, ela o viu se elevar entre suas pernas.

– Venha – ela ordenou. – Venha me tomar.

Segurando a regata, ela a arrancou por cima da cabeça de modo a ficar nua, esticada diante do imenso corpo dele, daquela ereção incrível, daquela força que mal podia ser contida. Contudo, ele hesitou, mesmo com o apetite transtornando seu rosto a tal ponto que ele parecia um demônio.

– Craeg... – Levantando as mãos para os seios, ela se acariciou e se arqueou para cima de novo, o ardor já retornando ao sexo, o desespero, a doce sufocação voltando redobrada.

Só o que ele fez foi se sentar sobre os calcanhares, apoiar as mãos nas coxas e pender a cabeça.

– Craeg?

– Não... – ele gemeu. – Não posso.

– O quê…?

– Não vou fazer sexo com você.

Espere, como é?, ela pensou.

Quando ele não disse mais nada, ela se apoiou nos cotovelos e pegou a camiseta para cobrir os seios.

– Por que não?

– Isso… não vai acontecer.

– O que foi? O que eu fiz?

– Ai, cacete… Não, não é você… Você é boa demais, você…

– Craeg, você tem que parar com isso.

Já basta, ela pensou ao segurá-lo. Quando o tocou nos braços, sentiu os músculos retraídos e a luta que ele estava travando.

– Tire isso – disse, puxando a bainha da camiseta dele.

Esperou que ele fosse discutir. Ele não o fez. Os braços ficaram frouxos ao tirar a camiseta, e depois… Deus, ele era lindo, aquela pele macia e lisa, distendida sobre tanta força, e quando ela foi explorá-la, ele permitiu, a cabeça pendendo para trás, os músculos do pescoço e dos ombros ficando tensos.

E então, ele a surpreendeu.

– Tome a minha veia – ele disse com voz rouca. – Se não posso te ter… tome de mim…

E assim como o sexo oral, ah… aquilo aconteceu tão rápido, as presas dela se projetando, os olhos travados na jugular com uma determinação que ela nunca sentiu antes.

Com um sibilo, ela avançou e atacou, cravando-lhe as presas com uma voracidade à qual ele se rendeu completamente. Deitando-o de lado sob seu corpo, ela subiu sobre o abdômen como se ele fosse uma presa, sugando dele, seu sabor rugindo pela sua garganta, preenchendo-a de dentro para fora de um modo que alimento e descanso alguns jamais conseguiriam.

Ficou vagamente ciente dele se esticando e agarrando a cabeceira da cama, inclinando o tronco na direção dela, gemendo enquanto o quadril balançava e as coxas se mexiam. Ele chegou ao orgasmo e logo ela também, e tudo ficou extremamente selvagem, extremamente rápido, enquanto ela movia a pelve e sentia aquela coluna rija bem onde mais queria.

Mas quando tentou chegar à ereção dele, quando tentou tirar-lhe as calças, ele manteve suas mãos afastadas com uma pegada de ferro. Quando ela protestou, quando se debateu contra ele, o mundo girou e ela estava mais uma vez de costas.

Sangue escorria pelo pescoço dele até o peito do ponto em que ela o perfurara, mas ele não se importou.

As mãos dele desceram o zíper até a metade e ele liberou a majestosa ereção.

Paradise revirou os olhos de êxtase, mas forçou-os a se focarem porque queria vê-lo.

Envolvendo o grosso tronco com uma mão, ele começou a se masturbar. Não ficou olhando o que estava fazendo; seus olhos estavam fixos nela. A despeito do calor entre eles, havia algo intrinsecamente distante na expressão dele.

Ele não a tomaria, ela pensou.

Só que a sua confusão e desapontamento foram deixados de lado quando ele se arqueou e começou a gozar sobre o sexo dela.

Ele podia não estar à vontade para tomar o corpo dela por completo.

Mas a estava marcando a valer.

Afastando as pernas, ela se expôs por completo e deixou que ele se torturasse com o que fazia, os jatos dele lambuzando o seu centro, atingindo-a com explosões quentes que a açoitavam.

Ela podia ser virgem... Mas sabia, do fundo de sua alma, que aquela guerra ele perderia.

Talvez não naquela noite, mas logo, logo, ele cederia e faria amor com ela.

Ela mal podia esperar.

Capítulo 37

Duas noites mais tarde, Butch finalmente teve uma folga para levar sua *shellan* ao clube de sexo.

Pois é, como se um dia tivesse pensado em levá-la a um encontro como aquele.

Enquanto a esperava no vestíbulo da mansão, ficou andando de um lado para o outro e sentiu como se estivesse fantasiado para uma festa de Halloween. Tudo bem as calças de couro preto; e a camiseta justa preta também não era um problema. O resto todo era…

Que *merda* era aquela que estava vestindo?

Afastando as laterais do casaco de couro, deu uma boa olhada em todo aquele couro preto, pele e seda preta. A coisa era enorme, e mesmo assim mal chegava ao chão, porque estava usando coturnos com salto de borracha que o deixavam mais alto do que Wrath.

Eram New Rocks?

Pegara-os emprestado com Axe, e eram afivelados dos dedos até logo abaixo dos joelhos. Também pesavam uns vinte quilos, mas eram surpreendentemente estáveis e confortáveis.

E também havia a máscara. A coisa era feita de uma fina placa de metal e plástico, e quando a prendia e a afixava com um adesivo apropriado, cobria todo o seu rosto com um esqueleto horroroso cinza, branco e preto que se movia quando ele falava.

Sim, era uma noite de máscaras lá no Poke 'n' Play, e quem era ele para não querer se misturar à multidão?

Pegou o celular e viu que horas eram. Marissa tinha saído do Buraco para passar um tempo com as meninas enquanto se arrumava, e os dois iriam juntos ao clube depois que Axe fosse levado para fora do centro de treinamento.

Andando ao redor da macieira do mosaico, surpreendeu-se em como não o incomodava mais levar Marissa consigo nessa jornada sombria e misteriosa. Depois da conversa que tiveram, foi como se algo dentro dele tivesse se destravado, algum espasmo muscular doloroso do seu sistema interno tivesse se afrouxado e desdobrado, permitindo que ele respirasse com mais facilidade.

Odiara o ponto estranho em que se encontraram. Mas simplesmente adorava a vista nova.

Como se esperasse essa deixa, ele pressentiu a chegada da sua companheira no alto da grande escadaria. Virando-se, Butch ergueu o olhar e...

Enagbu jioa kdf ahtaaj; fjjkd powkl.

Ou algo mais ou menos assim.

Sua linda princesa em roupas de grife desaparecera. Em seu lugar... uma fêmea sexy e erótica vestindo um látex preto agarrado ao corpo desde os enormes saltos agulha até o alto da cabeça. A única coisa que denunciava sua identidade? O longo rabo de cavalo loiro que saía de um buraco no alto da indumentária de corpo todo, inclusive rosto; as madeixas loiras balançando livremente.

E também havia aquela máscara.

Era como uma máscara de gás industrial, com discos redondos negros e uma parte que cobria o nariz e a boca sem deixar nenhuma porção de pele à mostra porque havia um lacre ao redor do látex que circundava seu rosto. Feito de vidro negro e metal cinza, era uma tenebrosa peça de arte pura.

Conforme ela descia ao seu encontro, seu pau se ergueu de imediato, de modo que ele até abaixou o olhar para ver se braguilha da calça de couro ainda estava intacta.

O corpo dela estava... uma loucura absoluta. A luz delineava a curva dos seios, lançando sombras ao redor da cintura fina, pronunciando o quadril e as coxas.

Quando, por fim, ela ficou diante dele, deu um lento rodopio, e puta que o pariu, o som mecanizado da respiração dela fez com que suas bolas se contraíssem. Bem, isso e o traseiro dela. Bom Deus nos céus, ela...

– Bem, o que me diz?

A voz que saiu dali de dentro não era a dela, vinha sintetizada através de algum tipo de caixa de som, soando aguda, distorcida, alienígena.

– Olkdla hgdio lweno io.

– *O quê?* – disse a voz eletrônica.

– Ele disse que você está seeeeexy pra caceeeete – disse uma voz masculina do lado oposto.

A cabeça de Butch se virou para o lado e ele encarou Lassiter, que saíra da sala de bilhar e estava recostado na arcada. Apontando para o idiota como se seu indicador fosse uma arma, ele disparou:

– Leve seu traseiro miserável de volta pra porra dessa sala antes que eu arranque os seus olhos e o estrangule com a sua própria língua.

O anjo caído levantou as palmas e girou sobre os calcanhares.

– Certo, certo. Estou saindo. Cá estou eu, andando sem dizer absolutamente nada a respeito dela.

A retirada teria sido muito mais convincente se o filho da mãe não tivesse assobiado como um lobo assim que se viu longe das suas vistas.

– Vou matar esse filho da puta, juro que vou.

– *Por favor, não faça isso.*

Voltando a se concentrar, Butch balançou a cabeça.

– Ai, ai... Você está... Ei, voltei a falar normalmente. Um bônus.

Aproximando-a de si, pressionou o corpo contra o dela e passou as mãos pela roupa lisa e escorregadia. Com um gemido, inclinou-se para um lado e desceu as mãos para o quadril coberto de látex e para as nádegas, segurando-as com as duas mãos, apertando-as, enfiando-se ainda mais no meio por trás.

– Não vou conseguir chegar ao fim desta noite – ele gemeu. – Porra, mal consigo caminhar.

O riso sensual e distorcido que saiu da máscara fez com que ele cambaleasse dentro dos New Rocks.

Puta. Merda.

– Você fez amigos na turma?

Enquanto seu pai lhe fazia essa pergunta, Paradise se recostou na poltrona no escritório dele. Enfiando os pés com meias debaixo do corpo, ficou se perguntando como poderia responder; e rezou, enquanto ele mexia nos papéis sobre a escrivaninha, que não levantasse o olhar para ela.

Pois é, como responder a isso?, ela pensou.

Ela e Craeg passaram as duas últimas manhãs conversando pelo telefone, falando por horas, bem como... fazendo outras coisas. Portanto, sim, eram uma espécie de amigos... e ela tinha planos para vê-lo pessoalmente de novo, tanto naquela mesma noite como *também* no dia seguinte.

Esse era o motivo para aquela reunião improvisada com o pai.

Se não voltasse a ter o contato da pele contra a pele logo, acabaria enlouquecendo. Sexo pelo telefone era ótimo a menos que se tivesse a coisa pra valer.

Ou quase.

– Paradise? Você está bem?

Ela sacudiu a cabeça e se levantou da poltrona, aproximando-se da lareira acesa. A frente fria que chegara no dia anterior entrara nas paredes da mansão estilo Tudor, e ainda havia rajadas enregelantes em todos os cantos da casa – algo que permaneceria até a chegada da primavera, em maio.

Portanto, ela tinha a desculpa perfeita para se virar de costas ao apanhar o atiçador e reordenar a lenha.

– Sim, sim, conheci pessoas adoráveis e estou gostando muito das aulas. – Além das espiadas em Craeg. – Incrível a quantidade de coisas que eu não sabia.

– Por exemplo?

Bem, se ela ronronasse no telefone e contasse a Craeg tudo o que *não* estava vestindo, era garantido que ele...

Quando as chamas alaranjadas caíram sobre as cinzas quentes, ela deteve aquela linha de pensamento rapidamente.

– O combate corpo a corpo é uma ciência, pai. Nunca assisti a uma luta de MMA antes, nem aprendi nada sobre as diferentes formas de abordagem. Estão nos ensinando uma variedade de disciplinas, e cada um tem seus pontos fortes e fracos. Eu luto bastante com Peyton e com um outro, Craeg.

Recolocando o atiçador de volta, ela se virou e voltou para seu lugar.

– Sou muito boa nisso.

Ela parou de falar quando percebeu que o pai parara no meio do processo de pôr uma folha sobre uma pilha, a conta ou extrato ou o que quer que fosse pendurado no ar junto com o braço dele.

A expressão em seu rosto era semelhante à de alguém que ouvisse que sua casa seria demolida por humanos.

– Pai... – ela disse. – Estou muito feliz. Estou... aprendendo coisas sobre mim, sobre quem eu sou, o que quero, o que posso fazer.

Ele relanceou os olhos para o documento como se estivesse se perguntando o que estava fazendo com ele, pendurado no ar. Logo pareceu voltar ao normal.

Pigarreando, ele perguntou:

– A que conclusões está chegando?

Bem, a maior delas era que provavelmente estava se apaixonando por Craeg. Contudo, considerando-se que isso faria com que seu pai ficasse pior do que a estátua que encarnara segundos antes, ela precisava guardar aquilo para si; além do mais, ainda não dissera nada a Craeg, e parecia-lhe apropriado que ele fosse o primeiro a saber.

Apaixonar-se. Isso era uma coisa tão grande, e ainda assim tão simples.

E, sim, rápida. Mas ouvira dizer que quando a vinculação acontecia, podia ser assim.

– Bem, quero fazer algum bem para a espécie – respondeu.

– Como, exatamente?

– Pai, não significa que eu vá lutar na guerra.

– Levando-se em consideração que você acabou de me dizer que é boa nisso... – Esfregou as têmporas. – Acho que eu devia ter esperado.

– Esperado o quê?

– A sua mudança de rumo. O que eu não tinha certeza era como isso faria eu me sentir.

– Não estou mudando nada.

Deus, aquela era uma mentira mesmo aos seus ouvidos. Não tinha certeza quanto ao seu futuro, ou precisamente quem ela seria ao fim do programa, pelo tanto de tempo que ele duraria, mas ela não voltaria a ser quem era.

Aquelas noites comportando-se como uma fêmea adequada sentada em casa, ou em qualquer outro lugar, esperando pela oportunidade de participar de algum evento social não era o seu futuro. E, sim, aquela decisão de não se comprometer – exceto com Craeg – ainda estava valendo.

– Eu queria que a sua *mahmen* ainda estivesse entre nós.

– Eu também. – Mas, sem dúvida, por um motivo diferente daquele que ele estava pensando. Paradise poderia fazer uso de alguns conselhos. – Sinto saudades dela.

– Você sabe que nós nos amávamos de verdade? Nossa união foi planejada pelas nossas famílias, mas... nós nos apaixonamos. Ela era tudo para mim.

Maldição, ela pensou. A sutil defesa em favor de Peyton não deixou de atingi-la, mas atravessou uma estaca em seu coração, porque não se deixava enganar. Aquela declaração, embora verdadeira e importante, sem dúvida revelava as esperanças de que ela estivesse favorável a um noivado tradicional com seu amigo.

Suspeitava há tempos que aquilo era algo que o pai queria que ela fizesse. Ele gostava de Peyton, aprovava a linhagem do macho, e sabia que já existia uma amizade entre eles. Aos olhos de um chefe da casa da aristocracia, o que poderia ser melhor para uma filha do que isso?

O que ele pensaria se um dia conhecesse Craeg?

Craeg, filho do que os humanos chamariam de uma família de trabalhadores. Seu pai enxergaria a força do caráter dele, a alma debaixo de todos aqueles empecilhos?

– Consigo me adaptar a quase tudo – o pai disse com seriedade. – Posso me adaptar a qualquer coisa que queira da sua vida... até certo ponto. O único ponto ao qual não cedo é que encontre o tipo de amor que eu e sua *mahmen* tivemos. Isso não é negociável para mim.

Entenda-se: um macho que seja da mesma classe que ela, que possa prover-lhe o mesmo estilo de vida no qual crescera e ao qual estava acostumada.

– Ah, pai – suspirou com tristeza.

– Lamento, é assim que eu sou.

– Eu sei.

Quando o relógio do avô começou a tocar oito vezes no corredor, ela largou a mortalha que fora lançada na sala e se levantou.

– Tenho que sair. – Ajeitou as roupas que escolhera vestir aquela noite. – Vou sair com os meus colegas, e também há esse projeto no qual estamos trabalhando durante o dia, então, estarei de volta amanhã após a aula, tudo bem? E, sim, terei acompanhantes.

Ao fitá-lo através da sala perfeitamente arrumada, o ambiente de antiga fortuna e distinção que não fora comprado, mas preservado através dos séculos em que sua família tinha tido dinheiro, caiu-lhe a ficha.

Craeg se sentiria à vontade ali?

Provavelmente não.

– Pai?

– Perdoe-me. – Ele baixou o olhar para os papéis sobre a mesa. – Sim, claro, entendo que tenha coisas a fazer. No entanto, saiba que sua ausência será sentida. Também saiba que os Irmãos não me contam muitas coisas, porém, aquilo que partilharam... me deixa muito, muito orgulhoso de você.

Aquela dor familiar em seu peito, aquela que acompanhava as suas mentiras, se acendeu de novo quando ela pensou que, de fato, ele não se orgulharia muito dela.

Pretendia perder a virgindade naquela noite, com um macho que ele não aprovaria.

A questão era que os Irmãos não fizeram menção à duração do treinamento ou quanto à perspectiva de a turma se manter unida. E sua necessidade pelo corpo de Craeg estava deixando-a desesperada, e muito consciente de que o tempo estava passando rapidamente.

Não perderia aquela chance. E tinha a sensação de que, quanto mais tempo ficassem juntos, maior seria a probabilidade de as prioridades de Craeg mudarem também. Ele estava se apegando a ela.

Ela sentia isso.

Não fossem as omissões para o pai, ela estaria nas nuvens.

– Eu te vejo amanhã depois da aula – ela disse com uma voz seca.

– Estarei aqui. Cuide-se.

– Pode deixar. – Assentiu para o pai. – Prometo, pai.

Capítulo 38

Craeg não se lembrava da última vez que saíra "com amigos". Na verdade, talvez nunca tivesse feito isso.

Depois de vestir os jeans e xingar os furos, disse a si mesmo que devia superar isso. Nunca se ligara em "moda" antes, primeiro porque não teria como comprar, mesmo que quisesse, e segundo porque preocupar-se com o que vestiria sempre lhe pareceu um crime por desperdício de esforço cerebral.

– Você está tão classe média.

Revirando os olhos, virou-se para Axe e...

– Que *porra* é essa que você está usando?

O macho parecia ter tido um acesso de esquisitice maior do que o costumeiro, o corpo grande coberto por uma indumentária preta e reluzente, colada ao corpo, que cheirava a produtos químicos e produzia um rangido estranho quando ele caminhava. Os *piercings* cobriam as orelhas e o rosto e havia uma corrente ligando um dos lóbulos ao maldito nariz, pelo amor de Deus.

Mas ele não parecia um maricas, Craeg tinha que admitir. Alguma coisa no desgraçado irradiava agressão, poder, força. Sexo.

Isto é, sexo esquisito.

Axe deu de ombros como se não estivesse usando nada além de um avental de uma *granhmen*.

– Vou me divertir com o meu pessoal. Se eu não transar logo, vou acabar me matando. Inferno, um pouco mais de tipos certinhos como vocês e eu vou precisar de Cialis pra levantar o meu equipamento. Vocês estão acabando com o meu fogo.

– Olha só, sem querer ofender, mas você não precisa de uma chama acesa perto dessa "instalação" toda aí.

E nessa hora surgiu a máscara. Claro que era preta, pois ele não podia esperar ver alguma coisa rosa ou verde, podia? E se ajustou às feições de Axe tal qual uma luva, transformando seu rosto nem tão feio assim de se olhar em algo absolutamente medonho, uma metamorfose em algo que já não era mais vampiro, mas uma coisa de outra espécie.

Alienígena.

– E pensar que antes eu te achava feio pra cacete – observou Craeg.

– Repito, vocês, normais, estão me matando.

E foi assim que ele e sabe-se lá o que estava ao seu lado saíram do centro de treinamento juntos.

Conforme o ônibus seguia em frente, parando nos portões de acesso, os dois ficaram calados, mas ele tinha a mais absoluta certeza de que ambos tinham a mesma coisa em mente: Axe evidentemente queria levar logo sua esquisitice a alguma variedade esquisita de gótica, enquanto Craeg tentava desesperadamente se convencer de que poderia não perder o controle com Paradise.

Aparentemente, aquela reuniãozinha com a turma não deveria significar muita coisa: só iriam a uma boate, onde haveria música e bebida. Com certeza, não seria nada parecido com o lugar para onde Axe estava indo.

Mas o sexo acompanharia todos os momentos, pelo menos para ele.

Merda, Paradise estava acabando com ele, e ele identificara o principal problema. Desde a primeira noite do programa, ele erguera barreira atrás de barreira para mantê-la afastada, e cada uma delas desmoronara. Era como se ele tivesse caído ao escalar uma montanha e todos os ganchos que seguravam a sua corda para salvar a vida tivessem se soltado, um após o outro.

– Sabe, você está com uma cara de merda, e não é só por causa dessa roupa ridícula que está usando – Axe murmurou.

Craeg olhou para o outro lado do corredor.

– *Eu* pareço ridículo? Você chegou a se olhar no espelho? Eu não sabia que óleo automotivo era uma manifestação de estilo.

– Pare de se esquivar. O que tá acontecendo, meu chapa?

Enquanto seguiam em frente, aproximando-se do ponto onde se desmaterializariam, ele se viu falando:

– Não posso... Você sabe, não é correto.

– O que não é?

– Não posso fazer.

– Ainda estou esperando algum substantivo. Sei que você é um tipo caipirão, mas dizem que eles mesmo assim têm algum vocabulário.

Craeg só sacudiu a cabeça. De jeito nenhum ele desrespeitaria Paradise comentando sobre a vida particular deles, mesmo com um cara como o Axe, que parecia, mesmo porque era, em suas próprias palavras, um narcisista comprometido e capaz de guardar aquilo para si mesmo.

– Não sei – Axe disse ao esticar as pernas sobre o banco e se encostar na janela. – Ela parece diferente do pessoal dela. Acho que você não tem com o que se preocupar.

Bem, fêmeas eram o total oposto dos machos, não eram?

E, nesse caso, era ele quem estava dando para trás. Não ela. Ela estava pronta para a fase seguinte, e ele suspeitava que ele bem podia estar se escondendo atrás da virtude dela: mais uma vez protegia a si mesmo. E quando ele pensava em como ela o fazia se sentir?

Ainda parecia um plano inteligente... mesmo que difícil de manter.

Cristo, acabariam ficando sozinhos em algum momento daquela noite. Seria inevitável. E depois de dois telefonemas sexuais com ela, ele estava mais desesperado do que nunca, era um macho enlouquecido, esfomeado, arfante e com um pau sempre alerta, e orgasmos suficientes para desidratá-lo a ponto de precisar de Gatorade na veia.

Queria acreditar que sustentaria a sua resolução, queria mesmo.

A questão era que nada o deixava mais míope do que o seu nome saindo dos lábios dela num arquejo.

Uma sílaba e nada elegante, seu nome não era da realeza. Mas só o que ela precisava fazer era dizê-lo e ele ficava perdido, perdido e sem volta. Feito argila nas mãos dela. Sem nenhum outro pensamento a não ser entrar nela e lá ficar.

Ah, cara, estava com um problemão ali.

Quando Paradise entrou na boate humana shAdoWs, olhou ao redor e... é, não. Música alta a golpeava a ponto de ouvi-la ressoar dentro do crânio. Fachos de laser roxos e vermelhos cruzavam de um lado para o outro o ar carregado de odores humanos. E os olhares opressores que atraía não eram nada que lhe interessasse.

Sem saber onde Craeg, Boone e Novo estavam, ela caminhou pela multidão, e conforme avançava, machos humanos a avaliavam, a mediam, desejavam prender a sua atenção. Deduziu que alguns deles podiam ser considerados atraentes, mas era mais como entrar na casa de alguém e notar uma cadeira com uma bonita capa.

O tecido podia ser belo, mas ela jamais a levaria para casa.

Ou, no caso, sentaria na maldita coisa.

A construção que abrigava a boate, tudo levava a crer, fora um armazém, e havia algo de incongruente no espaço de pé-direito de três andares que ainda assim lhe parecia claustrofóbico. Pensando bem, havia pessoas demais por metro quadrado ali no meio. E como era possível que todos se conhecessem? Todos pareciam estar tocando... todos à sua volta.

Abrindo caminho por entre a multidão, descobriu que havia bancos ao longo do perímetro de todas aquelas pessoas se retorcendo. Talvez o seu pessoal estivesse ali? Puxa, será que estava no lugar certo...?

– Oi, meu bem, vem aqui.

Uma mão áspera a agarrou pela cintura e a aproximou de um corpo suado. Encarando o humano, ela tentou empurrá-lo, mas ele a segurou pelos pulsos, puxando-a ainda mais para si.

– Sei que você quer – ele disse de um jeito arrastado, esfregando o quadril no dela. Ele cheirava a perfume antigo, cigarro velho e fumaça – ou será que aquilo era maconha? –, e um tipo nada atraente de desespero. – Me dá um beijo.

– Você só pode estar brincando.

– Vem cá, você está a fim. Você sabe que está.

Vai pro inferno, ela pensou.

Com um rápido movimento, soltou o braço direito e o esmurrou na garganta com os nós dos dedos, e quando ele se dobrou ao meio, ela o segurou pelo pescoço e teve que se controlar para não quebrar o nariz dele com uma joelhada.

Abandonando-o quase sem respirar, ela se virou...

E deu de cara com o peito colossal de Craeg.

– Eu estava vindo te salvar – ele disse secamente. – Mas aprendi em primeira mão que você sabe se cuidar, por isso eu não deveria me surpreender por você não precisar de mim.

No mesmo instante, tudo na boate mudou. O ar não estava mais sufocante; estava carregado de calor sexual. Os fachos de luz não a cegavam mais; eram cintilantes. A música não era alta demais, era erótica.

Os humanos ainda eram um incômodo, mas, convenhamos, o amor verdadeiro tem poder só até certo ponto.

Deus, ele estava lindo. Alto e largo, grande e forte, aquele boné dos Orange enfiado na cabeça como na primeira noite em que se viram. Aquela camiseta branca e simples ressaltando seus músculos. Aqueles jeans... Jesus, os jeans puídos e suaves como a pele que lhe proporcionavam amostras das coxas nos pontos que estavam furados.

– Dance comigo – ela disse ao se inclinar para que ele pudesse ouvi-la acima do barulho.

A aba do boné impedia que ela enxergasse seus olhos, mas ela os sentiu percorrendo a roupa que colocara antes de sair de casa: a blusa de decote baixo, a saia curta e a jaqueta justa eram só para ele e, evidentemente, cativaram o macho. Ele também parecia apreciar o seu cabelo, que ela deixara solto, e o que ela fizera com a maquiagem.

– Craeg – ela repetiu –, dance comigo.

– Não posso – ele murmurou.

– Por quê?

– Eu não... você sabe, me mexo dessa forma.

Que mentira, ela pensou, ao se lembrar da sensação dele em cima dela. Ele se mexia muito bem.

– Dance mesmo assim. – Ela agarrou o quadril dele e os aproximou. – Dance comigo.

Movendo-se contra ele ao ritmo da música, ela sentiu a reação imediata, sua ereção despertando, esfregando-se em sua barriga porque ele era muito mais alto do que ela.

– As pessoas vão saber – ele resmungou, mas as mãos já estavam na cintura dela, apertando, segurando os corpos unidos. – Da turma.

– Quem se importa? Como se eles já não soubessem.

Novo sabia. Inferno, a fêmea era parte do motivo de eles terem se beijado da primeira vez. Peyton? Como já resolvera antes, saberia lidar com ele. Boone? Ele só se preocupava com o treinamento; ela sequer tinha certeza se o macho sabia os nomes dos colegas. E Axe nem iria ali aquela noite. Assim como Anslam. E nenhum membro da *glymera* jamais iria a um lugar como aquele.

Viva o momento, ela pensou, perdendo-se na proximidade dele.

Abaixando a cabeça dele na sua direção, ela sussurrou ao seu ouvido:

– Não estou usando calcinha.

O gemido que o atravessou foi mais alto que a música.

– Me desculpe – ele disse, endireitando-se. – Preciso ir fazer uma coisa.

– Hummm – ela ronronou, imaginando-o no banheiro dando um jeito naquela ereção. – E o que seria isso?

– Tenho que matar todos os homens humanos desta boate que estão olhando para você. Não vai demorar muito, eles são fracos e não conseguem correr rápido.

Jogando a cabeça para trás para gargalhar, ela sentiu o coração elevar-se, ainda mais quando os braços fortes a seguraram com ainda mais firmeza.

Aquela seria a melhor noite da sua vida. Ela podia sentir isso.

Capítulo 39

No fim, a chave não era algo que se inserisse numa fechadura. Era mais um passe tangível que permitia que duas pessoas passassem por uma montanha de seguranças que ficavam ao lado de uma porta comum que dava numa garagem qualquer numa parte suja da área predominantemente industrial de Caldwell.

Seguindo Butch, mas na frente do *trainee* que os levara até ali, Marissa descobriu que, com a máscara cobrindo-lhe o rosto, ela tinha uma confiança que, de outro modo, talvez não sentisse. Havia algo de liberador em esconder as feições quando se vai a um ambiente no qual não saberia se comportar. Significava que você não precisava monitorar sua expressão, ou fingir autocontrole, para começo de conversa. Além disso, era possível experimentar livremente outra personagem que tivesse mais condições de lidar com qualquer coisa com que se deparasse.

Porque quem mais saberia a verdade?

Na densa escuridão do clube, a mão reconfortante de Butch esticou-se para trás, para pegar a dela, e no instante em que a conexão foi feita, ela se sentiu ainda mais confiante. Nada tocaria nela, nem machucaria, ou incomodaria. Não com ele ali.

A primeira coisa que notou foi o som grave a abafado que aumentava, e ela deduziu que fosse a batida do baixo de alguma música. Quando viraram numa curva arquitetônica estreita, descobriu que o som não era produzido por alto-falantes de um concerto musical. Era o girar rítmico de um esmeril que parecia servir ao único propósito de...

Ah. Puxa...

Havia uma mulher com as pernas abertas debaixo daquilo, e a máquina a penetrava com...

Desviando o olhar, ela viu um macho apertado numa caixa de acrílico, o corpo nu contorcido, um dos lados abertos para que as pessoas pudessem...

Virando os olhos em outra direção, enxergou uma fila de mesas de exame com pessoas com vestimentas de látex amarradas a elas, enfileiradas, em posições contorcidas, com seus órgãos sexuais expostos para o consumo de filas de estranhos anônimos.

Muito beeemmmm, estavam num clube de sexo. Isso mesmo.

E o estranho era que o interior parecia ter dezenas de vezes o tamanho do lado externo, devia ter sido conseguido com a demolição das paredes de outros prédios, e aquela garagem era apenas o começo de um encadeamento de instalações que acabaram unidas. Tudo estava meio escuro, todos estavam fantasiados e mascarados, e o sexo em todas as suas formas e combinações estava por todos os lados.

Era um experimento não preconceituoso e uma expressão de erotismo atrás do outro, gemidos e grunhidos oferecendo uma trilha sonora de fundo que a música tecno complementava em vez de encobrir.

De modo muito estranho, ela considerou tudo aquilo curioso, mas nada chocante. Tampouco feio. As pessoas pareciam genuinamente excitadas e, sério, pareciam simpáticas. Diferentemente das poucas vezes em que esteve em reuniões com humanos em que todos a encaravam, ali as pessoas se olhavam nos olhos e sorriam, como se ela fizesse parte de... bem, do clube. E quando ela esbarrou em alguém, a reação foi relaxada, nada agressiva.

Tudo parecia tão... normal?

Talvez pela natureza sem remorsos de tudo aquilo. Talvez fosse porque as máscaras escondiam as identidades. Ou quem sabe fosse pelo seu objetivo sério ao estar ali. Qualquer que fosse a combinação, ela estava aliviada.

Mais no interior do clube, Butch, Axe e ela formaram um círculo. Quando Butch a fitou por trás da sua máscara de esqueleto, ela segurou a mão dele e assentiu, erguendo os polegares.

Depois que ele retribuiu o aceno, voltou-se para Axe. Os dois se aproximaram e trocaram algumas palavras. Nesse meio-tempo, ela olhou ao redor procurando algum padrão nas vestimentas que indicasse quem eram os empregados.

Será que a fêmea fora para ali antes de morrer?

Uma série de *flashes* pipocou à esquerda e ela estreitou os olhos. Alguém estava tirando fotos das pessoas que estavam amarradas a rodas giratórias, incapacitadas, enquanto homens ejaculavam, as açoitavam e arrancavam sangue delas.

E foi assim que ela percebeu que quanto mais avançavam, mais pesadas as coisas se tornavam.

Será que alguém levou uma brincadeira longe demais com aquela fêmea?, ela se perguntou. Matando-a sem querer?

Depois de se certificar de que Marissa estava bem, Butch partiu para o trabalho, sem se distrair. Aquele momento erótico com ela no vestíbulo da mansão fora sexual para ele. Tudo aquilo ali no clube? No que se referia a ele era o mesmo que um cortador de grama. Uma tigela de cereais. Um livro de química. Enquanto começara a desenvolver uma estratégia na cabeça, estava de volta ao seu antigo trabalho, o cérebro entrando numa roupagem mental que imediatamente o deixava ultra-alerta e profundamente apartado do seu ambiente.

E para aumentar suas chances de sucesso: estivera debatendo consigo nas duas últimas noites se devia ou não contar a Axe o real propósito de estarem naquele clube. O pró era que talvez conseguissem alguma informação mais rapidamente; o contra, ele poderia acabar alertando o assassino, direta ou indiretamente.

Só que estivera analisando a gravação da entrevista deles no escritório uma centena de vezes, e simplesmente não conseguia pensar que o macho tivesse algo de homicida dentro dele. Numa luta? Sim, claro. Axe era um filho da mãe durão nos treinos, capaz de esmagar oponentes na luta de braço, mesmo que eles fossem mais altos e mais fortes – e era letal na mira com armas e adagas, nunca hesitando em puxar o gatilho ou lançar para matar.

Mas esse era um cenário totalmente diferente da brutalização de uma fêmea. E por trás de toda aquela aparência gótica implacável, ele não era nem cruel, nem insano.

– Então, eu menti – disse perto do ouvido de Axe para que ele o ouvisse apesar dos gemidos e da música tecno.

– Ah, é mesmo? – o lutador rebateu.

– Eu só estava seguindo o seu exemplo.

– Sinto-me honrado.

– Não consegui a chave com um amigo. Ela foi tirada de uma fêmea que foi espancada até morrer. Estou aqui para descobrir quem a matou, e vou precisar da sua ajuda.

Axe se retraiu. E depois estreitou os olhos. Voltando a se aproximar, disse:

– Como sabe que não fui eu?

– Não sei. – Butch sustentou o olhar do cara. – Não faço a mínima ideia.

Concentrando-se no olhar por trás da máscara, ele esperou para ver o que aquelas pupilas fariam. Com o estímulo extra ao redor dele, e o fato de as feições estarem escondidas, era muito mais provável que o cara tivesse alguma reação nervosa.

Em vez disso, ficaram firmes como rocha.

O que respaldava os instintos de Butch quanto ao cara não estar mentindo sobre nunca ter presenciado alguma morte.

– Não fui eu, a propósito – declarou o macho. – Nunca matei ninguém.

Butch assentiu.

– Foi o que imaginei. Você tem uma boa consciência, provou isso com o que sentiu com a morte do seu pai. O seu gosto por moda, por outro lado, é uma tragédia.

– Foi o que te fez entrar aqui.

– Verdade, verdade. – Butch olhou ao redor. – Então, quem é o encarregado aqui?

– Espere, me conte mais sobre a fêmea. Talvez eu a tenha visto. Ela era uma de nós?

– Era. E não sei muito mais do que isso. Estava sem identidade, só tinha aquela chave. Conseguiu se desmaterializar até o Lugar Seguro, que foi onde a minha Marissa a encontrou. – Quando Axe olhou para a sua companheira, o cara pareceu mortificado que alguém, especialmente uma fêmea, tivesse sido exposto a tal horror. – Ela já havia passado pela transição, tinha cabelos escuros e olhos azul-escuros. É só o que sei.

– Merda.

– Isso mais ou menos descreve meus sentimentos.

Não pela primeira vez, Butch desejou que alguém tivesse tirado uma foto dela, mesmo depois de morta. Deus, desejou ter fotos dos ferimentos, amostras de esfregaço sob as unhas, uma busca cuidadosa por fibras nela e nas roupas. Mas nada disso fora feito, claro. Mais uma vez, a raça vampírica não tinha um procedimento padrão para lidar com situações como aquela.

E era engraçado, nunca pensara na fraqueza da sociedade antes. Estivera ocupado demais lutando na linha de frente para se preocupar com os problemas dentro da raça.

Cara, alguns procedimentos investigatórios simples poderiam ajudá-los muito.

Axe se sacudiu como se tentasse se concentrar.

– Com relação aos funcionários, procure o vermelho nas fantasias. Eles costumam ficar à margem, a menos que haja alguma violação da política de conduta ou se a situação sai muito do controle; nesse caso, eles põem um fim no que quer que seja. E quanto a "fora do controle", me refiro a mais do que sangramentos casuais.

– Existem câmeras?

– Provavelmente, mas eu não saberia dizer onde estão ou como chegar a elas.

Ou como passar pelas centenas de horas de filmagens, que era o que se acabava fazendo, dado o tamanho daquele lugar e a quantidade de noites que se passaram.

Merda.

Acabavam de chegar ao território da agulha no palheiro. E, levando-se em consideração o que estava em jogo ali, aquilo era tão tranquilo quanto uma adaga no pescoço.

Mesmo assim, ele já triunfara sobre probabilidades ruins antes.

– Vamos mais para dentro – disse ao envolver com o braço sua *shellan*. – Precisamos ver tudo.

Capítulo 40

– Eles têm uns lugares… uns lugares para os quais podemos ir.

Enquanto falava junto ao ouvido de Paradise, Craeg estava bem ciente de quão perto do limite se encontrava. Contudo, quanto mais ela dançava contra o seu corpo, mais o sexo tomava conta do seu cérebro, jogando para escanteio o seu bom senso e a sua racionalidade, fazendo com que se sentisse um homem das cavernas. Nada de calcinha? Caraaaalho. Precisava muito colocar as mãos em mais dela, por isso, sim, estava na hora de desaparecerem nos fundos, onde Novo lhe dissera que havia banheiros privativos que podiam ser utilizados. Afinal, seria a única maneira de terem um pouco de privacidade naquela noite. Paradise teria que voltar para casa antes do amanhecer, e ela não poderia levá-lo junto, não sem abrir o jogo sobre ele, o que colocaria o pai dela e eles dois numa situação constrangedora e prematura.

Além disso, o inferno congelaria antes que ele a levasse ao lixão em que morara.

Merda, se não gozasse logo, perderia o controle.

Dentro das calças.

– Mostre o caminho – ela gemeu.

Segurando-a pela mão, ele a conduziu pela multidão. Ao passarem pelo reservado em que Novo fazia uma dança erótica no colo de Boone – e muito possivelmente provocava a primeira ereção do cara –, Craeg dispensou um aceno para a fêmea e recebeu outro em troca.

Junto com um olhar de que sabia muito bem o que estava para acontecer.

Os "banheiros" privativos ficavam sob um segundo piso parcial do lado norte, e quando entraram num corredor mal iluminado com paredes pretas, ele descobriu incontáveis portas fechadas. Discretas plaquetas de Ocupado estavam nas maçanetas das sete primeiras. Oito foi o número da sorte.

Segurando a porta aberta para Paradise, grunhiu quando ela passou por ele ao entrar no pequeno espaço azulejado. Havia um vaso sanitário, uma pia... um banco – e o cômodo estreito e curto estava surpreendentemente limpo. Observando bem, havia um ralo bem no meio do piso e um esguicho no teto.

Eles deviam lavar o espaço todas as noites.

Certificando-se de trancar bem a porta, agarrou-a e a puxou para junto de si, as palmas ávidas enfiando-se pela roupa dela, sentindo o volume dos seios, a suavidade das nádegas, o calor, o maldito calor úmido de sua intimidade. Ele a beijava descontrolado e mais do que pronto, ela o correspondia com o mesmo ardor e, Deus, alguém podia jurar que não tinham passado três horas atiçando um ao outro pelo telefone pouco tempo antes.

Mas pessoalmente... Pessoalmente era outra coisa.

E ela foi recuando, levando-o consigo, levando-o até a pia.

Com a graciosidade de uma dançarina, apoiou a bunda na bancada... suspendeu os joelhos e afundou os saltos contra a parede da alcova estreita.

Dando-lhe uma visão espetacular das botas de cano alto e aquele sexo nu, liso e molhado.

– Você sabe o que eu quero – ela disse. – E, para variar, não é a sua boca aí.

Com as pernas bambas, ele ficou agudamente ciente de que o momento chegara: sua força de vontade estava reduzida a um toco, o desejo sexual era um motor rugindo que não o deixava pensar direito, e puta que pariu... o que ele estava vendo agora...?

– Tem certeza? – murmurou. Enquanto descia o zíper.

– Quer que eu implore?

– Não, porque senão vou começar a gozar agora.

Relanceou a vista ao redor e não viu nenhuma câmera. Mas isso não significava que essas porras não pudessem estar escondidas em algum lugar.

– Eu queria que houvesse outro lugar pra gente fazer isto.

– Acha que eu me importo com o lugar em que estamos?

Dito isso, ela abriu a blusa, afastou as abas e abaixou os bojos do sutiã, oferecendo os seios empinados e túrgidos para ele. Sua cabeleira loira derramava-se ao redor dos ombros, os olhos azuis semicerrados, e quando ela lambeu os lábios, a ponta do pau dele formigou como se fosse explodir.

– Por favor – ela gemeu, arqueando-se como se estivesse em agonia.

E foi só o que bastou.

Quando o membro ereto se lançou para fora do zíper dos jeans, ele aparou seu peso numa das mãos e diminuiu a distância entre eles. Cacete, não conseguia acreditar que aquilo estava acontecendo de verdade. Não a parte do sexo; Deus bem sabia que ele já fizera aquilo antes.

Era a parte do sexo com *ela* que o afetava.

Ainda mais quando ele viu sua ponta perto de tudo o que ele mais queria. Fechando os olhos por um instante, quis dizer algo que fosse certo para ela, olhá-la de uma maneira que demonstrasse que reconhecia que era muito importante fazer qualquer coisa que transformasse aquela experiência com um simples trabalhador no mesmo evento reverente e venerável que a coisa toda seria para ele.

– Sim, eu quero isto – ela disse com suavidade. – Quero isto com você. Só com você.

Levantando as pálpebras, fitou-a em seus olhos hipnotizantes e algo estranho aconteceu. De encontro às batidas do baixo e das centenas de humanos e do desespero que latejava em suas veias, ele sentiu uma abrupta diminuição de velocidade.

Faça isto valer a pena, ele disse para si mesmo. *Torne isto especial para ela.*

Guiando a cabeça do órgão para o sexo dela, esfregou-a para cima e para baixo nele; ela estremeceu e, depois, mordeu o lábio com as presas.

As coxas dela começaram a tremer. A respiração se acelerou. Seu cheiro ficou mais pesado, mais pungente.

Com um grunhido, ele abriu o sexo dela, mas não conseguiria se conter por muito mais tempo. Estava prestes a gozar em cima dela.

Arqueando-se sobre ela, amparou o próprio peso numa mão.

– Vou devagar. – Essa foi a última coisa racional que disse.

Paradise estava tão pronta para aquilo, seu corpo tão fluido e tenso de expectativa... E quando o sentiu se esfregar em seu sexo quase gozou.

Havia tantos motivos para não fazerem aquilo, tantos argumentos racionais pelos quais ela deveria esperar pelo momento certo, por uma ocasião melhor, um lugar mais estável em sua vida e na de Craeg. Mas se os ataques lhe ensinaram uma coisa foi que o tempo era um luxo que nenhum mortal podia desperdiçar.

E as palavras do pai para ela antes que saísse de casa soaram não como o aviso que ele quis que fosse, mas como uma declaração de um objetivo que ela precisava abraçar.

Estava apaixonada por aquele macho. Sim, fazia pouco tempo que o conhecia, e sim, aquilo era loucura, mas não, ela jamais sentira nada parecido com aquela conexão, e do que mais poderia se chamar aquela emoção? Também não, não poderia controlar se Craeg ficaria ou se iria embora na semana que vem, no mês que vem, no ano que vem, mas ele estava ali com ela agora.

E isso era mais do que ela podia esperar.

Abruptamente, percebeu uma ligeira pressão, a cabeça túmida do membro dele pressionando-a por dentro. E ele começou a massagear a parte superior do seu sexo com o polegar, enlouquecendo-a, fazendo-a sentir o calor eletrizante, excitante, ardente que ela já sabia ser o precursor do clímax que o seu corpo tanto desejava.

Puxando-o para si, aproximou os lábios dele dos seus e o beijou forte, metendo a língua em sua boca e movendo-a sensualmente. Não tinha medo de nada. Talvez devesse ter, mas quase desejou deixar aquela parte para trás a fim de que a conexão erótica pudesse se expressar livremente.

O quadril de Craeg começou a avançar e a recuar, avançar e recuar, a ereção avançando cada vez um tantinho mais.

Em seguida, ele a deslocou, reposicionando-lhe a pelve.

Seus dedos voltaram para ela, esfregando-a num movimento circular, enquanto o próprio corpo curiosamente se imobilizava. Ela estava prestes a protestar, mas logo as sensações foram fortes demais e seu cérebro perdeu o posto de comando quando ela começou a gozar...

Naquele instante, com uma estocada poderosa e forte, ele penetrou a barreira que se rompeu sem nenhuma dor.

O corpo inteiro dele começou a tremer, e o tremor foi transmitido para ela a partir do ponto em que estavam unidos. E logo ele começou a se mover dentro dela, mais e mais fundo, com movimentos mais rápidos. Grosso, ele era tão grosso e aquela sensação de preenchimento era... incrível. E tinha também a sensação da boca dele atacando a sua enquanto ele a penetrava.

Não importava o que o futuro lhes reservava, nada mudaria o fato de que ele fora o seu primeiro.

Quando ela atingiu o orgasmo, ele também atingiu.

Sim, foi tão lindo e perfeito quanto ela poderia ter desejado. Mesmo estando numa boate de humanos, num local público, com centenas de desconhecidos do outro lado daquela porta fina... foi o paraíso.

Estar com a pessoa certa era isso, não?

Capítulo 41

Quando Craeg por fim parou, Paradise se largou para trás na pia, e apesar de a torneira bater em sua coluna e da dureza do espelho contra a cabeça, ela não se importou. Estava flutuando, zarpando… pelo menos até olhar para baixo e ver, na junção das suas pernas abertas, que o quadril dele a pressionava, e que uma parte dele estava enterrada dentro dela.

Paraíso.

Uma pena que ele parecesse preocupado, como se, por exemplo, estivesse pensando que ela houvesse desmaiado porque a machucara ou algo assim.

Queria tranquilizá-lo, dizer-lhe o quanto aquilo fora incrível, mas a sua mente estava tão fora de si que não permitia que ela se expressasse coerentemente, por isso pôs tudo isso num sorriso.

– Deus… – ele sussurrou. – Você está tão linda agora.

Forçando-se a se concentrar, ela murmurou:

– Estou feliz que tenhamos feito isto. Quando podemos repetir?

– Amanhã à noite. Mas você vai estar dolorida. É normal.

– Vou passar o dia no centro de treinamento.

As sobrancelhas dele se ergueram.

– Vai?

– Eu tinha planos para te seduzir.

– Ora, quem sou eu para atrapalhar um objetivo seu.

Quando ele se inclinou e a beijou, ela sentiu uma momentânea pontada de ciúmes ao se dar conta de que ele já fizera aquilo com outras fêmeas, talvez até na primeira vez delas também, o que explicava o motivo de ele ser tão bom no negócio. Mas não, esses pensamentos não eram bem-vindos naquele espaço.

Ali só havia lugar para eles. Nada mais era permitido.

– Que tal se a gente fizer isso de novo agora? – ela sugeriu, movendo o quadril de modo que seu sexo o atiçou.

– Paradise... Tem certeza de que está bem?

Ela gemeu um siiiiimmm em resposta, e depois apoiou as mãos na pia e usou o que lhe restava de forças no corpo para que os movimentos entre os corpos recomeçassem.

E, veja só, funcionou.

Num piscar de olhos, ela foi levantada da pia e se viu nos braços de Craeg, as pernas ao redor dele, os braços sobre os ombros fortes e os tornozelos cruzados atrás de seu traseiro.

Com uma pegada forte, as mãos dele a moveram para cima e para baixo sobre sua ereção, mais rápido e mais forte do que da primeira vez. Para ajudá-lo, não que ele já não estivesse se saindo bem, ela o acompanhou, duplicando os movimentos.

Mais orgasmos, desta vez um após o outro, o cabelo dela se lançando sobre os rostos dos dois, um cheiro apimentado forte rugindo do corpo dele, o prazer misturando as almas de uma maneira que parecia permanente.

Quando finalmente terminaram, ela se largou sobre o tronco dele, mole como um pano, quente como um forno, tonta como se tivesse corrido um milhão de quilômetros.

E foi nessa hora que seu celular tocou.

Quando a campainha ressoou dentro do bolso da sua jaqueta, ela levantou a cabeça.

– Só pode ser brincadeira.

Deixando quem quer que tivesse ligado cair no correio de voz, voltou a se concentrar e sorriu para Craeg. Deus, adorava quando seus rostos ficavam próximos assim, quando ela conseguia enxergar cada cílio dele individualmente, e o calombo do nariz e a sombra da barba que já estava crescendo.

– Oi – ela sussurrou.

Para variar, os lábios devolveram a gentileza e havia nele uma timidez terna enquanto sorria.

Esticando a mão para o rosto dele, ela sussurrou:

– É assim que eu sempre vou me lembrar de você.

Nos recessos da mente, ela pensou… que estranho. Por que estava se despedindo dele? Aquilo era apenas o começo…

O telefone começou a tocar de novo.

– Desculpe – ela disse, franzindo o cenho. – Espero que não haja nada errado.

Virando-se para pegar o aparelho no bolso, estava muito ciente de que ainda estavam unidos. E quando olhou para a tela, praguejou.

– Fala sério, Peyton… – Murmurou ao enfiar o aparelho de novo onde estivera. – Ele deve saber que a gente está aqui atrás. Ele adora perturbar as pessoas.

– Finalmente acabou aparecendo, hein?

– Você sabe que ele é como um irmão para mim… Sabe mesmo, de verdade?

– Sim, na verdade, sei, sim.

Quando o celular voltou a tocar pela terceira vez, ela cerrou os dentes.

– Meu irmão completa e absolutamente irritante.

– Atenda e ele para. – Craeg rolou o quadril e a fez gemer. – Não vou a parte alguma.

Apertando o botão para aceitar a chamada, levou o aparelho à orelha.

– Será que você pode parar…

– Parry…?

No instante em que ela ouviu a voz dele, franziu o cenho. Durante todo o tempo em que o conhecia, sua voz nunca soou assim. Perdida… como a de um garotinho.

– Peyton? O que aconteceu?

– Uma coisa muito ruim aconteceu, Parry. Tem sangue… em toda parte…

– *O quê?* – Ela afastou o corpo, e Craeg a abaixou imediatamente. – Peyton! Onde você está?

– No apê da minha prima… a minha prima… aquela que supostamente estava sumida…

Paradise encarou Craeg muito séria.

– Peyton, Craeg está comigo e nós estamos a caminho. Mas onde você está?

Quando ele balbuciou o endereço, ela o repetiu e depois passou o aparelho para Craeg.

– Tenho que me limpar. Fique no telefone com ele, *não* deixe que ele desligue.

Dez minutos mais tarde, Craeg entrava em um elegante prédio de apartamentos de humanos com um toldo verde-escuro na entrada, um vestíbulo de mármore e um porteiro com uniforme da mesma cor do toldo externo.

Enquanto ele hesitava e esperava ser expulso ou obrigado a se submeter a uma vistoria de todas as suas cavidades antes de sair do capacho em que se lia "Bem-vindo", Paradise foi direto para a recepção.

– Olá – ela disse num tom absolutamente calmo e racional. – Meu amigo Peyton veio visitar Ashley Murray, e pediu que nos juntássemos a ele.

– Ligarei para lá – respondeu o homem, apanhando o interfone. – Alô? Sim, é da recepção. O senhor está... Perfeito. Eu os farei entrar. – O porteiro indicou os elevadores com a cabeça. – Vão em frente.

– Muito obrigada – agradeceu com suavidade e estendeu a mão.

A princípio, Craeg não entendeu por que ela fazia aquilo, mas logo percebeu que ainda não havia se afastado das portas giratórias da entrada.

Apressando-se, ignorou o porteiro e manteve a cabeça baixa, porque uma coisa era uma bela fêmea, mas ele estava bem ciente de que tinha cinco vezes o tamanho dela e devia ser visto com suspeita. No entanto, chegaram ao elevador, e depois subiram até um andar bem alto.

A primeira coisa que viram ao fim do comprido corredor bege foi Peyton lá longe, sentado no carpete, com o celular ainda nas mãos.

O ar estava carregado do cheiro de sangue para o faro de Craeg, mas provavelmente não seria notado por um humano.

Paradise se apressou e se ajoelhou junto ao cara.

– Peyton?

Ele só olhou para ela depois que ela lhe tocou no ombro: seu rosto estava branco como cera, e os olhos, arregalados demais.

– A coisa está feia.

– Ela... está lá?

– Não. Mas o quarto... Santo Deus, o quarto.

Craeg a deixou com o amigo e empurrou a porta. No mesmo instante, o cheiro de morte ficou mais forte e se intensificou ainda mais quando ele entrou num cômodo aberto, com carpete branco de parede a parede, um sofá branco e janelas altas que, devido à ausência de cortinas, impediriam um vampiro de morar ali.

Frio, o cômodo estava muito frio. Havia uma corrente de ar gelado soprando pelo apartamento.

Relanceando a vista para a direita, não notou nada de extraordinário na cozinha anexa, nenhuma bagunça, tudo guardado, um cesto de frutas frescas… Não, espere, risque isso, as maçãs eram de plástico.

Um corredor seguia em frente, e havia uma única luz acesa ao fundo. Dirigindo-se para lá, cruzou uma chique passadeira.

Virando no fim, parou na porta. Do outro lado, uma cama *queen size* estava tão manchada de vermelho que era como se tivessem despejado tinta sobre a colcha e os lençóis brancos, sobre os travesseiros e a cabeceira.

Também havia mais no chão, marcando uma trilha que ia…

A porta de correr envidraçada dava para uma espécie de balcão que estava aberto – e enquanto as cortinas finas balançavam ao vento, marcas ensanguentadas de mãos no vidro e na soleira eram expostas e depois encobertas, expostas e encobertas.

Virando-se para a cama, notou as drogas nas mesinhas de cabeceira: seringas, colheres, pedaços de papel-alumínio. Não havia preservativos. Nem armas. Nada de pessoal: nenhuma fotografia, recordação ou bagunça. Aquele era um lugar reservado para transar e se drogar, e para sair antes do amanhecer. Mas era um lugar caro.

– Ai, meu Deus…

Ao ouvir o som da voz de Paradise, ele olhou por sobre o ombro.

– É melhor você não entrar aqui.

Ela entrou mesmo assim, e ele não poderia dizer que ficou surpreso.

– Onde está o Peyton?

– Aqui – disse uma voz atordoada na soleira.

Enquanto os três estavam parados no meio do quarto, ele tinha quase certeza de que pensavam a mesma coisa: ninguém sobreviveria a algo assim. Ninguém.

– Preciso ligar para o meu pai – Paradise disse com firmeza. – Isto está muito além de algo que a gente possa cuidar.

Craeg balançou a cabeça quando ela pegou o celular.

– Não, precisamos ligar para a Irmandade.

Peyton explicou:

– É por isso que ela está ligando para o pai.

Quando Paradise levou o aparelho à orelha e começou a andar, Craeg se mostrou confuso:

– O quê?

Peyton deu de ombros.

– O pai dela é o Primeiro Conselheiro do Rei. É o mais correto a fazer.

A princípio, foi difícil traduzir o significado daquelas palavras, a sequência dos substantivos e verbos e outras coisas entraram por um ouvido e saíram pelo outro. Mas depois que ele as repassou pela cabeça algumas vezes... sentiu um frio estranho percorrer seu corpo inteiro, da cabeça aos pés. O coração saltou dentro do peito. Parou. Voltou a bater num ritmo descompassado.

Craeg desviou o olhar para Paradise e ouviu de muito longe quando ela começou a falar num tom de urgência. Nunca se detivera no sotaque dela antes, porque sempre se distraíra devido à sua atração. Mas agora... a cadência, o tom, a inflexão... eram como os de Peyton. E não por ela ter impostado a voz, fazendo algum tipo de imitação.

Numa voz sumida, ele disse:

– Ela não é só uma recepcionista na casa de audiências, é?

Quando o celular de Butch começou a tocar junto ao corpo, ele estava pronto para ignorá-lo, deixando a mensagem cair no correio de voz; afinal, estava num clube de sexo tentando descobrir pistas sobre um maldito homicídio, pelo amor de Deus. Mas quando a coisa não parou de tocar, ele a pegou e atendeu.

E não conseguiu ouvir o que Vishous dizia por causa da música tecno.

– O quê? Alô?

Depois que a ligação foi interrompida, uma mensagem do Irmão pôs fim à confusão. A mensagem era curta e direta, nada além de um endereço num bairro bom da cidade, o número 18 e um período de tempo: *5 minutos*.

Era o código que usavam quando estavam lutando e em apuros.

– Temos que ir – ele disse alto. Virando-se para Marissa, pegou-a pelo braço e falou mais alto: – Temos que ir embora. Agora.

– O quê? – Ela retesou o corpo. – Mas tem mais ali na frente.

Quando ele simplesmente sacudiu a cabeça e a encarou, ela parou de discutir.

– Ei, Axe – ele chamou. – Temos que ir. Você vai ficar bem?

O cara se aproximou.

– Pensei que vocês queriam ver tudo.

– Mais tarde. Te vejo no centro de treinamento.

A partida na verdade demorou bem mais do que os cinco minutos, enquanto prosseguiam pelas diversas estações de sexo e quartos temáticos como se estivessem tentando encontrar a saída de "50 Tons do Labirinto Cinza". Assim que se viram no ar frio da noite, longe dos ouvidos dos leões de chácara e do pessoal da fila para entrar, Butch disse:

– Tenho que cuidar de um lance que parece assassinato e…

O celular tocou de novo e ele atendeu.

– V., estou a caminho, só vou deixar a Marissa…

O Irmão falou rápido, foi direto ao ponto e muito sucinto e, assim que a ligação se encerrou, Butch abaixou o celular devagar e fitou Marissa.

– Acho melhor você vir também.

– O que foi?

– Podemos ter descoberto quem era a fêmea assassinada.

Minutos depois, encostaram o Lexus diante de um elegante prédio de apartamentos a um quarteirão de distância do Commodore. Apagando a memória de um humano, logo entraram no elevador e depois atravessaram o corredor que fedia a morte. V. os aguardava.

E o Irmão recuou assim que os viu.

– Mas que porra é essa…? E, a propósito, vocês estão gostosos pra cacete.

Butch arrancou a máscara.

– Dá pra sentir o cheiro de longe.

Levantando as mãos para remover a própria máscara, Marissa deu um passo para trás.

– Ai, meu Deus… é ela. Esse é o cheiro dela.

V. os conduziu pelo apartamento impessoal até um quarto praticamente desprovido de móveis, que o fez se lembrar dos seus tempos na Polícia Metropolitana de Caldwell. Merda, o primeiro impulso de Butch foi o de se colocar entre a sua companheira e todos aqueles sinais de homicídio violento. Não mais. Matava-o ter que expô-la a isso, mas ela tinha razão. Ela tinha que estar ali.

Com a coluna reta e os olhos límpidos, ela foi direto para a cama e, merda, a imagem dela de costas para ele enquanto fitava a colcha e os travesseiros encharcados de sangue lhe provocaria uma nova categoria de pesadelos.

Praguejando, relanceou a vista para Paradise, que estava ao lado de Peyton, e depois viu Craeg, mais distanciado. Por fim, avaliou a cena, observando tudo o que havia e o que não havia no quarto.

– Quem chegou primeiro? – perguntou.

Peyton levantou a mão.

– Fui eu. A minha prima, Allishon, usava este lugar para... bem, você sabe. Ela o aluga sob um nome humano. Eu telefonei para o celular dela algumas vezes para que se juntasse a nós. Os pais dela contaram para os meus que ela estava incomunicável há... não sei, algumas noites, uma semana talvez, mas isso é até normal. Quando ela não me retornou as ligações, pensei em dar um pulo aqui, porque achei que ela devia estar numa farra das pesadas. Entrei pelo terraço, porque é assim que costumo fazer... e é isso.

– A porta estava destrancada? – Butch perguntou ao afastar as cortinas esvoaçantes e inspecionar as marcas na maçaneta.

– Estava aberta. Mas se o sol a tivesse atingido, teria deixado marcas de queimado, certo? Então, talvez ela... – Deixou a frase sem concluir ao encarar a cama manchada. – Ela não está bem, está?

Marissa puxou o capuz de látex para trás na cabeça, deixando-o pendurado no pescoço. Aproximando-se do macho, segurou-lhe as mãos.

– Sou a *shellan* de Butch, Marissa. Sou a diretora-executiva de um abrigo para fêmeas que sofrem violência doméstica. Ela nos procurou...

– Então ela está lá? Ela está viva!

Marissa meneou a cabeça lentamente.

– Lamento muito. Chamei meu irmão, Havers, e ele tratou dela com todos os recursos de que dispunha. Ela não sobreviveu.

Os olhos de Peyton se voltaram para a cama e ele se calou. Depois, sussurrou:

– Isso vai acabar com os pais dela. Já perderam o meu outro primo nos ataques. Não lhes restou nenhum filho.

– Então aquela porta estava só destrancada ou aberta mesmo? – Butch perguntou. – Não quero ser insensível, mas esta é uma cena de crime e quem quer que tenha feito isso com ela... Temos que encontrá-lo e prendê-lo com pregos a uma maldita parede.

Peyton sacudiu a cabeça.

– Sim, não... Quero dizer, ela era meio porra-louca. Vivia farreando. Mas não merecia... – Pigarreou. – A porta estava aberta. Tenho certeza.

Butch seguiu as marcas e manchas no carpete.

– A única explicação é que ela tenha, de algum modo, usado suas últimas forças para sair daqui e se desmaterializar para o Lugar Seguro.

– Como ela sabia como chegar lá? – Paradise sussurrou. – Quero dizer... Bem, graças a Deus...

– Ela deve ter ficado sabendo sobre nós de alguma maneira – Marissa respondeu. – Eu só queria que pudéssemos tê-la salvo.

V. entrou no quarto.

– Acabei de receber uma mensagem do Tohr e do Rhage. Estão lutando e a coisa está feia. Preciso cobrir a retaguarda. Butch, você tem que vir comigo. É uma emergência.

Butch cerrou os dentes e soltou uns palavrões cabeludos. Mas depois olhou para Marissa.

– Você está bem?

Encarando-o, ela disse com firmeza:

– Contanto que a gente encontre quem fez isto, eu vou ficar muito bem.

Ele lhe deu um abraço rápido e forte e sentiu orgulho se espalhando pelo peito. E depois lhe deu algumas instruções de tarefas tristes que ela teria que executar.

– Quero uma lista das pessoas que ela conhecia, humanos e vampiros, que você vai conseguir com ele. – Apontou para Peyton. – Depois, fotografe tudo com o celular. A porra do lugar inteiro. Não toque em nada, não mexa em nada. Tranque todas as portas que puder. Saia pelo terraço. Em seguida, vá para a casa dos pais dela. Eles têm o direito de saber hoje à noite.

– Cuidarei disso tudo – ela garantiu.

Sim, ele pensou, *ela cuidaria.*

Deus, como a amava. Odiava aquela situação… Mas cara, como a amava.

Um beijo mais… e foi na direção do carro, tentando mudar o foco de um tipo de emergência para outro.

Capítulo 42

Enquanto Marissa conversava com Peyton sobre a prima e com quem ela se associava, Paradise pegou o celular da fêmea emprestado e percorreu o apartamento todo, tirando fotografias. A cada imagem capturada, ela pensava no que sabia sobre a garota morta. Tecnicamente, Allishon também era sua prima e, apesar de ser um parentesco muito mais distante do que o de Peyton, a perda ainda era muito lamentada.

Ainda mais por ter visto aquela cama.

Deus… Quanta violência.

Em uns quinze minutos, cobrira o quarto, o banheiro, o corredor e a sala de estar, e já estava indo para a cozinha quando viu algo caído no chão.

Como o lugar era todo branco, um vislumbre de cor próximo à extremidade do sofá de fato chamou sua atenção.

Agachando-se sobre os calcanhares, puxou… uma antiga foto feita por uma Polaroid.

Franzindo o cenho, percebeu que era… vermelha e rosa. Igual àquela que encontrara no ônibus.

Aquela que colocara dentro da mochila depois que Peyton dissera não ser sua.

– O que foi? Por que está curvada assim? – Peyton perguntou. – Paradise? Vai vomitar?

Ela se levantou e foi para junto dele.

– É uma foto… – Quando lhe mostrou, ela ficou se perguntando se não estava chegando a conclusões precipitadas. Talvez houvesse outra explicação. – Hum… É igual a que encontrei… Você sabe, no ônibus.

– Tanto faz. Terminou de fotografar? Temos que ir falar com os pais da Alli agora. Preciso terminar logo aqui antes que eu enlouqueça com tudo isso.

– Só um segundo... – Enfiou a foto na jaqueta sem pensar e foi registrar as imagens da cozinha. – Estou quase terminando.

– Ela está com as cinzas – Peyton murmurou numa voz emocionada. – Marissa.

Paradise abaixou o aparelho.

– Ah... Meu Deus...

– Ela acabou de sair para ir trocar de roupa e pegá-las antes que você e eu a encontremos lá. Queria ter um baseado comigo. Não pensei... – Começou a abrir gavetas. – Ah! Que alívio.

Quando ele pegou uma garrafa de vodca e a enfiou dentro do casaco, ela quis lembrá-lo de que não podiam mexer em nada, mas convenhamos... Até parece que ela encheria o saco dele por não seguir as regras numa noite como aquela.

– Peyton, o que mais posso fazer?

Os olhos dele se voltaram para os dela.

– A vida é o que é. Mas obrigado por vir aqui.

Assentindo com gravidade, ela tirou uma última foto da pia vazia e das bancadas nuas.

– Pronto. Hum... Onde está o Craeg?

– Ainda está no quarto.

– Peyton... Eu sinto muito.

Deram alguns passos um na direção do outro e se abraçaram com força. Ela queria lhe dizer que tudo ficaria bem, mas isso já não era verdade.

– Eu te amo – ele disse.

– Te amo também.

Afastando-se dele, foi até a porta de entrada do apartamento, trancou-a usando a mente e depois voltou com ele para o quarto.

Craeg ainda estava no mesmo lugar de antes, e quando ela se aproximou, apoiou a mão no braço dele.

– Você está bem?

– Sim. – Virou-se para Peyton, interrompendo o contato. – Cara, se precisar de alguma coisa... Estou aqui pro que precisar.

Peyton se aproximou do macho e os dois deram um abraço forte, e depois todos foram para o terraço, para o vento frio que soprava do rio.

Peyton foi o primeiro a sair. Depois, Craeg se virou para ela.

– Noite longa... É melhor eu voltar. Peyton ligou para o centro de treinamento para mim com seu celular e eu preciso ir para o ônibus o quanto antes.

– Ah... Tudo bem. – Mas o que é que ela esperava? Acontecera uma tragédia. Agora não era o momento para longas despedidas românticas, pelo amor de Deus. – Então... Bem, acho que a gente se vê à noite? Mas vai me ligar de manhã, não vai? Vou me trocar, e depois ajudar o Peyton a contar para a família.

– Que bom que você conseguiu falar com o seu pai.

– É, ele é sempre prestativo.

– Posso apostar.

– Isso tudo é tão... horrível. – Quando piscou, viu a imagem da cama ensanguentada. – Tão medonho, tão horrível. Quem será que fez isso?

– Butch vai descobrir.

– Espero que sim. Espero mesmo.

– Tenho que ir.

– Ah... Tudo bem. – Espere, ela já não havia dito isso? – Você está bem?

– Estou bem. Não se preocupe comigo. É melhor você ir também.

Por algum motivo, ela teve a necessidade premente de dizer que sentia saudade dele, mas isso era absurdo. Ele estava a meio metro de distância. E se falariam em algumas horas. E ela o veria na noite seguinte.

– Tenha um bom dia – ela disse.

Quando ele assentiu, ela fechou os olhos... Acalmou-se... E se foi com o vento.

Por tantos motivos, aquela partida estranha não fora o modo como imaginara a noite terminando. Nem perto disso.

Craeg não esperou muito tempo. Assim que Paradise se desmaterializou, ele foi logo atrás, viajando no vento, usando o seu sangue nas veias dela como rastreador.

Quando ela parou de se mover na noite noturna, ele reassumiu sua forma a algumas centenas de metros dela, nos limites de um gramado que era...

A casa diante dele no alto de um morro era do tamanho de um dormitório universitário, um tipo de construção gigante e imponente que poderia ser usada na televisão para ilustrar um *campus* universitário ou, Deus, quem sabe... talvez mais uma residência da realeza com seus telhados pontiagudos e as janelas com treliça formando losangos e todo aquele gramado bem cuidado.

Fácil, fácil, devia ter o dobro do tamanho da propriedade em que seu pai e o de Axe foram assassinados, por exemplo.

E quando Paradise se aproximou da porta da frente, foi sem cerimônia, não da forma como um empregado ou criado faria. Um momento depois, ela estava lá dentro, sem ter tocado a campainha nem nada assim. Na verdade, conforme se movia para a esquerda, viu pelo vidro da janela protegida por chumbo quando um mordomo uniformizado pegava seu casaco e se curvava com deferência diante dela.

O pai dela é o Primeiro Conselheiro do Rei.

Diminuindo a distância com passadas largas, observou do frio exterior quando ela subiu uma grande escadaria e desapareceu para o que, sem dúvida, devia ser um igualmente suntuoso segundo andar. Ou talvez terceiro. Quem sabe décimo segundo?

Mesmo depois que já não a via mais, ficou onde estava, espiando através das janelas antigas os retratos a óleo, os tapetes elegantes, a seda nas paredes... Devia ser seda, certo?

Que porra sabia ele?

Virando-se, olhou para o gramado extenso, e para as moitas e os canteiros que, sem dúvida, deviam ostentar uma variedade de flores nos meses quentes. Ficou imaginando como seria o quintal dos fundos. Devia ter uma piscina. Um espaço fechado com animais exóticos. Um maldito santuário de pássaros.

Ela mentira.

E não fora uma mentira pequena.

Aquilo... aquilo era grande: acabara de tirar a virgindade de quem certamente parecia ser uma das filhas de uma Família Fundadora.

De acordo com as Leis Antigas, sendo ele um plebeu?

Poderia ser condenado à morte por isso.

Conforme a raiva se avolumava, o motivo era cada vez menos Paradise e o que ela escondera dele, e mais por ter atropelado suas próprias regras. Onde foram parar todos aqueles freios internos que estabelecera? Todas as resoluções tomadas? Antes de ter transado com ela num banheiro de uma porra de uma boate de humanos, pelo amor de Deus? Passara por cima de cada um deles. E o pior de tudo? Perdera o foco no seu treinamento. Desviara-se do seu propósito. Desperdiçara dias em que deveria estar dormindo, aulas em que deveria estar pensando, treinos em que deveria estar desenvolvendo seu corpo com concentração total.

E tudo por causa de uma fêmea que se importava tão pouco com ele, que era egoísta e egocêntrica, que não se dera ao trabalho de compartilhar um mínimo de informações pertinentes e relevantes sobre si mesma.

Informações que ela devia saber, e que mudariam a cabeça dele.

Sofrera uma autêntica manipulação, essa é que era a verdade, que o desviara 180 graus daquilo que ele mais queria. Unindo-se o fato de ela ser uma mentirosa e a sua libido estar descontrolada, ele não tivera a mínima chance.

Que tolo... Fora um tremendo tolo.

E os tolos recebiam o que mereciam.

Não era assim?

Capítulo 43

Sentada na beirada de sua cama de casal, Marissa passava a escova pelos cabelos. Tirara a roupa que vestira depois de despir o traje de látex, e agora vestia um dos roupões pretos de caxemira de Butch. De tempos em tempos, levantava a lapela para o nariz e aspirava o cheiro dele nas fibras.

Precisava de um lembrete da presença dele. Precisava mesmo.

Santa Virgem Escriba, havia coisas demais se repetindo em sua mente, imagens, sons, cheiros. Como resultado desse ataque, ela ficou se perguntando... Como Butch suportara aquilo por tanto tempo? Como investigara aqueles homicídios, fora às casas dos familiares das vítimas, dera as notícias vez após outra? Como olhara para os olhos desolados de um pai e de uma *mahmen* e se solidarizara com eles, mesmo sabendo que precisava extrair-lhes informações?

Informações como a última vez em que viram o filho. A última vez em que se falaram. Se sabiam de algum desentendimento com alguém.

Fizera essas perguntas com cuidado, às vezes segurando a mão da mãe ou assentindo para o pai. Não havia motivo para anotar coisa alguma; jamais se esqueceria do que fora dito.

E agora ela estava ali de volta, aguardando Butch retornar são e salvo para casa para poder despejar tudo em cima dele.

Lá na sala de estar, a porta externa do Buraco se abriu com um rangido e uma rajada de vento frio entrou pelo corredor, carregando o fedor dos *redutores*.

– Butch? – Pôs-se de pé e correu para lá. – Butch...?

Os gemidos e os xingamentos já eram uma resposta. E quando ela fez a curva no corredor e entrou no espaço aberto, parou de imediato.

V. trazia seu companheiro no ombro, como um bombeiro faria a seu colega. O Irmão levou o corpo encurvado e massacrado para o sofá de couro, deitando-o ali.

Butch estava sangrando, coberto pelo sangue negro dos assassinos, mais morto do que vivo.

E também emanava o cheiro enjoativo dos *redutores* consumidos.

Quando ela arquejou e se aproximou às pressas, V. já despia a própria jaqueta, expondo cortes e hematomas. Enquanto Marissa afagava os cabelos escuros do seu companheiro, o Irmão se juntou ao macho no sofá, entrelaçando seu corpo de guerreiro com o do seu melhor amigo. O brilho que surgiu em seguida começou como algo vindo de muito longe, ou talvez como uma lanterna vista em meio a um espesso nevoeiro, mas logo a iluminação, a sagrada essência da mãe de Vishous, tomou conta da sala, reluzente como a luz do sol numa placa de metal, acolhedora como o fogo de uma lareira, e a única salvação para Butch.

O poder de V. podia ser uma maldição no contexto errado, mas um milagre se usado como naquele momento – porque drenaria o mal de dentro do seu companheiro, salvando-o, fortalecendo-o de uma maneira que apenas Vishous conseguia.

Jamais se ressentira da conexão que os dois partilhavam, nunca sentira ciúmes por outro prover algo tão necessário ao seu amado. Só sentia gratidão por existir uma forma de impedir que Butch morresse. Desde que Ômega o abduzira e o infectara, ele passara a ter a habilidade de consumir os assassinos, destruindo-os de uma maneira que "matá-los" não o faria: ao consumir a essência deles, Butch lhes dava uma passagem só de ida para fora do Universo.

Mas isso tinha um preço.

Algum tempo depois, a luz começou a diminuir, e os dois só continuaram deitados, ambos exaustos. Quando Butch ergueu as pálpebras, os olhos castanhos imediatamente a procuraram e ele levantou a mão trêmula.

Com um sorriso gentil, ela pegou a palma dele e a levou ao seu rosto, esfregando-a em sua face.

– Eu te amo, eu te amo...

– Ok? – ele disse quase sem voz. – Você?

– Agora que você está a salvo em casa, sim. Mil vezes sim.

V. entreabriu os olhos e a encarou longamente. Mesmo tocando-o raramente, porque, convenhamos, Vishous não era do tipo amoroso, ela esticou a mão e resvalou sua face.

Num raro momento de ternura, ele pressionou um beijo na palma dela.

Em seguida, um pouco depois, era hora de levar seu companheiro para o chuveiro. Enquanto V. continuava largado no sofá, Marissa ajudou Butch a seguir pelo corredor até o quarto. Ou quase até o quarto. Ele insistiu em se despir no corredor a fim de enfiar os trajes imundos direto na canaleta que mandava as roupas para a lavanderia túnel abaixo.

O banheiro particular deles era simples, pequeno e confortável, e como ela sempre fazia em situações como aquela, deixou Butch sentado na tampa do vaso sanitário enquanto ajustava a temperatura da água. Quando tudo ficou pronto, ela o ajudou a se levantar, empurrou-o para debaixo do jato e o acomodou num dos cantos.

Tirando o roupão, entrou junto com ele.

Ele já estava excitado antes que ela se desnudasse. E no instante em que viu o corpo dela, sua ereção engrossou ainda mais.

Haveria tempo para partilharem suas histórias mais tarde. Agora? Precisavam encontrar aquela sintonia entre eles, para se conectarem, comunicarem-se sem palavras.

Pegando o sabonete e uma esponja, começou pelo rosto, limpando as feições que ela tanto amava antes de descer para o pescoço, os peitorais, os músculos do abdômen. Lavou-o por inteiro, até mesmo sua ereção, que ela massageou com a esponja.

Butch se arqueou sob o seu toque. Estava fraco demais para qualquer outra coisa, o peso puxando para baixo até ele se sentar no banco embutido de mármore. Com a cabeça meio pensa, ele a observou trabalhar.

Mas, em seguida, ela abandonou a esponja.

Ajoelhando-se, sentiu a água quente descer pelas costas quando se moveu para dentro das coxas dele.

Ele estava magnífico, largado no canto, os grandes braços relaxados, o corpo de guerreiro exausto.

Ainda assim, seus olhos estavam cheios de desejo.

Envolvendo o pau com as mãos, ela abriu a boca e desceu sobre ele, engolindo o quanto podia da sua extensão, sugando-o, excitando-o.

Em resposta, Butch gemeu e empinou o quadril.

Ela levou o tempo que quis, manipulando-o, acelerando e depois reduzindo o ritmo, apertando-lhe as bolas.

E, então, levantou o olhar.

Ele ainda a observava, as presas expostas, a boca aberta, arquejando. De tempos em tempos, ele parecia tentar se mover. O máximo que conseguia era mexer as mãos, contudo.

– Marissa… – ele disse, rouco.

– Sim?

Enquanto esperava que ele respondesse, delineou a boca com a cabeça dele. Depois percorreu a língua num círculo ao seu redor.

– Termine – ele gemeu. – Oh, Deus… Vá até o fim…

O sorriso que ela lhe lançou veio de dentro de sua alma.

Em seguida, com expectativa, ela voltou ao trabalho.

E fez um serviço muito, mas muito bom mesmo.

Capítulo 44

Quando a noite caiu no dia seguinte, Paradise andava de um lado para o outro em seu roupão.

Craeg não ligara. Não às sete da manhã, quando costumava telefonar. Nem às duas da tarde, quando talvez não estivesse conseguindo dormir. Tampouco às seis, quando já devia estar de pé indo comer no refeitório com Axe.

Algo evidentemente mudara.

E desejou como nunca que não fosse por já terem feito sexo. Alguns machos só queriam o que ainda não tinham conseguido, e embora ficasse chocada se descobrisse que Craeg era um cretino dessa monta, não conseguia pensar em nada mais que explicasse o fato de ele não ter telefonado.

Só que... eles ficaram tão bem juntos. Muito bem. E ele demonstrara muita consideração por ela.

Quanto à cena horrenda no apartamento da garota? Por mais que o que tivesse acontecido à prima de Peyton fosse uma tragédia, ela não achava que Craeg ficaria tão afetado a ponto de sofrer algum tipo de colapso mental ou emocional...

E quando seu celular finalmente tocou, ela atravessou o quarto correndo.

Só para praguejar ao ver que era apenas Peyton.

Quando atendeu, tentou manter a voz controlada.

– Ei. Como você está?

Depois que eles foram cumprir o triste dever de informar os pais da fêmea, seguiram seus caminhos no restante do dia, mas não ficaram sem se comunicar. Ele lhe enviara algumas mensagens incoerentes no decorrer das horas, que ela entendeu como sinal de ter utilizado muito bem aquela garrafa de vodca.

– Não vamos ter aula hoje.

– Por quê?

– Foi cancelada por algum motivo, por isso, eu e Anslam vamos para o restaurante Sal's. Vou convidar os outros também.

Enquanto se debatia com a novidade, um desapontamento esmagador a deixou tonta. Contava que veria Craeg e...

Peyton não perdeu o ritmo, orientando-a a se encontrar com eles em uma hora. Depois desligou e a deixou com o telefone na mão, só olhando para a tela escura.

Será que Craeg se juntaria a eles?

Ok, aquilo era uma tremenda besteira. Estava cheia de ficar esperando o telefone tocar como uma menininha boba.

Inspirando fundo, discou um número que sabia de cor, um que aprendera umas três noites depois de começar a trabalhar na casa de audiências. Quando um *doggen* atendeu, ela sorriu profissionalmente – como se o macho pudesse ver seu rosto, como se não estivesse fazendo aquilo por motivos puramente pessoais.

– Olá – disse. – Aqui é a filha de Abalone. Lamento incomodá-lo, mas poderia fazer a gentileza de me transferir para a clínica do centro de treinamento?

– Sim, mas claro, senhorita! – Foi a resposta jovial. – Gostaria de falar com alguém em especial?

– Na verdade... – Aquilo estava ficando mais fácil do que imaginara. – Estou tentando me comunicar com o primeiro dos cinco quartos ali de baixo.

– Será um prazer. Por favor, aguarde enquanto procuro o número do ramal. – Houve uma sucessão de bipes. – Pronto. Se desejar ligar diretamente para lá no futuro, posso lhe passar o ramal?

– Por favor. – Apanhando uma caneta, rabiscou o número na caixa de Kleenex ao seu lado. – Obrigada.

– Ou poderá usar este número sempre que desejar. Ficamos contentes em servi-la. Por favor, aguarde.

Quando outra rodada de bipes se fez ouvir na linha, brotaram suor e calor de suas palmas, e ela teve que se sentar, porque as pernas começaram a tremer.

Então, ouviu o toque de chamada.

– Alô? – disse Craeg.

Ela engoliu em seco, e depois ficou frustrada consigo mesma.

– Pensei que você fosse ligar.

Longo silêncio.

– Oi.

– Olha só, não tenho paciência para isso. O que está acontecendo, caramba?

– Você não tem coisas mais importantes para fazer?

– O quê? – ela respondeu com irritação.

– Você sabe, já que a sua prima foi morta. A sua família também deve estar triste.

– Estou mais preocupada com você no momento. – Sim, claro que estava triste, mas...

A raiva de Paradise descarrilhou quando as palavras foram realmente assimiladas.

– Ah.

– Pois é. Eu te segui ontem à noite – ele disse. – O que é algo horrível de se fazer, mas, considerando-se que você mentiu para mim sobre quem você é e de onde vem, é uma violação de privacidade justificável. Só por curiosidade: você ia me contar algum dia?

Ela apoiou a cabeça na mão.

– Craeg...

– Não liguei pra você porque, na verdade, não sei com quem eu estaria falando. Ah, sim, com a filha do Primeiro Conselheiro do Rei, Peyton foi gentil o bastante de me contar isso sem querer.

– Escuta, eu...

– Você o quê? O que você ia dizer, Paradise? – A voz dele ficou mais estridente. – E, a propósito, lamento de verdade o que aconteceu com aquela fêmea. Como você bem sabe, eu também perdi a minha família. Você se lembra como foi, não lembra?

De repente, a terrível história do pai dele sendo trancado para fora do quarto seguro enquanto os aristocratas se escondiam dos *redutores* ressurgiu com uma clareza cruel.

– Não sou como as pessoas daquela casa, Craeg. E sinto-me insultada por você me colocar no mesmo bolo que eles só por eu ter nascido na minha família. Acha que eu tive alguma escolha?

– Ah, você não é como eles. Não, não, nada disso... Você só ficou com vontade de transar ontem à noite, por isso deixou um plebeu te tirar a virgindade, mesmo que isso signifique, tecnicamente, que posso ser morto pelo prazer de ter tido a sua companhia. Isso, você não é como eles. Não mente em benefício próprio nem nada assim... Não, você não, meu amor.

– Isso é *tão* injusto.

Ele gargalhou num rompante.

– Espera, espera, eu sei. Você estava esperando para dar o melhor presente de aniversário de todos para o seu pai. "Oi, pai, adivinha? Estou com o filho de um instalador de pisos... *hashtag* que maravilha!".

Cerrando os dentes, notou suas emoções ricocheteando entre a raiva e a tristeza, o arrependimento e a indignação.

– Não contei pra ninguém quem eu era. Não foi só com você.

– Ah, eu me sinto muito melhor agora. Obrigado.

– Eu não queria ser tratada de modo diferente! Acha que eu gosto de ser a filha de Abalone? Acha que gosto de não ter escolhas, nenhuma liberdade, nada de...

– Quer dizer que sou apenas uma parte de uma fase de "experimentação" sua? Maravilha. Bem, da minha parte, estamos acabados. Chega de testar versões novas suas à minha custa... Você vai ter que encontrar uma nova peça de equipamento. Sabe, Boone deve estar disponível. Ele parecia estar vendo Deus pela primeira vez enquanto Novo cavalgava em cima dele ontem à noite.

Paradise deu um salto da cama e andou pelo quarto.

– Não acredito que você esteja sendo tão obtuso.

– Obtuso...? Você tá tirando uma com a minha cara, porra? – Ele praguejou. – Ok. Vamos testar uma hipótese. O tal baile, que vai acontecer na sua casa na semana que vem, você evidentemente ia me chamar para ir junto, certo? Você só estava esperando para me contar para que eu pudesse ser o seu... ah, droga, como se diz? Acompanhante? É isso? É melhor eu entender esses detalhes antes que você me apresente para o seu pai e eu meta cinquenta paus no aluguel de um smoking.

Quando ela não disse nada, ele riu de novo.

– Acho que isso não fazia parte do plano, certo? Ah, e para o caso de estar curiosa, Axe ouviu vocês conversando no ônibus. Ele me contou depois que voltei para o centro de treinamento e tentou me amolar por eu estar namorando você. Expliquei que não estávamos, de fato, "namorando", mas que eu tinha quase certeza de que se o seu carro precisasse ser lavado, você o entregaria para mim junto com um balde e uma esponja.

– Você está passando dos limites.

– E como uma aristocrata, você, por certo, está em posição de me dizer isso, não é mesmo?

– Eu te amo, idiota. – Pelo menos isso o calou. – Pronto. Falei. De onde eu venho, não tenho permissão de dizer isso antes porque, supostamente, temos que esperar que o macho o diga. Ah, e sabe o que mais não posso fazer? Não posso estar na presença de um macho desacompanhada. Não posso trabalhar, nem ter uma carreira; consegui aquele emprego de recepcionista só porque o meu pai necessitava desesperadamente de ajuda e eu era a única em quem ele podia confiar. Tive que lutar para entrar no programa de treinamento, e só tive permissão porque menti para o meu pai, dizendo que jamais lutaria na guerra. Espera-se que eu fique fazendo ponto cruz, que eu administre uma casa, que engravide... E você está me malhando dizendo que *eu* sou o problema aqui?

– Pode chorar as pitangas, ok? – ele disse com rispidez. – Você nunca teve que se preocupar de onde viria a sua próxima refeição, você vive na porra de um museu de belas coisas e, me desculpe, mas não sabe o que é as pessoas te menosprezarem só porque perdeu na loteria do DNA!

– Você está me menosprezando! – ela berrou de volta. – Você está fazendo essa porra agora mesmo! Você é o júri e o juiz, já tomou uma decisão e eu que vá para o inferno! Você não é diferente da *glymera*... Olhe-se no espelho, Craeg. Você age com superioridade e é tão preconceituoso quanto eles.

Quando ela se calou, arfava, e a mão livre estava cerrada num punho, o coração batendo rápido.

– Isso não está nos levando a parte alguma – ele murmurou depois de um instante.

– Você está absolutamente certo. Por isso, vá se foder. Tenha uma boa vida... Espero que essa sua atitude o mantenha aquecido durante o dia.

Paradise encerrou a ligação e girou sobre os calcanhares, levantando a mão acima da cabeça, preparada para jogar o aparelho na parede.

Mas se conteve. Acalmou-se. Recuperou o foco.

Uau. Perdera a virgindade e tivera sua primeira discussão num relacionamento. Ah, e o primeiro rompimento também.

Que belas vinte e quatro horas.

Tudo estava ótimo.

Simplesmente maravilhoso.

Paradise precisou de bem uma hora antes de voltar ao próprio corpo de tão brava que estava. E a sua primeira conclusão foi a de que não passaria a noite inteira presa no quarto.

Nem a pau. Já passara o dia todo naquele tipo de prisão.

Dirigindo-se até a mochila, remexeu no conteúdo à procura da carteira. Iria se encontrar com os outros *trainees* naquele restaurante italiano para beber com eles, mesmo que fosse apenas refrigerante. E se por acaso Craeg estivesse lá? Tudo bem. Tanto faz.

Era bom para ela ir se acostumando a tê-lo por perto mesmo.

Quando apanhou a carteira, estava para sair quando parou. Pegando a mochila, deixou-a sobre a antiga mesinha francesa. Remexeu em tudo o que havia dentro dela e até abriu o zíper da frente para espiar aquele compartimento.

Franzindo o cenho, foi até o closet e seguiu para a fileira de casacos. Aquele que vestira na noite anterior estava pendurado junto aos demais, e ela enfiou a mão no bolso do outro lado.

A foto de Polaroid que colocara ali ainda no apartamento estava onde a deixara.

Fitando a imagem, levou a mão à boca.

Voltando à mochila, tornou a verificar seu conteúdo. Nada, a foto original, aquela que encontrara no ônibus, tinha sumido.

Relembrou quando revirara a mochila no centro de treinamento e encontrara o celular no lugar errado.

Alguém mexera em sua bolsa e levara a foto.

Porque talvez ela tivesse conexão com... um homicídio.

Voltando ao celular, ligou para Peyton.

– Oi – ela disse quando ele atendeu.

Como se calou depois disso, Peyton a instigou:

– Alô? Paradise, é você?

– Eu acho...

– Não estou te ouvindo direito, a ligação está ruim.

– Não, eu não estava falando.

– Espera um segundo. – Houve um barulho e depois a voz dele soou mais distante. – Não, seu idiota. Anslam, não vou tomar ácido. Jesus... tá, me passa o ecstasy.

Ela fechou os olhos e se perguntou o que exatamente estava fazendo. Estava de luto. E talvez só estivesse sendo um pouco paranoica.

– Parry? – Outro barulho e depois ele bebendo alguma coisa. – E aí, tudo bem?

– Nada. Desculpe.

– Ainda vai se encontrar com a gente?

– Não agora – ela disse. – Vou para o trabalho do meu pai. Eu... hum... fiz uma coisa idiota ontem à noite.

– O que foi?

– Peguei uma coisa do apartamento. – Ela olhou para a foto, e depois colocou-a com a face para baixo na mesinha. Mesmo sem mostrar nada específico, estava muito ensanguentada. – Não tive a intenção. A foto que encontrei, sabe?

– A Polaroid? A outra?

– Isso. Preciso entregá-la para Butch e Marissa. Coloquei-a no bolso sem pensar. Imagino que a Irmandade esteja lutando, e como não posso voltar para o centro de treinamento, vou dar uma parada na casa de audiências e alguém pode levar para eles mais tarde.

– Boa ideia. Depois vai lá com a gente?

– Tudo bem. Só preciso de uma rápida chuveirada e trocar de roupa.

– Você está sempre linda. Te vejo daqui a pouco.

Desligando, ela olhou para os pés. Deus, e se um dos *trainees* estiver envolvido naquela morte?

Praguejando, Paradise levou o celular para o banheiro, e quando o colocou na bancada, revirou os olhos diante de sua própria atitude. Entretanto, sim, atenderia caso Craeg telefonasse para ela. Embora, não, fosse improvável que ele o fizesse. E isso, definitivamente, era uma boa notícia.

De todas as outras maneiras que aquele relacionamento poderia não funcionar... que confusão.

E, francamente, não sabia se queria que desse certo com ele mesmo se isso fosse possível.

Luxúria, pensou consigo mesma. Sentira desejo por ele, não amor. Como seria possível amar alguém depois de apenas seis noites?

Deus, queria vomitar, queria mesmo.

Vinte minutos mais tarde, estava de jeans e blusa de caxemira. Usou sapatos baixos porque, embora estivesse frio, ainda não havia previsão de neve e, por fim, pegou o casaco da noite anterior. Colocando a foto no bolso de trás, apanhou a carteira, o celular, a...

Ao lado da cama, o telefone fixo da casa tocou. Indo até lá, para o caso de o pai estar telefonando do trabalho, ela apanhou o fone.

– Alô?

– Você tem visita.

Franziu o cenho ante a voz do outro lado.

– Anslam?

– Isso, sou eu – disse ele com todo o charme. – O Peyton me pediu para vir te pegar.

– Ele fez isso? Mas eu ainda não vou ao Sal's. Tenho que fazer uma coisa antes.

– Vou com você, então.

– Não, obrigada. Não vou demorar...

– Você já vai descer?

Ah, pelo amor de Deus... Mas ela não queria ser rude.

– Sim. Espere um pouco.

– Não se apresse por minha causa.

Desligando, deu mais uma olhada no cabelo e saiu do quarto. Ao seguir para as escadas, desejou levar Anslam para fora de casa rápido. Sentia-se muito mal por causa da discussão com Craeg, e seu mal-estar só estava pior porque não conseguia acreditar que tivesse levado aquela foto da cena do crime sem ter contado para ninguém.

Além da grande possibilidade de que a investigação fosse se concentrar nos *trainees*.

No alto da escada, viu Anslam parado lá embaixo no piso de mármore preto e branco, as roupas da Saks da Quinta Avenida e o perfume Gucci denunciando a que classe ele pertencia, mais até que as feições comuns e sem nenhum atrativo em especial.

Ele parece tão... sem graça, ela pensou.

Não fazia ideia de como ganhara a reputação de ser agressivo com as fêmeas.

Quando um degrau rangeu ao ser pisado, Anslam se virou de frente para ela.

– Fala, garota – ele disse. – Está bonita.

– Obrigada, você também.

Quando ela chegou ao pé da escada e ele abriu os braços, ela se aproximou para dar-lhe um beijo em cada bochecha.

– Olha só, me desculpa, mas eu preciso mesmo…

Um estranho som saiu do escritório do pai, e ela franziu o cenho, olhando naquela direção. Foi como um guincho, ou um…

– Você tinha algum compromisso? – Anslam perguntou. – Que tipo de compromisso?

Ela voltou a se concentrar nele.

– Não é nada importante. Eu só preciso… Mas que barulho é esse?

Dando-lhe as costas, avançou na direção da porta ornamentada em arco da biblioteca…

– Oh, meu Deus!

O mordomo do pai, Fedricah, e a sua criada, Vuchie, estavam amarrados diante da escrivaninha, as bocas amordaçadas, os pés presos.

– Mas o que foi que…

Anslam a agarrou por trás e a girou, derrubando-a de cara no chão. Enquanto a surpresa e a dor a atordoavam momentaneamente, ele a virou de costas. Aproximando o rosto do dela, parecia levemente irritado.

– Onde está a fotografia? O que você fez com a minha fotografia, porra?

Enquanto ela tentava se recobrar e girar pernas e braços, ele vistoriou seus bolsos.

– Ah, boa menina. – Enfiou a foto da Polaroid no bolso da jaqueta de camurça. – Maldição, Paradise, mas por que diabos você foi encontrar isso? Eu não queria ter que fazer isso com uma fêmea como você. Não era parte do plano.

Engolindo em seco, ela sentiu gosto de sangue e percebeu que seu lábio estava rasgado.

– Você não… não precisa fazer isso…

Com um movimento rápido, ele se pôs de pé e desapareceu por um instante, voltando em seguida com uma mala Louis Vuitton.

– Tenho, sim, que fazer isto. Porque você ia tentar levar essa Polaroid para o seu pai, foi o que contou para o Peyton. E você é uma menininha tão boazinha, tão conscienciosa, que não vai deixar esse assunto de lado e vai começar a pensar no caso e, cedo ou tarde, vai se enfiar no refeitório e vai vasculhar as minhas coisas porque vai perceber que alguém do programa deve ter deixado cair aquela foto no ônibus e que depois foi tirada da sua mochila. Bela mochila, a propósito. Adoro Bally. Artigos de qualidade.

Conforme continuava falando, Anslam pegou uma seringa.

– Veja bem, por eu ser muito apegado ao meu trabalho, preciso manter uma parte dele sempre comigo, e nada melhor do que fotografias, concorda? É simplesmente fantástico para avivar a memória. Seja como for, no fim das contas você iria somar dois e dois… e encontraria outras na minha mochila. E eu estaria fodido… E uma coisa eu garanto: eu nunca fico por baixo nos relacionamentos.

Enquanto ele testava que o fluido transparente esguichava pela fina agulha, o cérebro dela ameaçou recuar, a dor, a surpresa, a confusão revolvendo-se e agarrando-se aos seus neurotransmissores, tornando impossível a concatenação de qualquer padrão de pensamentos.

Só que nesse momento ela se lembrou o que lhe ensinaram nas aulas de combate: quando você se concentra, você permanece concentrada. Concentre-se, permaneça concentrada.

Mas aquele não era apenas um exercício; na verdade, era precisamente para aquilo que estava sendo preparada.

Não era uma aula. Ninguém a salvaria.

A não ser ela mesma.

Num átimo, sua mente ficou superaguçada. Estaria morta se o líquido daquela seringa, qualquer que fosse ele, fosse injetado nela, e só teria uma chance para tentar escapar.

Fingindo estar indefesa, disfarçadamente olhou ao redor, à procura de uma arma, alguma coisa, qualquer coisa que pudesse usar…

– Pense nisso como um elogio – ele disse ao olhá-la do alto. – Tenho certeza de que você acabaria descobrindo que fui eu, porque você é uma garota inteligente pra caralho, para uma fêmea…

Com uma estocada poderosa, ela o golpeou no nariz com uma cabeçada. Era sua única chance e ela o atingiu em cheio: Anslam berrou de dor e de raiva e caiu de bunda no chão, amparando o nariz. E ela partiu para cima dele, socando-lhe o peito e arrancando a seringa de sua mão. Apertando o êmbolo para que a droga se esvaísse pelo ar, largou a seringa de lado.

Não tinha tempo para desperdiçar.

Anslam urrou e bateu nos ombros dela, tirando-a de cima dele. E seu movimento seguinte foi esmurrá-la com força no queixo, quando ela literalmente ouviu sinos tocando e sua visão tremeluziu. Mas não podia se dar ao luxo de desmaiar quando ele saltou sobre seu corpo. Lutando em meio à dor e à desorientação, enfiou a mão entre eles e mirou nos testículos, agarrando-os e torcendo-os com uma pegada forte que o fez gritar e se contorcer para o lado.

Já de pé, foi chutá-lo, mas ele a segurou pelo tornozelo e a derrubou.

Começaram a rolar e, nos recessos de sua mente, ouviu Butch dizer que todo combate acabava no chão; era apenas uma questão de tempo.

Girando, evitou que ele a golpeasse com o braço, mas também fracassou ao tentar prender a cabeça dele entre suas pernas. Uma arma, ela precisava de uma... – a mala. Se ao menos conseguisse alcançá-la...

Ele era mais forte; ela, mais rápida. Os corpos se debatiam contra o chão duro, braços e pernas se esforçando, punhos se chocando com troncos, mais sangue surgindo nos rostos.

E foi então que aconteceu. De alguma forma, ele conseguiu segurá-la pela garganta com as duas mãos, e depois bateu com a cabeça dela no piso de mármore uma vez, duas...

Vai se foder!, seus lábios gesticularam apenas, porque ela estava sem ar.

Esticando a mão, enfiou os dedos nos globos oculares dele...

E ele desapareceu.

Anslam simplesmente... desapareceu.

Por uma fração de segundo, ela se preparou para que algo a atingisse na cabeça. Mas, em seguida, ouviu um grito pavoroso.

Erguendo a vista, viu Anslam... levitando, o rosto retorcido numa horrenda expressão de terror, o sangue jorrando da boca, os pés chutando enquanto as pernas se retorciam.

Depois foi lançado para o lado como um saco de lixo.

E Craeg foi revelado como o guerreiro que era, os pés plantados no chão, as presas arreganhadas... e uma espada ensanguentada na mão.

De longe, Paradise percebeu que a arma era a espada cerimonial que o pai usava como Primeiro Conselheiro em ocasiões especiais, a mesma que o próprio pai dele usara antes... aquela que ficava pendurada na parede diante da porta de entrada, conforme ditava a tradição.

Craeg foi para junto dela e se agachou.

– Você precisa de cuidados médicos. Onde está o seu celular... onde tem um telefone?

– Estou bem, eu... estou bem.

Espere, ela estava chorando. Ou seria sangue? Ela não sabia...

O som de alguém se debatendo fez com que ele virasse a cabeça.

– Já volto.

Com passadas rápidas, apressou-se para o escritório com a espada e, momentos depois, Vuchie estava ao seu lado, enquanto o mordomo falava ao telefone que ficava sobre a escrivaninha.

Foi nesse instante que ela percebeu que estava vendo em dobro.

– Acho que vou desmaiar.

– A doutora Jane está a caminho.

– Não me deixe – ela lhe disse. – Quero brigar um pouco mais com você.

Ele se ajoelhou.

– Porque interrompi a sua briga? Peço desculpas. A propósito, acho que você ia ganhar, mas não sou um macho que gosta de apostar. Desculpe.

Ela abriu a boca para dizer alguma coisa... mas as luzes se apagaram.

Seu último pensamento?

Que algo quente envolvia sua palma, e ela tinha quase certeza de que ele tomara a sua mão.

Capítulo 45

Quando Craeg se materializara no jardim da casa de Paradise, não sabia ao certo se fora lá para continuar a discutir ou para fazerem as pazes.

Honestamente, não soubera. Poderiam ter acontecido as duas coisas.

Depois de ela ter acabado com a raça dele pelo telefone, ele disparara pelo centro de treinamento até decidir que, dane-se, iria vê-la pessoalmente. Chamara um *doggen*, entrara no ônibus e assim que chegaram à estrada principal, dissera ao cara que não esperaria até que estivessem no ponto final de costume.

Negociaram até se decidirem por uma clareira a sete quilômetros de distância do complexo.

E de lá se desmaterializara até a mansão da família de Paradise.

Onde encontrara a porta da frente entreaberta.

No instante em que entrara, vira Paradise debaixo de Anslam, com os polegares enfiados nos globos oculares do cara.

E foi assim que acabara sentado ali naquela... biblioteca incrível... com sangue de verdade nas mãos.

Olhando ao redor, balançou a cabeça ante o enorme retrato a óleo sobre a lareira. O macho retratado encarava seu observador, e Craeg só podia imaginar o que o velhote teria dito se de fato tivesse visto um borra-botas plebeu sentado no seu sofá de seda. Ou no sofá de seda do seu filho. Ou do neto. Tanto faz.

– Cacete – murmurou, esfregando o rosto.

Sim, na verdade viera para discutir com ela, não para fazer as pazes. Viera enfatizar seu ponto de vista: que ela e sua gente eram o mal da espécie, e que ela estava se iludindo se acreditava que ele aceitaria todas as asneiras que...

– Jesus, pare... – grunhiu.

Reabrindo os olhos, olhou para o tapete onde suas botas estavam plantadas. No vestíbulo de fora se ouviam vozes. Butch chegara. V., o mordomo e a criada estavam conversando.

Paradise fora levada para o andar de cima, e a doutora Jane estava...

Um macho surgiu na soleira da porta da biblioteca.

Ele era alto e magro, vestia um terno impecável que até mesmo Craeg sabia dizer que fora feito à mão por um exímio alfaiate. Com a camisa branca engomada, a gravata vermelha e o pequeno lencinho enfiado no bolso do peito, ele era um típico exemplar de um aristocrata.

E, claro, também tinha um anel de ouro de sinete.

E, sim, aqueles eram os olhos de Paradise que o fitavam do lado oposto do cômodo.

Craeg tirou o boné dos Orange e se levantou. Sentiu um impulso absurdo de colocar a camiseta para dentro da calça, ou dar uma limpada nos jeans... ou algo assim. Merda.

O macho atravessou o cômodo com uma expressão formidável no rosto.

Preparando-se, Craeg limpou a garganta.

– Senhor, eu...

O abraço de urso que o envolveu foi tão forte que ele sentiu seus ossos sendo esmagados, e o cara não retrocedeu, mas continuou abraçando-o.

Enquanto Craeg permanecia parado como uma estátua.

Por cima do ombro do pai de Paradise, Butch enfiou a cabeça na sala. Arregalando os olhos, o Irmão gesticulou para que Craeg deixasse rolar.

Por trás das costas do macho, Craeg levantou as palmas, num gesto que dizia: "o que eu faço?"

Butch fez uma imitação exagerada de um abraço.

Com uma careta, Craeg passou os braços ao redor do cavalheiro com cuidado. Deu um tapinha dos ombros dele.

– Eu lhe devo a minha vida – o pai dela disse com voz embargada. – Nesta noite, você me deu uma nova vida ao salvar a dela.

Por fim, o pai recuou e puxou aquele lenço para enxugar os olhos.

– Diga, como posso recompensá-lo? O que posso fazer por você? Como posso ajudar a você ou aos seus?

Craeg piscou atordoado. Seu cérebro definitivamente não dava sinais de vida. Então, ele disse num ímpeto:

– Eu me chamo Craeg.

Como se o cara tivesse lhe perguntado isso.

– Craeg, eu sou Abalone. – O macho fez uma reverência. – A seu serviço.

Antes que Craeg pudesse responder a isso, Peyton fez a curva e marchou na direção dele.

– Meu chapa.

Eeeeeeee hora do abraço número dois.

Enquanto Peyton o apertava como se quase fosse quebrar suas costelas de novo, Craeg já se sentia um pouco mais acostumado ao negócio todo de retribuir o gesto.

– Fez o meu trabalho por mim – o cara disse com voz rouca.

– Do que está falando?

– Butch me contou que foi Anslam quem matou a minha prima.

Craeg se retraiu, o que foi bom porque precisava de um pouco de espaço pessoal. Desde que o perigo se dissipara quando matara um colega de classe, sentia como se tivesse entrado num universo paralelo.

A questão era que, enquanto esquartejava Anslam como se o maldito não passasse de um merda, estivera reagindo em defesa de Paradise. O motivo que levara o macho a atacá-la não lhe fora relevante na hora, e permanecera sem ser questionado no torpor que se seguiu ao acontecimento.

Peyton rapidamente lhe contou a história, e Craeg acompanhou boa parte dela. Pelo menos, achou que sim.

Anslam e as Polaroids. Anslam e a sua reputação de ser agressivo com as fêmeas. Paradise juntando todos esses fatos.

De repente, Peyton se voltou para o pai de Paradise e os dois se abraçaram.

– Então, quanto a este cara... – Peyton disse quando se afastaram. – É meio que um herói, não acha?

Ok, tudo bem, era extremamente desconfortável que o pai de Paradise o olhasse com algo semelhante à adoração de um herói. Pois é... Será que já podia ir embora agora? Talvez pudesse... Queria ver Paradise antes, mas...

– A propósito, ele está apaixonado pela Parry – Peyton revelou. – E ela por ele.

Eeeee foi assim que a coisa toda entre ela e ele foi completa, absoluta e absurdamente anunciada para o mundo.

Capítulo 46

– Não, estou bem.

Paradise fez uma careta ao dizer essas palavras. Mas isso devia ter a ver com a doutora Jane estar apontando uma luz direto nos seus olhos.

– Você teve uma concussão – anunciou a médica ao se sentar na cama. – Está sentindo náuseas?

Claro que estava, mas era tanto pelo fato de quase ter sido assassinada por um colega da classe como por ter sido resgatada pelo macho a quem mandara se foder uma meia hora antes…

– Qual foi mesmo a pergunta? – perguntou. – Espere, sim. Estou um pouco enjoada e a cabeça está meio que latejando.

A doutora Jane sorriu.

– Você vai ficar bem. Só vá com calma. E, antes que me pergunte, sim, você vai poder voltar às aulas amanhã à noite, mas nada de combates e devagar com os exercícios.

– Ah. Tudo bem. – Deus, não conseguia se imaginar voltando para o centro de treinamento. – Obrigada.

– De nada. Não vou te prescrever nada além do Motrin que você acabou de tomar.

– Ok. Obrigada.

– E você vai precisar conversar com Mary – disse a doutora Jane ao se colocar de pé. – E não, nenhum "eu estou bem" vai impedir isso. É esperado que você sofra estresse pós-traumático por causa do que aconteceu. O seu corpo vai se recuperar mais rápido do que a sua mente.

– Quem é Mary?

– Você sabe, a *shellan* do Rhage. Ela é terapeuta.

– Ah.

Talvez devesse acompanhar isso com outro "obrigada"?

– Estarei à disposição se precisar de mim – disse a médica antes de sair.

E Paradise foi deixada sozinha.

Engraçado, mesmo estando a salvo em seu quarto, e com Irmãos no andar de baixo... a casa já não lhe parecia mais tão segura. E talvez esse fosse o motivo de ir conversar com Mary.

Deus... Anslam, um assassino? Talvez até um assassino em série?

Ele jamais demonstrara sinal algum de instabilidade. Parecia uma pessoa relativamente normal, ainda que ligeiramente desagradável, assim como ela ou qualquer outro indivíduo da turma deles, da raça deles.

E pensar que se sentara ao lado dela na sala de aula, treinara combate com ele, conversara e rira com ele... Nesse meio-tempo, ele estivera brutalizando fêmeas?

Era algo saído de pesadelos – antes mesmo de ela chegar na parte em que ele tentara matá-la.

Olhando para o relógio, ficou ainda mais ansiosa. Só faltava uma hora para o amanhecer e ela não sabia onde Craeg estava. Será que tinha ido embora?

Precisava vê-lo.

Com um gemido, esticou-se até o telefone fixo...

– Quer que eu te ajude com isso?

Voltando à posição anterior, levantou o olhar e viu que o macho em questão estava parado na soleira da porta. Ele apontou com o polegar para trás.

– A doutora Jane disse que eu podia subir. Tenho que ir, mas queria ver com meus próprios olhos que você ainda estava viva.

Paradise fechou os olhos e teve que desviar o rosto. Lágrimas surgiam com toda força, mas ela não queria mostrá-las.

Houve um clique suave da porta quando ele a fechou e, por um segundo, ela pensou que ele tivesse ido embora. Mas, então, inspirou fundo e sentiu sua essência.

– Conheci o seu pai – ele disse asperamente.

Controlando-se para poder se concentrar, ela se forçou a olhar para ele. Craeg não avançara mais para dentro do quarto, e isso lhe pareceu apropriado. Sua expressão estava distante, o corpo, tenso, como se ele já tivesse saído da casa mesmo ainda estando de pé diante dela.

– Conheceu? – ela repetiu com suavidade.

– É um cara legal.

– Ele é.

Longo silêncio. E depois ela decidiu: que se foda… E pegou o Kleenex. Assoando o nariz, soltou mais um lenço e enxugou os olhos.

– Desculpe, estou um pouco emotiva.

– E por que não estaria? Quase foi morta.

Formando uma bola com os lenços, jogou-os no cesto ao lado da cama e inspirou fundo.

– Sinto muito por tudo que eu te disse. Por ter gritado com você.

– Não se preocupe com isso.

– Ok. – Cara, por algum motivo, aquela resposta *blasé*, como se nada daquilo tivesse tido importância alguma, feriu-a mais ainda do que a concussão. – Tudo bem.

– Olha, Paradise, você e eu…

– Somos o quê? – Olhou-o fixamente. – Ou será que *não somos*. Como em "não somos feitos um para o outro"? É esta a parte em que você discorre sobre todas as razões pelas quais não podemos ficar juntos, inclusive, mas não especialmente, por causa dos meus antepassados? Porque se for, tenho quase certeza de que já discutimos isso pelo telefone.

Quando ele não disse nada, só ficou olhando para o chão como se estivesse contando os pontos do tapete bordado, ela imaginou que ele estivesse ensaiando suas despedidas finais mentalmente. E esse seria um adeus para o relacionamento entre eles, não um do tipo "não vou te ver nunca mais". Porque ela não pretendia desistir do maldito programa, isso era certo. Somente naquelas primeiras noites – que mais pareciam doze mil anos, por sinal – ela já investira muita coisa para desistir.

– É melhor você ir – disse, derrotada. – Apenas…

– Por que eu?

Ela franziu o cenho.

– O que disse?

Quando ele a fitou, seus olhos estavam muito sérios.

– Acho que só… não entendo… Por que eu? Você poderia escolher qualquer um da espécie. Quero dizer, linhagens inteiras dariam seus braços e pernas para que um filho deles ficasse com você. Você é, literalmente, a coisa mais valiosa do planeta – e isso antes que eles saibam o quanto você é forte, o quanto é inteligente… o quanto é resiliente. Como é corajosa… e inteligente. Já falei inteligente? – Voltou a olhar para o tapete. – E linda. E também… essa sua voz… – Fez um círculo ao lado da cabeça. – A sua voz me deixa louco. Todos os dias, depois que desligávamos o telefone, eu ia dormir com essa coisa no meu peito. Como se talvez uma parte da sua voz, uma parte sua, ainda estivesse aqui.

Ok, agora ela estava chorando por um motivo totalmente diferente.

Craeg gesticulou mostrando o quarto.

– Mesmo que você me perdoe por eu ter sido um cretino… Não posso te dar nada disto. O chalé dos meus pais tem só dois quartos e uma cozinha minúscula. As bancadas são de fórmica, o piso é de linóleo, e o carpete é muito, muito feio. A madeira é falsa, não antiga. A peça mais antiga de mobiliário que eu tenho é dos anos setenta e é horrível. Não posso… Não posso te comprar joias, nem carros, ou…

– Pare.

Ante o som da voz dela, ele se calou.

– Eu não penso desse jeito – ela sussurrou. – E nem você deveria.

– Mas e se isso mudar?

E foi então que ela percebeu que ele nunca antes demonstrara vulnerabilidade. E, espere, ele estava falando deles ainda juntos?

– Não vou mudar de ideia – jurou. – Não ligo para nada disso e isso nunca vai mudar.

– Como sabe? – ele perguntou com suavidade. – Porque… eu estou apaixonado por você. E se você decidir amanhã, daqui a uma semana… ou daqui a um ano… que isso foi só uma paixonite, ou que precisa estar com alguém de mais classe do que eu, não vou sobreviver. É isso que vai me arrasar completamente, sem chance de recuperação. Então, só me deixe ir, está bem? Me tire dessa tristeza… me liberte.

Paradise enxugou os olhos e teve que sorrir.

– Você acabou de dizer que me ama? – Quando ele nada disse, ela insistiu: – Acho que disse, sim.

– Estou falando sério, Paradise.

Subitamente, nada em sua cabeça nem em seu corpo doía mais, e o medo que fora como um veneno tóxico em suas veias desaparecera.

– Eu também estou – sussurrou.

– Então, sim. Sim, eu acabei de dizer que te amo. E sinto muito por ter perdido a cabeça com você por causa da sua família. E também sou um idiota por te colocar no mesmo bolo que as pessoas que mataram o meu pai. Não sei... Só o que tenho que fazer é me lembrar daquela primeira noite, quando você não queria me deixar na trilha. Você agiu assim com todos, não só comigo. Você... você teria se trancado para fora do quarto seguro se isso significasse que outra pessoa caberia nele.

Ele emitiu um suspiro trêmulo e enxugou o rosto com a palma larga, como se estivesse lutando contra as próprias emoções.

– Craeg, eu só posso te dizer uma coisa... – Aguardou que ele a fitasse novamente. – Superei todo mundo naquela noite, não foi? Fui a última a ficar de pé, certo?

Ele assentiu.

– Sim. Você foi incrível.

– Bem, eu faria tudo aquilo de novo se isso pudesse provar o improvável para você – que o meu coração sabe o que quer. É simples e descomplicado desse jeito. Você pode, se quiser, discorrer sobre todos os motivos pelos quais eu vou pensar de outra forma em algum momento no futuro, mas os meus sentimentos nunca vão mudar. Eu sabia que você era o cara na primeira noite em que te vi, quando entrou na casa de audiências. Passei semanas imaginando se você voltaria com aquele formulário. Na noite da iniciação? Esperei e rezei para te ver entrar. Quando entrou, eu só conseguia pensar "graças a Deus ele está aqui".

Ela esticou uma mão para ele.

– E ainda penso isso toda vez que passo algum tempo longe de você. "Graças a Deus... Ele está aqui".

Craeg se aproximou lentamente dela, como se lhe desse uma chance para mudar de ideia. Mas logo sua palma segurava a dela. E depois se sentou ao seu lado na cama. E, finalmente, inclinou-se e a beijou na boca.

Só que então ele endireitou as costas e ficou sério.

– Vou *ahvenge* o meu pai. Sei que não concorda, mas não posso mudar isso. Sinto muito.

Ela fechou os olhos quando uma dor a atingiu no peito.

– Por favor... Não. E não estou dizendo isso para proteger algum primo distante meu. Já houve mortes demais. Estou tentando proteger outro ser vivo.

– Um covarde que matou o meu pai.

– Talvez haja outro modo de se obter justiça. – Apertou a mão dele. – Só... vamos cuidar disso. Talvez exista outro modo. Promete? Por mim. Faça isso por mim.

Demorou um tempo antes de ele responder. Mas quando, por fim, o fez, pareceu um juramento.

– Tudo bem. Odeio isso... Mas tudo bem.

Sentando-se, ela o envolveu com os braços e sentiu o abraço dele.

– Eu te amo.

– Ah, Deus, Paradise... Eu também te amo.

Ficaram assim por muito tempo, abraçados, dizendo coisas sem muito nexo, tocando-se, sentindo e beijando.

E depois ouviram uma batida à porta.

Cara, Craeg afastou-se tão rápido da cama que praticamente bateu na parede mais distante dela.

Ela riu.

– Pois não?

– Sou eu, Butch – disse uma voz. – Já estou indo embora. Craeg, você tem que vir comigo.

– Ok – Craeg respondeu, indo para a porta.

– Quando vou te ver de novo? – Paradise perguntou. – A aula de amanhã à noite também foi cancelada?

Ele apoiou a mão na maçaneta e a fitou com olhos semicerrados.

– Atenda ao seu telefone às sete da manhã e podemos discutir isso.

Com isso e uma piscada sensual, ele saiu e fechou a porta silenciosamente.

Enquanto se largava sobre os travesseiros, Paradise sorria tão amplamente que suas bochechas doíam.

Capítulo 47

Uma semana mais tarde...

– Espera, onde é que vai esse feixe?

Diante do espelho de corpo inteiro no Buraco, Craeg estava em pânico até Butch aparecer por trás dele. Naturalmente, o Irmão lhe sorriu como se ele fosse um parvo. Que é o que ele era.

– Chama-se "faixa". – Butch pegou o pedaço de tecido e o colocou ao redor da cintura de Craeg. – Caramba, filho, você vai arrasar.

– Quanto isto custou?

– Quinze mil. – Uns puxões e ajustes foram feitos enquanto ele arrumava a faixa às suas costas. – E a boa notícia é que você e eu temos a mesma constituição física, por isso vai te servir como uma luva.

Craeg piscou algumas vezes.

– Quinze mil? Dólares?

– Não, tortas recheadas – Vishous disse lá de onde estava, na cama. – E se isso te deixa pirado, multiplique o valor pelo tanto de coisas que estão penduradas logo ali.

Craeg relanceou a vista para os cabides de roupas no quarto limpo e arrumado.

– Ah, meu Deus.

– Pois é, a Saks o ama. – V. acendeu um dos seus cigarros enrolados à mão. – E a Neiman Marcus.

– Vá se foder, V. – Butch se inclinou para o lado e apanhou um paletó negro com abas longas. – Caras como Craeg e eu temos que caprichar no visual para as nossas damas. É assim que nós somos.

Pessoalmente, Craeg preferiria estar com seus jeans. Mas tinha que admitir que a camisa branca engomada e a gravata com nó elaborado no colarinho e os suspensórios vermelhos e as calças pretas com faixa de cetim nas laterais não faziam feio.

E depois ele vestiu o paletó.

Olhando seu reflexo, passou a mão pelos cabelos recém-cortados e depois o sacudiu.

– Eu pareço...

– Parece bem pra caralho. – Butch deu-lhe um tapa no ombro. – Agora raspa fora daqui porque também tenho que me arrumar. O misantropo ali vai ficar em casa porque é bom demais para este tipo de coisa, mas você e eu vamos nos divertir a valer.

V. grunhiu e se levantou da cama.

– Pode me ligar, se quiser. Estou sempre pronto para uma briga e adoro socar garotos bonitos.

– Você só está azedo assim porque não tem um smoking.

Vishous parou na porta e olhou para Craeg. Balançando a cabeça uma vez com ar de aprovação, disse:

– O idiota está certo. Você está muito bem. Ela vai ficar orgulhosa por tê-lo como acompanhante. Não deixe que nenhum daqueles cretinos filhos da mãe te faça se sentir inferior; ela poderia ter escolhido qualquer um no mundo, e escolheu você. E também não estenda a mão primeiro para ninguém. Isso lhes dará a chance de te esnobarem. Deixe que te cumprimentem antes, entendeu?

– Obrigado – Craeg agradeceu com voz rouca.

V. assentiu, e foi para o corredor, acrescentando:

– Vou socar o Lassiter. Depois, provavelmente, vou jogar sinuca com o cara.

– Divirta-se, querido! – Butch exclamou. Depois voltou a se concentrar em Craeg no espelho. – Deixa eu te acompanhar pelo túnel. Espere por mim na garagem. Eu te levo de carro.

– Ok. Ei... Obrigado.

Deus, aquilo parecia pouquíssimo.

Butch sorriu, revelando um dente da frente ligeiramente torto.

– Também me vinculei com alguém acima de mim. Sei o que é estar com uma fêmea que...

Nesse instante, Marissa saiu do segundo quarto e...

Craeg recuou. O vestido... os diamantes... o vestido...

Os malditos diamantes.

A fêmea literalmente resplandecia dos pés à cabeça, era um espetáculo de beleza e de elegância naquele vestido de gala.

A doutora Jane apareceu no corredor.

– Então? Que tal está ela? Hum?

Craeg olhou por cima do ombro para Butch... que estava ali parado completamente embasbacado.

– Pode ir sozinho, garoto – o Irmão disse com voz gutural. – *Agora.* Estarei lá em dez minutos – não, espere... vinte.

Enquanto Marissa sorria para Craeg e lhe dizia como ele estava elegante, maravilhou-se por estar completamente vestida e mesmo assim se sentir totalmente nua.

Pensando bem, pelo modo com que Butch a fitava, não restava dúvida sobre o que ele estava pensando.

– Venha, Craeg. Eu te levo até o túnel – disse a doutora Jane. – Divirtam-se, vocês dois.

– Vão, vão, vão – Butch murmurou para a companheira de V. – Antes que vocês vejam mais do que querem.

Quando os dois saíram e a porta do túnel se fechou e foi trancada, Marissa deu um lento rodopio diante do companheiro.

– Que tal?

A resposta de Butch foi cair de joelhos. Literalmente... cair de joelhos com tanta força que ela ficou sem saber se ele tinha quebrado algum osso ou o piso de madeira.

Suspendendo a saia do vestido Reem Acra, apressou-se na direção dele.

– Você está...

Ele tomou os ombros dela entre as mãos, os olhos cor de avelã perscrutando-lhe todo o rosto.

– Quero te beijar, mas não quero estragar a sua maquiagem.

– Então, me beije com cuidado.

E foi o que ele fez, roçando de leve os lábios da fêmea.

– Você me deixa sem fôlego, Marissa. Vai deixar todo mundo sem fôlego.

Ela alisou os cabelos dele.

– Veremos.

Marissa ficou séria.

– Havers não vai hoje. Isso me surpreendeu. Foi ele quem sugeriu que eu fosse a organizadora do evento.

– Talvez seja a maneira dele de lhe estender o cachimbo da paz. Permitindo que você brilhe sem a complicação de possíveis fofocas.

– Pode ser. – Pensou no irmão ao lado da fêmea que fora morta. – De certo modo, é mais fácil demonizá-lo.

– Sabe, no que se refere a Havers, se você conseguir perdoá-lo... Bem, jamais esquecerei o que ele fez com você, mas não vou matá-lo se o vir. Tudo bem assim?

Ela gargalhou.

– Fechado. Mas não sei. Acho que vamos ter que esperar para ver o que o futuro nos reserva.

– Eu prevejo uma coisa no futuro próximo – ele disse com fala arrastada, os olhos semicerrados.

– E o que seria?

O companheiro se levantou do chão e circundou sua cintura com as mãos quentes. Inclinando-se para baixo, ele sussurrou:

– Sou eu quem vai te ajudar a sair desse vestido mais tarde.

Gargalhando, ela passou os braços pelo pescoço dele e se arqueou na sua direção.

– Isso significa que também vou poder tirar as suas calças no fim da noite?

– Ah, Deus... – ele grunhiu. – *Siiiiiimmmmm...*

Capítulo 48

Enquanto descia a escadaria de sua casa, Paradise suspendia a barra de seu longo vestido azul-claro. A cada passo que dava, pensava na noite da semana anterior, quando descera para encontrar Anslam à sua espera no piso de mármore, como se não houvesse nada de estranho, nada ameaçador.

Por uma fração de segundo, sentiu um curto circuito mental e uma violenta carga de adrenalina percorreu sua espinha.

A doutora Jane tinha razão: já estava melhor da concussão e todos os hematomas haviam desaparecido; no entanto, seu cérebro tinha uma nova "configuração", que fora forjada rapidamente e que seria permanente. Mas a reação condicionada ao medo não seria uma prisão; Mary estava tratando de garantir isso.

Quando chegou ao último degrau, seu pai saiu da biblioteca.

– Oh… Paradise.

Inclinando a cabeça e o corpo, fez uma mesura.

– Papai.

– Você se parece com a sua mãe.

Quando estendeu as mãos para ela, Paradise caminhou em sua direção.

– Esse é o melhor elogio que já recebi.

– Bem, é verdade. – Fazendo-a rodopiar diante de si, ele sorriu. – E eu tenho uma coisa para você.

– É mesmo?

– Venha.

Levando-a ao escritório e até sua escrivaninha, ele lhe entregou uma caixa vermelha achatada, com a borda dourada.

– Isto era dela.

– Pai…

– Não, nada disso. Você precisa abri-la.

As mãos de Paradise começaram a tremer quando aceitou a caixa e levantou a tampa. Vendo-a boquiaberta e sem fala, ele se adiantou e tirou uma gargantilha de diamantes antiga de seu leito acetinado.

– Ela tem 48 diamantes, um para cada um dos primeiros 48 anos que passei com a sua amada *mahmen*. Hoje, eu a dou a você livre e espontaneamente, do mesmo modo que lhe dou o meu amor e respeito. Eu não poderia…

– Espere – ela o deteve. Balançou a cabeça. – Não posso aceitar.

– Por que não?

Quando a expressão dele se fechou, ela cerrou os olhos.

– Tenho que lhe contar uma coisa. É sobre…

Sem conseguir ficar parada, começou a andar em círculos pequenos. Só conseguia pensar na conversa que tiveram sobre amor, e classe social, e como ele queria que ela tivesse uma união aristocrática assim como ele e a mãe dela tiveram.

Todavia, diferentemente de quando fora para o programa de treinamento, hoje Paradise sabia muito melhor quem ela era. E mesmo que isso partisse o coração de seu pai, ela iria amar quem quisesse, sem ligar para linhagem, classe social ou posição.

– Pai, estou apaixonada por um macho. Ele é plebeu, e eu não me importo com isso. Mais especificamente, não acredito que isso o torne menos valioso que qualquer outro. Craeg é…

– Finalmente! – ele exclamou. – Aleluia! – Ele a abraçou e a beijou nas duas faces. – Estou esperando por isso há uma semana!

– O quê? Como?

– Peyton me contou.

– *O quê!?*

– E concordo com você. Craeg é um macho de valor… E eu aprovo totalmente. Vocês têm a minha bênção.

Paradise franziu o cenho e só balançou a cabeça.

– Pai… Eu não entendo. Na semana passada, você estava me dizendo que eu precisava me unir a um aristocrata. Sei que Craeg salvou a minha vida, mas o senhor não pode mudar radicalmente de opinião assim e esperar que eu acredite nisso.

– Minha querida – ele disse, recuando –, quando foi que eu lhe disse que você teria que se unir a um membro da *glymera*?

– Estávamos na Primeira Refeição antes de eu sair, e o senhor estava dizendo que eu deveria ter uma união como o senhor e *mahmen* tiveram. Dois aristocratas unidos por um acordo entre as suas famílias.

– Não, eu disse que sua *mahmen* e eu encontramos o amor verdadeiro. É isso o que desejo para você. A parte do amor verdadeiro – contanto que o macho seja bom para você, não me importo com a origem dele. Já experimentei o suficiente do modo de viver de nossa classe e não fiquei nada impressionado. Bailes e festas são ótimos, mas o que conta de verdade é poder voltar para casa com a pessoa com quem se está vinculado. Isso é infinitamente mais importante do que pedigree – e não perdoarei quem quer que seja se por acaso começar a comentar a...

Paradise se lançou sobre o pai e o apertou com força.

– Eu amo tanto o senhor que vou acabar chorando!

Seu pai, seu querido, maravilhoso e perfeito pai, gargalhou e retribuiu o abraço.

– Permitirá que eu coloque a gargantilha em você agora? E finalmente vai admitir que Craeg será seu acompanhante hoje?

– Sim, sim, ele virá! Mal posso esperar para que vocês dois se encontrem devidamente e que o senhor o conheça melhor.

– Nem eu, meu amor... Nem eu.

Trinta minutos mais tarde, com um fluxo de convidados deslumbrantes passando pela porta de entrada e seguindo na direção do salão de baile, Paradise achava... bem pelo menos *presumia* que Craeg logo chegaria.

Ele lhe dissera que viria.

Sim, dissera isso mesmo.

Parada próxima à entrada do salão de baile, numa parte mais elevada, no alto da escada que conduzia os convidados para a pista de dança, ela vasculhava a multidão. Não acreditava que fosse possível que tivesse perdido a sua entrada. Impossível com o mordomo anunciando todos os que chegavam antes que descessem ao local da festa.

Tinha consciência de que ele parecera um pouco desconfortável com a ideia de acompanhá-la, mas ele não era do tipo de dar para trás. Especialmente não no que se referia a ela...

– Ei, belezura.

– Peyton – ela murmurou ao se virar para o amigo.

Quando se abraçaram, espiou por cima do ombro dele, na esperança de ver se... Não, nada do Craeg.

– Uau, belas pedras. – Peyton se inclinou e inspecionou seu colar. – Onde está o seu cavalheiro?

– Não sei. – Ela franziu o cenho. – E eu pensei que você fosse trazer aquela fêmea, qual é mesmo o nome dela?

– Ah, ela... Não, não. O pai dela ligou para o meu e perguntou quais eram as minhas intenções. Não vou me meter nesse tipo de coisa.

– Então por que não convidou a Novo?

– Não sei de onde você tirou essa ideia. – Ele passou os olhos pela multidão. – Bem, hora de encontrar um par. Tem alguém da nossa geração aqui ou só temos um salão de velhotes – espere, acho que aquela fêmea mais adiante ainda tem os próprios dentes.

– Peyton. Você deveria ter convidado a Novo.

– Quem? – Ele a beijou no rosto. – Até mais tarde.

Conforme ele se deslocava pelos degraus cobertos com uma passadeira vermelha, Peyton chamava todo tipo de atenção para si, um lembrete que seu melhor amigo era uma commodity muito viável na *glymera*.

Pobrezinho.

Mas havia outro motivo pelo qual estava preocupada com ele. Desde aquela noite com Anslam em sua casa, Peyton se fechara. Na superfície, ele parecia o mesmo, mas ela o conhecia num nível que poucos outros conheciam.

Algo mudara dentro dele, e ele não estava falando sobre isso. Pensando bem, o próprio amigo matara um parente dele. Era uma dor e tanto a ser processada.

Deus, queria que ele se abrisse com ela. Com alguém.

Quando a música começou a tocar e alguns casais foram para o meio da pista, ela afofou a saia e percebeu que queria partilhar aquilo com Craeg, mas talvez fosse pedir muito dele. A maioria dos machos consideraria aquilo um tédio, ou pior, uma maldição.

Sem problemas. Não precisava participar desse tipo de evento. E poderia muito bem usar aqueles diamantes com um roupão em casa, e ainda assim ficaria perfeitamente feliz. Afinal, o que tornava a gargantilha importante era o fato de ter sido de sua mãe e agora ser sua.

Sim, seu pai tinha razão. Por mais elegante que aquela multidão fosse, com seus vestidos de gala, joias e ares imponentes, era uma experiência entediante estar entre eles. Mesmo sendo aquele o seu lugar pelo direito de nascença, sentia-se totalmente à parte e muito desinteressada...

– Uma banda melhor vai se apresentar depois dessa?

Girando, ela sorriu loucamente e depois se deteve. Levou uma mão à boca. Recuou um passo.

Craeg balançou a cabeça e olhou para si mesmo horrorizado.

– Maldição, Butch me jurou que isto aqui estava certo. Ele *jurou.*

– Você está...

Seu macho era um lindo 007 naquele poderoso *black tie* e sapatos de verniz, de igual para igual em distinção com qualquer um naquela festa. Mas o engraçado era que... ela gostava mais dele com seu jeans e boné.

Ou absolutamente nada. Isso sim era bem melhor.

– Espere... Isso é a espada cerimonial do meu pai? – ela disse de repente, piscando em meio a lágrimas inesperadas.

Craeg alisou a bainha dourada que pendia em seu quadril do lado esquerdo.

– Ele estava à minha espera quando cheguei. Insistiu para que eu a usasse hoje. Disse que não a deixaria na mão de nenhum outro quando sua filha fosse apresentada à sociedade com um acompanhante pela primeira vez.

Paradise teve que pigarrear.

– Isso é... uma honra imensa.

– Eu sei.

– E também cortou o cabelo – ela observou. Ainda que, ao dizer aquilo, desejasse se chutar no traseiro. – Quero dizer...

– Eu estava um farrapo.

Ela se aproximou e o abraçou.

– Muitoobrigadaportervindoestoutãofelizqueestejaaqui...

Craeg riu naquele tom de barítono que começara a usar e a abraçou daquele jeito maravilhoso como sempre fazia, bem junto ao corpo para que ela sentisse a sua força.

– Eu teria vindo antes, mas o meu carona estava um pouco ocupado.

– Você chegou. É isso o que importa. E, ah, Deus, como você está *gostoso*!

– E você está... – Ele pôs um pouco de espaço entre eles e pareceu fitá-la adequadamente pela primeira vez. – Uau. Que vestido... E essas pedras são de verdade? São de verdade... A do meio é do tamanho do meu polegar.

– Era da minha *mahmen*.

– O colar é quase tão lindo quanto você.

Enquanto conversavam, ela estava bem ciente de que pessoas os mediam e comentavam sobre eles, e que haveria um escândalo, sim, haveria.

Que se fodessem, ela pensou ao enganchar o braço no dele.

– Vem comigo?

– Pra onde você quiser me levar, hoje e sempre.

Conduzindo o macho para o alto da escada, ela acenou para Fedricah, que imediatamente se curvou em deferência a Craeg.

– Senhor. É uma honra vê-lo esta noite.

Em seguida, o *doggen* se virou para a multidão e em seu tom mais formal anunciou no Antigo Idioma:

– *Senhorita Paradise, filha de sangue de Abalone, Primeiro Conselheiro de Wrath, filho de Wrath, pai de Wrath, e o honorável Craeg, filho de Brahl, o Jovem, agraciado com a Medalha de Honra por Ato de Bravura pelo Rei ontem à noite, pelos serviços prestados à corte real.*

Um silêncio se fez entre a multidão, e depois uma onda de comentários se sobrepôs à orquestra.

Nesse meio-tempo, Craeg recuou.

– O que foi isso? Eu recebi o quê? Fizeram o quê?

Paradise lhe deu um tapinha na mão.

– Meu pai contou a Wrath que você salvou a minha vida, e o Rei lhe concedeu uma honraria. Mas eu te amo como já te amava antes. E era para você saber disso só amanhã, mas acho que nosso mordomo estava muito ansioso.

– O quê?

– Tecnicamente, você agora é um aristocrata.

– O QUÊ?

– Não ligue para isso. – Ela o encarou direto nos olhos. – Isso não muda nada… bem, a não ser para dizer tacitamente àqueles que não gostarem que podem ir catar coquinho.

Craeg piscou e depois riu ao olhar para o grupo reunido.

– Vamos fazer isto, Paradise. E, quem sabe, depois encontrar um lugar mais reservado?

Ela se inclinou na direção dele.

– Já pensei num lugar.

– Essa é a minha fêmea!

Avançando com ele, Paradise não olhou para a multidão. Pelo que lhe dizia respeito, aquela gente toda sequer estava ali no salão de baile com eles.

Não, ela só tinha olhos para o seu macho.

– Sabe de uma coisa? – ela disse com amor enquanto desciam até a pista de dança de mármore preto e branco.

– O quê?

– Sou a fêmea mais sortuda do planeta. Aqui e agora.

Sim, ela pensou quando o peito dele se inflou de orgulho. Sabia exatamente quem era… e com quem estava – e os dois formavam um tremendo casal.

– Eu te amo – ele sussurrou ao arrebatá-la nos braços. – Dance comigo.

Leia agora uma prévia do primeiro volume da nova série da autora best-seller do *The New York Times*, J.R. Ward

Os reis do BOURBON

UM

Charlemont, Kentucky

Uma névoa pairava sobre as águas preguiçosas de Ohio como um sopro de Deus, e as árvores às margens da estrada River do lado de Charlemont tinham tantas nuances de verde que a cor exigia um sexto sentido para absorvê-las todas. Acima, o céu era de um azul-claro leitoso, o tipo de coisa que você via no norte apenas no mês de julho. Às sete e meia da manhã, a temperatura já passava dos vinte graus.

Era a primeira semana de maio. Os sete dias mais importantes do calendário, superando o nascimento de Cristo, a independência americana e as comemorações do Ano-Novo.

A 139ª disputa do Derby de Charlemont aconteceria no sábado.

O que significava que todo o Estado do Kentucky estava imerso na loucura das corridas de cavalos puros-sangues.

Lizzie King se aproximava de seu trabalho, sentindo a forte descarga de adrenalina que a vinha acompanhando nas últimas três semanas. Ela sabia, por experiência prévia, que aquela agitação não se apaziguaria até a limpeza do sábado à tarde. Pelo menos estava indo, como de hábito, contra o fluxo que seguia para o centro da cidade, e chegaria rapidamente. Ela levava quarenta minutos em cada trajeto, mas isso não se comparava à hora do *rush* de Nova York, Boston ou Los Angeles, o que, no seu atual estado de espírito, faria com que seu cérebro explodisse como uma bomba nuclear. Não, o seu caminho para o trabalho consistia em vinte e oito minutos de paisagens rurais em Indiana, seguido de seis minutos de retardo em pontes e entroncamentos, completado por seis a dez minutos de tráfego ao longo do rio, contra a corrente.

Às vezes, ela pensava que os únicos carros que seguiam na mesma direção eram do restante dos funcionários que trabalhavam em Easterly junto dela.

Ah, sim, Easterly.

A Propriedade da Família Bradford, ou PFB, como vinha escrito nas notas de entrega, estava fincada na parte mais alta da área metropolitana de Charlemont, e abrangia a casa principal de 1 800 metros quadrados, três jardins formais, duas piscinas e uma visão de trezentos e sessenta graus do condado de Washington. Também havia doze chalés de serventes, dez construções externas, uma fazenda ativa de mais de 8 000 hectares, um estábulo para vinte cavalos, que fora convertido num escritório, e um campo de golfe com nove buracos. O campo era iluminado para o caso de você querer praticar as suas tacadas à uma da madrugada.

Até onde ela sabia, o enorme terreno fora concedido à família em 1778, depois que o primeiro Bradford chegara ao sul, vindo da Pensilvânia com o então coronel George Rogers Clark, trazendo tanto a sua ambição quanto a sua tradição na fabricação do bourbon. Quase duzentos e cinquenta anos depois, eles possuíam uma mansão ao estilo Federal* do tamanho de uma cidade pequena no alto da colina e cerca de setenta e duas pessoas trabalhando na propriedade em meio período ou período integral.

Todos seguiam regras feudais e um rígido sistema de castas, retirado diretamente de *Downton Abbey*.

Ou talvez a rotina da Condessa Viúva de Grantham fosse um pouco progressista demais.

Provavelmente a época de Guilherme, o Conquistador, fosse algo mais próximo.

---

* "Estilo Federal" é uma tendência arquitetônica e decorativa que se aplica a edificações e mobiliário. Popularizou-se nos EUA durante os séculos XVIII e XIX e conta com traços neoclássicos. (N. E.)

Então, por exemplo – e isso seria apenas uma conjectura de cinema – se uma jardineira se apaixonasse por um dos preciosos filhos da família? Mesmo que ela fosse uma das horticultoras-chefes e tivesse reputação nacional e um mestrado de Cornell em paisagismo?

Isso não seria aceitável.

Sabrina sem um final feliz, meu bem.

Xingando, Lizzie ligou o rádio na esperança de fazer seu cérebro se calar. Mas não foi muito longe. Seu Toyota Yaris tinha alto-falantes dignos da Barbie: a música supostamente deveria sair pelos pequenos círculos nas portas do automóvel, mas o sistema de som era quase de fachada e, neste dia, a música que vazava daquelas coisinhas simplesmente não era suficiente…

O som de uma ambulância se aproximando a toda velocidade por trás dela superou com muita facilidade a conversa da BBC News. Ela pressionou o freio e foi para o acostamento. Depois que a sirene e as luzes sumiram à distância, ela voltou para a estrada e fez a curva aberta ao longo do rio e da estrada… E lá estava a enorme mansão branca dos Bradford, bem no alto, o sol nascente sendo obrigado a se espalhar ao redor da simétrica e magnífica construção.

Ela crescera em Plattsburgh, no Estado de Nova York, num pomar de maçãs.

O que diabos tinha pensado quase dois anos atrás quando permitira que Lane Baldwine, o filho mais novo, entrasse em sua vida?

E por que ainda estava ali, depois de todo esse tempo, refletindo sobre aqueles detalhes?

Porque, sejamos sinceros, ela não era a primeira mulher que fora seduzida por ele…

Lizzie franziu a testa e se inclinou sobre o volante.

A ambulância que a ultrapassara estava indo para a parte de trás da colina da PFB, com suas luzes vermelhas e brancas girando ao longo da alameda de bordos.

– Ah, meu Deus – sussurrou.

Rezou para que não fosse quem ela pensava.

Ela não podia ser tão azarada assim.

E não era lamentável que isso fosse a primeira coisa a lhe passar pela mente? Ela não devia estar preocupada com quem quer que estivesse machucado/doente/desmaiado?

Passando pelos portões de ferro – com o monograma da família – que estavam para se fechar, Lizzie virou a primeira à direita uns trezentos metros mais adiante.

Como empregada, ela tinha que usar a entrada de serviço. Sem desculpas, sem exceções.

Por que Deus não permitiria que um veículo com valor inferior a uma centena de milhares de dólares fosse visto diante da casa?

Puxa, estava ficando azeda, concluiu. E, depois do Derby, precisaria tirar umas férias antes que as pessoas pensassem que ela estava enfrentando a menopausa uma década antes do previsto.

A máquina de costura debaixo do capô do Yaris rugiu quando ela desceu pelo caminho que dava a volta até a base da colina. Passou pelos campos de milho; o esterco já estava espalhado e revolvido na preparação do plantio. Em seguida, passou pelos jardins bem podados, com suas primeiras plantas perenes e anuais; os topos das peônias eram fofos como bolas de algodão, não muito mais escuras que o rubor nas faces de uma menina inocente. Depois, havia os orquidários e as estufas, seguidas pelos prédios externos com os equipamentos de fazenda e jardinagem, e então a fileira de chalés dos anos 1950, de dois e três dormitórios.

Eram tão variados e cheios de estilo quanto um par de latas de açúcar e de farinha de trigo sobre um balcão de fórmica.

Chegando ao estacionamento dos funcionários, parou o carro e saiu, deixando sua caixa térmica, o chapéu e a bolsa com o protetor solar para trás.

Apressando-se para a salinha do prédio principal, entrou na caverna com cheiro de gasolina e óleo pela baia aberta à esquerda. O escritório de Gary McAdams, o chefe da manutenção, ficava ao lado, com as portas de vidro jateadas ainda translúcidas o bastante para indicar que as luzes estavam acesas e que havia alguém lá dentro.

Ela não se deu ao trabalho de bater. Empurrando a porta, ignorou o calendário da Pirelli com mulheres praticamente nuas.

– Gary…

O homem de sessenta e dois anos acabava de colocar o telefone no gancho com sua mão de urso. Seu rosto curtido de sol, com sua pele de casca de árvore, estava mais sério do que ela jamais vira. Quando ele a fitou por sobre a mesa bagunçada, ela entendeu para quem era a ambulância antes mesmo que ele dissesse o nome.

Lizzie levou as mãos ao rosto e se recostou no batente.

Claro que lamentava pela família, mas seria impossível não personalizar a tragédia e querer vomitar em algum lugar.

O homem que nunca mais queria ver na vida… estava voltando para casa.

Ela podia muito bem disparar um cronômetro.

Nova York, NY

– Vamos lá… sei que você me quer.

Jonathan Tulane Baldwine olhou para o quadril que estava apoiado ao lado da sua pilha de fichas de pôquer.

– Aumentem as apostas, rapazes.

– Estou falando com você. – Um par de seios falsos parcialmente cobertos apareceu sobre o leque de cartas na mão dele. – *Oooiii.*

Hora de fingir interesse em alguma outra coisa, qualquer outra coisa,
pensou Lane. Uma pena que o apartamento de um quarto em Midtown fosse de solteiro, decorado com apenas o estritamente funcional. E por que se dar ao trabalho de olhar para os rostos do que restava dos seis bastardos com quem começara a jogar pôquer oito horas antes? Nenhum deles se mostrou à altura de nada além de simplesmente cobrir apostas altas.

Decifrar as pistas deixadas por eles só para escapar não valia o cansaço dos olhos às sete e meia da manhã.

– *Ooooiiii…*

– Desista, meu bem, ele não está interessado – alguém murmurou.

– Todos se interessam por mim.

– Ele não. – Jeff Stern, o anfitrião e seu colega de apartamento jogaram fichas equivalentes a mil dólares. – Não é mesmo, Lane?

– Você é gay? Ele é gay?

Lane passou a rainha de copas para o lado do rei de copas. Colocou o valete ao lado da rainha. Quis empurrar aqueles seios falsos e aquela boca grande para o chão.

– Dois de vocês não cobriram a aposta.

– Estou fora, Baldwine. Está alto demais para mim.

– Estou dentro, se alguém me emprestar mil.

Jeff olhou por sobre a mesa de feltro verde e sorriu.

– Somos você e eu, mais uma vez, Baldwine.

– Mal posso esperar para arrancar o seu dinheiro. – Lane fechou as cartas. – A aposta é sua...

A mulher voltou a se inclinar.

– Adoro o seu sotaque sulista.

Os olhos de Jeff se estreitaram por trás da armação transparente dos óculos.

– É melhor desistir, garota.

– Não sou idiota – ela disse arrastado. – Sei exatamente quem você é e quanto dinheiro você tem. Bebo do seu bourbon...

Lane se recostou e se dirigiu para o imbecil que trouxera o acessório falante.

– Billy? Fala sério?

– Tá bom. Tá bom. – O cara que queria aumentar seu débito em mil dólares se levantou. – O sol já está nascendo mesmo. Vamos embora.

– Ei, eu quero ficar...

– Não, já chega. – Billy levou a loira burra com autoestima inflada pelo braço e a acompanhou até a porta. – Eu te levo pra casa. E não, ele não é quem você está pensando. Até mais, bundões.

– É sim. Vi nas revistas...

Antes que a porta se fechasse, o outro cara que fora depenado também se levantou.

– Também vou. Me lembrem de nunca mais jogar com vocês dois.

– Não vou fazer isso – Jeff disse ao erguer a palma. – Mande um olá pra sua esposa.

– Você mesmo pode fazê-lo quando nos encontrarmos no Sabbath.

– De novo?

– Toda sexta-feira. E se você não gosta, por que fica aparecendo na minha casa?

– Comida grátis. Simples assim.

– Como se você precisasse de esmola.

Então ficaram sozinhos. Com o equivalente a 250 mil dólares em fichas de pôquer, dois baralhos e um cinzeiro cheio de bitucas de cigarro, e nenhuma loira burra.

– É a sua vez – disse Lane.

– Acho que ele quer se casar com ela – murmurou Jeff, jogando mais fichas no meio da mesa. – Billy, quero dizer. E aqui estão vinte mil.

– Então ele deveria ter a cabeça examinada. – Lane cobriu a aposta do seu velho amigo da fraternidade, e depois dobrou o valor. – Patético. Os dois.

Jeff abaixou as cartas.

– Deixa eu te perguntar uma coisa.

– Nada que seja muito difícil. Estou bêbado.

– Você gosta delas?

– Das fichas de pôquer? – Ao fundo, um celular começou a tocar. – Claro que sim. Por isso, se não se importar em colocar algumas mais…

– Não. Mulheres.

Lane ergueu os olhos.

– Como é?

O seu amigo mais antigo apoiou um cotovelo na mesa e se inclinou. A gravata fora arrancada no começo do jogo, e sua outrora camisa branca e engomada agora estava tão maleável quanto uma camiseta polo. Os olhos, contudo, estavam tragicamente alertas e concentrados.

– Você me ouviu. Olha só, sei que não é da minha conta, mas quando foi mesmo que você apareceu aqui? Uns dois anos atrás? Você mora no meu sofá, não trabalha… coisa que até entendo, por causa da sua família. Mas não existe nenhuma mulher, nenhuma…

– Pare de pensar, Jeff.

– Estou falando sério.

– Então aposte.

O celular se calou. Mas seu amigo não.

– A Universidade da Virgínia ficou pra trás há muito tempo. Muita coisa pode mudar.

– Pelo visto, não se ainda estou no seu sofá…

– O que aconteceu com você, cara?

– Morri enquanto esperava você aumentar a aposta ou desistir.

Jeff resmungou, formando uma pilha azul e vermelha e a jogando no meio da mesa.

– Mais vinte mil.

– É assim que eu gosto. – O celular começou a tocar de novo. – Cubro. E ponho mais cinquenta se você calar a boca.

– Tem certeza de que quer fazer isso?

– Calar a sua boca? Tenho.

– Ser agressivo no pôquer com um investidor de bancos como eu. Clichês existem por um motivo: sou ganancioso e ótimo com números. Ao contrário do seu pessoal.

– O meu pessoal?

– Pessoas como vocês, os Bradford, não sabem ganhar dinheiro. Vocês foram treinados para gastar. Agora, ao contrário dos amadores, a sua família tem, de fato, um fluxo financeiro, ainda que isso o impeça de aprender qualquer coisa. Portanto, não sei se, a longo prazo, vai ser uma vantagem.

Lane refletiu sobre os motivos que o levaram a abandonar Charlemont de uma vez por todas.

– Aprendi muita coisa, acredite em mim.

– E agora você está me parecendo amargo.

– Você está me entediando. Era pra eu gostar disso?

– Por que nunca vai pra casa no Natal? No dia de Ação de Graças? Na Páscoa?

Lane abaixou as cartas, pousando-as sobre o feltro.

– Não acredito mais no Papai Noel nem no Coelhinho da Páscoa, cacete. E peru é superestimado. Qual é o *seu* problema?

Pergunta errada. Ainda mais depois de uma noite de jogatina e bebedeira. Ainda mais para um cara como Stern, que era categoricamente incapaz de ser outra coisa que não absolutamente honesto.

– Odeio que você seja tão sozinho.

– Você só pode estar de brincadeira...

– Sou um dos seus amigos mais antigos, não sou? Se eu não te disser, quem vai dizer? Não fique irritadinho comigo. Você escolheu um judeu nova-iorquino, e não um dos milhares de sulistas amantes de frango frito metidos a besta daquela faculdade ridícula pra ser o seu eterno colega de quarto. Por isso, vá se foder.

– Vamos terminar esse jogo?

O olhar perspicaz de Jeff se estreitou.

– Responda uma coisa.

– Sim, estou me perguntando por que não pensei em ficar com o Wedge ou o Chenoweth agora mesmo.

– Rá. Você não suportava nenhum dos dois por mais de um dia. A menos que estivesse bêbado, o que, de fato, você tem estado nos últimos três meses e meio. E essa é outra coisa que me incomoda.

– Aposte. Agora. Pelo amor de Deus.

– Por que…

Quando o celular começou a tocar pela terceira vez, Lane se levantou e atravessou a sala. Em cima do balcão do bar, ao lado da sua carteira, a tela estava iluminada. Nem se deu ao trabalho de ver quem era.

Atendeu à chamada porque as alternativas eram isso ou cometer homicídio.

A voz masculina com sotaque sulista do outro lado da linha disse quatro palavras: sua mãe está morrendo.

Enquanto o significado penetrava em sua consciência, tudo se desestabilizou à sua volta; as paredes começaram a se fechar ao seu redor, o chão ondulou, o teto caiu em sua cabeça. As lembranças não só voltaram, mas o atacaram, e o álcool em seu sistema não fez nada para reduzir o impacto.

Não, ele pensou. *Não agora. Não esta manhã.*

Haveria uma hora certa?

"Jamais" era a única opção aceitável para ele.

De longe, ele se ouviu dizendo:

– Chego antes do meio-dia.

E desligou.

– Lane? – Jeff se pôs de pé. – Ai, merda, não desmaie. Tenho que estar na Eleven Wall dentro de uma hora e ainda preciso tomar um banho.

De uma vasta distância, Lane viu sua mão se esticar e apanhar a carteira. Colocou-a no bolso da calça junto do celular e seguiu para a porta.

– Lane! Pra onde você vai, cacete?

– Não espere por mim – ele respondeu ao abrir a porta para sair.

– Quando você vai voltar? Ei, Lane? Mas que diabos!

Seu bom e velho amigo ainda falava quando ele saiu, deixando a porta se fechar sozinha. No fim do corredor, empurrou o portão de aço e começou a trotar escada abaixo. Enquanto suas passadas ecoavam no piso de concreto e ele fazia curva após curva, ligou para um número conhecido.

Quando atenderam, ele disse:

– Lane Baldwine. Preciso de um jatinho em Teterboro agora, vou para Charlemont.

Houve uma pequena pausa, em seguida a assistente executiva do seu pai voltou a falar:

– Senhor Baldwine, temos um jatinho disponível. Falei diretamente com o piloto. O plano de voo está sendo preenchido enquanto conversamos. Assim que chegar ao aeroporto, siga para...

– Sei onde fica o nosso terminal. – Chegou ao saguão de mármore, acenou para o porteiro e passou pelas portas giratórias. – Obrigado.

Uma rapidinha, disse a si mesmo ao desligar e chamar um táxi. Com um pouco de sorte, estaria de volta a Manhattan ao cair do dia, entediando Jeff à noite. Meia-noite, pelo menos.

Umas dez horas. Quinze, no máximo.

Ele tinha que ir ver a mãe. Era isso o que os rapazes do sul faziam.

Você está cordialmente convidado para o

Brunch do Derby

em comemoração à

centésima trigésima nona corrida

do Derby de Charlemont

Sábado, 4 de maio

10 horas da manhã

Easterly

RSVP: newarkharris@gmail.com